意林

公元787年，唐封疆大吏马总集诸子精华，编著成《意林》一书6卷，流传至今

意林： 始于公元787年，距今1200余年

意林®轻文库

轻小说 青春最美，梦想出发

中国式优质轻小说第一品牌

见习保镖呆呆兽

南荣狸 著

NAN RONGLI WORKS

吉林摄影出版社

·长春·

图书在版编目（CIP）数据

见习保镖呆呆兽 / 南荣狸著. -- 长春：吉林摄影出版社, 2014.8

（《意林·轻小说》恋之水晶系列；007）

ISBN 978-7-5498-2054-2

Ⅰ.①见… Ⅱ.①南… Ⅲ.①长篇小说－中国－当代 Ⅳ.①I247.5

中国版本图书馆CIP数据核字(2014)第166150号

见习保镖呆呆兽
Jianxi Baobiao Daidaishou

著　　者	南荣狸
出 版 人	孙洪军
顾　　问	杜　务
总 策 划	安　雅 张　星
责任编辑	朱薏楠
图书统筹	安小纪
特约编辑	黄佳佳
绘　　图	褚　迪
书籍装帧	胡静梅
美术编辑	刘　静
开　　本	700mm×1000mm　1/16
字　　数	370千字
印　　张	19
版　　次	2014年8月第1版
印　　次	2014年8月第1次印刷

出　　版	吉林摄影出版社
发　　行	吉林摄影出版社
地　　址	长春市泰来街1825号 邮编：130062
电　　话	总编办：0431-86012616 发行科：0431-86012602
网　　址	www.jlsycbs.net
经　　销	全国各地新华书店
印　　刷	北京天宇万达印刷有限公司

书　　号　ISBN 978-7-5498-2054-2　　**定价**：25.00元

目录

Contents

Jianxi Baobiao
Dai Dai Shou

目录

Contents

Jianxi Baobiao
Dai Dai Shou

楔子

当时他十岁，她也是十岁。

十一月的夜晚还有些凉，十岁的樱嘉雪一个人坐在喷泉边，扯着身上讨厌的衣服。不知道是谁在他熟睡的时候，恶作剧地为他换上了女装。这套繁复的女装，他解了好久都没解开，又不好意思叫家里人帮忙，只得烦躁地走到后花园来，继续捣鼓这件可恨的衣服。

突然，一旁的草丛中传来窸窸窣窣的声音，一个剃着板寸的小脑袋东张西望地钻了出来，刚走几步就撞上了发现她的樱嘉雪。

“哎哟！”十岁的藤彩彩捂着额头，小心翼翼地抬起头，映入眼帘的是一张粉嫩漂亮的小脸蛋，“好漂亮啊！”

一听“漂亮”二字，樱嘉雪的脸就鼓成了包子，一脚踹在藤彩彩原本就脏兮兮的鞋上，“不许说我漂亮！不许！”

“哎哟哟，你为什么踩我啊？”藤彩彩用肉嘟嘟的双手捂着脚，死活不让樱嘉雪得逞。

樱嘉雪想方设法揍藤彩彩，两个人来来回回闹腾得欢。突然，樱嘉雪感到身体腾空而起，刚要喊就被人捂住了嘴。

“闭嘴！敢叫我就抽你！”贼人恶狠狠地威胁着樱嘉雪，第六感告诉樱嘉雪，自己有危险。

两个贼人一个抱着樱嘉雪，另一个用手捂住藤彩彩的嘴问：“这个小鬼怎么办？”

“一起带走。”那个人应道。

“啊？可是老大只要樱家小少爷啊。”

劫持樱嘉雪的人低头看了眼怀里的樱嘉雪，十岁的樱嘉雪长得清秀、标致，再加上身上那件华丽的公主裙，怎么看都是个小美女，反倒是那个脏兮兮的小鬼更像男孩儿子。

“哼，你手上的更像是小子，我手上这个八成是樱矢拿来做戏的。”

“哎？可是全世界都知道他就两个儿子，为什么拿个女娃娃来做戏？”

这问题问得谁都答不出，劫持樱嘉雪的人觉得同伴实在烦，摆手说：“以防万一，全部带走！快！”

两个人一人一个架起他们就走，樱嘉雪和藤彩彩怎么可能是乖乖屈服的孩子，两个小鬼手脚并用拼命挣脱。樱嘉雪一身裙子十分碍事，让他无法发挥，藤彩彩倒是很灵活，一口咬在那个人手上，疼得那个人哇哇叫，藤彩彩顺势踹了那个人一脚挣脱了。

“糟糕！”

藤彩彩扑过去就要咬劫持樱嘉雪的人，那个人似乎早看穿了她的预谋，一脚把藤彩彩踹出几米远。

“哎哟——”藤彩彩捂着肚子痛苦地倒在地上。

“看你往哪里跑！”吃了藤彩彩一次亏的人捂着被咬的手扑过去，藤彩彩忍着疼滚到一边闪开了对方的攻击。

樱嘉雪趁劫持者有些分心，也学着藤彩彩的模样冲着那个人的手一口咬下去，谁料那个人并没有松手，而是狠狠地瞪着樱嘉雪，大掌一伸甩了他一巴掌。

清脆的巴掌声响起，藤彩彩惊讶地看见樱嘉雪嘴角渗出了血。

漂亮的脸蛋肿了！漂亮的脸蛋肿了怎么办?

这是藤彩彩的第一反应，她心疼地看着那张漂亮的脸蛋，她最喜欢漂亮的东西，因为自己不够漂亮，所以想保护所有漂亮的东西。

当初就是听说樱家的小少爷很漂亮，正巧樱家又要甄选保镖，作为一直为樱家做保镖的藤家后人，她毅然决然地来参选。

她要保护漂亮的小少爷！从她第一眼见到像洋娃娃般的小少爷的瞬间已经决定了！

“放开小少爷！”藤彩彩站起身，略显稚嫩的脸上露出坚毅的神情。

“小少爷？”绑架者看了一眼怀里的樱嘉雪，“是这个！我们走！”

樱嘉雪瞪着藤彩彩，鼓着脸喊：“你是想报复我刚才踩你的脸吗？”

藤彩彩大惊，才发现自己一不小心说漏嘴了，顾不上那么多就冲了过去，决心和绑架者拼了！

藤彩彩从路边捡了几颗小石头：“正义之石，去吧——”藤彩彩边喊边冲过去。

“你解决！”劫持樱嘉雪的人把同伴推出去，自己抱着樱嘉雪就要逃。

情急之下樱嘉雪拼命抵抗，希望能够拖延时间。

“小鬼别动！可恶！”劫持樱嘉雪的人举起刀冲着樱嘉雪后颈劈下，藤彩彩一个飞扑把劫持者和樱嘉雪一起撞倒在地。

“小少爷，快逃！”藤彩彩缠着那个劫持者，另一个劫持者虎视眈眈地盯着樱嘉雪。

劫持者气急败坏地拎起藤彩彩，甩手扔出很远。

“唔……”藤彩彩疼得动弹不得，樱嘉雪飞奔过去抱着藤彩彩。

“小、小少爷……”藤彩彩艰难地开口。

“你别死啊！你别死啊！”樱嘉雪慌乱地摇着藤彩彩，藤彩彩感觉本来自己绝对不可能死，但再摇下去真的很难说。

她突然想起电视剧里的情节，每当一个人快不行了的时候，另一个人总会答应那个快死的人一个要求，她是不是也该让小少爷答应一个？

毕竟，她感觉浑身骨头都散架了，全身没有一丁点儿的力气，很想睡觉，很难受。

“小少爷……你能不能答应我一个要求？”

樱嘉雪漂亮的脸因紧张涨红一片，黑溜溜的双眼紧紧盯着藤彩彩，眼泪在眼眶里打转。

“你说！”樱嘉雪拼命地点头。

他没想过第一次见面的人会这么勇敢地救他，甚至牺牲自己，根本不知道感动是何物的他，第一次有了一种内疚的感觉。

“我、我长大想做小少爷的保镖。”

“好！我答应你！你不要有事啊！”

藤彩彩睁大眼睛摇着头，似乎还有什么话想说，可还不等话说出口，人就晕了过去。

“你醒醒啊！你不要死啊——”樱嘉雪抱着藤彩彩拼命地摇，两个劫持者愣在原地，还没反应过来，就被闻声赶来的樱矢和桃管家等人拿下了。

桃管家从樱嘉雪手中抱起藤彩彩，等医生来了诊断一番。

“桃管家，她不会有事吧？”待在门外的樱嘉雪看着桃管家，本来樱矢是请医生也给他诊疗的，但他坚持要等藤彩彩没事再去，樱矢也就顺了他的意。

“小少爷放心，她不会有事的。”桃管家安慰着樱嘉雪，而樱嘉雪则低着头想着些什么。

“桃管家，等她长大了，能不能让她做我的保镖？”桃管家一愣，看着满脸认真的樱嘉雪思索了一下。“桃管家，你答应我吧，我从来没有求过你，就这一次，你答应我吧。”

桃管家有些不知所措，看着宝贝少爷一副快哭出来的样子，他只能妥协地点点头。

医生走出房间，樱嘉雪紧张地张望着房间里面。

“没什么事，受伤加上饥饿，晕倒了而已。”

医生的话刚说出口，樱嘉雪便长长地舒了一口气，桃管家则命人准备饭菜等藤彩彩醒来。

藤彩彩醒后就看见满桌好吃的，还有已经换上新洋装的樱嘉雪，一时不知所措。

“快吃吧。”

吞了口口水，藤彩彩抓起鸡腿就啃，吃得一嘴油不说，碎屑都掉到床上了。但是，在樱嘉雪的眼里，没有什么比她现在的样子更让人动容了。

“我的新衣服漂亮吗？你喜欢吗？”

藤彩彩边吃边点头，得到承认后樱嘉雪笑得更加灿烂了。

他会遵守诺言的，一定会……

呆呆兽启程

第1章 01

Di-yi Zhang

Jianxi Baobiao Dai Dai Shou

✖

1

收回思绪，樱嘉雪和樱矢面对面站立着，当年可爱的小孩儿，已经成长为一名英俊潇洒的男生。樱矢看着越长越像自己的儿子，沉默不语。

“父亲，希望你能答应我，让藤彩彩做我的保镖。”樱嘉雪身着干净的白衬衫，配上休闲的长裤，随意又不失帅气。

樱矢面色凝重地看着樱嘉雪，心中盘算着如何才能让儿子打消这个念头。片刻后抬头看向身旁衣着得体的男子问：“桃管家，你觉得藤彩彩如何？”

桃管家自知主人是想让他出面阻止小少爷的提议，毕竟他身为导师最有资格否定藤彩彩。

“各项成绩垫底。”桃管家简单地以六个字概括了藤彩彩的情况，怎一个惨字了得。

“小雪，你听见了，我不可能让最差劲的人去保护我最心爱的儿子。”樱矢边说边暗叹，不愧是跟了自己多年的桃管家，话接得就是好。

樱嘉雪精致的脸上露出淡淡的坏笑。樱矢一愣，看看樱嘉雪又看看桃管家。

桃管家再次开口，语出惊人：“虽然如此，但她的坚持、忠诚和韧性，是所有人中最佳的。身为一名保镖，成绩固然重要，人品却是最重要的。”

语毕，樱嘉雪满意地露出笑容，樱矢则脸色铁青地瞪着桃管家，无奈后者完全不理会他那凶狠的目光。

“父亲，我知道你不会轻易答应，所以我已经想到办法，我会转学去四宇国学院，让藤彩彩随行。只要她能在四宇国学院内保护好我，就证明她是有能力的。”

“什么？四宇国学院？我不会让你去那么鱼龙混杂的地方！”樱矢猛地站起身，双目紧紧盯着樱嘉雪，希望能够逼退他。

樱嘉雪越发帅气的脸庞，和樱矢年轻的时候极像。小时候明明长得如同母亲一般漂亮，长大后却完全不见童年的影子。时间，果然很可怕。

“父亲，你就当这是一场赌约如何？我赢了，藤彩彩就是我的保镖。你赢了，我以后什么都听你的。”樱嘉雪抛出条件。对于始终拿他没辙的父亲，若日后什么都以父亲说的为准……这是一个极有诱惑力的条件。

樱矢缓缓坐下后思量着，脑子里不停衡量这件事情的轻重，最终决定和儿子赌一场。

“好，如果藤彩彩不能保护好你，不能做出什么成绩，那么就让她离开樱家，同时以后你什么事都要听我的。”

“一言为定。”樱嘉雪笑着应下，浑身上下都充满了自信，这一点同父亲樱矢一模一样。

樱嘉雪赢得计划第一步。

看着儿子离开书房，樱矢长舒一口气。没想到，转眼儿子已经长那么大，做事已经有自己的想法和决定。

“桃管家，你刚才是故意帮藤彩彩说话？”

“老爷，我只是实话实说。”桃管家淡定应对，丝毫不怕樱矢会责怪他。

事实证明，樱矢并没有责怪他的意思。相反，樱矢觉得这笔交易不错，只要让小雪输就可以了。

“桃管家，你安排下，不要让小雪受伤。那个藤彩彩，我不放心。”

“是。”桃管家应下后离开，不远处樱嘉雪正站在窗边，像是在等人。

樱嘉雪十六岁，已经长得同桃管家差不多高，只是体型相对纤细。就连从小看着樱嘉雪长大的桃管家，也很难将面前的英俊少年同小时候那名可爱如洋娃娃般的小少爷联系在一起。

“小少爷，您确定要这么做？”桃管家好心提醒，他内心是希望小少爷能够赢得赌约的，毕竟老爷实在太爱护小少爷，让人有些看不下去。

“这是我和她小时候的约定，我必须遵守。”

翌日，樱嘉雪就在桃管家的护送下，抵达码头。四宇国学院在一座岛屿上，只有船只可以前往，所以他们必须在码头乘坐快艇，约莫半个小时才能抵达。

四宇国学院很出名，是因为其学员中鱼龙混杂。

“那么，小少爷，祝您一路顺风。”桃管家微微欠身行礼，目送樱嘉雪的快艇驶离了码头。

樱嘉雪望着波澜起伏的海面，快艇所到之处无不掀起浪花点点。选择去四宇国学院，可是和家里进行了一番不小的斗争。从小就被当成宝贝捧在手心的他，要转学到以“混乱复杂”出名的四宇国学院，还真的是一场恶战。

但，最后他胜利了！他要做的事情就一定能做到，他许下的承诺也必定会实现！

抵达四宇国学院后，樱嘉雪发现整个学院的气氛都很奇怪，每一个人看他的目光都不同，有好奇打量的，有恶狠狠地怒视的，也有像是狼看见猎物的……总之没有一个是善意的。

这里到处暗藏危机，父亲起初不同意让他转校到这里，也是因为这些绝非善类的同学。

但，他已经不是小时候那个柔弱的小少爷，这点已经在他成功说服父亲时就充分证明了。虽然，这件事只有桃管家和父亲等少数人知道。

来到宿舍，手机铃声突然响起，樱嘉雪接起后听见了樱嘉木的声音：“小雪，风千说在你离开樱家前，藤彩彩就收拾包袱离开樱家了。”

“好，来了就好。”

“小雪，你做了这么多，万一到头来还是徒劳怎么办？听说藤彩彩那个丫头，太懦弱了……他们调教了那么多年，她都没有丝毫长进，你能行吗？”

樱嘉雪没有马上回答，而是起身站在落地镜前，看着镜子中的自己说：“我装柔弱已经装了那么久，难道大哥还怕我露馅儿？”

电话那头一阵长达数分钟的沉默，最后樱嘉木只说了句“你好自为之吧”就挂了电话。

樱嘉雪走出宿舍，抬头望了眼湛蓝的天空，眼角的余光瞥见一旁树上茂盛的枝叶中，似乎有什么不和谐的存在。

樱嘉雪收回视线，正巧看见一副吊儿郎当模样的吕浩迎面走来，心中暗暗选定了一个测试的目标。

吕浩一脸不怀好意地靠近樱嘉雪，走近后第一个动作就是环住樱嘉雪的脖子，说：“哟！转校生在熟悉校园？不妨告诉你，只要你能够跟着本少爷，你就……”

吕浩隐约察觉到了不妙，还来不及做什么，就被一股无形的力量甩开。樱嘉雪好奇地回头看一眼，背后空空如也，吕浩已经不知所终。

秋风飒飒，阳光透过树叶在地上落下斑驳的光影，不和谐的某处光点被遮盖着。

藤彩彩一手扶着树干双脚踩在树上，注视着樱嘉雪渐渐远去的背影，长长地舒了一口气安下心来。

与此同时，吕浩正在垃圾桶内挣扎着。

托了之前吕浩被踹进垃圾桶的福，樱嘉雪一夜之间成为四宇国学院中的“传奇人物”，对他好奇的人越来越多，不怕死的也纷至沓来。

“喂，你就是樱嘉雪？听说你……啊——”话还没说完的男生伴随着尖叫声，成为今天第N个牺牲品，一头栽在花丛堆里的男生两眼冒金星。

樱嘉雪回头看了看，他刚才似乎听见有人叫他来着，人呢？难道是幻听了？最近，他总听见有人喊他的名字，可是每次一回头都会像现在这样，什么人也没看见。

摇了摇头，樱嘉雪继续抱着书往前走。躲在一旁角落里的藤彩彩悄悄地探出头，在确认樱嘉雪没发现她后稍稍平静了心绪。

风千曾经告诉过她，小少爷很不喜欢保镖跟着，她不希望可爱的小少爷讨厌她，这才决定暗中保护。

“骚扰小少爷的家伙，我一定全部解决，一个不留！”

樱嘉雪很确定暗中保护他的是藤彩彩，可她怎么就不露脸呢？不露脸，他就不能正大光明地劝说让她留下。

那丫头从小就没自信，在保镖训练班里也是垫底，如果不让她做出点儿成绩，怎么能理所当然地成为他的保镖？

她需要变得更强大，不然就无法通过考核，无法成为他的保镖。如此一来，他所策划的一切就都白费，而他，就输定了。

思索间，他瞥见校园某处正在被欺负的许尧。几个男生围着许尧，每一个都是来者不善的样子，胆小的许尧被吓得缩在墙角。

樱嘉雪眉头一皱，计上心来。

嘴角勾起固有的弧度，每当他这样笑时，就证明他又想到了某个邪恶的点子。

许尧缩在墙边，一群男生围着他，纷纷发出“咯咯”的笑声。

“真无聊，一点儿都不会反抗。”带头的卢鑫嘴里叼着一根棒棒糖，轻蔑地俯视着许尧，“喂，你好歹是个男人，反抗下看看啊。”

许尧依旧一声不吭地窝在角落，偶尔抬头看一眼带头的卢鑫，目光中流露出无尽的哀伤，又缓缓低下头继续任由他们摆布。

“嘁！”卢鑫微怒地丢掉棒棒糖，一把揪起许尧靠在墙上，压着声音低吼，“反抗啊！你给我反抗啊！”

卢鑫随手一推，就把许尧推出几米远，许尧没站稳，不偏不倚地摔在樱嘉雪脚边。樱嘉雪低头看了一眼满脸伤痕的许尧，而许尧抬头盯着他，略显愕然。

移开视线，樱嘉雪扫了一眼几个欺负许尧的男生，“嗤”了一声，将目光集中到卢鑫身上。

卢鑫看着樱嘉雪，他也听说这几天学校里来了个奇怪的人，接近他的人还会被莫名其妙地打退。

难道，就是眼前这个看起来弱不禁风的男生？

“哟！这不是新来的吗？找我们？”其中一个男生问道。

樱嘉雪没理会那名男生的问话，伸腿轻踢了一下倒在脚边的许尧说：“喂，你要待在我脚边到什么时候啊？”

许尧一愣，回过神后赶忙撑起满是伤的身体想要走，但是还没站稳就踉跄地跌跪了下来。四周响起一阵哄笑。被嘲笑的许尧只是低着头，双拳紧紧握着，像是在忍耐。

樱嘉雪注意到，所有人中只有卢鑫没笑，而是看着跪坐的许尧神情复杂。他不是个爱管闲事的人，但如果有好玩又对自己的计划有帮助的事，他是不会放过的。

树叶的“沙沙”声随风飘来，樱嘉雪轻笑着问：“你们为什么欺负他？”

许尧惊讶地抬头看着樱嘉雪，他真的是个非常漂亮的人，像极了漫画中的人物。

“怎么？你想为他出头？”卢鑫压着气息，语气中透着明显的不满。

出头？他并不是那么善良的人。不过今天算他们运气不好，他正愁没办法将丫头引出来。这不，这些家伙闹事给他送来一个好机会。

“我只是好奇，你们这么多人欺负他一个，很快乐？”樱嘉雪挑了挑眉，盯着卢鑫，“还是说……有别的什么理由？”

卢鑫脸色瞬变，惊慌得像是被撕毁了假面具。将一切尽收眼底的樱嘉雪满意地笑了，他决定顺着这个话题继续下去。

卢鑫身后的其他三个男生对樱嘉雪的话感到莫名其妙，互相看了看对方。后边的男生是个暴脾气，按捺不住性子冲着樱嘉雪就嚷嚷：“关你什么事！我们就喜欢欺负他怎么了？”

“那你们还真是无聊啊。”樱嘉雪冷不丁地扔出一句话，彻底激怒了那个男生。

男生大步流星地走到樱嘉雪身前，刚刚站定还什么都没做，一个不明飞行物就从天而降，一屁股坐在男生身上。

“哎哟，妈呀！”男生惨叫一声趴在地上，背上坐着一名百十来斤的短发女生。

除了樱嘉雪以外，所有人都被这个天外来客惊到，纷纷露出难以置信的表情。而坐在男生身上的藤彩彩则一脸不悦，似乎是在为自己没有完美降落而懊恼。

“你是什么东西？为什么压在我身上？快下去！”被压着的男生叫苦不迭，还要嘴硬。

藤彩彩才不理会男生的喊叫，压着对方不让他乱动，厉声道：“哼！居然敢欺负小少爷！”

似乎觉得光说不够，还故意在被压的男生身上加重力量，让对方无法挣脱。其他人也不敢轻举妄动，生怕藤彩彩再下“毒手”，直接压死那个男生。

“现在告诉我，欺负他的理由是什么？”樱嘉雪认定卢鑫对许尧的所作所为有其他原因，咬着这点怎么都不肯放。

“理、理由什么的，并、并没有！”卢鑫别开视线，咬了咬牙否认道。

樱嘉雪伸手扳过卢鑫的脸，深幽的黑眸紧紧地盯着卢鑫。

黑发、黑眸，配上血红色的哥特萝莉装，诡异的气息充斥着四周，秋风微凉地吹过，吓得卢鑫浑身一抖：“你、你不要靠近我！”

卢鑫猛地一推，樱嘉雪一个踉跄往后倒去。“砰”的一声闷响传来，樱嘉雪毫发无伤地倒在地上，在他身下压着一个倒霉的“人肉垫子”。

“小、小少爷，你没事吧？”被比自己高大的樱嘉雪压着，藤彩彩感觉身上的骨头有点儿不太对。

樱嘉雪淡定地站起来，拍了拍身上的灰尘，看着趴在地上的藤彩彩笑了：“我很好。”抬脚跨过藤彩彩，将趴在地上的许尧拖了过来丢在卢鑫面前。

“其实你看到他这样也不好受吧？”樱嘉雪蹲下身抬起许尧的脸，清秀的脸上布满了大大小小的伤痕，“看着这些你造成的伤痕，你觉得高兴吗？”

卢鑫沉默，看着许尧脸上的伤痕，心中席卷起莫名的怒火和悔恨。

“阿鑫，我没事……”许尧勉强地挤出一抹笑，笑得让人心疼。

卢鑫泄愤似的低吼一声，双手紧握、喘着粗气死死地盯着许尧，下一秒无力地跪在许尧面前，“为什么……为什么你要让我欺负？你不会反抗吗？不会挣扎吗？为什么……”

许尧撑着身体坐起来，小心翼翼地伸出手抚摸着卢鑫的头，温柔一笑，笑容扯到伤口，让他有些疼：“因为你是我的弟弟啊，虽然你不承认，但在法律上我始终是你的哥哥。”

“哥哥什么的，我从来……”卢鑫哽咽，一米八几的男生悔恨得像个孩子似的跪在那里。

“你很讨厌我妈妈和叔叔再婚吧，我不知道怎么才能让你高兴。”许尧无奈地笑着，“感觉自己死去的母亲被取代了，感觉被小时候的玩伴背叛了，感觉一切都很不顺心。我很想帮你，但是不知道该……”

卢鑫抬起头瞪着许尧，许尧一惊，覆盖在卢鑫头上的手下意识地缩了回来。

“你还是像以前那样啊！”卢鑫一边骂着许尧，一边却流下了积累已久的泪，从母亲过世后他就再也没有哭过，这是第一次。

许尧第一次看见卢鑫哭成这样，不知所措地四处找着纸巾什么的，最后只能从口袋里拿出一团揉得不成形的纸。

看着许尧歉疚的表情和那团纸，卢鑫笑了，接过纸团胡乱擦了一下脸，指着许尧说：“你以后别随便让人欺负了，你也是男生，要有男生的样子！”

许尧乖乖地点了点头，卢鑫起身过去扶起他，两个人对樱嘉雪点头示意后离开。

事情暂时告一段落，藤彩彩突然反应过来，她居然暴露了身份。不行！要趁小少爷还没发话赶紧溜！

2

樱嘉雪双手环抱在胸前，瞧着藤彩彩蹑手蹑脚的模样笑道："我以为你这辈子都不准备现身呢。"

藤彩彩一个激灵，感觉到身后传来深深的寒气，别扭地回过头挤出十分勉强的笑，"小、小……"

完蛋了，她死定啦！居然一个不小心暴露真身，这么一来小少爷就知道她跟踪的事情，讨厌被人保护的小少爷一定会把她遣送回樱家！

樱嘉雪无视藤彩彩，走到卢鑫和许尧身旁皮笑肉不笑地说："你们两位，如果想好好在四宇国学院继续学业，就忘了今天的事情吧。"

许尧和卢鑫应下了这个承诺，互相搀扶着离开了。剩下藤彩彩和樱嘉雪单独相处，气氛一下子陷入诡异的沉默中。

小少爷一定是很生气！看他的表情气得都说不出话了！怎么办？要用什么理由搪塞过去呢？

说她是路过？不行，小少爷一定不会相信的！

承认她是被派来保护他的？那一定会被狠狠地骂一顿！藤彩彩的心里不住地打鼓。

"你……"

"小少爷，对不起！是我自作主张要来的！如果你看着我讨厌的话，我立刻消失！小少爷再见！不，小少爷不见！"藤彩彩噼里啪啦地说了一通，不等樱嘉雪给出任何回应，就转身消失在他面前。

樱嘉雪的笑僵在嘴边，看着空无一人的眼前，浑身不住地颤抖，握拳的双手发出"咯嗒咯嗒"的响声，仿佛有无数黑暗的气息聚集在他身边。

黑色的双眼聚集着越来越多阴森的气息，而后嘴角慢慢勾起弧度，收回手看了眼，低声道了句："我就不信你不入坑。"

蒙混过关的藤彩彩躲在远处的角落，摸着胸口感受着剧烈的心跳，做了三个深呼吸才稍稍缓过来。

这下完了！小少爷一定知道了她做幽灵保镖的事情，一定会气死的！

怎么办？她彻底暴露，一定会被桃管家说没用，被风千他们看不起！

可恶！她连幽灵保镖都做不好，怎么好好保护小少爷！

正在藤彩彩心烦时，手机突然铃声大作，她浑身一激灵，哆哆嗦嗦地掏出手机，屏幕上赫然出现的"风千"二字，让她倒吸一口冷气。

风千是她小时候在樱家进行保镖培训时的前辈，是一个……怎么说呢？就是让人捉摸不透的家伙。

藤彩彩对风千向来有几分忌惮，此时，她只能鼓起勇气按下接听键："喂，你找我什么事？"

"怎么样？被发现了？"风千上来第一句话，就让藤彩彩彻底傻眼。

等等！他怎么知道？才刚刚发生的事情而已！难道说……他在监视她？

藤彩彩环顾下四周，已经是上课时间，只是偶尔有几位老师抱着书本经过，还有打扫卫生的阿姨会在走廊上来回走动。

收回视线，藤彩彩窝在角落中，咬着牙问："你怎么知道？"

"啧啧，果然猜对了，哈哈哈……"风千张扬的笑声通过手机传入藤彩彩耳中，听起来极其刺耳，"我算算时间你也差不多该被发现了。"

藤彩彩气得浑身发抖，风千每次看到她都会冷嘲热讽，不是说她没用就是说她不配保护小少爷。但是，更可恨的是她无法反驳！

她从进入樱家的保镖训练班开始，成绩就一直垫底。最后，她却获得了秘密保护小少爷的机会，这点连她自己都觉得很不可思议。

"我只是好心提醒你，如果小少爷发现你暗中保护他，你觉得他会怎么做？"风千的声音听起来轻飘飘的，一点儿都不像是提醒，倒像是看戏。

怎么做？遣送她回去吧，不然还能怎么做？

可是，她真的不想回去。如果她被遣送回去，就一定会被赶出樱家，从此再也不能保护小少爷了。

"看来你也明白，如果你不想被赶走，最好的办法就是把小少爷带回来。"

“带回去？”

藤彩彩不懂，把小少爷带回去又能怎么样？她就不会被赶走？

“老爷一直不希望小少爷去四宇国学院，如果你把小少爷带回去，老爷一定会很开心，说不定老爷会发善心留下你，不是吗？”

风千的话从来没这么动听过，像是魔咒般往藤彩彩的脑海深处灌输着，一点一滴侵蚀着她的思想。

她居然没有想到这一点，只要能够留在樱家就能继续保护小少爷，这才是关键不是吗？她怎么这么傻！还要让风千来提醒！

藤彩彩刚想继续说什么，电话就被挂断了，风千在搞什么？

她一直弄不懂风千到底是好人还是坏人，她只知道，以前在保镖训练班的时候，风千特别优秀，什么都是最好的。不像她，什么都是垫底，除了傻劲是第一名。

唉，她这么没用，为什么桃管家会派她来四宇国学院，承担保护小少爷这么重要的工作呢？

傻劲十足的藤彩彩在夜深人静之时，偷偷溜到樱嘉雪的宿舍前，掏出一把万能钥匙打开宿舍门。

四处张望一下，然后蹑手蹑脚地朝着卧室走去，一眼看见床上盖着被子的樱嘉雪，她抬脚刚要走，房间的灯突然亮了。

藤彩彩一愣，转身就要冲出门，却一头与某个物体撞了个结实。

“哎哟！”捂着撞疼的额头抬头一看，樱嘉雪穿着可爱的睡衣双手叉腰站在她面前。“小、小少爷……”

樱嘉雪露出“和蔼可亲”的笑，俯身凑近藤彩彩问：“你是要偷袭吗？”

“不不不，小、小少爷，你误会了！我、我只是想、想跟你谈谈……”

樱嘉雪轻挑眉毛，脸上写满了不相信：“半夜三更探宿舍，你这是要跟我谈还是想把我绑回去？”

糟糕！被小少爷误会了！她该怎么解释？怎么办？本来就不会说话，现在这种情况一定跳进黄河都洗不清了！

藤彩彩的脸色千变万化，一会儿咬嘴唇，一会儿挠头，一会儿摸下巴。

樱嘉雪盯着藤彩彩一秒一变的脸，心中笑成一团，表面还是维持着他的威严，伸手指着床边的地板说：“去那边罚站。”

藤彩彩低着头站在那里，浑身上下充满了负能量，不自信的气息笼罩一切。

樱嘉雪摇摇头，无奈于藤彩彩的不自信。他想要改变这样的她，让她自信起来，成为一名优秀的保镖。

"把头抬起来！"

藤彩彩很乖地抬起头看着樱嘉雪，坐在大床上的樱嘉雪漂亮得高不可攀。

小少爷还是那么漂亮啊，明明是个男孩儿子，小时候就很漂亮，长大了更漂亮，连女孩子都比不上。

这样的小少爷，居然身处混乱至极的四宇国学院，难怪樱家上下都胆战心惊。

"喂，你在脑补什么？"樱嘉雪拿出折扇朝着藤彩彩脑袋拍下去，"快说！是谁唆使你来找我的？"

"啊？并、并没有啊。"藤彩彩抱着被拍疼的头应道。

她没想到小少爷连睡觉都握着这把折扇，有空拿折扇还不如拿把武器更好，能够以防万一。

樱嘉雪俯视着藤彩彩，将她的心虚尽收眼底。对于藤彩彩的了解他自认不输于任何人，头脑简单、四肢发达的她，如果不是被什么人的教唆，绝对不会想到要带他回去邀功。

可她连小时候那么重要的事都会忘记，弄得他不得不策划一场保镖毕业试。

如果她能够在这么混乱的四宇国学院保护好他，就能成为樱家正式保镖。这是桃管家给出的最后一道关卡，只要藤彩彩这丫头过关，她就能成功毕业。

"我是不会回去的，除非你把我绑回去。"樱嘉雪说完就关灯蒙上被子倒头睡下去。

站在床边的藤彩彩傻愣愣地看着樱嘉雪，最后长长地叹一口气，垂下头一副无力的样子。

她果然没办法说服小少爷，难道真的要把小少爷绑回去？不不不，这绝对不可以！如果那么做了，她和那些小时候绑架小少爷的坏人有什么区别？

唉，那该怎么办呢？小少爷……

藤彩彩看着床上的樱嘉雪，想到还没被允许能活动，她只能默默地站在床边。周围漆黑一片，让她不禁燃起睡意。

不行不行，她不能睡，保护小少爷要紧！

藤彩彩强迫自己不要睡，起初还能硬逼着自己睁开眼。可是渐渐地，眼皮已经不听话，不知不觉就合在一起，倒头趴在床上睡过去。

床上的樱嘉雪小心翼翼地转过身，看着床边流着口水的藤彩彩，将被子轻轻盖在她的身上。

这股执着，就是她最大的优点，也是他所欣赏的。

清晨的阳光洒在宿舍内，床上的藤彩彩翻个身，柔软的床让她有点儿不想起来，好久没睡得这么舒服了。

“嗯……”藤彩彩低吟一声抱着被子一脸满足，突然，她意识到什么，睁开眼，看着陌生的天花板有些反应不过来，“啊”了一声猛地起身，房间中除了她没有其他人。

她该不会昨天睡在小少爷的宿舍里了吧？天啊！现在几点？

低头一看，手表上时针的指向让藤彩彩有种五雷轰顶的感觉。“十二点！”她尖叫着跳起来，不管三七二十一冲出房门，走之前跑到窗边张望了一下：“没人，太好了！”

藤彩彩飞身而下，双脚稳稳落在地上，环顾四周确定没人看见后飞速闪到角落，这时的她终于稍稍安心。不过，才安心没到几秒，突然想起自己的使命，又匆匆忙忙地赶向樱嘉雪的教室。

午饭时间，樱嘉雪买了两份套餐打包带走，刚走出餐厅就遇上了脸上挂彩的吕浩和几个来者不善的人，本以为这个家伙已经吸取教训，但是……

“哟！我们真的很有缘分呀。”吕浩摆出一副巧遇的模样，笑眯眯地看着樱嘉雪，今天的他看起来完全没有被之前的事情影响，看来是身后那几个人撑腰的原因。

“你们想打劫吗？”樱嘉雪稳着性子冷声问。

“哈哈，我想请你去坐坐，怎么样？”吕浩得意扬扬地指着那些并非善类的家伙，这些人是他好不容易勾搭来的，正好大家都对樱嘉雪有兴趣，自然而然成为一群狐朋狗友。

樱嘉雪一只藏在口袋中的手按下紧急拨号键，很快藤彩彩的手机就接通了。

“小少爷？你……”藤彩彩还没说完，就听见手机另一头传来奇怪的声音，很快察觉到不对便安静下来，仔细听着对话的内容。

“你们想带我去什么地方？”樱嘉雪保持着惯有的冷静，从小到大被绑架无数次，练就了他沉稳、镇定的个性。

“去了你就知道。”吕浩示意一下，那些围着樱嘉雪的人就架起他，朝着前面走去。

餐厅内目睹整个过程的其他学员，没有一个人吭声，更没有一个人阻止。

只是，樱嘉雪被带走虽然没人阻止，却有人记在心上。在角落吃饭的许尧原本想出去阻止，但被卢鑫阻拦下来。

“阿鑫，我们……”许尧自从上次的事情后就很感激樱嘉雪，那次的事情后他和卢鑫的关系慢慢变好，彼此的芥蒂也基本消除。

卢鑫性格比较冷，相对也很冷静，他清楚地知道如果贸然出去阻拦，许尧一定会吃亏。不过，他也不会见死不救。

“我们两个人根本做不了什么，关键是那个一直在暗中保护樱嘉雪的人。”卢鑫想到之前那个突然出现的女生，打扮虽然奇怪了点儿，但身手不错，想必之前把亲近樱嘉雪的人赶走的就是那个女生。

“那我们去找她吧！”许尧拉着卢鑫就往餐厅外跑。被拽着的卢鑫很无奈，找人也得有方向吧，这样随随便便怎么可能找得到？

3

与此同时，接到樱嘉雪求救电话的藤彩彩正焦急地四处找人，从这棵树跳到另一棵，折腾半天也没看见樱嘉雪的人影。

突然，她听见有人在喊“保镖妹子、保镖妹子……”她低头往树下一看，看见许尧拉着卢鑫四处喊着：“保镖妹子，你在哪里啊？你的主人被人绑走了……”

什么？小少爷被人绑走了？

藤彩彩心中一沉，飞身跳下树，一脚踢开卢鑫，一把抓过许尧钳住他的双手和喉咙，厉声问：“说！你们把小少爷弄到哪里去了！”

“放开他！”卢鑫喊罢，只觉得被人踹了下，没想到回头就看见许尧已经成了别人手中的人质。

“你们先放了小少爷！”藤彩彩稍稍用力，疼得许尧直叫。

卢鑫忙解释说：“不是我们做的，是吕浩他们，我们只是想找到你告诉你这个消息。”

藤彩彩半信半疑地看着卢鑫，她对吕浩压根儿没印象，倒是对眼前的这个人印象深刻。

就是这个人，害得她做不成幽灵保镖！

“如果你再不去救樱嘉雪同学，他可能会有危险。”许尧的话点醒了藤彩彩，“我看见那些人朝餐厅西面去了。”

西面？餐厅？在哪儿？她对这里还不太熟悉。

“你们跟我一起去！”樱嘉雪抓着许尧，命令卢鑫一起跟过来，她本来有一份四宇国学院平面图，但之前去厕所的时候掉进马桶全湿了。

藤彩彩、许尧和卢鑫三个人朝着餐厅西面走去，而被带走的樱嘉雪则和那些人到了一间荒废的教室。

樱嘉雪站在教室内环顾四周，这间教室看起来没有外表那么荒凉，虽然墙角布满蜘蛛网，但是桌子和椅子出奇地干净，看来是经常有人在这里聚会。

“怎么样？我的基地不错吧，哈哈哈！”一个大高个一把搂住樱嘉雪的肩膀，大肆宣扬着这个狗屋一般的所谓“基地”，“为了欢迎你，我们准备了很多零食哦，哈哈哈……”

樱嘉雪望着桌上那堆薯片不禁皱眉，想着，果然是这种垃圾食品才让这群人胖的胖、长痘痘的长痘痘。

“不喜欢零食？那我们来玩点儿有趣的吧，嘿嘿嘿……”

樱嘉雪没有理会他们，压着心中的厌恶感等着藤彩彩来救人。他是个有洁癖的人，面对如此脏乱差的环境，早就起了一身鸡皮疙瘩，只希望那丫头快点儿来，他不能保证自己能忍多久。

樱嘉雪泛起一阵恶心，狠狠地瞪了大高个儿一眼。

大高个一愣，趁着他发愣，樱嘉雪一脚把对方屁股下的椅子踹掉，“哐当”，大个子跌了个四脚朝天，捂着屁股直喊疼。

樱嘉雪一步步走近，一边走，一边掏出皮鞭在手心拍打，笑着说：“你们想玩好玩的是吗？”樱嘉雪露出迷人的微笑，眼睛弯成一条线，缓步走近吕浩和几个小喽啰。

小喽啰们胆小如鼠，把吕浩往前推，齐齐指着他说：“是他教唆的，和我们没关系，请大人明鉴！”

樱嘉雪脸色一变，目光森冷地盯着吕浩和小喽啰，显然一个都不想放过，“放心，我一定会手下留命！”

樱嘉雪扬起鞭子快速甩落，只听“哗啦”一声响后，椅子四分五裂地躺在地上。

“啊啊啊——”小喽啰和吕浩发出杀猪般的叫喊声，转身想要冲出门，却被樱嘉雪抢先一步堵住门口。

所有人都脸色煞白，心里只有一个念头：他们似乎唤醒了一个很可怕的人！

那边正在着急找人的藤彩彩在校园中穿梭着，一头短发加上奇怪的穿着打扮，很快引起了不少人的注意。

小少爷到底在哪里？急死人了！小少爷千万不要有事，不然她就算以死谢罪都不够啊！小少爷……

卢鑫见藤彩彩像只无头苍蝇似的有些看不过去，问了句：“樱嘉雪同学应该不是普通人吧，他的手机上就没有GPS（全球定位系统）吗？”

“哎？”藤彩彩一个急刹车，害得许尧差点儿撞上她，幸好被卢鑫及时拉住，“我怎么把这个忘了！”

唉，紧要关头这种常识性的问题都能忘记。卢鑫暗想。

藤彩彩打开手机的追踪功能，这个功能是为了方便找到小少爷，桃管家专门让人植入手机的。很快，手机屏幕上跳出两个方位示意，绿色的代表她现在的位置，红色的当然是樱嘉雪的位置。

“找到了！”藤彩彩拿着手机兴高采烈地原地打转。

卢鑫凑上去看一眼，马上认出上面显示的位置在哪儿：“这个地方我知道，是高年级的根据地。”

“真的？那我们快去吧！”藤彩彩拉着卢鑫和许尧就往前冲，这一刻卢鑫突然感觉到，其实樱嘉雪有这样一个保镖在，也是一件略微头痛的事情。

藤彩彩等人赶到荒废的教室，站在不远处就能感觉到这间教室有多荒凉，孤零零地坐落在那里，被周围的教学大楼包围，一点儿也不起眼。

“这间教室原本是烹饪部的教室，后来烹饪部解散后，就没人用了。”卢鑫说。

藤彩彩才不管这里是哪里，她只知道小少爷在这里！

藤彩彩低头看了下手机，果然导航上的绿色和红色标志已经重合。小少爷真的在这里！太好了！小少爷，我来救你了！

“小少爷——”藤彩彩一脚踹开教室门，以正义使者的形象隆重登场。

教室内的樱嘉雪双手被反绑在椅子上，吕浩和两个脸上严重挂彩的男生正拿着皮鞭，看起来俨然一副要好好教训樱嘉雪的架势。

“放开小少爷——”藤彩彩飞奔过去撞开吕浩和那两个男生，扶起樱嘉雪关切地问：“小少爷！你没事吧？”然后慌忙解开樱嘉雪手上的绳子，扫了眼发现屋子里还有几个躺着的男生，有些不解，“小少爷，这几个是……”

樱嘉雪淡定地瞥了一眼地上躺到现在的大个子和其他人说：“他们内讧，所以就变成这样了。”

“内讧？”藤彩彩歪着头有点儿不理解。

樱嘉雪怕藤彩彩生疑，故意脚下拌蒜倒在一边，挤出一脸楚楚可怜的神情说：“彩彩，我有点儿晕。”

“啊？小少爷你没事吧？是不是他们对你做了什么？”藤彩彩忙扶着樱嘉雪，瞪向一旁的吕浩等人。

“他们……”樱嘉雪瞟向吕浩等人，后者一看见他那似笑非笑的表情，立刻缩成一团躲到角落。“没对我做什么，幸好你来得快。扶我回宿舍，我要休息。”

“是！”藤彩彩本来想来个英勇的公主抱，可想到两个人二十斤的体重差以及十几厘米的身高差，她决定放弃这个念头。

藤彩彩扶着樱嘉雪走出门，临离开前樱嘉雪还不忘用眼神恐吓吕浩等人，吕浩等人纷纷做出捂嘴的姿势，樱嘉雪这才放心。

目睹一切的许尧有些不解，他怎么看都觉得吕浩他们怕的似乎是樱嘉雪而不是藤彩彩，这是怎么回事？

“阿鑫，他们……”许尧刚要问就发现卢鑫已经走到吕浩等人跟前。

“那个樱嘉雪不一般，之前那件事就让我感觉到，他的眼神阴森得可以。”卢鑫这么说，许尧想了想，确实当时的气氛很诡异。

藤彩彩扶着樱嘉雪回到宿舍，一路上不停地重复同样的话：“小少爷！我对不起你！是我没保护好你！我该死！”

樱嘉雪伸手要去扶，突然脑海中灵光一闪，似乎想到一个不错的计策，收回手冷着脸问：“你知道自己错了？”

“是的，小少爷！我不该睡过头！是我不好！都是因为我觉得床太舒服！”藤彩彩胡言乱语着，完全不知道自己在说什么，只是单纯地觉得是自己失职地睡过头了。

樱嘉雪想笑不能笑，只能憋着努力装出一副“高贵冷艳”的模样说：“是啊，害我遇上那种事情。”说罢还特意低头做抹泪状。

“是的，小少爷！都是我的错！我没用！我连小少爷都保护不好！”藤彩彩心中无限懊悔，她发誓要保护小少爷的，现在才几天而已，就让小少爷落入贼人手里，她实在是……

她真的很没用，太没用，居然犯了这么低级的错误！一想到睡过头这种事，真是太自责了。

“那给你个将功赎罪的机会，你愿意吗？”樱嘉雪不费吹灰之力就挖好一个大坑，等着藤彩彩主动往里面跳。

“真的吗？”藤彩彩瞬间觉得眼前一片光明，小少爷肯给她机会，就等同于让她重生，“只要不把我赶走，我什么都愿做！”

看吧，自愿跳坑了！这丫头就是这么容易被人牵着鼻子走，正因如此他才不放心。

“你说什么都愿意做，那就留下来做我的贴身保镖。”樱嘉雪笑看着藤彩彩，等待着她激动的拥抱。

小少爷让她留下来？不是她听错了吧？不是在做梦吧？不对不对，小少爷一定是在说反话，一定是的！

她这么没用，小少爷怎么可能要她做贴身保镖？一定是在说反话，一定是这样的！

藤彩彩愣在那里半天，一丁点儿动作都没有，樱嘉雪刚想开口询问，惊见藤彩彩眼中饱含泪水，满是委屈地吸着鼻子。

“小、小少爷是想赶我走吗？呜呜呜……”藤彩彩一把鼻涕一把眼泪地哭着。

等等！她到底是怎么理解他刚才说的话的？留下她怎么就变成赶人了？

“我什么时候说要赶你走？你耳朵到底怎么听的？”

藤彩彩低着头很是委屈，吸着鼻子支支吾吾半天才开口：“小、小少爷不是想等我犯错，然、然后就赶我走吗？因为小少爷不喜欢有保镖，所以现在突然留下我一定是……”

这是怎样的脑回路？他一直知道这丫头不聪明，但不知道她会到这种匪夷所思的程度！

留下她做保镖，和赶她走根本不是一个概念好吗？看来，他需要好好解释一下。

“谁跟你说我不喜欢有保镖的？”樱嘉雪深深地感受到某个人的恶意，一定是谁给藤彩彩灌输了奇怪的想法。

“是……是风千，他告诉我小少爷不喜欢保镖跟着，所以我就只能做幽灵保镖。”藤彩彩掏出纸巾擦着鼻涕，边擦边抽泣。

樱嘉雪一听见“风千”两个字就恨不得立刻让那家伙在地球上消失，可偏偏那个可恶的家伙是大哥的心腹保镖，哼！

那么说，之前给藤彩彩灌输奇怪思想的，也一定是风千吧。那个家伙从小到大，最拿手的就是骗藤彩彩，并且屡试不爽。

“今天我郑重地告诉你，我不讨厌保镖也没想过赶走你。这一切都是风千骗你的，懂吗？”樱嘉雪一脸严肃地说。

“真、真的吗？”藤彩彩有些不敢相信，她一直坚信的事情居然在瞬间被推翻了！

小少爷不讨厌保镖，也不会赶走她，就像是在做梦似的！

可是，风千为什么要骗她？而且，小少爷的确从小到大都不喜欢被人跟着，除桃管家外。

“我都亲口说了还有假？还是说你宁愿相信风千那个家伙？”樱嘉雪俯身凑近藤彩彩，盯着她满是鼻涕和眼泪的脸说。

一瞬间，藤彩彩感觉自己心律极不稳定，心脏剧烈地跳动着，连带呼吸都变得不顺畅起来。

藤彩彩从小对小少爷的脸没有任何抵抗力，小少爷那么漂亮、可爱，就像天使般降临在她身边。

樱嘉雪轻拍几下藤彩彩的头，笑说：“好了，现在你安心了吧？不用再做幽灵保镖了，正大光明地保护我就可以。”

“小少爷……”藤彩彩一头扑进樱嘉雪怀里，“呜哇”一声大哭起来。

积压许久的担心和误会在此时解开，她以为自己会被小少爷讨厌，她以为自己没办法成为小少爷真正的保镖。

但是现在，一切都不是问题！小少爷接纳她了！

她碰到事情会慌乱，没有其他人那么冷静、聪明。

但是，小少爷愿意留下她做保镖，比什么都重要，都让她高兴！

4

从这天开始，藤彩彩就正大光明地跟随在樱嘉雪身边，那些以前莫名其妙被驱逐的人，也意识到之前驱逐他们的不是什么“鬼魂”，而是藤彩彩。

不过，藤彩彩对樱嘉雪的保护依旧严密，几乎不让人靠近樱嘉雪两米，樱嘉雪也没干涉，随她去。

上课时，樱嘉雪坐在教室内，藤彩彩爬到教室外的大树上，监视着教室里所有人的一举一动。大家就在这股巨大的压力下上课，一到下课所有人都有种解脱的感觉。

樱嘉雪趴在窗边看着藤彩彩说：“我口渴，去给我买饮料。”

“是！小少爷请不要离开，我立刻回来！”藤彩彩并不放心把樱嘉雪一个人留下，但命令是无法违抗的，她只能以最快的速度打一个来回。

藤彩彩“唰”一下消失，樱嘉雪回头瞥向吕浩，后者一惊慌忙移开视线，樱嘉雪笑道：“吕浩同学，你没说过什么不该说的话吧？”

“没、没有！”吕浩声音在颤抖，他无法直视樱嘉雪那种布满诡异笑容的脸。

樱嘉雪脸上泛起满意的笑容说：“昨天你们的演技不错，值得表扬。”回想起昨天察觉藤彩彩赶来的时候，他急中生智想出一条妙计，让吕浩等人假扮准备欺负他，才没有让事情的真相暴露。

“只要您吩咐，我们都愿意无条件配合！”吕浩蹲到樱嘉雪身旁，摆出乖狗狗的姿势，以博取樱嘉雪的欢心。

“你们乖乖的，不要让我的保镖有什么麻烦就可以。”樱嘉雪用折扇轻拍几下吕浩的头，摆手示意他可以走开。

吕浩乖乖回到座位上，整个教室从下课到现在，都安静得只有他们两个人的声音。

今天一大早几乎整个学院的学生都受到高年级的告诫，千万不要招惹樱嘉雪，至于理由谁也没说。

大家都觉得很好奇，似乎在极短的时间内，从卢鑫到吕浩再到高年级的学生，都臣服于樱嘉雪的脚下。四宇国学院最有名的那些人，一夜转了性子让人捉摸不透。

完全不知道教室里发生什么的藤彩彩买完饮料就往回冲，怎料一转身就被一个陌生的男生拦住。男生一头利落短发，穿着像制服而非校服的衣衫。

藤彩彩向后退一步，手中握着饮料，双眉微微皱起，盯着眼前这位不速之客。凭借她少得可怜的保镖直觉断定，眼前这个人绝对来者不善。

“你就是那个新来的人的保镖？”陌生男生直指藤彩彩，态度颇为嚣张地问。

“你找我有事？”藤彩彩警惕地盯着陌生男生，她不怕别的，就怕这个人想对小少爷做什么。

男生指着自己说：“我叫东撰，我是来挑战你的。”名叫东撰的男生，是学生会会长卓煜城的保镖，自认水平上等，但相比他的技能，他的自信才是天下第一。

挑战？

“对不起，我没兴趣，再见！”藤彩彩说着就走，但东撰显然不会就这么放人，想尽办法挡住藤彩彩的去路。

可恶！这个男生怎么这么缠人！她还赶着给小少爷送饮料呢！

“你身为保镖，被别的保镖挑战居然想逃，真是不像样。”东撰双手环抱在胸前，昂着头，露出一脸不屑。

他想用激将法刺激藤彩彩，逼迫她答应接受挑战。

怎奈，现在的藤彩彩满脑子除了樱嘉雪没有别的，压根儿没把他的话放在心上。

“既然你也是保镖，那就让开，我要回去保护小少爷！”藤彩彩咬着牙紧紧握住拳头，脑海中浮现出各种樱嘉雪被欺负的画面，心里不由得一紧。

东撰作势进入备战状态，他赌上自己保镖的名誉也要进行这场对战。

如果问他为什么那么执着，那就要怪藤彩彩当初做幽灵保镖时太过招摇。在四宇国学院，因为每个学员的身份都非同小可，所以他们身边隐藏着不少保镖，这些保镖通常也是以学员的身份作为伪装保护自己的主人。

而藤彩彩，在做幽灵保镖时对自己主人的保护，弄得全校皆知而成为话题，向来心高气傲的东撰知道这件事，自然不会放过任何挫挫对方锐气的机会，尤其是知道对方只是个女生后。

“那你就别怪我了！”藤彩彩紧握手中的饮料，另一只手背向身后。

东撰一看立刻来劲，他终于能将藤彩彩打个落花流水了！

藤彩彩从身后拿出一条锁链，那是她贴身携带的武器。但是这次她拿出来不是为了当武器用，而是……

“唰！”锁链甩向半空，在树干上打几个圈后固定，藤彩彩纵身一跃，借着锁链的惯性一个转身稳稳落在树干上，头也不回地跳向另一棵树，一路飞快地赶回樱嘉雪的教室。

“可恶！我一定会让你和我对战的！赌上我东撰的名字！”东撰咬牙切齿地冲着半空喊话。

他绝对不会就这么放弃，在四宇国学院，他是保镖中的佼佼者，又怎么能让一个新来的赶超？

还记得之前和主人的对话，就连他那个严苛的主人都对藤彩彩毫不吝啬地作出“速度够快”这种表扬，做了主人那么多年的保镖，他从来未得到一个字的表扬，他能听见的只有“慢死了”这种评价。

这份不甘，他是怎么都无法容忍的！

藤彩彩好不容易带着饮料回到樱嘉雪教室旁的大树上，这个时间已经开始上课。樱嘉雪注意到她后做出一个噤声的动作，示意她下课后再说。

藤彩彩垂着头有些沮丧，暗想都是因为她太慢耽搁了时间，连这点儿小事都办不好，她果然很不可靠。

好不容易熬到午饭时间，藤彩彩已经饿得肚子“咕咕”叫，碍于自己的身份也不能催促樱嘉雪。樱嘉雪慢悠悠地走着，瞄一眼藤彩彩，看着她一脸快饿扁的委屈模样，心里暗暗发笑。

瞬间，樱嘉雪心痒痒地想要捉弄捉弄藤彩彩，好久没捉弄她，怪无聊的。

“彩彩，你先去餐厅排队替我点餐。”

“啊？可是小少爷你一个人，我不放心啊。”藤彩彩拼命摇头，她已经暗下决心，不轻易离开小少爷。

樱嘉雪回头堆起楚楚可怜的表情，委屈地说：“可是现在餐厅人好多，我又好饿哦……”

藤彩彩一愣，呆呆地看着樱嘉雪，已经无法思考任何理性的东西。

“彩彩，去给我排队点餐好不好嘛？我想吃芝士焗蘑菇意面啦，还有鸡翅和奶茶。”樱嘉雪仗着自己脸蛋的优势，进一步凑近藤彩彩。

藤彩彩鼓起胸膛充满“男子气概”地点头，然后迈出机械的步伐，一步一步走向餐厅。

樱嘉雪收起无助的表情，换上鬼见愁的冷酷神情。他是不会让藤彩彩看见这可怕一面的，身为主人比保镖厉害，这对保镖来说是最伤及自尊的。

现在，他的目的是让藤彩彩在四宇国学院树立信心，从而赢得和父亲的赌约。

“跟了一路，你不累吗？有事就正大光明出来说。”

东撰从暗处走出，双眼紧盯樱嘉雪。让他觉得不可思议的是，自认跟踪功夫一流的自己，居然会被一个普通人发现，明明连那个保镖都没注意到他的存在。

仔细打量樱嘉雪，东撰感觉这个人很奇怪，除了长得很漂亮外，并没有什么其他的特质足以发现他的尾随。为什么呢？直觉吗？

“我向你的保镖挑战但是被拒绝，如果我拿你做筹码，她必定会答应！”东撰扬起自负的笑。

樱嘉雪叹了口气，心中有些无奈。

不过，那个傻丫头要是能赢也不错，最起码自信心能提升不少。樱嘉雪看着这个半路杀出的程咬金，估摸那丫头应该能应付得了。

好！送上门的好事怎么能拒绝？既然如此，就来一个顺水推舟。

樱嘉雪迅速换下冷峻的脸，脸上浮起满满的惊慌和不安，乌黑的双眼闪着光芒瞅着东撰，逼真起见连身体都微微颤动，说：“你、你不要绑架我，我怕……”

“哎？”东撰一时无法适应樱嘉雪如此转变，无措地看着故作柔弱的樱嘉雪，一时间没有反应过来。

糟糕！这样让他觉得自己是欺软怕硬的人啊，不该啊！他只是想和藤彩彩对战罢了！

正巧赶着要去餐厅吃饭路过的高年级一行人，撞见樱嘉雪楚楚可怜的模样，再看东撰咄咄逼人的架势，马上反应过来樱嘉雪被欺负了！

“喂！那边的，你要对我们的大人做什么？”徐然冲过去拦在樱嘉雪和东撰之间，巨大的体格把樱嘉雪遮得什么都看不见。

“对啊对啊！你在对我们的大人做什么？不要接近我们的大人！”所谓物以类聚，和徐然在一起的高年级看着一个个都很结实，个子也高，经过上次的事情，见识过樱嘉雪的风采后，早就视其为偶像。

东撰无语地看着一群学生将樱嘉雪保护起来，他的宗旨是不对普通人动手，可是这么一来就压根儿没办法行动。

可恶！这些碍事的家伙！这些高年级的人都不正常吗？什么时候和新来的这么要好！

“让开。”樱嘉雪冷声道。

“大人？”徐然被樱嘉雪一把推开，樱嘉雪瞥他一眼说，“去把我的保镖找来。”

“是！”徐然应声后迅速跑开，直向餐厅冲去。

樱嘉雪视线移到东撰身上，脸上闪过一抹笑，东撰浑身一颤，感觉这个笑容有股说不出的阴森感，就像是猛兽看见猎物般。

樱嘉雪一步一步走近东撰，东撰下意识地往后退几步，突然想起自己是保镖，不需要害怕对方，便站定直面樱嘉雪。

“你想做什么？”他只是觉得奇怪，光天化日之下，一位帅哥贴他这么近想做什么？

急促的脚步声从远处传来，樱嘉雪微笑道：“就你的水准，是不可能比得上我家保镖的。”

简单的一句话瞬间刺激到东撰的神经，被樱嘉雪紧贴着让他感到极度不爽，下意识伸手轻推一下，樱嘉雪毫无预兆地向后跌倒在地上，全场哗然。

“你居然推倒大人！”高年级的一群人义愤填膺，正准备冲过去找东撰算账，却被樱嘉雪用一记森冷的眼神吓退。

“小少爷——”藤彩彩在很远就扯着嗓子喊，用百米冲刺的速度赶到樱嘉雪身边，“你怎么样？哪里摔疼了吗？”

刚才看见小少爷跌倒吓得她半死，小少爷这么细皮嫩肉的摔一下怎么得了！

可恶！居然敢对小少爷出手！

藤彩彩抬头狠狠瞪向东撰，后者一愣，很快又恢复过来，态度依旧嚣张地说：“我又不是故意推人的！而且，谁知道他这么娇弱！”

“你还敢说！你把小少爷推倒了！我都从来不敢随便乱碰的小少爷！你居然……”藤彩彩气得胡言乱语，都不知道自己在说什么，东撰更是听不明白她在嚷嚷什么。

樱嘉雪伸手扯着藤彩彩的衣袖，低着头摇了摇。藤彩彩低头一看，自家小少爷如此柔弱的模样，吓得她快速蹲下扶着樱嘉雪问：“小、小少爷你没事吧？你、你别吓我啊！哪里疼吗？疼吗？”

樱嘉雪顿了顿，抬起头，露出一张充满无辜的漂亮脸蛋，说：“彩彩，那个人说要绑架我。”

“什么？他居然敢那么说！”藤彩彩气得咬牙切齿，狠狠瞪着东撰，“你敢动小少爷我绝对不会放过你！”她可怜的小少爷，从小就一直被人视为绑架的对象，好几次死里逃生，现在一定很害怕。

东撰本想发火，但转念一想，现在这情形不正是他需要的？本来针对樱嘉雪为了什么？不就是为了让藤彩彩接受挑战？既然如此，那就没必要多费唇舌解释了，顺水推舟也不错。

“好啊，让我不做什么也可以，只要你接受我的挑战！”

“挑战？”藤彩彩完全不记得这回事，东撰这么一说她才有一丁点儿印象，似乎之前确实被眼前的这个男生要求对战什么的，“不要。”

藤彩彩一口拒绝，她现在心里塞着的只有保护小少爷这件事，那些无聊的事情她才不要去理会。什么挑战有小少爷重要吗？

“彩彩……”樱嘉雪突然站起来，藤彩彩忙过去扶着，就像伺候太后般百般呵护，“你就答应吧，这样以后他就不会再来烦我了。”

咦？小少爷说烦？也是，这个男生确实挺烦的，之前找她挑战没成功就来打小少爷的主意。

那么说，只要接受他的挑战，少爷就不会被骚扰了？那就来个快刀斩乱麻！

“好！我答应你！什么时候？比什么？在哪里？”藤彩彩爽快地答应下来，她的宗旨就是以小少爷的一切为优先，只要小少爷好就一切都好！

“明天中午十二点，在这里等我，比什么我会告诉你！”东撰兴奋地留下话就转身跑开，所有人都纳闷，这件事真有这么值得高兴？

藤彩彩也很不解，但她懒得去想那么多，扶着樱嘉雪问：“小少爷，要不要回宿舍休息？”

“不用啊，我饿了，去吃饭吧。”樱嘉雪心情大好地露出了灿烂的笑脸，看得藤彩彩心花怒放。

5

餐厅中，藤彩彩睁着一双警惕的眼睛四处扫着，生怕有什么蚊子、苍蝇来骚扰樱嘉雪。

“彩彩，你坐下一起吃吧。”

“不用了，小少爷，你快吃吧，我随便弄个面包解决！”藤彩彩憨憨一笑，掏出一个已经被压扁的面包扬了扬。

樱嘉雪真的一点儿都笑不出来，看来，他又要使出撒手锏了。

微微低下头，樱嘉雪开始和眼前的饭菜进行抗争，藤彩彩啃着完全和好吃无关的面包，看着樱嘉雪有些在意地问：“小少爷，你怎么了？为什么不吃？”

“你不吃我也不吃。”樱嘉雪瞅着藤彩彩，无害的眼神就像小狗般可怜。

糟糕！惹小少爷不高兴，她没有做错什么吧？可是，小少爷真的不开心的样子，她该怎么做？

樱嘉雪看着藤彩彩慌乱的模样，心中暗笑的同时，脸上依旧带着不悦的神情，低声说：“坐下。”

藤彩彩下意识地“扑通”坐下。“吃饭。”樱嘉雪话音一落，藤彩彩乖乖拿起筷子机械地吃起饭。

“好，真乖。”樱嘉雪咧嘴一笑，伸手轻拍一下藤彩彩的头。

他没想到会有东撰那样的人主动送上门，以他刚才对东撰的估量，基本不是个难对付的人，她的实力足够抗衡。

每胜利一次，人的信心就会增强一些。而让藤彩彩这丫头树立信心，最好的途径就是去赢。让她了解，在樱家垫底不代表无能，外面的世界，有更多比不上她的人存在。

只是，他还有些担心的地方，例如他们会进行怎样的对战，比武八成没问题，比智商十成有问题。但看东撰也不是什么特别聪明的人，应该不会傻到拿自己的短处出来比。

而藤彩彩，并没有把接受挑战的事情太当回事，只是觉得能不让东撰来烦樱嘉雪最重要。

抱着这样的心态，藤彩彩迎来了第二天的对战。中午十二点，已经有很多人聚集在现场，樱嘉雪在一群高年级学生的包围中站在一旁，藤彩彩和东撰面对面站着。

“这么多人？”人多是樱嘉雪没料到的。

“大人，你不知道，在四宇国学院保镖之间的对战是大事！是奠定地位的大事！”徐然很兴奋地解释着，边说边手舞足蹈地比画几下。

地位？似乎很有意思，看来可以利用一下。不过，前提是这场比赛藤彩彩那丫头必须赢！

“彩彩，要赢！”樱嘉雪简单利落的交代让藤彩彩倍受鼓舞，已经做好破罐子破摔的准备，不对！应该是做好必胜的准备。

她不可以随便认输，毕竟还不知道比什么，也许比的是她的强项呢？

嗯……虽然她没什么强项。

反而是东撰那边看起来有些奇怪，总觉得他心不在焉地在张望什么。樱嘉雪仔细打量一圈发现，围观的人群中貌似没有一个人像他的主人，大多是来看热闹的。

原来如此，是在在意自己的主人？果然主人到场对保镖来说，是非常重要的。

“比什么？”藤彩彩希望能够速战速决，以免节外生枝，当然最重要的还是她怕小少爷等得累了。

“速度！”

藤彩彩和樱嘉雪一听比速度立刻傻眼，东撰见到她这样的反应，心中乐不可支。

他相信自己的速度绝对能超越藤彩彩，好歹他也是个男人，藤彩彩是个女人，体能上的差别是不可能弥补的！

樱嘉雪和藤彩彩两个人注视彼此数秒后，表情逐渐变得扭曲，像是憋着笑又不能笑的模样。

比速度？为什么这么多东西不比，偏偏要比速度！这根本就是……为她量身定做的项目啊。

谢天谢地，在没有什么技能强项的她身上，速度勉强算是强项。

藤彩彩好不容易收起笑意，回头一看见东撰得意的表情就又很想笑，碍于现场人这么多，她只能强压下笑意点头应下。

“比赛规则很简单，不借助任何外来力量，谁先跑到餐厅就获胜！餐厅门口有监视器，谁也没办法作弊！”

“好！”藤彩彩话音刚落，东撰就“呼啦”一下蹿出去，眨眼就跑出很远。

唉？居然使诈！太狡猾了！

绝对不可以输，如果连比速度都输掉，她真的没脸见小少爷了。

藤彩彩抬头看向一旁的大树，眼神瞬间变得坚定，快速助跑后一跃而起，双手迅速抓住最近的树干，翻身一跃而上，借着大树之间密集的距离，从上面追向东撰。

“咦？大人，你的保镖这样不是很浪费时间和体力吗？”徐然有些不太明白，不管怎么说都是在平地跑比较快，但是藤彩彩选择从树上过去明显不利。

樱嘉雪态度异常从容，如果比别的东西也许真的会是一场恶战，但是比速度藤彩彩稳赢！想当初藤彩彩那丫头什么成绩都是垫底，唯独速度是一流。

听桃管家说，每个保镖都会有一个特别擅长的项目，而唯一不用动脑筋的就是跑！正因如此，训练者特意强化藤彩彩的速度，锻炼她打不过就拖着主人快跑的能力。

当然，这件事藤彩彩并不知情。要是被她知道自己这么不被看好，她一定会一头撞墙。

那边，投机取巧一心想要获得胜利的东撰边跑边回头看，在他的视线内并没有出现藤彩彩的身影，这让他有种被胜利女神眷顾的感觉。

身为一个男生，如果连速度都比不过一个女生，那他保镖的头衔还怎么能保住！哼！这场比赛他赢定了！

很快东撰就跑到餐厅门口，冲着监视器得意扬扬地挥挥手，证明自己已经抵达。与此同时，学院教学楼外墙上的大屏幕上，也出现了他的笑脸，全校人都能看见他胜利的笑容。

正走在操场上的一名男生看着大屏幕上的东撰止步，银灰色的中长发下是一张冰冷而没有表情的俊美脸庞，微皱的双眉显示出几分不悦。

东撰站在餐厅门口等着藤彩彩，他想要看见那张脸上露出挫败的表情，同时让主人知道他是绝对不会输给一个女生的！

时间一分一秒过去，藤彩彩迟迟没有抵达，东撰越等越着急：“这么久就算爬都应该爬到了。”

难道藤彩彩因为输了就偷偷躲起来哭？哈！毕竟是个女生，说不定真的在某个角落哭呢！

算了，反正全校都知道他是获胜者，回去找那个樱嘉雪炫耀下也不错！嘿！

东撰昂首阔步往回走，一路想着等会儿见到樱嘉雪要说些什么，最好能把那个高傲的人气死！

“你们看！他回来了！”徐然冲着不远处走来的东撰大喊一声。

东撰得意地抬着头，刚想挥手就看见藤彩彩此时此刻正站在樱嘉雪身边，别说哭鼻子，根本什么都没发生的样子。

怀着疑惑，东撰走近说：“喂！你也太没有比赛精神了，就算明知道输了也应该跑到终点，怎么能半路折回？”

“你在说什么？输的不是你吗？”藤彩彩歪着头，用惊讶的眼神看着东撰，“刚才我在大屏幕上看见你，原来输了要上大屏幕公告全校呀。”藤彩彩在心中暗暗庆幸自己没有输，不然全校都会知道，太丢脸了。

“什么？输的明明是你！是我先到餐厅的，监视器都拍到了，全校都看见的！”东撰一步向前气急地同藤彩彩争论。

“你在说什么呀？是大人的保镖赢了。”徐然挺身而出，俨然一副“我是证人”的架势。

东撰彻底迷惑了，获胜的明明是他，但这里的人居然联合起来说是他输了，一定是他们在骗人，一定是！

见东撰还是一脸的不相信，樱嘉雪调出手机中的视频放在东撰面前说：“你看清楚，这段视频拍得很清楚，是彩彩先到餐厅的屋顶，然后你再跑来的。”

视频中藤彩彩早早就站在餐厅屋顶上张望着，不一会儿东撰也跑来，还冲着监视器比画笑脸，一切都清清楚楚。

“怎、怎么可能！这段视频一定是假的！”东撰不相信，他不相信自己会输，输给这样一个女生！

“餐厅周围的监视器并不是只有大门口一个，这是我在你们出发后让高年级的人站在教室里拍摄后传给我的，为的就是防止你耍什么手段。”樱嘉雪关上视频轻瞥东撰一眼说，“现在你懂了？”

东撰一脸无法接受现实的表情，他明明有自信能够获胜，绝对能够赢的！他自认是优秀的保镖，一直都是！但是，为什么会输？输给一个不知道从什么地方冒出来的奇怪女生！为什么？可恶！

“这次的事情就算是一个教训，以后你不要再烦我的保镖，不然……”樱嘉雪凑近东撰，从他人看不见的角度露出一抹阴森的笑，直让人浑身发寒、心惊胆战。

樱嘉雪转身看着藤彩彩甜甜一笑说：“东撰同学已经表示认可，我们走吧。”

藤彩彩傻傻地点点头，还冲东撰挥手道别，然后屁颠屁颠地跟着樱嘉雪走了。

东撰傻愣在原地，他依旧不能接受自己已经输掉比赛的现实，脸上错愕的表情从知道真相开始一直没有变过。

他会赢的，他一直这么对自己说！他需要赢得比赛得到肯定，得到那个人的肯定！但是……现在一切都完了。

他输掉比赛，全校的人都当他是笑话，他已经不再是学院里众多保镖中的佼佼者。

“你准备在那里站多久？”中长发的男生走向东撰，冰冷的神情一如既往没有改变，盯着低头不作声的东撰说，“走吧。”

“我输了，我没资格做少爷的保镖……”东撰紧握双拳，心中是满满的不服。

中长发的冷酷少年不语，走到东撰身旁，手起手落，一声清脆响声，东撰的半边脸红成一片。

东撰捂着脸抬起头，眼神中有错愕、疑惑和不甘。

“你的去留由我决定。”少年说完转身就走。

身后的东撰一愣，回过神后赶忙追上去，静静走在少年身后：“对不起，少爷，我让你成为学院的笑话了。”

“在这里能笑话我的人还没出现。”少年的语气和话语，显然并没有把东撰的自取其辱放在心上，他从来不认为东撰在这种“跑步比赛”中输了就能影响他的名誉。

少年的想法是正确的，四宇国学院并没有人把东撰的输赢牵连到他身上，甚至没人去关心东撰输掉比赛这件事，大家更关心的是藤彩彩赢得比赛的事情。

藤彩彩在做幽灵保镖时，就在学院内小有名气，现在又在和东撰的比赛中获得胜利，立刻让她成为不少“速度极慢”的人的偶像。

“彩彩你好棒！速度好快！我能像你一样就好了！”

“对啊对啊，好了不起的速度啊！东撰的速度也是很快的，没想到你比他还厉害！”

男生、女生纷纷将窗边的几个位子围住，七嘴八舌地对坐在树上的藤彩彩说着。藤彩彩只是憨憨地笑着、挠着头，她长这么大第一次被人夸赞，有种快要飘起来的感觉。

坐在位子上被一群人围着，还时不时被人挤到的樱嘉雪，看着一群吹捧藤彩彩的人心中就有股强烈的不爽，如果可以他很想现在把这些人全部丢到窗外去！

“我要走了。”樱嘉雪突然站起来，围着他的几个人一愣，纷纷被他森冷的眼神惊到。

明明长得那么可爱，眼神却和外表截然不同，更不像是这个年龄应该有的那种感觉。

樱嘉雪顺着人群让开的道走到门前，回头看一眼窗外的藤彩彩，藤彩彩还在一脸傻笑根本没注意到他离开。

臭丫头真是大胆，居然连自己的职责都忘记，果然是被捧得飘飘然了！看来回头要好好教育她，不然她那种纯天然个性太容易迷失方向。

樱嘉雪独自离开教室，当藤彩彩发现他不见的时候，已经是十几分钟以后，而他也已经回到宿舍躺在床上，想着教育她的办法。

“咚咚！”敲窗声打断樱嘉雪的思绪，转头看见藤彩彩趴在窗户玻璃上，一脸恳求的表情比画着，像是让他开门。

樱嘉雪下床后走到窗边，似笑非笑地说：“作为保护不力的惩罚，你今晚就待在外面吧。”

藤彩彩一惊，赶忙继续敲玻璃，但是樱嘉雪压根儿不理会，拉上窗帘阻断藤彩彩哀求的视线。

樱嘉雪一个人躺在床上，屋子内一片安静，藤彩彩已经不再继续敲窗，而是静静地蹲在窗外望着四周。

她知道让小少爷离开视线这件事是不能被原谅的，小少爷生气她也能够理解，只是罚她一晚不能进去睡觉已经很仁慈，如果是桃管家绝对会直接赶走她。

“小少爷，真的很对不起，我以后不会再犯这种不应该犯的错误。”藤彩彩蹲在窗边继续履行她的职责，就算不能进屋也必须保护好小少爷，她是这么想的。

屋内的樱嘉雪下床后到厨房忙碌着，他并没有告诉任何人，他已经学会了独立生活，不论买菜做饭，还是其他的家务他都可以一个人来。

窗外的藤彩彩一直在为自己犯下这种低级错误懊恼。好不容易树起的自信心，又在一瞬间倾覆。

她明明答应好好保护小少爷，却一时大意，连小少爷不见了都没发现。

唉！人生第一次被人夸奖、被人围绕的感觉，真的很好，好得让她有些飘飘然。果然，她还不够成熟，没有桃管家的成熟、睿智、冷静，也没风千的足智多谋、随机应变。

抬头，望着一轮明月，藤彩彩默默地在心中许愿：漂亮的月亮姐姐，能不能求你，让我变得聪明点儿？如果太困难的话，那就让我变得灵敏点儿，这样好不好呢？

想着想着，在不知不觉中，睡意席卷而来，让她有些招架不住。

呆呆兽半路遇强敌

第2章 02

Di-er Zhang

Jianxi Baobiao Dai Dai Shou

✤

1

藤彩彩在屋外蹲了一晚上，最后的结果毫无疑问是……感冒！樱嘉雪一开门就看见藤彩彩挂着鼻涕、无精打采的脸，不用说也知道她身体不太好。

“你如果不舒服，今天就休息下。”樱嘉雪并非铁石心肠，看见藤彩彩这副精神不佳的样子，他还是多少有些担心。

“没、没事！阿嚏！我、我可以！阿嚏！”藤彩彩用纸巾捂住鼻子，不停地打喷嚏，连说话的声音都带着浓重的鼻音，可见感冒不轻，“小少爷，快到上课时间了，我们走吧。”

“撑不住就说。”樱嘉雪边走边说，藤彩彩拍拍胸脯表示没关系。

上课时间藤彩彩依旧坚持待在树上，樱嘉雪时不时朝窗外看几眼，每次藤彩彩都傻笑着冲他拍胸脯。

她能够撑下去的！只是感冒而已，一点儿小事没什么大不了，这次可不能让小少爷再离开视线！藤彩彩这么想。

樱嘉雪没说什么，但是心中很担心她。她别的不会，逞强的能耐倒是一流。

脸色那么差，鼻涕和喷嚏不间断，眼睛也没什么神采，这样下去迟早会出事。

这样想着，樱嘉雪回头看向窗外，正好看到藤彩彩一阵眩晕，整个人以自由落体的状态跌到树下，“彩彩！”樱嘉雪猛地站起身探出头，看见楼下摔在地上的藤彩彩似乎已经没了意识，“可恶！”

樱嘉雪飞身跳出窗外，全班被吓得一阵哗然，老师更是一边喊着“樱嘉雪同学，你别想不开啊——”一边冲到教室外。安全着陆的樱嘉雪半蹲在地上抱起藤彩彩，粗略查看了一下，没有地方出血。

“彩彩！彩彩！”樱嘉雪拍着藤彩彩的脸颊希望她能恢复意识，藤彩彩只是迷迷糊糊地无法清醒，“我送你去医务室！”

樱嘉雪一把横抱起藤彩彩，往医务室冲去。全班人就这么看着一名平时看起来很柔弱的男子，抱着一名平时看起来很强悍的女保镖在下面飞奔。

藤彩彩有些意识不清，蒙胧间看见樱嘉雪的脸。一直对她笑的小少爷，现在紧紧皱着眉头。小少爷不高兴吗？还是在担心什么？

“小少爷，不要不高兴啊，彩彩希望你能开心。”藤彩彩这么想着，却没力气说出来，随着一阵眩晕，眼前一黑彻底晕了过去。

樱嘉雪将藤彩彩抱到医务室，一脚踹开医务室的门，吓得医生差点儿从位子上跳起来。

“她从树上摔下来了！”樱嘉雪把藤彩彩放在一旁的床上。

医生赶过来给藤彩彩仔细检查，检查后发现并没有摔伤，肋骨什么的也没事，只是有些发烧。

一听是发烧，樱嘉雪终于松一口气，没有摔伤真的是万幸。才松口气，他很快被愧疚感包围，他知道藤彩彩发烧一定是感冒引起的，而感冒则是因为昨天把她关在外面一晚上。

都怪他没有想到那些，考虑不够周全才会变成这样。当初起码应该给她一条毯子，这个傻丫头也真是，居然宁愿冷死也不去找点儿东西来盖着。

樱嘉雪站在床边，看着因为发烧满脸涨红的藤彩彩眼中流露出歉意，伸手滑过她的脸颊轻声说：“以后我会小心，不会让你因为我的不周全平白受伤。”

“嗯……”藤彩彩低吟声像是在纠结什么，樱嘉雪有些紧张，生怕她会突然不舒服乱动，“巧克力蛋糕，嘿嘿嘿嘿……”带着一脸痛苦又花痴的笑，藤彩彩恢复安静，似乎熟睡了。

医生“扑哧”笑出声，他还是第一次看见有人在发高烧的时候，还对巧克力蛋糕念念不忘，“这位同学真有趣，看来是没什么大问题，等退烧就可以了。”

樱嘉雪也无奈于樱嘉雪生病还不忘吃，但转念一想，能惦记吃的应该没什么问题了。

巧克力蛋糕是吗？等她醒后就给她吃吧，当作害她生病的补偿。

躺了两个小时后，藤彩彩终于苏醒，一睁眼看见樱嘉雪坐在身边看书，愣了两秒后猛地坐起来：“小少爷！”

樱嘉雪合上书，伸手试了一下藤彩彩额头的温度，还是有点儿烫，但没刚才那么厉害："还有点儿热，我去拿粥给你。"

藤彩彩不解地看着走开的樱嘉雪，她记得刚才自己不小心从树上摔下来，然后……是怎么回到房间里的？呀！还睡在小少爷的床上！不行不行，这样是违反规则的！

藤彩彩挣扎着要下床，因为高烧她全身无力，行动变得很迟缓。樱嘉雪回来后，看见藤彩彩坐在床边似乎想下来，连忙走过去把粥搁在一旁去扶藤彩彩。

"你想去厕所吗？"

"不不不，我是觉得睡小少爷的床不太好，我睡地板就可以。"藤彩彩低着头小心翼翼地回答。

樱嘉雪轻叹口气，把藤彩彩按回床上说："你是病人所以破例，不用觉得有什么不好。"说完端过旁边的粥给藤彩彩，"吃完后再睡下。"

藤彩彩双眼愣愣地盯着碗里热腾腾的粥，如获珍宝般捧在手心，一时间感动得一塌糊涂。

小少爷端粥给她，这简直是无上的荣誉！她不仅睡在小少爷的床上，还能吃小少爷端过来的粥，好幸福。

"你看着它干吗？还不快吃。"

"小少爷……"藤彩彩眼含热泪地抬起头看着樱嘉雪，如此热泪盈眶的样子把樱嘉雪吓了一跳。

"不喜欢吃还是哪里不舒服？"

藤彩彩摇摇头，吸了一下快要流出来的鼻涕说："我觉得好感动，小少爷对我太好了！呜呜呜……"

居然让小少爷照顾她，真的很对不起！可是，想到小少爷在照顾她，又让她好激动。她不是爱哭的人，但是一哭就很难停下。

樱嘉雪眼神一柔，轻拍着藤彩彩的头说："这是对病患的特殊照顾，等你好了再报答我吧。"

藤彩彩拼命点头，边吸鼻子边吃着美味的粥。这碗粥比什么都好吃，就算是外卖的也是人间美味。

小少爷是天使，果然是天使！

趁着藤彩彩在吃粥的空当，樱嘉雪去厨房把锅洗了，熬粥的锅不赶紧洗以后会很难洗。洗着锅想起藤彩彩刚才那么激动的模样，他不禁觉得十分有趣。

"如果告诉她，这些粥是我熬的，她是不是会哭一天？呵呵，那个傻丫头啊……"

樱嘉雪并没想告诉藤彩彩这个事实，一方面是不希望她有什么莫名的内疚感；另一方面也不希望这么早暴露自己可以独立，免得藤彩彩那个傻丫头又会有“不被需要”的错觉。

藤彩彩没吃几口，手机就响了，屏幕上显示的“风千”让她一下子冒火，想到之前被风千骗得那么惨，就很难咽下这口气。这个家伙居然自己找上门，正好找机会骂他一顿！

“喂！我都知道你之前……”藤彩彩话刚到一半，那边的风千就用一句话利索地顶回。

“听说你从树上摔下来了，身为樱家的保镖居然犯这种低级的错误，小少爷没赶走你？”风千语气轻飘地说着，话语中的每字每句都透出对藤彩彩的不屑和嘲笑。

“你怎么知道？”藤彩彩越发怀疑风千是不是在她身上装了监视器，不然为什么每次她出丑都会接到来自风千的嘲笑电话！“我只是身体不舒服，小少爷才不像你那么坏。”

“啧啧，是吗？身体不舒服就会变成累赘哦。”风千的话听似无意，但每个字都是针对藤彩彩而说，“小少爷那么善良，当然不会在你生病的时候赶人。”

藤彩彩一愣，她再傻也能听明白风千这句话的意思。

他是说小少爷会在她病好后赶走她？不！小少爷那么善良，就像天使一样！

而且小少爷也说过，风千的话不能听，是骗人的！

“你再说我也不会相信你的！哼！之前你就一直骗我。”藤彩彩揪着被子，暗示自己一定不要相信风千的话！

“哎！我只是好心提醒你而已。身为一名保镖，生病就算了，还需要主人照顾你，你觉得真的可以吗？”风千说完就挂上了电话，没有给藤彩彩丝毫反驳的机会。

藤彩彩负气地将手机丢在床上，每次接到风千的电话就会一肚子火，怎么会有这么令人讨厌的人呢？可恶的风千！我才不会相信他！哼！

樱嘉雪走进屋子，看见粥还没有吃完又问：“不好吃吗？”

“啊？没有没有！可好吃呢！”藤彩彩决定打起精神，一口气把碗里剩下的粥全部吃完。

樱嘉雪收走空碗后让藤彩彩好好休息，看着樱嘉雪的背影，藤彩彩突然有股莫名的愧疚。

明明应该她照顾小少爷，现在却让小少爷反过来照顾她，她真的不是一名合格的保镖。

小少爷在家从来不做事情，现在却……小少爷真的是天使，是她的天使。

刚躺下，藤彩彩的脑海中就回想起刚才风千说的话，也许之前的话她都可以无视，但是最后那句话萦绕在她心头挥之不去。

让主人照顾保镖，这是绝对不允许的！他们身为保镖，就是为了保护主人、照顾主人，这是桃管家一直教育他们的宗旨。可是现在……

樱嘉雪站在门口，看着将自己裹在被子里的藤彩彩双眉微皱。刚才进屋的时候他就察觉到不对劲，那个傻丫头一脸怒火，手机还被随便扔在一边，看来是又有无聊的人跟她说过什么话。

樱嘉雪走进屋子，藤彩彩听见脚步声就赶紧装睡，她也不知道为什么要装睡，就是下意识的反应。

站在床边看着努力装睡的藤彩彩，樱嘉雪暗笑："一直保护我辛苦你了，既然病了就好好休息，等休息好再好好履行保镖的义务。"樱嘉雪伸手轻抚一下藤彩彩的头，转身离开。

床上的藤彩彩悄悄睁开眼，眼中充满无尽的感动，双手揪着被子将脸埋在中间。

她就知道小少爷最善良、可爱，小少爷才不会就这么抛弃她。她不应该听风千的话，不该去相信那个一直骗她的家伙！

她坚信小少爷是天使，是她的天使！她一定要赶紧痊愈，好好保护小少爷，做一名好保镖！

转眼两天就过去了，藤彩彩的烧已经退了。然而，让她觉得奇怪的是，没她在身边保护，樱嘉雪也安然无恙。

"哎！我真是的，怎么又胡思乱想！"藤彩彩挠着头，想要把这些乱七八糟的东西从脑子里全部挖出去。

"怎么了？头很痒？要洗头吗？"樱嘉雪下课后回到宿舍，一进房间就看见藤彩彩在那里抓耳挠腮。

"没有、没有！小少爷，你今天有没有怎么样？"藤彩彩急忙跑到樱嘉雪身边上下打量。

樱嘉雪摇头表示自己很好，藤彩彩稍稍松了一口气，只是表情还是有些不太自然。刚才的那些胡思乱想还没有全部抛开，现在看着安然无恙的小少爷，越发觉得自己变得可有可无了。

不行！她怎么能希望小少爷有事！这是大逆不道啊！赶紧抛弃这种念头，赶紧的！

看着藤彩彩变化多端的表情，樱嘉雪也琢磨出一些端倪。这个丫头从来都是有什么都会表现在脸上，所以一看就能看出她在想什么。

“彩彩……”樱嘉雪表情一软，一秒钟变身柔弱无助的小白兔，拉着藤彩彩的衣服说，“这两天我一直担惊受怕，现在你好起来我就不用怕了，你能继续保护我真是太好了。”

哎？小少爷说他很害怕？就是说小少爷其实还是很需要她的？不过也是，小少爷从小就是温室里的花朵，家世又那么显赫，对外界心存恐惧、害怕也是正常的。

嗯！她必须振作起来！保护小少爷要紧！

“小少爷你放心，我一定会好好保护你的！”

樱嘉雪笑逐颜开，说：“以后就做我的贴身保镖吧，这样，能方便你保护我，我也能安心。”

“真的吗？太好了！”藤彩彩一想到终于能够正式贴身保护樱嘉雪就激动不已。

❖

2

第二天一早，藤彩彩就在厨房里忙碌，准备弄一顿丰盛的早餐，顺便做一些东西让樱嘉雪当午餐。被香味弄醒的樱嘉雪抱着加菲猫抱枕走到门口，睡眼惺忪地望着厨房里忙碌的身影笑了。

“呀！小少爷，你起来了？是不是我把你吵醒的？”藤彩彩一看见樱嘉雪就赶紧跑过来站在樱嘉雪面前，“小少爷有什么吩咐？”

“没什么，我就是想上厕所，你继续吧。”樱嘉雪趿着猫爪子外形的拖鞋，抱着加菲猫的抱枕，“啪嗒啪嗒”地走向洗手间。

藤彩彩站在身后目送樱嘉雪，一脸傻笑，想着一大早能够看见小少爷这么可爱的装扮和迷糊的样子，实在太棒了！

糟了！看得太入神忘记还烧着东西！

藤彩彩忙跑回厨房继续忙碌，等她弄完早餐后，樱嘉雪也穿戴整齐从卧室走出来。

“小少爷，请。”藤彩彩学着桃管家的模样拖开椅子，樱嘉雪坐下后说道，“小少爷，这是我特意为你做的早餐，还有午餐我也准备好了，放在这个可爱的便当盒里。”

藤彩彩扬扬手中粉红色印着可爱图案的便当盒，樱嘉雪只是笑笑，没说什么就低头开吃。

他真的很不喜欢这种粉色的东西，但是，他绝对不能让藤彩彩发现这点，因为那是藤彩彩觉得适合他的东西。

“小少爷，你多吃点儿。”藤彩彩拼命夹东西放进樱嘉雪碗里，很快碗里的食物就堆成了一座小山。

吃完早餐，藤彩彩拎着包和便当盒，站在门口等着樱嘉雪，然后一路护送樱嘉雪去上课。现在她一想到能陪着小少爷上学，就觉得好开心。

两个人刚走到教室前，一名中长发的少年向他们走去："你是樱嘉雪吧？"

樱嘉雪回头看着中长发的男生，他印象中没见过这个人，那么特别的发色很容易记。

"你想干吗？"藤彩彩迅速上前挡在樱嘉雪身前，目光警惕地盯着眼前这位不速之客。

"我是学生会会长卓煜城，我是来通知你，请你让非本学院的人离开这里。"卓煜城说完瞥了一眼藤彩彩，迅速移开视线看着樱嘉雪。

很显然，卓煜城口中的非本学院人员指的就是藤彩彩，而他会这么说显然有备而来，早就了解过藤彩彩没有入学。

离开？她不能离开！小少爷说过很害怕，小少爷还需要她的保护，所以她绝对不可以离开小少爷，让小少爷只身待在四宇国学院！

"我不走！我要保护小少爷！"藤彩彩瞪着卓煜城，一副绝对不会就这么离开的架势。

"保护？"卓煜城挑眉，神情依然冷酷地说，"你觉得他需要……"

"你很烦。"樱嘉雪出声打断卓煜城的话，绕过藤彩彩走近卓煜城冷冷地看着他说，"我的保镖去留由我决定。"言下之意就是让卓煜城别多管闲事，尤其是别说些让人很不爽的话。

卓煜城不语，看着樱嘉雪，他想现在这副表情才是樱嘉雪的本性，果然不简单。

"这是学院的规定，就算是你也不能违反。"卓煜城并没有让步的意思，身为学生会会长当然不是容易对付的角色，如果那么容易就放弃，他早就无法在四宇国学院这样的地方立足了。

樱嘉雪微皱眉头，盯着眼前这个一本正经的男生，如此认真的表情和桃管家真像，他们两个如果见面一定合得来。

"我已经为彩彩办理入学手续，很快她就能入学，这么一来你就无权赶走她。"樱嘉雪拉着藤彩彩的手，并没有就此放弃的意思。

卓煜城没有任何表情，依旧冷酷，说："在那之前，她依然没有权利留在四宇国学院，所以……"

"哎呀，樱嘉雪同学，你在这里真是太好了。"教导主任的声音半路杀进来，"我正在四处找你，你之前说的那个入学手续已经办妥，那位同学在哪儿？今天就能入学。”

教导主任的话无疑成为全局的转折点，樱嘉雪露出满意的笑，藤彩彩更是欣喜地冲过去拉着教导主任的手说：“是我，是我！我是藤彩彩，要办什么手续？我马上跟你去！”

“好好好，你跟我去教导处，那里的老师会向你大致介绍学院的一些规定，走吧。”教导主任和蔼可亲地拉着藤彩彩往前走。

藤彩彩回头看一眼樱嘉雪，犹豫地说：“那个，我还要保护……”

“你快去快回，我在教室等你，不会有事。”樱嘉雪笑着挥手，教导主任奋力抓着藤彩彩走，藤彩彩跟着教导主任走向教导处。

当藤彩彩和教导主任一起消失在视线中，樱嘉雪收起脸上的笑，转而看向一旁的卓煜城，脸色一沉说：“我不知道你是出于职责所在，还是有别的什么原因，如果你给彩彩造成任何困扰，我不会轻易放过你！”

说完，樱嘉雪擦着卓煜城的肩走过。卓煜城沉默两秒说：“你对保镖还真上心。”

樱嘉雪止步转身，精致、可爱的脸蛋上爬上一抹与他的长相极不相符的冷笑，回道：“彼此彼此。”

卓煜城微愣，回过神时樱嘉雪已经走远。

很快，藤彩彩就以百米冲刺的速度赶回教室，兴奋得整张脸都笑开了花儿：“小雪！太好了！我入学了！我再也不用爬树了！太棒了！”

全班同学的脸上都呈现一个“惊”字，他们还是第一次看见保镖这么称呼主人，这种丢脸的场面一定会迎来主人一顿臭骂。

然而，他们猜错了！樱嘉雪现在笑得比谁都开心，伸手轻拍着藤彩彩的背安抚她过于激动的情绪：“好好好，我也很开心。”

藤彩彩突然弯下身一个九十度的鞠躬，声音带着几分颤抖说：“对、对不起，我、我太激动……”

樱嘉雪伸手轻抚藤彩彩的头，后者微微抬起头来，显得有些窘迫，直到对上樱嘉雪的笑脸才松一口气，暗自庆幸小少爷没因为她的话而生气，如果桃管家在场，她一定会被教训一顿。

桃管家一直教导她要和主人保持绝对的主仆关系，不可以太过亲近主人，也不能太过疏远，总之要把握一个度，她是不太懂那些，幸好小少爷不计较。

“我后面的空位你坐吧，等会儿就要上课的。”

“好！”藤彩彩飞速坐到樱嘉雪身后，看着自家小少爷的背影觉得无比幸福。

突然，樱嘉雪一回头正看见藤彩彩一脸痴呆地望着他，有股想要爆笑的冲动，幸好他的自控力比较强，“彩彩。”樱嘉雪勾勾手指让藤彩彩凑近，“我今天想吃……”

“是！我回宿舍就立刻照办！”藤彩彩做了一个敬礼的动作，现在整个人的精神都处于兴奋状态。

樱嘉雪笑笑转过身，此时老师抱着讲义走进教室，藤彩彩双手托着腮帮子，看着樱嘉雪的背影咧嘴一笑，露出一排亮白的牙齿。

从那天起藤彩彩就正式成为四宇国学院的学生。

大叔们在那里忙着组装床，藤彩彩站在樱嘉雪身旁，神情有些担忧，轻声说：“小少爷，我在客厅睡沙发。”

“有次卧干吗要睡沙发？我可不想被别人说我虐待保镖。”樱嘉雪毫不留情地驳回，藤彩彩一脸幽怨。

她并不是不愿意住次卧，反而她很高兴能住次卧。但是，如果传到桃管家的耳朵里，她就死定了！

“姑娘，床装好了，你试试！”扛床来的大叔笑眯眯地瞅着樱嘉雪，下意识地认为折床是樱嘉雪用的。

瞧瞧这个姑娘，长得那么水灵、俊俏，再加上这是店里最贵的床，不得不说这个漂亮姑娘很会享受。

樱嘉雪一听“姑娘”顿时无语，身旁的藤彩彩这次反应很快，一发现自家小少爷脸色突变，就一头栽到床上，滚了两圈说：“大叔谢了，这床我睡得很舒服。”

大叔愣愣，嘴里“哦”了两声就被藤彩彩起身推出宿舍，边走边说：“大叔，别忘出门的时候在学校保安那里登记一下，后会无期！”藤彩彩将大叔推出门后靠着门长长舒了一口气。

“小少爷，你对我真好，还给我买床。”小少爷真的对她太好，什么都为她着想，什么都会替她安排好，完全没有主人的架子。

樱嘉雪不吱声，轻揉着藤彩彩的头发。

小少爷果然是天使，小时候是小天使，长大就是大天使……

好！今天的晚饭就由她来做，做小少爷最喜欢吃的东西！嘻嘻。

藤彩彩点头说：“小少爷，你坐在这里别动哦，一切交给我！”说完一溜烟飞跑到厨房，很快就听见洗菜、切菜声传来。

厨房中的藤彩彩哼着歌儿做着菜，很久没这么高兴过，就是觉得能够一直和小少爷在一起真的很高兴、很幸福。

虽然她是个保镖，不敢有什么奢望，但是小少爷对她的态度，让她觉得自己不仅仅是个保镖，也许他们能成为朋友？好吧，她想太多。

藤彩彩走出厨房准备找樱嘉雪吃饭，刚走到门口就听见屋里的樱嘉雪好像在和谁对话。

“你打来什么事？”樱嘉雪接到樱嘉木的电话并不觉得高兴，他的大哥会主动打电话来除了因为太无聊还是因为太无聊，“是啊，我跟彩彩已经住进了新家。”

听见自己的名字从樱嘉雪口中说出，藤彩彩立刻竖起了耳朵。她知道偷听很不好，身为保镖不该听一些不该听的话，但是她真的很好奇小少爷在说有关她的什么事。

听？还是不听？好纠结！

不行，她不能偷听小少爷讲电话！

可是，小少爷的声音自动钻进她的耳朵里，这不算偷听吧？

“彩彩是个傻丫头，风千说什么她都信。还有你，最好管好你的手下，不要做无聊的事。”樱嘉雪完全不给面子，把自己的大哥好好教训了一顿。都是因为他这个散漫的大哥，才会教育出风千那种无聊的保镖。

电话那头的樱嘉木失笑，深深觉得自己这是没事找骂，他在宝贝弟弟还没消气的时候打这种电话，也该做好万全的心理准备：“那么傻你还留着？”

“我已经很聪明了，不需要聪明的人陪着。”樱嘉雪斩钉截铁地回答，手机那头传来樱嘉木的爆笑，他懒得听那一声声刺耳的笑声，直接挂断了电话。

门口的藤彩彩愣在原地，她想过无数可能，但是从来没想过小少爷留下她只是为了衬托他的聪明！

是的，她不大聪明，这些她从来不否认。可是，小少爷刚才的话比骂她更伤人。

衬托其他人，也许她没有自己想的那么习惯。明明从小到大都被用来衬托别人，早就应该麻木了才对。偏偏刚才，在她听见那句话的瞬间，有一种灵魂都被抽离的感觉。

她最喜欢的小少爷，原来也像其他人一样看她。之前说的那些相信她的话都是敷衍？

不要！她不要这样！她不要连小少爷都……

一时间藤彩彩不知该怎么办，退开几步顿了顿，转身就跑出了宿舍。

屋内的樱嘉雪似乎察觉出异样，推开门就看见藤彩彩飞奔离开的背影，双眉微皱，心中泛起一阵担忧。

樱嘉雪轻叹一声，并没有马上追过去，而是走到餐桌前坐下，看着满桌的饭菜轻笑：“那么我开动了。”

藤彩彩一个人晃悠着，脑海里充斥着刚才樱嘉雪的那番话，她爱钻牛角尖并且不自信的特质就此开启。

她失落地低着头，坐在没有人会路过的庭院中，像个泄气的玩偶，没有一点儿生气。

小少爷也觉得她很不聪明，甚至用她来作为一种衬托。为什么会这样？小少爷明明一直对她很好，那种感觉不可能是装出来的。

她并不在乎自己的迟钝，这些天生的东西原本就没办法去改变。但是，被当作衬托品真的很让人难受。

小少爷是她的天使，从小时候开始就是，难道就连她的天使也要开始逐渐离开她？

她是个完全不合格的保镖，但是小少爷依旧留下了她。也许，小少爷只是同情她，因为她很迟钝，是个值得同情的对象。

被当作衬托、被同情，一切都让藤彩彩感觉心里很不是滋味。她不希望被当作无用的东西，她希望能够成为小少爷信赖、依靠的人，保护小少爷的安全。

然而，小少爷至今都没有真正想给过她机会，就连留下她的理由，也许都并没有她所想的那么美好。就如同小少爷说的，他不需要一个聪明的人，而她正好是那个不聪明的人。

“啊啊啊——想不通啊！”藤彩彩低下头猛抓头发，该怎么办？她不知道。

“既然想不通，就不要胡思乱想。”樱嘉雪站在藤彩彩面前，俯视着情绪消沉的藤彩彩。

藤彩彩猛地抬起头，脸上露出欣喜之色，但很快这份欣喜被另一种沉重的感觉取代，垂下头耷拉着肩膀毫无精神可言。

樱嘉雪叹口气坐在藤彩彩身旁一言不发，起初藤彩彩还很有些介意，但是时间一长发现对方没声音就有些好奇，时不时偷瞄几眼樱嘉雪，想说点儿什么又不知道该怎么说。

“怎么？想问什么就问吧，憋在心里不难受吗？”樱嘉雪收回望天的视线，看向藤彩彩的眼神一柔。

“我……”在樱嘉雪温柔的注视下，原本藤彩彩想要问出口，但终究提不起勇气。

她想知道小少爷留下她是不是真的因为她可以用来衬托他的聪明。

同时也很害怕，万一得到她最不想得到的答案怎么办？

好纠结！她想弄明白小少爷的想法，又不想受到伤害让自己更难受。

但是，不说就不能了解小少爷的想法，况且小少爷一直对她很好，也许她应该问清楚！

藤彩彩挣扎了很久，樱嘉雪始终非常耐心地等待着，直到藤彩彩支支吾吾地开口问：“小少爷，你真的觉得我很迟钝吗？”刚问出口，藤彩彩就觉得自己问了一个如同铁证般存在的事实，根本不需要人去回答就已经有了答案。

“对。”樱嘉雪一丝犹豫都没有，直接回答，这对藤彩彩无疑是沉重的打击。

“我就知道……果然小少爷也是觉得我很迟钝，想要我衬托你，留下我也是因为同情……”

她真的很没用啊！连小少爷都直击她很迟钝！迟钝是天生的又没办法，她也想变聪明。

可是，听见小少爷亲口说，她还是会感到心中泛起酸楚。

藤彩彩不停地自言自语，说了很多臆想的话，弄得樱嘉雪实在忍不下去，只能出声解释：“我什么时候说过你是用来衬托我的？又什么时候说过是同情你才留下你的？”

藤彩彩不语，她知道自己胡思乱想很没根据，但就是忍不住那么想。身为一个一直都很自卑的人，喜欢胡思乱想，有轻微的被害妄想症也是正常的嘛。

樱嘉雪轻叩藤彩彩的头，让她感受到轻微的疼痛，方便她记住下面的话：“我留下你纯粹是相信你的能力，也许你现在表现不是很好，但我相信在将来的某一天，你能够得到所有人的肯定！”

这样一番话，是藤彩彩从来没有从任何人口中听过的。她曾经幻想过有人能对她说出这样一番话，相信她、激励她。现如今真的听见，她反而一时半刻不知道该做何反应。

是兴奋、是激动、是无措、是感动……种种情绪交杂在一起。

“小少爷……”

樱嘉雪一边缓缓拍着她的后背安慰，一边在藤彩彩耳边细语道：“什么都不用说，如果真的觉得很感动，那么就用以后的日子好好感谢我。”话语听起来像是要求，但实则是另一种鼓励。

“呜哇——”藤彩彩突然放声大哭，让樱嘉雪也有点儿措手不及，只能抱着她轻拍着安慰。

压抑了那么久的感情，不宣泄出来会很难受，就让她好好大哭一场吧。

从小就不被看好，看似没头没脑但内心比谁都细腻，喜欢胡思乱想又没有人倾诉，这样的感觉积累了那么久，也是时候释放出来了。

✖

3

夜幕降临，四宇国学院内平静与喧闹交杂，有的地方依旧热闹如白天，有的地方宁静如世外。在这个安静的角落，樱嘉雪抱着藤彩彩任凭她放声哭泣，渐渐地，哭泣声转弱，变成断断续续的抽泣声。过了好长一段时间，藤彩彩才停止哭泣，抹去眼角的泪水抬头看着樱嘉雪。

路灯下，樱嘉雪的脸上少了几分可爱，多了几分英气，恍然间藤彩彩突然有一种感觉，她所保护的小少爷已经在无形中长成一名男生，而并非小时候初次见面时的那个可爱的洋娃娃了。

“哭完了？回去吧。”樱嘉雪伸出手做邀请状，藤彩彩不假思索地递上手紧紧抓住樱嘉雪。

两个人缓步走在安静的小道上，没有多余的人来烦扰，有的是一颗安定的心与另一颗坚定无比的心。

解开了心中的结，藤彩彩恢复了以往的乐观开朗，依旧贴身保护樱嘉雪，两个人形影不离，有人想接近樱嘉雪说点儿什么、做点儿什么都有些困难。

在藤彩彩确认樱嘉雪是真的需要她后，就越发坚定誓死保护自家小少爷的信念，这才导致她的贴身护卫更胜一筹。都说勤能补拙，她天资不聪颖，只能靠后天多努力。她没办法像桃管家那样做到百步之内保老爷周全，那就来个寸步不离！

两个人走在走廊上，藤彩彩时刻注意着周围的环境变化，突然一个让她很介意的人闯入视线。

卓煜城，这个曾经想要赶走她，最后没成功的学生会会长，凭借她不怎么敏感的第六感都能感觉这人不简单。步履矫健、目光如炬，浑身散发出漠视一切的气场。

樱嘉雪转过身露出恳求的表情，握着藤彩彩的双手一脸不安地说：“彩彩，英语老师很恐怖的，如果我没带书会死得很惨，你快帮帮我呀。”

没有课本一定会被骂，小少爷被那种粗壮的汉子教训多危险啊！

还是速去速回！藤彩彩一溜烟消失在走廊上，转眼间已经跳上外面的大树，在大树间穿梭，赶回宿舍。

樱嘉雪收起脸上的笑意，卓煜城走到他面前止步，两个人在安静的走廊上对视，一时间气氛凝结，此时若有针掉在地上也许都能听见。

两个人之间的微妙气氛更像是对峙，有种说不出的感觉，并非敌意，但也不那么友好。

卓煜城盯着樱嘉雪，暗想他确实拥有一张非常漂亮的脸蛋，即便是男生也能让无数女生羞愧。但是，就算脸蛋再好看、再可爱，终究是个男生！

“以你的能力，根本不需要她保护，不是吗？”卓煜城也不兜圈子了，直接抛出问题丢给樱嘉雪。

现在四宇国学院里没有人会无聊地去找樱嘉雪的麻烦，樱嘉雪到四宇国学院后的种种事迹，早已传得尽人皆知。

卓煜城看得出樱嘉雪的能力远在藤彩彩之上（除了逃跑），能够摆平徐然那些高年级的学生，还能让吕浩乖乖听话，甚至解开卢鑫和许尧的心结，就是最好的证据。

“我需要她，就这么简单。”樱嘉雪并没有说出真实原因的意思，他觉得让无关紧要的人知道不但没有什么好处，相反还会有不少麻烦。

“但是，在我看来你并不需要她，你已经不是一个柔弱的小少爷了。”

微风吹过樱嘉雪，室外的树叶随着风飘零并传来“沙沙”声，樱嘉雪撩起耳边的散发，勾起嘴角露出让人捉摸不透的笑意说：“我要彩彩在我身边，因为我需要她，所以她能够留下让我很安心。”

卓煜城不语，目光在樱嘉雪身上拼命打量，这倒让樱嘉雪觉得有几分奇怪，总觉得眼前这位学生会会长好像很在意彩彩那丫头的事情，这是为什么？看来有必要弄清楚。

“小少爷！”藤彩彩从窗户跳入，气喘吁吁地说，“不、不好意思，我、我没找到你的英语书。”

“没事，我刚才发现在包里，让你白跑一次。”樱嘉雪粲然一笑，藤彩彩憨憨地挠着头摆手说：“没关系。”

当樱嘉雪回过头再看去时，卓煜城已经离他们远去。

藤彩彩顺着樱嘉雪的视线看向卓煜城，她刚才回来的时候似乎听见那个人在和小少爷说什么实力不实力的，因为太远没听清楚，倒是听清了小少爷对她的需要。

“小少爷，那个人……”藤彩彩指着卓煜城离开的方向想要询问，但是被樱嘉雪打断，拉着她往教室走去，一路上并未提及和卓煜城的对话。

不知道为什么，藤彩彩总觉得樱嘉雪和卓煜城在说的话题一定和她有关，真奇怪。

藤彩彩瞄一眼身旁的樱嘉雪，从他脸上看见少有的凝重。心一沉，为樱嘉雪不似以往的表情感到深深不解，她印象中的小少爷是喜形于色的，不会像现在这样闷闷的。究竟发生过什么？等会儿还是问一下吧。

一节课下课，藤彩彩思量一番终于还是伸手去碰前面的樱嘉雪，后者回过头看着她问：“怎么了？”

“那、那个，小、小少爷你和那个……”每次藤彩彩在问一些不擅长的事情时总是会支支吾吾，有时候严重起来还会结巴，可以说是一个很难克服的毛病。

“彩彩，你怎么结巴了？捋顺了再说。”樱嘉雪笑着拍着藤彩彩的嘴，后者被这一下一下的轻拍，弄得要说的话都硬生生地吞了回去。

樱嘉雪见藤彩彩不吱声就将手移到她的金发上胡乱摸上一把，顿时柔顺的金发被弄成一头稻草，“彩彩的头发摸着真舒服啊，来，再让我多弄几下。”

“……好、好的……”藤彩彩乖乖低下头伸出脑袋让樱嘉雪摸个够，看到她这样的举动樱嘉雪不由得联想到家里养的小狗。

上课铃响起，大家都各就各位坐好，樱嘉雪也抽回揉弄藤彩彩金发的手转过身坐好。看着樱嘉雪的背影，藤彩彩撇着嘴心里七上八下。

问，还是不问？

藤彩彩是个藏不住事的人，她如果不问明白就会特别难受，憋得浑身不舒服，心里苦恼，就连上课也会特别没精神，瞧，这不又走神了。

“藤彩彩！上课不许开小差！你来做这题！”英语老师“啪”一掌拍在黑板上，吓得藤彩彩一哆嗦，回过神后立马耷拉着肩跑到面前去。

樱嘉雪看着藤彩彩在讲台边被训话，就像一只受惊的小松鼠，很可爱呢。

入夜时分，藤彩彩却怎么都睡不着。

藤彩彩在床上辗转反侧，睁着双眼看着天花板发呆。总觉得那个人和小少爷说的话，让她很在意。是不是要去找卓煜城问清楚？

藤彩彩觉得实在想不出个所以然，起床悄悄地打开了樱嘉雪的门，感觉到他平稳的呼吸之后，才拿起一件外套偷偷溜了出去。

关门声响起，床上的樱嘉雪缓缓睁开眼，双眸中渗着丝丝寒意。

藤彩彩并没有去找卓煜城，而是选择在外面跑步。她压根儿不知道卓煜城在什么地方，就算想问也不可能现在就去，到外面来只是希望吸收点儿月亮的精气，跑步跑累了也许就会想睡。

“一、二、三、四……”藤彩彩在宿舍外的空地上跑步，边跑边轻声数数。

大半夜在外面跑步的人简直就是稀有动物，很快藤彩彩的举动就吸引了一名路过男子的注意。男子看着在那里跑步的藤彩彩双眼微眯，突然眼神一动，露出一抹欣喜之色。

男子悄然走近，正在跑步的藤彩彩突然感觉有人靠近，下意识地回身抬脚准备一击，但男子像是本能反应似的顺势躲开，并没有被踢中。

“哟，同学功夫不错。”男子笑看着藤彩彩，对眼前的这个女生充满了兴趣。

“啊？你是谁？”藤彩彩见是一张陌生的脸，而且不像是学生的样子，不禁好奇起来。

男子很大方地伸手拍着自己的胸脯说：“我是新来的老师。”

藤彩彩一愣，她差点儿踢到一名老师，幸好没有踢中。

话说回来，这个四宇国学院里的人果然都不太简单，一名普通的老师都能躲过一脚。“老师，对不起，我没看到你。”男子摇摇头显然并不在意。

自称老师的男子打量下藤彩彩，有些好奇地问：“同学，你叫什么？为什么半夜在这里跑步？”

“我叫藤彩彩。因为睡不着，所以想来跑步锻炼下体能。”藤彩彩对自称老师的男子并没有什么防备心，她全凭直觉做事的风格让她觉得眼前的这个人并不是什么坏人。

第一次听说有人睡不着出来跑步锻炼的，男子越发觉得藤彩彩十分有趣，而且他若是没看错，再加上这个姓氏，这个人是……

“不错不错，跑累了之后回去洗个澡睡一觉会非常舒服，哈哈。”男子发出爽朗的笑声，让藤彩彩更觉得这个人挺好，很直爽的样子。

藤彩彩并不擅长聊天，尤其是和不熟的人，她站在原地看着眼前的男子不知道该说什么，男子也没开口的意思，似乎觉得这样看着藤彩彩也挺有趣，欣赏下变化多端的表情也是种乐趣。

“对了，彩彩……我叫你彩彩没关系吧？”男子笑问，在得到藤彩彩的同意后继续说，“通常人半夜睡不着一定有心事，你是不是也有心事？”

被说中的藤彩彩一愣，脑海中浮现出白天樱嘉雪和卓煜城交谈的画面，还有那些断断续续听不太清楚的对话。

男子看着不承认也不否认的藤彩彩，想着八成是猜中了，又说："身为老师也有倾听学员苦恼的职责，如果你不介意，可以告诉我，也许我能帮你想办法。"

"能帮你想办法"六个字瞬间成为藤彩彩的救命稻草，她双眼含着欣喜看着男子说："老师！如果你很想知道别人在聊什么要怎么做？"

"啊？简单啊，直接过去问啊。"

藤彩彩摇头，她没办法从小少爷口中问到什么，小少爷太了解她，还没开口就会被转移话题的！"如果一个口中问不出，是不是只能去问另一个……"藤彩彩嘟囔着，声音很轻但还是被男子听见了。

"如果想知道，那么就去问当事人。这是唯一的也是最好的途径，如果问外人听到的永远只是'谣言'。"从男子的口气中能够听出些许的无奈与坚持，但藤彩彩并没有发现。

问当事人？那就只能问卓煜城。他会说吗？就算说了就是事实吗？总觉得，还是很没底。

好烦啊！她的脑子为什么要想那么多？明明负荷不了，可就是没办法停止去想。

男子看着面前的藤彩彩，从她脸上轻易读到"纠结"二字。他也没想再多说，很多事都是点到为止，至于真相需要自己去揭开，别人帮不了什么。

"老师，我会试着去问个清楚。"

男子拍着藤彩彩的脑袋，摆出一副"孺子可教"的表情，弄得藤彩彩不太好意思了，缩着脑袋轻声问："老师，我想回去睡觉，再见。"说完小心翼翼将自己的头从男子掌下解救出来，飞一般跑回宿舍。

望着樱嘉雪离开的方向，男子神情忽变，从刚才的爽朗变为诡谲，顺着嘴角蔓延开的笑有着让人浑身一颤的不适感。

"果然非常有趣，藤家的人都是如此……"转身隐入夜色中，周围又恢复平静，就像从未有人来过。

4

回到宿舍后藤彩彩迅速洗澡、睡觉，钻进被窝中想着明天去找卓煜城问一下，也许能够知道什么。就像刚才那位老师说的，凡事求个明白！

想通这点，藤彩彩枕在舒适的枕头上，渐渐地感觉身体变得轻盈，不知不觉中进入了梦乡。

屋内传来藤彩彩熟睡后习惯性发出的几声低吟，另一间房的樱嘉雪睁开眼，正巧手机亮起，一条短信传来，打开一看署名，樱嘉雪神情一变。

明天放学后，我在烹饪社等你。

千夙

樱嘉雪紧紧握着手机，眼中迸发出怒火，似乎想将手机捏碎。

此时的深夜，在学校的某处，一名男子握着手机，嘴角现出一抹笑意。

男子抬头望向夜空，思绪不经意飞回到上周。他还在国外过着隐士般的生活，然而一个电话打乱了一切。

那天他沐浴在马德里和煦的阳光下，独自坐在室外咖啡厅，品尝着香浓的咖啡。

突然，咖啡厅的店员拿着电话找到他，他满怀疑问地接起电话，耳边传来许久未听见的声音。

“好久不见。”简单的四个字，仿佛宣告着他平静的生活就此终结。

良久的沉默后，开口的第一句话是：“我藏了那么久，没想到还是被你找到了，你找人的本领又提升了，大少爷。”

“哦？既然我找到你，你应该知道是为什么。”电话那头的樱嘉木坐在沙发上，露出调侃的笑容。

他当然知道，当年是他选择一个人离开，独自度过剩下的时光，在忏悔和赎罪中度日。这是他对自己的惩罚，并且将持续一生。

但是，在离开前他答应过大少爷，一旦有需要他将义不容辞。

“有关小少爷？”

“老爸不满意小雪自己挑选的保镖，所以和小樱立下赌约。我需要你回来，给这条赌约增添色彩。”樱嘉木半开玩笑地说着，一旁的风千露出无奈的表情。

他想过也许不能永远做一名隐士，只是没想到会这么快。距之前那个事件，才过去九年而已。

要他回去面对小少爷，真的可以吗？小少爷说过永远不会原谅他，那并不是玩笑话。并且他答应过小少爷，从此消失在他面前。

但是，他同样对大少爷有过承诺，只要大少爷需要，他一定不会拒绝。

“要我怎么做？”

“很简单，只要那名保镖能够得到你的认可。”樱嘉木语气轻松地这么一说，但这么简单的话对于听的那个人来说相当不容易。

得到他的认可？简直是笑话。他根本没有任何资格去认可、否认其他保镖。也许他曾经是顶尖的，但那场事故后他就是失误的代名词!

为什么是他？大少爷的葫芦里卖的什么药？

“我给你三天时间考虑，地址和具体资料会发到你的邮箱。”说完樱嘉木挂了电话。

听着电话那头的“嘟嘟”声，男子轻叹一口气。他为了防止被找到，特意不用手机，却没想到还是被抓到，连邮箱也已经被挖出来。

小少爷……吗？

能被小少爷肯定，甚至不惜和老爷定下赌约的人，会是谁？

说他不好奇是假的，说他不担心那更是骗人。

此时远在大洋彼岸的樱嘉木，将藤彩彩的相关资料发送给对方后，合上了笔记本电脑。

身旁的风千为其倒上咖啡，低声问：“您这样做，小少爷如果知道，一定不会善罢甘休。”

“那就不要让他知道。”樱嘉木露出自信的笑。

与其说他了解电话那头的男子，不如说他甚至了解对方的软肋。那个人是典型的什么事都不擅长说出口的人，只要觉得不必要是绝对不会透露半点儿的。

正因如此，才会选择逃避，就此远离樱家。

最后的今天，他还是答应樱嘉木的要求，回到这里。

但是他没有任何资格去认可别人，他回来只是因为不得已。

来之前樱嘉木曾经说过“这也是一个让小素原谅你的机会”，这句听起来美妙、诱人的话，却充满无尽的讽刺。

风起云涌，夜色如墨。他轻叹一口气，整理思绪后嘴角挤出公式化的笑，转身隐入黑夜中。

从今天起，他要做回以前的景泓。那个玩世不恭、脸皮极厚的景泓。

不安稳的一夜过去，藤彩彩一大早起来在厨房忙碌，边忙碌边想着要怎么去找卓煜城问清楚。这时樱嘉雪也起床了，应该说他几乎一夜未睡，满脑子都想着那条短信的内容。

那个消失了不知道多少年的家伙，怎么会突然出现？而且在四宇国学院！

如果是真的，那就真的是个不小的麻烦。难道他的老爸没调查到这点？不应该啊。

“小少爷，吃早餐了。”

餐桌前两个人各怀心事，这顿早餐是怎么吃完的他们自己都不知道。当回过神来时，两个人都已经坐在教室中，耳边传来的是导师不停歇的声音。

藤彩彩绞尽脑汁，还是想不到找什么借口让樱嘉雪批准她离开，其实有的点子是被她自己否决，说到底，她还是不放心让宝贝小少爷脱离她的视线。

课后，樱嘉雪又收到一条短信，在看见短信内容的瞬间，他有股摔手机的冲动。

放学后的烹饪社，一定要来哟！

可恶！还用什么“哟”卖萌！都已经是个大叔了还学小女生，这个人的恶趣味果然让人很不爽。最不爽的是，自己居然还要去见那个家伙！既然消失那么久怎么不索性永远消失，在这个节骨眼儿出现，意欲何为？

“彩彩，下午下课后我要去烹饪社，你不用跟过来，你去餐厅给我买寿司。”樱嘉雪说。

藤彩彩愣了两秒，突然反应过来这是一个绝好的机会，想也不想就答应下来，“好，我知道了。”

樱嘉雪狐疑地看着藤彩彩，暗想这丫头有点儿不太对劲，今天居然这么乖就答应，平时一定会问长问短。算了，现在他也没时间去想那些，还是先打发那个家伙。最重要的是，鉴于那家伙的趣味和眼光，绝对不能让彩彩出现！

在樱嘉雪盘算的同时，一旁的藤彩彩也在盘算着见到卓煜城之后要怎么开口。要是直接问，会不会有些奇怪？毕竟她只是保镖，去打听主人的隐私实在不好。

可是，不问她不放心。小少爷那么反常的态度实在奇怪，身为保镖不仅要保护主人的人身安全，也要分担主人的忧虑，这是桃管家说的。

好！今天下午下课后趁小少爷去烹饪社的时间去找卓煜城，就这么决定了！

与此同时，在学院远处的某个地方，一名金发男子握着手机轻笑，伸手推了下鼻梁上的眼镜，望着窗外低语："这么多年过去，小雪应该还是那么可爱吧，不过藤彩彩那个丫头也很有趣，呵呵呵……"

终于熬到下课时间，樱嘉雪一下课就把东西交给藤彩彩离开，朝着烹饪社走去。藤彩彩目送樱嘉雪离开后马上抱着东西飞奔上楼，卓煜城是高年级的，应该在楼上，学生会会长那么有名，上去打听一下就知道他在哪儿了。

藤彩彩一上楼就和人撞个正着，一抬头，她惊喜地看到一张熟悉的脸。

简直是得来全不费工夫，居然一上来就看见想找的人，太棒了！

"你有什么事？"卓煜城有着远超同龄人的敏锐洞察力，从藤彩彩看着他的眼神就判断出一定有事。

藤彩彩四下张望，见没什么人就直接问道："我想知道你之前和我家小少爷说过什么。"藤彩彩握紧拳头给自己输送勇气。

卓煜城看着藤彩彩问："为什么你不去问他？"

藤彩彩有些无奈，如果可以问出来她就不会来找卓煜城，就是因为什么也问不出才会担心！

"既然他不说我也不会说。"卓煜城出人意料地选择保密，他应该没有任何理由保密，但是他还是选择这么做。

藤彩彩不满地瞪着卓煜城，她想要知道所以然又不能动手，毕竟是她在恳求别人。

"我能告诉你的是，不要轻看你的小少爷。"卓煜城没头没脑地丢出一句话就离开了。

藤彩彩不解地看着卓煜城，想要追上去又找不到理由。

追上去做什么？继续追问吗？不，卓煜城的态度很明显是什么都不会说，这样更证明他们两个的谈话有问题！

轻看小少爷？为什么会这么说？她并没有轻看过小少爷。

小少爷是可爱、美丽、勇敢、聪明、善良、华丽的代名词，是她的天使和憧憬，她怎么会轻看？

在藤彩彩百思不得其解的同时，另一边的樱嘉雪也已经找到烹饪社。站在烹饪社门口，樱嘉雪努力稳定情绪，在确认自己进去后不会发飙后才推开门。

烹饪社内几个女生正围着一名金发眼镜男，女生们一个个都非常殷勤，看似在求学实则是在借机亲近。

这场面樱嘉雪还比较淡定，最起码可以证明那个消失很久的家伙本性依旧没变，还是个会招蜂引蝶的主儿。

“小雪——”金发男子目光很快捕捉到门口的樱嘉雪，摆脱女生们的包围径直跑向樱嘉雪，想要来一个感人的深情相拥，然而……

“哎哟！”

樱嘉雪一个侧身，金发男子就此扑空，还不小心撞在烹饪台上，引得一堆女生跑过去争相询问，有些没抢到有利位置的女生就开始责备樱嘉雪。

“你怎么能弄伤老师？”

“就是啊！进来连敲门都不会！”

樱嘉雪没空理会这些女生，他其实挺可怜这些人的，好好一群女生吃醋吃到他这个实打实的男人身上，真不知道该说什么。

金发男子从地上站起来，脸上挂着笑意，摆着手说：“没事没事，我皮厚经摔，哈哈。”

“找我来想干吗？”樱嘉雪冷冷地望着金发男子，眼神中除了厌恶还是厌恶，如同盯着一只臭虫。

“小雪，我们这么久不见，你再见到我不觉得激动吗？”金发男子摆出一脸哀怨的神情看着樱嘉雪，这副做作的样子又引起那些女生的心疼。

死性不改！

“景泓——小雪也很想你啊——”樱嘉雪敞开双臂缓步走到金发男子面前，两个人紧紧相拥在一起，场面十分感人、温馨……是不可能的！

樱嘉雪一只手死死掐着金发男子的腰，另一只手毫不留情地拽着那头扎眼的金发，如果可以，他一定会把这个家伙拽成秃子，“我说过绝对不原谅！我也说过如果再让我看见你，我绝对不会对你客气！”话语中的狠劲并不是开玩笑，眼神中充斥的恨意也很真实。

“……小雪还是那么客气，呵呵呵呵……”金发男子好不容易从樱嘉雪的手中逃脱，脸上的笑意已经有些扭曲，但这似乎并不妨碍他的好心情。

樱嘉雪笑里藏刀地看着金发男子，并且和对方保持一个安全的距离，并不是害怕金发男子做什么，而是防止他自己一个激动会掐死对方。

“你找我来就是打个招呼吗？招呼打完，我走了。”

“等等，小雪你要不要加入烹饪社？”金发男子突然发出邀请，明知道会被拒绝还这么做，无非两种情况，一是拼死一搏，二是有备而来，显然他是后者。

樱嘉雪没回答，只是转身离开了，没有继续搭理他的意思，他决定不论景泓说什么都不去理睬，更别说是进社团。

“小雪，记得带上你那名可爱的保镖哟，就是那个会在半夜跑步的。”

话音刚落，樱嘉雪音速折返冲到景泓面前，一把揪起他的衣领逼问：“你怎么知道她半夜跑步的事？”黑色的双眸眼底席卷起阵阵旋涡，换作别人早就被吓到了。

“应该说是缘分还是巧合？昨晚我很荣幸地目睹了一切。”景泓对樱嘉雪身上散发出的威胁气息毫不在乎，不论再骇人的眼神都能看在眼里，不放在心中。

樱嘉雪握着右拳，如果不是他的头脑还清醒，拳头早就落在景泓脸上了。他万万没想到景泓竟然已经见过彩彩那个丫头，而且是在他不知情的情况下。

樱嘉雪慢慢松开拳头，冷冷地盯着景泓说：“我会加入烹饪社，但那并不代表我原谅你，也不代表我不恨你！”撂下狠话离开，樱嘉雪心中的火气无处宣泄。

景泓笑送樱嘉雪离开，只不过他的笑容里含着几分无奈。回头看见那些女生一个个吓得出神又换上另一种笑容说：“各位可爱的学员，今天我们来学习做杯形蛋糕怎么样？”

女生们纷纷回过神，一听做杯形蛋糕，烹饪教室立刻又恢复了之前的热闹。

景泓看着激动、嘈杂的女生们，脸上挂着笑容，心中则十分无奈。

果然，他太天真。天真地以为，樱嘉木的那句话真有实现的可能。

离开烹饪社的樱嘉雪朝宿舍走着，路经之处一片寂静。也难怪，他身上散发出的那股“挡我者死”的煞气，靠近他两米以内的人都被吓得赶紧快跑。

走了一段，樱嘉雪的视线中映出藤彩彩匆匆忙忙的身影。藤彩彩抱着东西在前方快速跑着，不一会儿人就不见了。收回视线，樱嘉雪抬头望去，与站在楼上的卓煜城视线相交。

卓煜城顿了几秒后转身离开窗边，樱嘉雪心中已然有数。

难怪今天藤彩彩会那么爽快让他一个人行动，原来是有别的事要做。

从上次开始那丫头就很在意卓煜城和他说过什么，为了避免麻烦他才没有说。没想到，那个丫头居然会跑去找卓煜城。

也罢，卓煜城虽然麻烦，但不是会多嘴的人，照那丫头刚才的神情来看八成什么都没问到。

樱嘉雪回到宿舍看见藤彩彩已经在厨房忙碌也没提刚才的事，走进厨房说：“我闻到了黑椒味，是做黑椒牛排？”

“哎？小少爷，你回来啦，马上就能吃。”藤彩彩满头大汗地忙碌着，她的汗是因为刚才跑得太急而流的，樱嘉雪并没有要拆穿的意思。

藤彩彩准备完晚餐，和樱嘉雪两个人面对面吃着，樱嘉雪似乎对藤彩彩做的东西很满意，藤彩彩看着他吃得很开心也没说什么，松了一口气。

幸好小少爷没怀疑，不然一定会被责问的。话说回来，小少爷下课后去烹饪社是做什么？难道小少爷对烹饪有兴趣？

“对了，从明天开始我就加入烹饪社，一周去两次。”樱嘉雪切着牛排很自然地说。

“啊？小少爷要去烹饪社？做饭很危险的！”藤彩彩惊呼，在家小少爷什么都不碰，现在却说要加入烹饪社，很奇怪不是吗？而且烹饪社到处都是油锅、灶头、菜刀等危险物品，小少爷要参加真的没关系？

樱嘉雪肯定地点了点头，藤彩彩还是有些不放心，犹豫着看他。樱嘉雪放下刀叉用餐巾抹了一下嘴说：“放心，我不是对你的料理不满意，我只是想学而已。”

“学？为什么？”藤彩彩不明白樱嘉雪的话，在她看来自家小少爷这辈子都不需要下厨房。

“因为你每次做饭都很开心的样子，所以我也想试试看。”樱嘉雪随便扯了一个能让藤彩彩相信的理由，果然藤彩彩双眼在瞬间变得铮亮，欣喜之余还透着几分不好意思。

藤彩彩没有追问，樱嘉雪加入烹饪社的事情就这么定下来。为了能够贴身保护樱嘉雪，藤彩彩想着要不要明天去烹饪社之后也提出加入，那么一来就又能和小少爷寸步不离了。

5

吃过晚饭，趁着藤彩彩在外面收拾，樱嘉雪打电话给樱嘉木，一接到来自弟弟的电话樱嘉木就如同接到圣旨般，什么事都抛在一旁：“小雪啊，晚饭吃过没？今天怎么样？开不开心呀？”

“帮我查一个人。”樱嘉雪直接切入主题，他没那么多时间和樱嘉木聊家常，现在事情的发展让他很不满意，那个家伙突然冒出来！

“谁？”

“千夙！”樱嘉雪愤愤地吐出两个字，手机那头一阵沉默，这种异常的沉默让樱嘉雪都能感觉到不寻常，“你是不是知道什么？”

“我会尽快给你资料的。”樱嘉木的语气中没有太多惊讶，让樱嘉雪感觉有些许不寻常，但并未多想。

樱嘉雪沉默，握着手机的手一紧说：“我也没想过他还敢出现在我面前，自从发生那件事后，我以为他会就此消失在这个世界上！”他双眼中含着愤怒的火焰，咬牙切齿的模样好像要把人撕碎。

“已经过去那么久了，我们都释怀了，你也……”樱嘉木并没说完，从另一头的沉默他能够捕捉到那份感觉，是樱嘉雪不会轻易原谅景泓的愤怒感，“算了，你有什么打算？”

“打算？我只想知道他打算做什么。对着这张脸，如果他都没有一丝负罪感，我就会让他滚出这里，让他永远滚出我的视线！”樱嘉雪挂掉电话，起伏的胸膛和凶狠的眼神，都证明他现在处于怒火巅峰。

他不会就这么轻易饶恕景泓过去犯下的错误，那个错误毁了何止一个人！他也不会让景泓接近彩彩，他不允许任何悲剧再发生在他所关心的人身上！

如果换作别人，樱嘉雪绝对会在第一时间用能用的办法赶走，但是偏偏这个人是景泓。对这个非常厉害的对手，他必须非常小心，否则就会非常危险。

最重要的是，现在是彩彩的关键时刻，必须通过正常考验，证明她足够强。不然，一切就会前功尽弃，桃管家绝对不允许“无能者”做他的保镖，父亲那边更是没得商量。

“小少爷，你怎么了？”门口的藤彩彩轻唤一声，她整理完毕一回来就发现小少爷站着，而且气氛让她有些不安。

“没什么，我先去洗澡。”

浴室中的樱嘉雪任凭水从发间一路流到身上每一处，低着头一动不动地站着，双眉紧锁。

从明天开始，会展开一场无形的拉锯战，他要做的就是让景泓赶紧离开四宇国学院，赶紧从他的视线中消失！永远！

卧室里的藤彩彩，觉得自家小少爷的表现有点儿奇怪，只是她想不通是为什么。

小少爷的心思真难猜，谁说只有女人心是海底针。

同时，景泓坐在桌前犹豫着打开抽屉，从抽屉中取出一张照片，照片中是一名金色长发的少年抱着一名黑色短发的男孩儿，两个人很亲密地冲着镜头笑着，就像兄弟。

抚过照片，景泓眼中浮现淡淡的忧伤，照片中的黑发男孩儿笑得十分灿烂、可爱，光看照片就能看出这个小男孩儿对身边抱着他的少年有多依赖。

“小少爷，对不起……”景泓将照片放在手掌中，双手合十放在额头，口中不停重复着同样的话语。

夜幕下凉风习习，在秋天这个充满思念的季节，像这样的夜晚总能勾起许多人的惆怅和哀伤，而景泓被勾起的还有深深的愧疚。

第3章 03 Di-san Zhang 无法逃离的过错

Jianxi Baobiao Dai Dai Shou

✤

1

好不容易迎来周六，也是烹饪社活动时间。烹饪社的活动定在每周五和周六，今天正是樱嘉雪第一次去烹饪社报到。

一路上藤彩彩都在注意樱嘉雪的表情，樱嘉雪完全没有任何表情，从出门开始就一直冷着脸，看见谁都不会笑，就算徐然他们路过打招呼，得到的也是一个白眼。

樱嘉雪和藤彩彩两个人走到烹饪社教室前止步，藤彩彩看了一眼樱嘉雪，无意间捕捉到他脸上闪过的寒意。

咦？刚才那种感觉……

樱嘉雪伸手推开门，烹饪社的人全部停下手上的事回头看着他，景泓看见樱嘉雪和藤彩彩，十分欣喜地跑过来："小雪，你果然来了。"

"是你？"藤彩彩指着景泓惊呼，眼前这个金发男人不就是之前在她半夜跑步的时候遇上的那个人？这个人怎么会在这里？难道他是烹饪社的老师？

"真巧啊，没想到你是小雪的保镖。"景泓装作什么都不知道，十分友好地向藤彩彩伸出手。

樱嘉雪拍开景泓伸过去的手，挡在藤彩彩面前冷冷地看着景泓说："我人已经来了，要做什么？"

景泓微愣，脸上飞速闪过一抹失落，马上笑着说："今天就做巧克力布丁怎么样？"

藤彩彩注意到樱嘉雪双拳紧握，像是在压抑什么，尤其是当听见"巧克力布丁"的瞬间，他浑身一颤，反应很不寻常。

小少爷没事吧？两个人似乎早就认识。但是不应该啊，她从小跟小少爷一起长大，有什么人是小少爷认识而她不认识的？

景泓走回众人间，开始讲解巧克力布丁的制作步骤，樱嘉雪站在一张桌子前不作声，也没有认真听的意思。

藤彩彩看着樱嘉雪反常的沉默，心中七上八下。总觉得眼前的小少爷和平时不同。

从来没见过小少爷露出这么冷漠，近乎无情的表情。还有，小少爷眼中的那股复杂，是怎么回事？

当女生们纷纷开始动手做的时候，樱嘉雪依旧不动一下，景泓边走边指导那些女生，走到樱嘉雪面前时问："曾经有人非常喜欢吃巧克力布丁呢。"

闻言樱嘉雪猛地抬起头，双目中渗出浓重的杀意，景泓似乎也被这股杀意惊到，但是他很镇定地又让自己恢复笑脸，虽然笑容还有点儿勉强："看来有的事真的要慢慢来。"

"你错了，有的事再慢也不会成功。"樱嘉雪冷声说。

"是吗？可我相信万事皆有可能，不论什么事都一定能被改变，只要你想。"景泓的话隐藏着某种深意，两个人的对话完全不像是围绕巧克力布丁展开，这让处于状态外的藤彩彩很是迷茫、疑惑。

藤彩彩觉得，眼前的这个男子和之前遇到的时候感觉完全不同。那天夜里觉得他是个开朗、温柔、有亲切感的人，而现在浑身上下更多地透露出的是不确定，整个人像是被巨大的谜团笼罩，显得很不真实。

"哼！"樱嘉雪冷哼一声，显然并不认同景泓的话。

景泓轻笑，走过去一把钩住樱嘉雪说："小雪，人是会变的。"

藤彩彩率先做出反应，一把扣住景泓的手腕，拉开樱嘉雪，将樱嘉雪护在身后，"不要随便碰小……"

樱嘉雪绕开藤彩彩，走近景泓说："跟我出去，我有话要说。彩彩你待在这里。"

"好。"景泓爽快地答应了，跟着樱嘉雪就走出烹饪社。

两个人刚离开烹饪社就炸了锅，那些女生三三两两地开始议论，话题无非就是樱嘉雪和景泓是什么关系，两个人究竟有什么秘密。

被命令留下的藤彩彩很担心，最近樱嘉雪的反常已经让她很不安，还有他和景泓之间的那种气氛也很奇怪。可恶！偏偏不能跟着去，如果能知道是为什么就好了！小少爷究竟是怎么了？真的不能够说吗？

樱嘉雪在前面走着，景泓始终同他保持一个人的距离，到了人少安静的地方，樱嘉雪止步，并没有回头，说："你来四宇国学院的目的，到底是什么？"

景泓露出无奈的笑说："我希望得到原谅，如果硬要说目的，就是这个。"樱嘉雪不语，其实不用说也知道他绝对不会相信，这样的反应也在景泓意料中。

樱嘉雪缓缓转过身走近，两个人的距离非常近，景泓感到一股莫名的紧张和压力。樱嘉雪死死地盯着景泓说："不要打我身边任何人的主意，不然我绝对不会放过你的。"

"你是说那个和你青梅竹马的保镖吗？其实我并没……"

"不用说了。"樱嘉雪打断景泓的话，他懒得听任何解释，反正说出来的也都是骗人的谎言。

景泓知道，所谓的原谅根本就不存在。他所犯下的错误，是连自己都无法原谅的，更何况是小少爷。

也许，他应该抛弃那份侥幸，开始好好地完成樱嘉木交代的任务。

就他来看，那名不成熟的小保镖，根本不能担当重任。小雪是聪明人，为什么会对一名保镖如此执着？他十分好奇。

"想让我不接近那位小保镖，小雪，你应该知道怎么做。"景泓正式切换进入任务模式，露出他不多见的腹黑一面。

樱嘉雪不怒反笑，笑得森冷且充满蔑视："我不会原谅你，也不会让彩彩接近你。"

"呵呵，小雪果然没变，还是那么不可爱，和……"景泓突然噤声，话到嘴边怎么都无法说下去。

樱嘉雪笑看着景泓，语气中含着满满的嘲讽和不屑："怎么？说不下去了？"

"不论做什么我都必须得到你的原谅。"景泓这么说。

樱嘉雪嘴角的笑容更深了，他对景泓这种奇怪的理论感到十分好笑。当某个人渴望得到某个承诺和原谅的时候，久而久之就会变得不惜一切代价。现在景泓就是这样，想要用一种特别的手段，去寻求原谅。

因为不放心而决定跟出来的藤彩彩好不容易找到两个人，在看见樱嘉雪脸上的表情时一愣，虽然距离很远，但是她能看见那个表情是笑，这几天一直冷着脸的小少爷却笑得那么自然。

虽然这个笑容称不上温和，但是会对景泓露出笑脸，到底景泓用的什么办法？小少爷和景泓之间的关系果然不简单。藤彩彩这么想着，觉得心里越来越不好受。

小少爷和景泓，果然从以前就认识，而且是在她不知情的情况下。他们究竟是怎么认识的？彼此的羁绊似乎不输其他人。

樱嘉雪察觉到藤彩彩在偷看，走了过去，看着彩彩轻拍了一下她的头说：“我没事，你放心。”

“小少爷……”藤彩彩想问的话到嘴边最终还是咽下，她拼命说服自己没有资格去问，没有资格所以不能问。

“我们走吧，回去做巧克力布丁。”樱嘉雪像什么事都没发生似的拉着藤彩彩走，丢下景泓，当作没这个人存在。

他不会让景泓接近彩彩这个傻丫头，不会让身边的任何人再遭景泓的毒手，尤其是藤彩彩，绝对不可以！

在这个世界上，有谁能够原谅一个让自己失去最重要东西的人？他做不到！

尘封这么多年的往事，也许应该做一个了断，而最简单的方法就是让景泓从眼前永远消失！

藤彩彩有些担心地看着樱嘉雪，想到景泓，更多的是一种嫉妒。她惊讶地发现自己竟然嫉妒景泓，这是一种多么奇怪的感觉！为什么要嫉妒景泓？她自己都不明白。

回到烹饪社，樱嘉雪认真地做着巧克力布丁，藤彩彩站在一旁不出声，满脑子都是最近陆续发生的那些事情，有太多太多的地方不是她的脑子能想通的。

“完成。”樱嘉雪第一个完成制作，而且在巧克力布丁上面画了一把刀，丢在景泓面前，景泓低头看着巧克力布丁上的图案，没有生气。“我们做完了，可以离开了吧？”

“请便。”景泓回答。

樱嘉雪冷着脸，转身走到藤彩彩身旁拉着她就走，藤彩彩傻愣愣地被拖走，边走边回头看几眼景泓。

突然，樱嘉雪停下脚步，回头盯着藤彩彩十分认真地说：“彩彩，你千万不能接近景泓，知道吗？”

“啊？为什么？”藤彩彩不解。

樱嘉雪下意识地皱眉，虽然不满又不能说出真相，只能说：“我不希望，仅此而已。”

没有得到充足的理由，被樱嘉雪用这样的理由敷衍，藤彩彩内心剧烈翻腾，总觉得有股说不出的不爽。

“小少爷，虽然我是你的保镖，但是我连交朋友都不可以吗？”藤彩彩站在原地低着头，额前的刘海儿遮住脸，看不清表情。

樱嘉雪惊讶于藤彩彩的这番话，他没想过藤彩彩居然会这么说。朋友？她的意思是想和景泓交朋友？怎么可以！

樱嘉雪一个箭步冲过去，一把拽过藤彩彩，眼神中闪现丝丝寒意，盯着她说：“我不允许你接近他！”

“……小少爷？”藤彩彩十分委屈，她将樱嘉雪的话理解为占有欲，但并不是对她的而是对景泓的。

回到宿舍后樱嘉雪和藤彩彩没有任何交流，洗澡的洗澡，睡觉的睡觉，藤彩彩躺在床上用棉被蒙住自己，躲在被窝里想着今天看见的每一幕。

从景泓对小少爷的态度，到小少爷对景泓笑，最后小少爷警告她不准接近景泓。将一切串联起来就会变得很清楚，小少爷不希望她接近景泓。

藤彩彩拼命暗示自己不要乱想，但越是如此就越是想得更多。被乱七八糟的想法堵塞脑子的藤彩彩，无论如何都没办法入睡。

耳边传来樱嘉雪走出浴室的声音，她条件反射般地紧闭双眼。很快屋内灯光暗下来，没过多久隔壁卧室里就一片宁静，沉稳、均匀的呼吸声传来。

藤彩彩躲在被窝中长叹一口气。

一夜没睡的直接结果就是眼圈黑得像熊猫，做什么事情都没有精神，第二天早上，藤彩彩就在不断出错和不断道歉中度过。

樱嘉雪注意到藤彩彩的异样有些纳闷，平时的藤彩彩也很迷糊，但不至于像现在这样。

“彩彩，你没事吧？不舒服就回去休息。”樱嘉雪趁着课间回头看着藤彩彩说。

藤彩彩挤出勉强的笑容摇摇头说：“我没事，我很精神的。”

樱嘉雪暗暗想着，任谁都看得出她完全和精神扯不上关系，勉强倒是很明显。

“小雪——”熟悉的声音从门口直闯进入教室，樱嘉雪浑身一震，回头死死瞪着站在门口手里提着什么东西的景泓，“哟，小保镖也在呀，真巧啊。”

景泓大摇大摆地走进教室，不少人抱着看戏的态度，看着他们。

樱嘉雪站起身挡在景泓面前，阻止他进一步接近藤彩彩，问：“你来有什么事？”

“看，我做的布丁，特意拿来给你们尝尝。”景泓十分殷勤地冲藤彩彩一笑，让藤彩彩倍感奇怪。

这算什么？讨好她？为什么要讨好她？

“不需要，拿着你的布丁离开。”樱嘉雪冷着脸下了逐客令，他现在最烦的就是看见景泓的脸。这张脸在多年前就让他很讨厌，现在更是厌恶到极点了。

景泓已经习惯樱嘉雪的冷漠，自从发生那次事件之后，他很清楚樱嘉雪有多么恨他。但是，他不希望永远被恨，他希望，不，是渴望得到原谅。

“你不吃，可爱的小保镖也要吃的嘛。”景泓将装在盒子里的布丁搁在藤彩彩桌上，“小保镖，吃吧，有很多不同的味道哟。”

“不许吃！”樱嘉雪将布丁夺走，双眼紧盯景泓，两个人四目相对片刻，“现在我已经收下，你可以走了。”这并不是妥协，而是樱嘉雪很清楚没必要和景泓这种人耗。

景泓咧嘴一笑，满意地哼着小调离开，看见他终于走开，樱嘉雪松口气，低头看着手中的布丁，神情十分复杂，并不是单纯的愤怒和嫌弃，更多的反而是忧伤。

小少爷，为什么要露出这种表情？

藤彩彩看着樱嘉雪将布丁放进课桌抽屉，本来还以为会就那样丢掉。太多的谜团让藤彩彩脑子越来越混乱，她想弄清楚却不知道要怎么做。

找景泓吗？不，小少爷下令禁止她接近那个人，她不能随便违背小少爷的意思，如果被发现小少爷可能会永远不理她。好吧，再观察一段时间！

✤

2

眨眼又到了第二次烹饪课，樱嘉雪和藤彩彩怀着复杂的心情去，一看见景泓两个人纷纷皱眉。樱嘉雪皱眉是因为他真的不想看见这个人，藤彩彩皱眉是因为她真的非常想弄清楚一切。

“小雪，你们来啦，快进来吧，今天我要教大家做炸虾。”景泓穿着围裙冲樱嘉雪和藤彩彩挥手，两个板着脸的人走入烹饪教室，气氛瞬间变得不那么欢乐。

“小雪，你的保镖站着就像雕塑，一直这样陪着你真好。”景泓趁着自由动手时间又跑到樱嘉雪的桌边唠叨起来。

樱嘉雪拖着景泓远离藤彩彩，低声警告说：“不要骚扰彩彩，不然我扔你下油锅炸！”

“炸完是准备吃我吗？”景泓完全不在意樱嘉雪的恐吓，因为他很清楚自身的能力，现场没有一个人比他厉害。

“我不知道你到底在想什么，为什么还能这样嬉皮笑脸。如果这是你请求我原谅的计策，那么是行不通的！”樱嘉雪想要将景泓的一切希望扼杀，他只要这个家伙消失在面前。

“你会原谅我的，不仅如此，你还会感谢我。”

樱嘉雪不可置信地看着景泓，第一反应就是这个家伙疯了。原谅这个人是不可能的事，更别说什么感谢！感谢这个家伙犯下那种无法原谅的错误？简直可笑。

樱嘉雪冷笑着转身走开，才走没几步，突然有个女生拿什么东西朝他泼过去，幸好他躲得快，但是液体淋在炉灶上瞬间就燃起一串火苗，火苗顺着桌布迅速蔓延。女生吓得尖叫一声，手里的罐子“当啷”落地。

“啊！着火了！快灭火啊！”女生们纷纷尖叫起来，手忙脚乱地拿起身边的液体就往着火的地方泼，瞬间火苗蹿得更高了，吓得她们尖叫连连，连逃跑都忘记了。

藤彩彩第一反应就是要跑过去救樱嘉雪，怎奈火海将他们两个人隔开，火苗蹿起很高，根本没办法冲过去，“小少爷！小少爷！”藤彩彩惊慌地叫着，声音却被那些女生的尖叫声淹没了。

樱嘉雪觉得头疼欲裂，再也忍不住一脚踹碎一旁的椅子喊：“全给我闭嘴！”

瞬间，所有人都安静了，女生们眼带泪花地看着他，神情惊恐且不知所措。樱嘉雪深吸一口气，无奈地摇头，想着在关键时刻这些女生就不能赶快逃命吗？“彩彩，你那边离水槽近，将衣服和没烧着的桌布弄湿后冲过来。”

“是！”藤彩彩照着樱嘉雪的话将自己淋湿，再把仅剩的几张没烧着的桌布弄湿，一鼓作气穿过中间阻隔他们的大火，将桌布分给那几个女生后准备离开。

“快！这边！”不知什么时候景泓已经找到一条出路，冲他们挥手示意。

“你们快过去，我们殿后！”在樱嘉雪的指挥下，女生们披着湿桌布纷纷冲向景泓那边，最后樱嘉雪和藤彩彩也冲了出去。

女生们惊魂未定还伴随着咳嗽，景泓扶着樱嘉雪的肩问：“你没事吧？”

樱嘉雪摇头，回头看一眼灰头土脸的藤彩彩不禁失笑：“大花猫。”

“小少爷也是，哈哈哈……”

在大家都沉浸在劫后余生的喜悦中时，突然有个女生猛地尖叫起来：“小梓！小梓还在里面！小梓没出来！”

樱嘉雪扫视一眼，这才发现刚才用油泼她引起火灾的女生没在，“真麻烦。”嘟囔一声，樱嘉雪转身就准备再次冲进火场。

“小少爷！你要去哪里？”藤彩彩拽住樱嘉雪，十分惊慌，她看出樱嘉雪的打算，不希望他进去。

“救人。彩彩，你在这里看着他们顺便报火警。”樱嘉雪并没有退缩的打算，藤彩彩死死拽着他不放手，“放心，我不会有事。”樱嘉雪伸手摆脱藤彩彩的手，当藤彩彩准备追上去一起冲进去的时候被人拽住。

景泓拉住藤彩彩不让她去冒这险：“危险，不能去。”

“放开我！我要去救小少爷！不能让小少爷就这么进去！快放开！”藤彩彩不顾一切地喊着，拼命想往火场里冲，但是景泓的力气比她大数倍，在这场角力中她完全不是对手。

火势越来越大，在景泓的指挥下那些逃出来的女生报警的报警，拿灭火器的拿灭火器，但是火势依旧没有消减的迹象。

藤彩彩哭得稀里哗啦，双眼紧紧盯着火场怎么都不肯移开，景泓好不容易将她拖到远离火场的地方，她就维持一个姿势望着火场，眼泪不停地顺着脸颊落下。

“放心，不会有事的，他不会有事的。”此时此刻景泓也不知道该说什么，只能安慰藤彩彩。

“小少爷……”

她该怎么办？小少爷如果出事怎么办？小少爷会不会再也出不来了？她不要失去小少爷，不要啊！

在火场中的樱嘉雪终于找到那个叫小梓的女生，女生被吓得双眼空洞全身缩成一团，躲在一张还没完全燃烧的桌子下面瑟瑟发抖。

“喂，你怎么样？”樱嘉雪披着湿桌布低头问。

小梓双唇不停颤抖，一个字也说不出，只有断断续续的咳嗽声证明她确实还活着。

“跟我走。”樱嘉雪弯下身拉起小梓，小梓全身瘫软得就像一摊烂泥，这无疑加大了逃离的难度，“喂，你是想死还是想活？想活就给我好好站着！”

樱嘉雪冰冷的声音像是一针镇定剂，让好似灵魂出窍的小梓稍稍回过神，在意识恢复后看见樱嘉雪的瞬间眼泪一涌而出。

樱嘉雪拖着小梓走，边走边无奈摇头。如果每个女生都能做到临危不乱，估计这个世界就会成为她们的天下。幸好，不是每个女生都能做到。

火势越来越大，原本的出路已经被火苗包围，樱嘉雪皱眉看一眼身旁吓得紧紧拽着他的女生，深吸一口气一把将女生抱起：“敢乱动就扔了你。”

“是、是！”小梓吓得在樱嘉雪怀里蜷缩成一团。

樱嘉雪将沾有水的衣服披在小梓身上：“抱紧我。”樱嘉雪伸出右手，一道绳索飞速射出，穿透玻璃窗后钉在不远处的大树上，按下按钮两个人“嗖”地顺着绳索飞出窗外。

火场外面已经有消防员在扑救，而藤彩彩则跪坐在原地哭着，身旁的景泓不停安慰。

“都是你不好！都是你让小少爷加入什么烹饪社！都是你害的！”藤彩彩愤恨地瞪

着景泓，说完，无力地趴在景泓怀里痛哭流涕。

景泓微愣，心中掀起一阵忧愁。藤彩彩刚才的眼神就和当年樱嘉雪的眼神一模一样，是责怪和痛恨。

突然，一阵惊呼声传来，随之而来的还有“扑通”的倒地声，一群消防员冲向一棵大树边扶起小梓和樱嘉雪，樱嘉雪摇头示意没事后走开。

迈着沉稳的步伐，带着一脸的灰，樱嘉雪走近藤彩彩一看，整张脸都开始抽搐。

他辛辛苦苦去救人，这丫头倒好，趴在人家怀里哭。

“小少爷……呜呜呜……小少爷……”

“喂，我还没死，不需要哭丧。”樱嘉雪一把拽起藤彩彩，后者微愣，“小、小少爷……”

樱嘉雪叹一口气，伸手轻拍藤彩彩的脸说：“是我。”

“呜哇——”藤彩彩一头栽进樱嘉雪怀里哭得更凶了，樱嘉雪只能拍着她的背安慰着，同时还不忘冲景泓露出一抹皮笑肉不笑的表情。

“我手臂被灼伤了，陪我去医务室。”樱嘉雪轻声说，藤彩彩立刻收住眼泪拼命点头。

樱嘉雪和藤彩彩一起去了医务室，医生并不在这里，似乎是赶去火灾现场给那些女生处理伤口了。

“小少爷，以后请不要再做这么危险的事情！”藤彩彩说完弯腰九十度鞠躬，眼泪忍不住又从眼眶中流出，“我不希望小少爷出事，请小少爷一定要答应我！”

樱嘉雪见藤彩彩态度如此认真、强硬，就知道她是真的很担心，点头应道：“我答应你。”

藤彩彩抬起头，眼中除了泪水还有激动和感谢：“我这就替小少爷包扎。”取来双氧水和纱布，藤彩彩小心翼翼地包扎起来。

樱嘉雪看着藤彩彩认真的模样，脑海中突然闪过刚才她抱着景泓哭的样子，心中燃起无名怒火。

这个丫头从来都没那样抱着他哭过，刚才居然抱着景泓哭。想到这里樱嘉雪不自禁地握紧了双拳。

“小少爷？怎么了？”藤彩彩觉得有些不太对劲。

“没什么。”樱嘉雪语气有点儿不好，说完就后悔自己不应该把气出在藤彩彩身上，声音一柔，“你刚才为什么抱着景泓哭？”

“我、我不是故意的，我满脑子想着小少爷很危险，很紧张、很害怕，所以也没注意就……”藤彩彩手舞足蹈地挥着手上的双氧水和纱布，看起来十分惊慌。

樱嘉雪并没有责怪的意思，看着藤彩彩如此反应觉得还挺好玩，伸手摸下她的头说：“没什么，我就随便问问。”话虽如此，但樱嘉雪还是很不爽景泓抱着藤彩彩的那一幕。

藤彩彩点点头继续为樱嘉雪处理伤口，她隐隐约约还是感觉到樱嘉雪的不快。

唉……

✖

3

樱嘉雪冲入火场英勇救小梓的事迹瞬间传开，原本对樱嘉雪很不爽、不服的那些女生态度立刻一百八十度大转弯，每天樱嘉雪的教室门口总是簇拥着很多女生，一个个都是冲着樱嘉雪而来。

当然还是有一些人对此很不服气，尤其是那些小心眼的男生，原来男生小气起来比女生小气千万倍。

“樱嘉雪同学现在人气不是一般高，不只男生，就连女生都能搞定。”一个坐在樱嘉雪斜前方的男生酸溜溜地丢出一句。

樱嘉雪不理会，始终低头看着手上的书，见状，那名男生的脸色更加难看了。

原本樱嘉雪被那些高年级的男生簇拥就算了，可是，现在连那些女生都变得那么崇拜他，身为男生的他自然感觉很不爽。

“你不懂，人家樱嘉雪同学有本事，你没有，哈哈。”一旁另一个男生也似笑非笑地说着，听到这席话的藤彩彩有些看不过去，想要说什么却看见樱嘉雪那么镇定，就没有开口。

第一个开口的男生走到樱嘉雪面前，一把夺走樱嘉雪手上的书冷笑着说：“别以为高年级的那些人护着你，还有卢鑫他们也都站在你这边，你就可以目中无人！告诉你，四宇国学院可不是只有他们！”

书被夺走后樱嘉雪才有了反应，抬头扫一眼那个男生说：“把书还给我。”

“哟！看书？装有文化吗？少装蒜了！在四宇国学院再用功也没用！”男生面部表情越发狰狞，单手捏着书，还从喉咙里发出“咯咯”的奇怪声音。

藤彩彩冲过去欲做什么，被樱嘉雪伸手阻拦，收到眼神示意后她没有再动，只是紧紧盯着那个男生，防止对方再做什么过分的事。

“我这个人不喜欢把话重复第二遍，所以你还还是不还？”樱嘉雪站起身看着男生，在气场上两个人差出一大截，樱嘉雪与生俱来一股压迫感，是后天养成无法比拟的。

男生显然听出樱嘉雪语气中含着的不屑和厌烦，越想越觉得火大，拿着书歪嘴一笑说：“呵呵！别装什么好学生了，像你这种靠脸的人，能看什么有内涵的东西？开玩笑！”

樱嘉雪指着男生手上的书，维持一张不变的冰山脸，语气相当平静地说：“只要你能把书名念出来，这本书给你也无妨。”

被樱嘉雪用如此看不起的态度对待，男生更加火大，嘴里嘟嘟囔囔地说着“有什么了不起，不就是……”，当看见书封上的怪异字符瞬间哑然。

这是什么文字？火星文吗？不像英文也不是法文、德文，这……

男生心里拼命犯嘀咕，在脑子里折腾半天都想不出封面上的那个书名究竟是什么文字，应该说整本书没一个字是他能看懂的。

趁男生犯傻时藤彩彩一个快步冲上去夺过书，樱嘉雪拿着书轻抚几下，眼神中含着爱惜之情，抬头，睁大双眼对男生说：“**ΟΔΥΣΣΕΙΑ**（奥德赛），也就是《奥德赛》的希腊文版。这本书是我非常喜欢的，它能够让我知道什么是坚持、智慧、勇敢和忠诚。”

男生依旧不明所以地看着樱嘉雪，显然他并不知道奥德赛是什么，更不知道里面究竟讲什么，有那么一瞬间让他晃神，误以为樱嘉雪是来自另一个世界的人。

“我管你什么《奥德赛》！就算你看得懂希腊文又怎么样？”男生仍在狡辩，看起来孤立无援，原本和他唱双簧的那个男生也噤声了。原因很简单，门口的女生们口中已经传来依稀可闻的指责声。

“那个男生是谁啊？为什么找樱同学的麻烦？”

“你不知道他吗？他是各项垫底的邹义呀！”另一个女生十分热情地提醒身旁的女生。

“原来如此……”不明真相的女生纷纷点头，“自己什么都不行就找樱同学的麻烦，真是没用。”

“就是，亏他还是个男生，太差劲了！”

“如果着火别说救人了，我看他这种人连自己都逃不出去。”

议论声越来越大，一字一句传入了邹义耳中，让邹义彻底恼羞成怒：“可恶的家伙！给我消失吧！”一声巨吼，邹义举起拳头冲着樱嘉雪的脸就打了过去，而樱嘉雪相当淡定。

拳头临近樱嘉雪鼻前被藤彩彩一掌接下，她将邹义的手臂整个翻转到身后，死死将他压在桌上不让他动弹。

“让我揍这个家伙！你放开我！让我揍这个家伙！”邹义发疯似的吼着，上身拼命挣扎想要挣脱藤彩彩的束缚，但始终没成功。

“我有惹到你吗？”樱嘉雪皮笑肉不笑地俯视邹义，表情比他冷着脸更让人浑身发寒。

邹义不吭声，并且不再挣扎。藤彩彩好奇地低头看一眼，猛然发现邹义双眉皱成“八”字，脸上写满了委屈和不甘。

奇怪，怎么这副表情？弄得好像大家在欺负他似的。

“还是说，你纯粹是嫉妒心理作祟？”樱嘉雪一言让邹义浑身一颤，看到如此反应，樱嘉雪勾起一抹满意的笑说，“明明看起来很弱，却得到大家的簇拥和肯定；明明只是脸长得好看、家里有钱，凭什么得到大家的认可？对于我，你一直是这么想吧？”

邹义依旧不吭声，低着头不让任何人看清他现在的表情。不过，樱嘉雪就算不看也知道此时此刻邹义是怎样一副表情。

“我家里确实有钱，当然脸也确实长得好看。”樱嘉雪自恋的两句话让大家都很无语，只有藤彩彩拼命点头表示认可，“但我不是一无是处。我有本事能够让徐然听我的，让卢鑫感激我，让吕浩害怕我，让女生们崇拜我。这些，都是我的本事，是我自己争取来的，并不是从天而降的！”

一席话让在场所有人都沉默了，看戏的人脸上的笑容逐渐隐去，门口的女生一个个眼中饱含敬意，原本就对樱嘉雪畏惧的吕浩等人此时心中也升起一份敬意。

而藤彩彩已经被这番话说蒙，她看着樱嘉雪的眼神充满诧异，原来在不知不觉中，她所认识的小少爷已经变得和从前不一样了。

现在的小少爷身上散发出一股不可抗拒的气息，具有强大的魄力。原来，小少爷已经长成了一名真正的男子汉。小少爷用自己的能力让所有人闭嘴，让大家都对他心生敬意。

可她呢？一点儿成就都没有，和小少爷的距离越来越远。她的小少爷像是站在金字塔顶端的人，而她只能在底部仰望。

藤彩彩想到此，心中莫名泛起一股苦涩，更让她感到害怕的是，她竟然有一瞬间能够理解邹义为什么会那么不甘心。

"我不知道你在怨天尤人些什么，自己不努力却责怪他人太优秀，你不觉得很可笑吗？"樱嘉雪毫不留情地将邹义心中所想全部剖析出来，让邹义异常窘迫。

第一次有人将他想的事情全部说出来，也是第一次有人会在乎他是怎么想的，甚至让他觉得樱嘉雪是那么了解他。明明是最看不顺眼的人，却有"终于有人理解我"的想法，是不是很可笑？

"所有人都觉得我没用！我学习不行！运动不行！什么都不行！没有任何优秀的地方！为什么？为什么我要活在这个世界上遭受这些？遭受所有人的不屑、鄙视和指责？"邹义的说话声带着哭腔，只是始终没抬头，不能确认他是否真的哭了。

真的很没用啊，感觉和彩彩还真像。樱嘉雪这么想着瞥了一眼藤彩彩，发现她的神情也不怎么好，带着同情和同感。

果然，这两个人会有惺惺相惜的地方，一样从小没自信，一样生活在阴影中，不同的是彩彩开朗且有点儿二，而邹义则是进入死胡同不停钻牛角尖。

"你不努力就希望成功？这和天上掉馅饼有什么区别？能进四宇国学院你的家底也应该不错，有了不错的家世还要怨天尤人？那些生下来就注定命苦的人，岂不是全去死算了！"樱嘉雪不满地盯着邹义，这种没骨气、没干劲同时还充满负能量的家伙最让人心烦，整天抱怨这个抱怨那个，有那么多时间早干吗去了？

邹义稍稍抬起头，脸上并没有泪痕，只是表情有些纠结。幸好他没哭，如果他真的哭了，樱嘉雪一定会一脚把他踹出去。一个大男生，为这种事哭，该有多脆弱？

"是个男生就挺起胸膛做个真正的男人，不要没事就想有的没的。有那么多时间，你多锻炼锻炼身体和脑子更好。"樱嘉雪的话与温柔无关，是毒舌还差不多。但，偏偏这种话最能激起邹义这种人已死的心。

邹义看着樱嘉雪不吭声，就这么一直看着、看着，看了很久很久。樱嘉雪倒也十分有耐心，就让他这么看着，也这么看着他，两个人谁也没动，也没说什么，弄得一旁其他人都纳闷不已。

"呜哇——"邹义突然爆发出一阵痛哭声，眼泪"哗啦哗啦"流下，看得所有人都傻了眼。

"呃……把他给我扔出去！"樱嘉雪一声令下，藤彩彩架着邹义就丢到了教室外面，邹义坐在外面的走廊上号啕大哭，在教室内都能听见他夸张的哭声。

这个哭声包含着太多太多的委屈和无奈，今天一次全部宣泄出来也算是一种和过去的了断。

路过的老师好奇地上前询问，邹义只是哭个不停。上课后邹义的哭声还是清晰可闻，随着时间的推移哭声越来越弱，到最后一片静寂，似乎已经不再哭泣。

一节课结束，邹义顶着一双红肿的双眼走进教室，走到樱嘉雪面前停顿几秒后深深鞠躬。这个鞠躬让所有人都错愕不已，藤彩彩也觉得很诧异。

邹义鞠躬的时间长达数十秒，然后直起身做一个深呼吸说："我已经决定打起精神努力起来！感谢你把我骂醒让我不再窝囊！刚才我在外面边哭边想到很多，哭痛快后似乎什么都比较容易想通。"

面对邹义的致谢，樱嘉雪在几秒的沉默后只用一个"嗯"来回答，邹义先是一愣，很快就恢复到刚才的坚定神情说："我会让你刮目相看的，我保证！"说完一句誓言般的话，邹义回到自己的位子上拿出手机拨通一个电话，随后传来的一句话让全场所有人都瞠目结舌。

"老爸，我是阿义，我决定好好学习、锻炼。所以，请你帮我请一位老师教我希腊语！"邹义的话似乎得到父亲的肯定，他喜出望外，连声道谢后挂上了电话。

樱嘉雪身为当事人却是最淡定的一个，继续抱着他的希腊文版《奥德赛》看着。藤彩彩看了看邹义又看了看樱嘉雪，忽然有种落寞感。

小少爷现在真的变得好了不起，大家都很崇拜小少爷，很尊敬小少爷，反观她这个应该保护小少爷的人，非但没保护好小少爷还要反过来被小少爷保护……

等等！被小少爷保护？为什么会有这种感觉？明明小少爷一直是在受她保护，但为什么总觉得……

"彩彩，彩彩？"樱嘉雪连叫两声藤彩彩都没反应，思忖下生怕这个丫头又乱想，伸手拍了几下迫使藤彩彩立刻回过神，"去给我买杯饮料。"

"哦，好！"藤彩彩点头应下后转身飞奔出教室。

当藤彩彩的身影消失在走廊中，安静的教室中传来樱嘉雪低沉、冰冷的声音："如果你们任何人再敢做一些会让彩彩陷入妄自菲薄状态的事，我一定会好好'厚爱'你们！"

从樱嘉雪身上散发出的黑暗气息让所有人一颤，邹义下意识地吞了下口水，似乎察觉到这句话是针对他所说。他并不知道自己刚才的所作所为会激起藤彩彩的什么感触，不过现在知道了。

所有人都不作声，樱嘉雪继续看着手上的书，虽然没人应，但所有人心中都已经了然，果然看起来柔弱且漂亮的人才是最不好惹的。

另一边什么事都不知道的藤彩彩还处于自我反省状态，不停地在内心反问自己究竟有没有好好保护樱嘉雪，得出一个结论又立刻否定，然后进入一轮胡思乱想中，就这样不停地循环。

“不行不行！怎么又开始胡思乱想？明明答应少爷不再胡思乱想的！”藤彩彩挥着手希望把那些想法全部挥掉，动作大且夸张，引来路人的斜视。

“这不是小保镖吗？你怎么一个人在这里手舞足蹈？”正巧路过的景泓看见藤彩彩这么有趣的样子，忍不住走过来询问。

藤彩彩看着突然靠近的景泓猛地一惊，慌忙退后几步和景泓保持一段距离，眼神十分警惕地盯着景泓。

“咦？你很怕我？”景泓越发觉得藤彩彩有趣，往前走几步，忍不住想逗逗她。于是出现了这样一幕：他走近几步，藤彩彩就往后退几步。

藤彩彩摇头不语，因为樱嘉雪让她不要接近景泓，所以她不会接近。在她的观念里，只要保持一定距离就不算接近。

“那为什么要后退？”景泓心中也有数，但就是想要戏弄一下藤彩彩，看到藤彩彩警惕的样子特别好玩。

“小少爷不让我接近你，所以我不能接近你。”藤彩彩皱着眉，即便是局外人都能看出她对景泓有着一股敌意。

景泓不怒反笑，果然如他所料。樱嘉雪不让他们两个人接近，他偏偏要这么做，他需要验证某件事。

“你很听小雪的话。”

“当然，他是我的小少爷，我是小少爷的保镖，我当然听小少爷的话。”藤彩彩从一开始就有些纳闷，为什么景泓会叫小少爷“小雪”？这个称呼几乎只从老爷和大少爷口中听过，其他根本没有人敢这么称呼小少爷。

景泓挑眉走近一步，藤彩彩下意识往后退一步，景泓笑问：“除了他是你的主人外，就没有其他原因吗？”

藤彩彩不明白景泓指的是什么，她一直视小少爷和亲人一样重要，从小时候就已经下定决心保护小少爷，现在身为小少爷的保镖听命于小少爷有什么不对吗？或者说，还需要其他理由吗？

景泓趁藤彩彩不注意一把拽过她，藤彩彩下意识地反手抵抗，怎料景泓一一接下她的招式，还趁其不备将她双手反钳在背后。被制伏的藤彩彩不敢置信地回头看着景泓，后者脸上挂着一如既往的笑容。

“答应我好好听我说话，我就放开你。”景泓在藤彩彩耳边低语，很少被不熟的人这么近距离在耳边说话，连呼吸都能感觉得一清二楚，不知为什么她的耳朵通红，整颗心也提到了嗓子眼。

“你、你放开我，我、我不会逃跑！”藤彩彩只希望景泓离她远点儿，也没多想就答应下来。

景泓松开藤彩彩两手一摊露出抱歉的表情说：“不好意思，因为你不肯听人说话，所以我迫不得已出手。”

“你想跟我说什么？”藤彩彩握着手腕转了几下缓解刚才被抓住的疼痛，狠狠瞪了景泓一眼。

景泓坐到一旁的椅子上示意藤彩彩也过去，藤彩彩思忖几秒，最终还是走过去坐下。她非常不情愿，但是刚才的一番简单较量就已经能得出一个结论——景泓比她强！而且不止强一点儿，是许多，能够在五招之内完全制伏她的，除了桃管家外没有其他人，连风千也做不到。没想到景泓是这么厉害的角色，他究竟是做什么的？和小少爷又是什么关系？

景泓移开视线望着远方，但并没有在看什么，只是单纯地望着那里想着别的事情，过了会儿才缓缓开口说：“我和小雪的关系十分复杂，三言两语也说不清楚，当然最重要的是他不说的话我也不能告诉你。”

听到这话，藤彩彩心中的疑惑更深了，被景泓这么一说更像是一种不能说的秘密，让她越发不快。明明从小和小少爷一起长大，却完全不知道景泓的存在。

景泓看着藤彩彩脸上瞬息万变的表情心中暗笑，他的“越描越黑”果然起到了理想作用，看来他一开始的猜测没错，小雪和藤彩彩对彼此都有一种说不清、道不明的感觉。

“我还记得啊，小雪小时候超级可爱，大家都非常喜欢他。一定有什么重要的原因才让他转到这所学校的，你说是吗？”景泓突然问，藤彩彩想也没想下意识就点头肯定，反应过来后一愣，看向景泓。

“小少爷让我不要接近你，如果不是有特殊原因，小少爷是不会这么说的。”藤彩彩还是将信将疑，从近几天的种种她都觉得樱嘉雪和景泓的关系匪浅。

“我和小雪在他很小的时候就认识，那时你应该还没来樱家。至于我和他之间发生过什么，还是等他自己告诉你吧。那段过去，如果他不愿提起，我也永远不会再提起。”

藤彩彩沉默，没有追问，从景泓的神情中，她隐约察觉到那是一段可以用“痛苦”来形容的过去。小少爷不愿提起的过去，一定是想极力忘记的过去。

“对了，你一直在保护小雪吗？”景泓将话题瞬间转移，藤彩彩难得反应迅速地点点头。

“我的心愿就是保护小少爷，能够保护小少爷，我真的很开心。我以前还一直以为小少爷不需要我，但是小少爷亲口说他需要我，我真的特别高兴！”藤彩彩说得兴致勃勃，只要一想到自己被樱嘉雪需要就比什么都开心。说她没追求也好，说她容易满足也可以，总之就是如此。

景泓从藤彩彩脸上读出“幸福”的滋味，容易得到满足的人果然活得比较快乐。景泓下意识伸手轻拍藤彩彩的头一笑，藤彩彩一愣，抬起头看着景泓，如果换作以前的她绝对会跳起来，但奇怪的是现在的景泓浑身上下充满温柔的气息，完全没有之前那股令人讨厌的感觉。

4

为了找藤彩彩而来的樱嘉雪突然看见坐在一边的两个人，看见景泓的手放在藤彩彩头上时两个人对视的表情，无名怒火熊熊燃烧，疾步走过去，每一步都充斥着强烈的愤怒。

突然，藤彩彩说了一句话。

樱嘉雪止步，站在两个人身后不再向前，缓缓低下头握紧双拳后转身离开。

回去的路上，樱嘉雪浑身散发出寒冷得足够冰冻人的气场，让所有人绕道而行，生怕走过去会遭殃。

“最近发生很多事，让大家都对小少爷很尊敬，虽然小少爷说需要我，可我越来越觉得小少爷并不需要我的保护。我刚才有一个很可怕的念头，我甚至很能理解邹义的感受，甚至觉得自己和他有同样的情绪……”

这番话在樱嘉雪脑海中萦绕，无论如何都挥之不去。他万万没想到自己做的事情最后换来的会是藤彩彩这样的感觉，明明是一心想让她建立自信，希望她能够得到所有人的认可！可是，为什么会变成这样？究竟哪里错了？究竟是哪里……

“可恶！”樱嘉雪愤愤地一拳捶在墙上，露出咬牙切齿的表情。

另一边的藤彩彩完全没有注意到樱嘉雪来过，只是单纯地说着心中的郁结，景泓听了也没说什么，在他看来那不过是一种自卑感在作祟。突然，景泓像是明白了什么，看着藤彩彩露出了一抹笑意。

他终于猜到为什么小雪会转学到四宇国学院，八成是和藤彩彩的自卑有关。按照小雪的性格，一定是想为藤彩彩这个丫头做点儿什么。果然，小雪喜欢为关心的人着想这一点还是和小时候一模一样。

“其实你不必太在意，既然小雪说需要你那就是真的需要你。不论是为什么需要你，需要你什么，这些都不是身为保镖的你要去想的不是吗？”景泓以一种过来人的姿态说着自己的看法，藤彩彩看着他，露出似懂非懂的表情。

藤彩彩觉得景泓说的听起来很有道理，虽然并不那么明白。其实她也知道自己很喜欢胡思乱想，对自己这种性格有时候也十分厌恶。可是，脑子是不会听她使唤的，冷不丁就会乱想。

即便小少爷再三表明过需要她，她还是会质疑，她很清楚这一切都是源于她的自卑，可是要如何消除这股自卑？有什么办法能够做到吗？不仅是为了她自己，更是为了小少爷。她希望能够成为一名让小少爷骄傲的保镖，能够符合小少爷身份的保镖。

“景泓，你以前一定非常了不起吧？”藤彩彩问。

景泓并不否认，点头说：“是的，曾经非常了不起，但那只是曾经，现在的我只是四宇国学院的兼职老师罢了。”

“那么，你能告诉我怎么才能让自己变得自信起来吗？”藤彩彩迫切地想要学会如何自信，她从小就身处一个人才济济的环境中，资质平庸的她向来自卑。

“当你在用生命保护一个人，并且能够为他做任何事的时候，你就不会去计较那些，你只会想尽力保护好他。”说到这里景泓的神情变得有些异样，有股说不出的忧伤和感慨。停顿片刻后，他继续说，“有时候，太过自信并不是什么好事，相反在关键时刻会铸成永远无法弥补的大错。”

景泓的话语中似乎隐藏着一个沉重的故事，虽然这句话是说给藤彩彩听，但更像是对过去的自己的一种忏悔。

藤彩彩反应比较迟钝，无法立刻消化景泓的这些话，只能慢慢地琢磨。

“对了，这个是我的手机号，以后常联络啊。”景泓夺过藤彩彩的手机，飞快地存入自己的手机号，然后拨通自己的手机，“有事可以来找我商量哟。”景泓扬着自己的手机得意地笑了。

藤彩彩十分无语，她并不觉得自己会有主动找景泓商量的时候。

“你刚才是想去做什么来着？”景泓突然回想起来，问。

“啊！我都忘记了！小少爷的饮料！”藤彩彩猛地跳起来，连招呼都来不及打就飞速跑开，剩下景泓一个人坐在那里无语地望着苍天。

“年轻真好啊。美好的十六岁，可是我的十六岁却是人生中最痛苦的时期，那个无法挽回的错误，就发生在九年前，我的十六岁啊……”景泓每当回忆起自己十六岁时的事情，除了痛苦还是痛苦。这么多年过去，原来连他自己都始终没有原谅过自己。

藤彩彩迅速买回饮料冲进教室，气喘吁吁地站在樱嘉雪面前说：“小、小少爷，你、你的饮料！”

樱嘉雪没有回答也没有抬头，手捧着《奥德赛》看着，藤彩彩以为他没听见，又说了一遍，但樱嘉雪还是毫无反应，藤彩彩正在奇怪时上课铃响起，同时宣告午休时间结束。

一个下午樱嘉雪一个字都没有对藤彩彩说，藤彩彩心中无数个问号在盘旋，想来想去想不通究竟做过什么让樱嘉雪生气的事情。

难道是买饮料回来晚了？可是，以前也有这种事情发生，小少爷也没生气啊，这是怎么了？

藤彩彩百思不得其解，直到下课后樱嘉雪也一个字没和她说过，两个人一起走在回宿舍的路上是零交流，从宿舍出来去餐厅吃饭也是零交流，吃完饭从餐厅回宿舍依旧是零交流，直到最后睡觉也没说过一个字的话。

如此气氛藤彩彩还是第一次遭遇，完全不知道该怎么办，每次想对樱嘉雪说点儿什么，可一看见樱嘉雪冰冷的表情就怎么都说不出口。看来，她真的在无意中做了让他生气的事情。

入夜后，藤彩彩没有睡意，躺在床上整个脑子都在想着究竟自己做过什么，但怎么都想不出个所以然。而另一间房里的樱嘉雪神情复杂，完全不知道是在生气还是别的。

其实，对于樱嘉雪来说，他并没有因为藤彩彩的话而生气，而是被强烈的挫败感包围。人生中第一次有如此强烈的挫败感，让他开始怀疑一开始的作战计划是不是就出错了，也许，对别人太快暴露本性是失误，应该给她更多表现的机会。

现在想什么都晚了，在想到妥善的处理方法之前，他需要保持沉默和冷静来思考这些。另外还有个麻烦的家伙，只要景泓在，他就会没办法冷静思考。

这么多年过去，他果然还是最讨厌看见景泓，一看见他就会有恨意和怒火袭来，怎么都没办法好好思考。果然，和景泓需要来个彻底了断。

这一夜，无人入眠。而后几日，樱嘉雪的冷淡态度让藤彩彩十分忐忑，整天唉声叹气，完全没有以往开朗活泼的模样。两个人的改变让其他人看在眼里，盘算在心中，只是谁也没敢去干涉。

不过，也有例外，例如景泓！

5

“哟，小雪，是我呀。”景泓的声音透过手机传入樱嘉雪耳中，即便看不见对方的脸，樱嘉雪依旧觉得很厌恶，“刚才我碰见你的小保镖啦，她是不是心情不太好呀？”

樱嘉雪沉默，想起之前藤彩彩对景泓倾吐的事情就燃起怒火，手机那头的景泓还在不停地说着：“你的小保镖很可爱哟，喜欢胡思乱想的样子特别有趣，哈哈。”

“我不记得曾允许你接近她。”樱嘉雪低沉的声音中蕴含着骇人的气场，如果现在景泓站在他面前，恐怕会被一拳打进墙里抠不下来。

“小雪呀，虽然小保镖是你的保镖，但是你也不能限制她交友吧。”

“你这样的人交了能有什么益处？我不会重蹈覆辙！”樱嘉雪狠狠地挂断手机，随手一扔，心情瞬间跌至冰点。

好烦躁，从来没这么烦躁过，都是因为景泓那个家伙的出现，那个可恶的危险分子！

等等，刚才那家伙说见过彩彩，莫非刚才彩彩神情古怪是因为这个？一定又是那家伙说了一些有的没的。真想赶紧做个了断！

樱嘉雪边想边走下床，刚走几步就听见藤彩彩的手机响起，下意识地回头看向桌上的手机，手机屏幕赫然显示出来自景泓的信息。

什么？他们什么时候交换手机号码的？景泓发信息给彩彩做什么？

紧张、气愤、不解，种种情绪萦绕在樱嘉雪心头，不停地纠结到底要不要去看那条信息，在头脑还没思考清楚时手已经行动，拿起了藤彩彩的手机。

此时，藤彩彩做完晚餐从厨房过来，一进屋就看见樱嘉雪拿着她的手机站在桌边看。

“小少爷？”藤彩彩试探性地出声，迎来的是樱嘉雪冰冷的目光。

“你什么时候和景泓交换手机号的？”樱嘉雪握着藤彩彩的手机双眼微眯。

“那、那个，那是他……”藤彩彩话还没说完，就被樱嘉雪一把抓过按在墙边，“小……”此刻的樱嘉雪露出一脸让人害怕的表情，冰冷的视线就像是在看一只蚂蚁，眼神中迸发出的怒火像是要将她撕碎。

小少爷的表情好可怕，他生气了……

藤彩彩不安地想着，不知道为什么会突然惹怒樱嘉雪，总觉得最近的她总是在不断惹怒樱嘉雪。

怎么办？再这样下去小少爷会很讨厌我，一定会讨厌死我的。藤彩彩心中大喊着，却怎么也说不出口，她不希望再给自家小少爷增添任何麻烦和负担。

藤彩彩的沉默在樱嘉雪眼中变成一种心虚的表现，他以近乎粗暴的动作强迫藤彩彩抬头直视他，忽而嘴角勾出一抹冷笑，笑得犹如尖刀能够刺穿人的心脏。

“和他在一起你会觉得比较开心吧？你宁愿向他倾诉也不愿意对我说半个字！”樱嘉雪处于暴躁状态，根本无法思考自己在说什么、做什么，怒火蒙蔽了他的双眼和内心，现在一切都只剩下“愤怒”两个字。

藤彩彩依旧拼命摇头，但樱嘉雪像是根本没看见似的继续说：“既然你这么喜欢他就去他那里啊！为什么还要在我身边转悠！是因为责任吗？我不需要你的这种没用的责任感！”

一句话，狠狠击中了藤彩彩的内心某处，她呆愣愣地看着樱嘉雪，脑子无法思考，只有一句重复的话不停闪过，“小少爷不需要我”。

仅存的侥幸在此时被击得破碎不堪，支撑她留下来的所有理由全部消失不见。曾经她能安慰自己是被需要的，但现在……

藤彩彩猛地推开樱嘉雪，后者踉跄几步后稳住，同时神志好像也稍微清醒过来。

“我、我知道自己没用！我就是那么没用怎么办！所有人都不需要我！所有人都不看好我！没人觉得我能留在樱家，更不用说做你的保镖！可是，你给我希望的时候我好开心！我感觉自己是被需要的！就算我什么都做不好，但是我会努力，只要你一直都需要我啊……”

吼出内心积压很久很久的话语，声音从最初的激动变为颤抖，直到最后哽咽得说不出半个字，只有低低的抽泣声。

她以前一直不知道什么是委屈，只是单纯地去接受别人的否定，也不会觉得那些否定是什么委屈。可是现在，她真的很委屈，委屈得想要哭。

她不明白小少爷究竟想要她怎么做，一会儿说需要她，一会儿又说不需要她，究竟是想怎么样？她很害怕，如果连小少爷都不需要她，那么她要怎么办？

看着藤彩彩委屈地缩在墙边抱着腿低声抽泣，樱嘉雪彻底清醒过来，所有的怒火在瞬间消散不见，留下的是心疼和懊悔。

“对不起。”樱嘉雪伸手将藤彩彩揽入怀中，轻拍着她的背帮助她顺气，像是哄孩子似的哄着，“是我不好，是我太激动。我并不是生你的气，我是在气自己而已。”

藤彩彩听不懂樱嘉雪在说什么，依旧抽着鼻子哭着，耳边传来的是樱嘉雪不停重复的那句话，久而久之她的心情似乎稍稍平复，眼泪已经不再落下。

屋内的两个人陷入长长的沉默，藤彩彩低头坐在地上抱着腿，樱嘉雪蹲在她的面前，这样的状态持续很久，直到樱嘉雪开口打破沉默。

“让你伤心真的很抱歉，是我处理不当。”

藤彩彩不知道该说什么，刚才大哭一场已经将所有的情绪宣泄出来，现在反而有些羞恼。身为一名保镖，竟然在自己的主人面前哭成一个孩子，这种事是前所未有的。

“也许我还不成熟，所以处理一些事情的态度不对，让你担心、难过，很抱歉。”樱嘉雪道歉的态度诚恳得有些不可思议，不过，惹哭藤彩彩这件事让他十分懊恼，“我没想到自己的好心会变成一种坏事，我会好好反省。”

一听樱嘉雪要反省，藤彩彩吓一跳，再也无法沉默，忙说：“小、小少爷你别这么说，是我不好，我没听你的话远离景泓。”

“是我的错，我自己生闷气却让你不舒服，我以后不会这样。”樱嘉雪露出自责的表情。

樱嘉雪短暂的沉默让藤彩彩误以为自己的表述还不够，心一横举起手摆出对天发誓：“我，藤彩彩，以后一定听小少爷的话，小少爷不让我做的绝对不会去做，小少爷让我做什么我就做什么！”

宣誓完毕，樱嘉雪露出灿烂的笑脸，藤彩彩看着樱嘉雪久违的笑容心都要融化了，觉得还是她家小少爷最漂亮、最可爱，只要小少爷笑就什么都无所谓。

“彩彩，你真的什么都听我的？我让你做什么就做什么？”樱嘉雪无辜地眨着眼睛，在得到藤彩彩肯定的点头后双眼笑弯成一条线，“太好了！还是彩彩最好！”

被夸一句就能飞上天，这就是藤彩彩最单纯天真的地方，这个特点在樱嘉雪面前尤为突出。

樱嘉雪站起身顺便把藤彩彩也一起扶起，藤彩彩有股被宠爱的错觉。

“那么，从现在起你就要谨遵我的‘三不准’！”樱嘉雪微笑地看着藤彩彩，后者一愣没反应过来是什么状况，樱嘉雪继续说，“一不准你接近景泓；二不准你欺瞒我尤其是有关景泓的事情；三不准你为救我不要命，听懂了吗？”

前两条藤彩彩觉得没问题，可是最后一条就很难。身为保镖，她要做的就是尽一切办法保护自己的主人，当主人有危难的时候救主人，最后一条明显和她的职业准则不相符。

“那、那个小少爷，最后一条……”藤彩彩支支吾吾地想问不敢问，更不敢直接拒绝。

“有问题吗？”樱嘉雪不以为然地双手一摊说，“我不希望看见你死在我面前，你就必须做到，知道吗？”

藤彩彩看着樱嘉雪的神情充满感动，她真的很庆幸自己的主人是小少爷，一个这么关心她的主人。虽然答应最后一个要求和做保镖的准则不太相符，但是小少爷的感受在她看来才是最重要的。

“答应吗？”樱嘉雪微笑着看藤彩彩，看到藤彩彩点头允诺后道，“很好。”

樱嘉雪伸手轻抚藤彩彩的头，那份宠爱的感觉让藤彩彩心律不稳，实在是一种煎熬。

似乎察觉到藤彩彩的异样，樱嘉雪脸上的笑容更深，更透出几分自负之情。虽然之前事情的发展有些脱离轨道，但好在现在还是顺利解决，而且似乎收到了意想不到的效果。

这件事他也好好反省了，之前太过着急，有些拔苗助长，尤其是藤彩彩这个丫头的反应超级无敌迟钝，太快是会起到反作用的。

两个人的误会解开，原本僵持的气氛也随之化为乌有，藤彩彩其实并没有弄明白究竟樱嘉雪在生什么气，她知道的是樱嘉雪已经不生气又会对她笑。

景泓那边一大早就看见樱嘉雪和藤彩彩两个人有说有笑地走出宿舍，也没露出太惊讶的表情，反而一副意料中的模样，掏出手机拨通了藤彩彩的手机号。

手机突然响起，藤彩彩很好奇会是谁，基本只有樱嘉雪会打给她，但樱嘉雪现在就站在她身边……

掏出手机一看，瞬间被“景泓”两个字吓得差点儿把手机扔了出去。身边的樱嘉雪瞥见藤彩彩白一阵青一阵的脸色，顺势瞄一眼手机，立刻明白过来。

“接，拒绝他。”

“是！”藤彩彩鼓起勇气接起电话，深吸一口气说，“景泓老师你好，不论你有什么请容许我拒绝。”

短暂的沉默后景泓笑言："我不容许呢？"

藤彩彩暗骂自己脑子转不过弯，什么容许不容许，直接拒绝就可以了，唉！

"以后请你不要再接近我，也不要打电话、发信息给我。"藤彩彩想着这么说景泓应该就能明白，她不擅长拒绝人，而且是景泓人其实不错，还会开解她。

手机那头一阵沉默，没有一丁点儿声音，安静得让人心里发毛。藤彩彩有些怀疑景泓是不是已经挂了，正纠结时，就听见景泓的声音传了过来："那么，你也不会和我去游乐场约会了？"

"当、当然不会！"藤彩彩差点被景泓的话噎死，她都已经说那么多，正常人还会那么问吗？

"好吧，我懂了。"景泓说完就挂上了电话，藤彩彩听见手机那头电话挂断的声音长舒一口气，回头就看见身旁的樱嘉雪冲她笑得灿烂夺目。

看来小少爷很满意，那就好。藤彩彩暗暗想着。

两个人继续向前走，完全没有察觉从头至尾景泓都在远处看着他们，手中握着手机笑得比刚才更深，笑容中隐含着让人捉摸不透的意味。

"我总觉得，越来越有趣了。等这件事告一段落，也就能功成身退。"景泓最近越发有种感觉，能不能得到原谅已经成为其次，他真正希望的是弥补对樱嘉雪造成的伤害。有时甚至在想，连他自己都无法原谅自己，又为什么要强迫樱嘉雪去原谅呢？

第4章 04

Di-si Zhang

再见劲敌

Jianxi Baobiao Dai Dai Shou

1

由于之前烹饪社发生了火灾事故，整个社团被废除，就是说樱嘉雪可以不用再去烹饪社受煎熬，也意味着景泓这位兼职的指导老师随时会走人。

难得的双休日，不用去烹饪社让樱嘉雪心情大好，“今天是难得的周末，要不要一起出去？”

樱嘉雪话音刚落就传来藤彩彩被呛到的咳嗽声，藤彩彩边咳嗽边摆着手表示没关系，咳了一会儿终于平静下来，用不可思议的眼神看着樱嘉雪问：“小、小少爷，你、你是要和我出去？”

“当然，不然和空气吗？”

“那、那个……”藤彩彩说话变得不利索，总觉得舌头怎么捋都捋不直。糟糕的是，她在听见那句话时的第一反应是——约会！

怎么会这样？她怎么能有这种想法，对方可是小少爷！而且，小少爷说得也很普通，只是一起出去而已，为什么要联想到什么约会不约会！啊啊啊！她的脑子到底在想什么啊！好混乱，怎么办？

“你有什么想去的地方？”樱嘉雪问。

想去的地方？还真的没有。一直以来，只要是在小少爷身边，她就觉得在哪里都无所谓。

藤彩彩不知所措地拼命摇头，头越摇越低，低得就差没钻进地板下了。

“这样啊……”樱嘉雪食指抵住下巴，想了一会儿说，“看电影、吃饭太普通，逛街买东西不适合我们，水族馆那种地方我可不擅长应付。怎么办呢？”

一连串地点从樱嘉雪口中说出，不论怎么听藤彩彩都觉得像是约会地点。怎么办？

她又要开始胡思乱想了！

不行不行，她只是一名保镖，是小少爷的保镖，不该有乱七八糟的想法！

什么约会根本就是不可能的，是普通的出游，出游而已！不要再脑补了！

“游乐场？会不会太幼稚？唱歌？两个人会不会太无聊？嗯……动物园？”樱嘉雪一直处于自说自话状态，不时否认自己的说法和想法，最后也没确定去什么地方，只能看着藤彩彩说，“彩彩，你选一个，我实在搞不定。”

“啊？我？我选？”藤彩彩惊慌失措地抬起头，刚才她全程在胡思乱想，压根儿没认真听，除了……“动、动物园！就动物园吧！”她只听见这个，所以只能选择这个，应该没关系吧？

“好！那就去动物园！你等我换身衣服。”樱嘉雪跑回卧室去换下身上碍事的校服，幸好他有带日常装出来，这回派上用场了，真不错。

樱嘉雪换上日常装走出门，一件普通的T恤配上一条可爱的背带裤，完全就是一名学院派的小正太。

“小少爷，你穿成这样真的没关系吗？”

樱嘉雪微微皱眉说：“不好看？”

藤彩彩拼命摇头，心中暗暗想着，怎么可能不好看？根本是可爱到爆棚！

“走吧。”樱嘉雪拉着藤彩彩屁颠屁颠地走出宿舍。

樱嘉雪以前很少出门，因为樱矢从来不放心他离开视线超过五分钟。

小时候，只要他出门就会变成全家上下担惊受怕的时间，而且每隔五分钟就会有人被樱矢命令打电话给他，弄得他根本没办法好好玩。

像今天这样离开四宇国学院后转出租车去动物园，以前是根本无法实现的奢望。一路上樱嘉雪都显得相当兴奋，像个没长大的孩子坐在后座东张西望，望着一路的街景时不时发出赞叹和疑问。

藤彩彩第一次看见这样的樱嘉雪，既高兴又心酸。小少爷高兴她就高兴，心酸的是小少爷长这么大都没好好到外面玩过。

一到动物园门口，樱嘉雪双眼发直，盯着“动物园”三个字看了很久很久，藤彩彩买票回来，看到他依旧盯着猛看。

“小少爷，票买好了。”

“彩彩，这个就是动物园呀。”樱嘉雪双眼闪烁着渴望、欣喜的光芒，眨啊眨地看着藤彩彩，“这是我第一次来动物园耶！”

藤彩彩不知道该做什么反应，只能点头说："我们进去吧。"带着樱嘉雪来动物园是一场考验，这里人很多也很杂，虽然他们是临时决定出来，但也难保不会有什么事。

一进动物园樱嘉雪就变得格外活泼好动，指着动物园门口的指示牌说："彩彩，我们先去看什么？"

"嗯……最近的貌似是羊驼。"藤彩彩说。

"那走呀，我们去看羊驼！"樱嘉雪双眼闪亮亮地拉着藤彩彩走，一路上吸引了许多路人的回眸注视，即便樱嘉雪换上便服依旧引人注目。

来到羊驼的圈子，藤彩彩买下一把草交给樱嘉雪。

"来，快吃快吃。"樱嘉雪站在木栏外喂着羊驼，看着羊驼嘴巴咀嚼的样子特别逗，笑得更加欢乐。

看见自家小少爷这么开心，藤彩彩也很高兴，环视四周，扫过某个地方时觉得很奇怪，移回视线再度望去，却什么也没发现。

奇怪，难道是她看错了？

"喏，彩彩，接下来我们去看猴子吧！"喂完羊驼的樱嘉雪处于极度兴奋状态，拉着藤彩彩就往猴子乐园去。

这是他第一次来动物园，对于一个没有童年可言的人来说，踏入动物园后让他有种回到小时候，能够尽情放松的感觉。

以前只在冰冷的屏幕上见过动物园，今天终于能够身临其境，他怎么能不高兴？

藤彩彩被樱嘉雪拉着走，边走边回头看几眼，她总觉得好像有人在监视他们，但每次都找不到确切的证据。难不成，真的是她产生了幻觉？

樱嘉雪一路从猴子乐园逛到老虎山，一到老虎山就看见许多人，好不容易挤进去一睹老虎的真容，却发现两只懒家伙在睡觉。

"哎？怎么在睡觉？真不好玩。"樱嘉雪露出失望的表情，藤彩彩不知道要怎么安慰，只能说一会儿它们就会醒。

突然，旁边有个孩子拿起地上的石子扔向在睡觉的老虎，扔了好几回，砸中其中一只体型比较小的，老虎突然站起来，引来一群人的欢呼，小孩子骄傲地昂起头十分得意。

体型大的公老虎冲着围观的人群发出嘶吼，没人理会它，更多的人拿起石子扔向两只老虎，体型小的老虎吓得躲在大老虎后面，看起来是只母的。

体型大的老虎冲着扔石子的人发出阵阵嘶吼，人们发出病态的笑声，并没人意识到自己这么做是错误的。

樱嘉雪看着身边的人皱起眉头，藤彩彩不满地冲着身旁率先扔石子的小男孩儿说："你那么做是不对的！老虎会痛的！"

"哼！谁让它们睡觉的！我就不让它们睡觉！它们要冲着我们笑才对！"小男孩儿仗着有妈妈在身旁趾高气扬地说着，完全没觉得自己有错。

面对这种孩子藤彩彩气不打一处来，真不知道该怎么说，只能狠狠瞪了小男孩儿一眼。

这一眼，把小男孩儿吓到了，连忙躲到妈妈身后，孩子的妈妈一看见自家孩子受了委屈，立刻指着藤彩彩的鼻子就骂："你算什么东西啊！竟然敢凶我家宝宝！"

"你……"藤彩彩气急，被樱嘉雪拦下。

樱嘉雪冷眼扫过孩子和他母亲的脸，两个人一愣，不论大人还是小孩儿都被这种眼神震慑了。

"身为母亲不好好教育自己的孩子，还有脸对我的人大吼大叫？"樱嘉雪最看不惯某些小孩儿，总是一副"全天下老子最大"的样子，以为有家里人疼着、捧着就可以胡作非为。

"你什么意思啊你！我怎么教育孩子轮得到你来说啊！"孩子的母亲一副撒泼的模样，护着自己的孩子"据理力争"。

"三岁定八十，你的孩子现在就这样，以后也好不到哪里去。"樱嘉雪不紧不慢地丢出一句话，冷笑着看着孩子和他的母亲。

"你……"孩子的母亲刚想说什么，突然有东西冲着樱嘉雪飞过来，幸好他闪躲及时没有被击中，但是孩子的母亲因为惊吓一个后仰，双脚不稳整个人往墙内翻去。

"哇啊——"一声尖叫声划破天空，随后身旁的围观着纷纷发出尖叫和惊呼。

樱嘉雪一手拽住已经整个身体落入老虎山中的孩子母亲，后者吓得哇哇乱叫，吵得他耳膜都要被震破了，"再吵我就放手了！"被这么一吓，孩子的妈妈瞬间安静，只有眼泪不停往外冒。

"妈妈！妈妈！"小男孩儿似乎察觉到自己的妈妈有危险，不停地拍着墙想要往上爬。

老虎山内的老虎一看见有入侵者就围过来，两只老虎在孩子妈妈下方不停徘徊，时不时会直起身体去够，吓得孩子妈妈缩成一团，哭得稀里哗啦。

"你现在知道激怒老虎的下场了没？"樱嘉雪并没有马上拉起小男孩儿妈妈的意思。

"嗯嗯嗯。"孩子的妈妈拼命地点头，眼泪、鼻涕流得满脸都是。

樱嘉雪冷笑一声，回头示意藤彩彩帮忙，两个人合力将孩子的妈妈拉了上来。孩子的妈妈一脱险就整个人瘫软在地上。

“妈妈，妈妈。”

“喂，小鬼。”樱嘉雪指指小男孩儿的头，小男孩儿抬头，满脸鼻涕、眼泪，“因为你把老虎弄醒，所以老虎生气要吃掉你妈妈，你知道没？”

“呜呜呜……”小男孩儿吓得拼命哭、拼命点头，完全没有之前嚣张的模样，“宝宝以后不打老虎，宝宝不要妈妈被吃掉！”

母子相拥的画面很感人，最重要的是通过这件事让一个稚嫩的心灵了解了自己的渺小与错误。

2

一场虚惊后老虎山前的人纷纷散去，最后留下母子二人相拥而泣，动物园的有关人员听闻后也及时赶来询问，而救人的樱嘉雪和藤彩彩早就向着别的地方走去。

一路上樱嘉雪还是像什么事都没发生过一样兴奋，反观藤彩彩似乎陷入了深深的沉思中。

她总觉得刚才的事情并不是什么意外，再加上之前总觉得有可疑人物，更让她认为是有人故意为之。但，会是谁？谁要向小少爷下手？

离开老虎山后樱嘉雪对动物园里卖的冰淇淋十分感兴趣，拉着藤彩彩买了两个“巨无霸”冰淇淋，说是“巨无霸”是因为冰淇淋蛋筒特别长，手要放在胸口才能舔到顶端的冰淇淋。

“接下去我们去哪儿？”樱嘉雪依旧很兴奋地抓着藤彩彩询问要去什么地方。

藤彩彩松了一口气，看向路边的指示牌，其实一路过来他们差不多都已经看完，离这里最近的是百鸟园，但她没记错的话小少爷对鸟类有一种天生的不适感。

“小少爷，我们差不多都已经逛完了，只剩百鸟园了。”

樱嘉雪一听“百鸟园”就直摇头，他对鸟类有种奇怪的排斥感，看见就会鸡皮疙瘩掉一地，浑身非常不自在。

“那就没了，还有昆虫馆你一定也不喜欢。”藤彩彩的话得到了樱嘉雪的肯定，两个人商议后决定去附近吃个晚饭然后回学校。

动物园附近没有快餐店，更没有餐厅，两个人只能拦车回到码头附近找地方吃东西，码头在这个点十分热闹，一些商贩已经开始摆摊，一些夜间的大排档也开始张罗着开张。

“小少爷，你想吃什么？”藤彩彩一路走一路看，实在想不出吃什么后还是决定听樱嘉雪的选择。

“嗯……”樱嘉雪看着周围的餐厅和快餐店也很纠结，他从小一日三餐有专人负责，根本不需要他去考虑或者选择什么，“我想吃炸鸡。”樱嘉雪冷不丁冒出一句话，对普通人来说非常普通，对他来说则完全不是。

“炸鸡？”藤彩彩眨眨眼像是在确定，“大M（麦当劳）和老爷爷（肯德基），你要吃哪个？”有炸鸡的餐厅除了这两个没别的，而且距离也非常近，就在路对面。

“大M吧。”樱嘉雪也不知道哪家好吃，因为他从来没吃过这种所谓的垃圾食品，所以随口说了一个。

藤彩彩带着樱嘉雪走进大M，点了一个鸡翅盒和一些饮料，樱嘉雪抱着鸡翅盒津津有味地吃着，藤彩彩则手忙脚乱地帮他擦脸。

第一次看到小少爷吃饭这么不顾形象，狼吞虎咽的样子真可怕。藤彩彩暗暗想着。

“真好吃，比家里做的好吃多了。”樱嘉雪边吃边感叹，因为吃的一直是讲究营养的三餐，所以很多东西他都没有吃过，最普通的炸鸡翅根本连碰都不能碰。

“小少爷，你慢点儿吃，注意形象。”藤彩彩发现自己擦的速度远远赶不上樱嘉雪吃的速度，一转眼漂亮、精致的脸上又是一脸油。

樱嘉雪一手抱着盒子一手拿着鸡翅啃着，边啃边露出幸福的表情，即便满脸是油和污渍依旧笑得灿烂。

能够目睹樱嘉雪如此一面，藤彩彩感动得都快哭出来了。心中想着：瞧瞧小少爷可怜的，居然连吃个炸鸡翅都那么幸福、开心。呜呜呜……

樱嘉雪和藤彩彩吃完后踏上回四宇国学院的快艇，由于一下子吃得太多，樱嘉雪有些不舒服，再加上快艇的颠簸，让他差点儿吐出来。

“小少爷，你怎么样？吐出来会好点儿吧。”藤彩彩扶着樱嘉雪上岸，一路走一路轻拍他的背部。

“好撑……”樱嘉雪撑得连说话的力气都没有，从没一口气吃过这么多，整个人都已经处于走不动的状态。

藤彩彩有些哭笑不得地看着樱嘉雪，回想起刚才他一人消灭掉一盒鸡翅、一个汉堡、一个菠萝派、一杯大可乐的场景，简直可以用“惊为天人”来形容。

在藤彩彩的搀扶下樱嘉雪好不容易回到宿舍，一回到宿舍就躺在床上一动不动，摸着自己的肚子，喉咙里发出“咕噜咕噜”的声音。

“小少爷，我去给你弄点儿消食的药。”藤彩彩走出卧室去拿药箱，翻找一下没找到，“小少爷，宿舍里没有药，我现在去买，请你支撑一下。”

樱嘉雪有气无力地挥挥手，继续躺在床上捂着腹部，希望里面的东西快点儿消化。开门声后紧接着的是关门声，藤彩彩向着学院的医务室走去。

四宇国学院的设施应有尽有，药房离医务室很近，为此藤彩彩决定先去医务室问下医生应该吃什么药再去买。然而，当她走到医务室门口才发现里面一个人都没有，门也锁着。

“没人吗？难道是去吃饭了？”藤彩彩嘀咕了一句离开，思量后决定去药房问问，那里的人应该清楚。

一走进药房，一张熟悉的脸闯入视线，吓得藤彩彩连忙后退了两步。第一次踏入药房，藤彩彩完全没想到在药房中穿着白大褂的人竟然会是……景泓!

“哟，小保镖，好巧，你是特意来找我的吗？”景泓依旧是一副玩世不恭的模样，勾起嘴角笑看着藤彩彩。

藤彩彩稍稍冷静了下，努力维持着平静的姿态走过去说：“给我一份消食的药。”

“哦？你吃坏肚子了？”景泓边找药边问，虽是询问却听起来十分随便。

“没有。”藤彩彩决定和景泓少说话，她答应过小少爷不会和景泓接近，必须说到做到!

景泓将消食的药放在柜台上，藤彩彩放下钱拿了药就要走，忽然脑海中闪过樱嘉雪为了救人擦伤的手，转身问：“有治疗擦伤的药吗？”

“当然有啦。”景泓很配合地去找擦伤药，边找边瞥了几眼藤彩彩说，“看起来不像是你受伤，难道是小雪？”

藤彩彩不想回答，但景泓拿着药不肯给她，最终她只能投降，点点头表示他猜对了。

“喏，看你似乎很烦恼，看来小雪这次受伤不简单嘛。”景泓指指藤彩彩紧锁的双眉。

藤彩彩微愣，下意识伸手去抚平额头。的确，刚才她心中一直在想究竟是谁要对小少爷不利，为什么会在动物园袭击他们等。

但是，她并不觉得把这些告诉景泓是个明智的决定，思索再三还是缄口不言。

景泓似乎早就猜到藤彩彩不会这么轻易说出口，故意摆出一副无所谓的姿态双手一摊说：“不告诉我也没事，只是你可别小看擦伤哟。”

“什么意思？”藤彩彩不解地看着景泓，总觉得他话中有话。

“喏，你告诉我，我就告诉你，怎么样？”景泓眨眨眼。

藤彩彩还是不肯说，别过头不去理会景泓，抱着药就准备走人，却被景泓接下来的一句话吓得止步，“身为保镖你也知道伤口恶化的结果吧？细菌感染可不是闹着玩的。”

转过身，藤彩彩看着景泓的神情十分纠结，像是在同自己做斗争。可是，她答应过小少爷不和景泓接近，刚才那么近还说话已经是极限，不能再多说什么了。

“其实你不说我也猜得到，看你这种表情八成小雪受伤不是什么意外。”景泓说着瞟一眼藤彩彩，发现她反咬嘴唇的模样暗笑着继续说，“是不是有人袭击小雪，所以你才那么担心？”

全部猜中！这简直就是读心术！

藤彩彩不可置信地抬头看向景泓，之前就觉得景泓很不一般，没想到这么厉害！

“看来猜中了。好了，你快回去吧，我给你的都是效果最好的药。”景泓突然不再追问，挥挥手示意藤彩彩快走。

藤彩彩的心情有些微妙，踌躇一下道了一句“谢谢”后离开。

景泓一手托着腮帮撑在柜台上，另一只手手指轻轻敲打柜面玻璃，脸上的表情意味深长，似笑非笑。

藤彩彩抱着药风风火火地冲进卧室，一眼就看见樱嘉雪四仰八叉地躺着，完全没有平时高贵冷艳的形象，并且腹部似乎还微微鼓起，看来真是吃太多了。

“小少爷，药买来了。”藤彩彩倒了一杯水拿着一颗药递给樱嘉雪，后者勉强撑起身体将药服下后继续躺着。“小少爷，你的手臂也受伤了，我给你擦点儿药。”藤彩彩拿出药膏坐到床边，看着樱嘉雪手臂上的伤痕有些心疼。

可怜的小少爷，从小娇生惯养，细皮嫩肉的就这么擦伤了，看着都让人心疼。都是她没有好好保护小少爷，居然让小少爷受这种伤痛，唉！

藤彩彩边擦药边在心中责怪自己，神情不停地变换着，躺在床上的樱嘉雪看着她如此多变的表情，差一点儿笑出声。他多少能猜到藤彩彩在想什么，不过没有打断她胡思乱想的意思。

擦完药后樱嘉雪翻身躺在床上，揉了几下肚子似乎觉得好一点儿了，就起身走去浴室，准备洗个澡然后睡觉。

屋外的藤彩彩在收拾药箱时手机收到一条短信，短信上赫然写着：我查到是谁要对小雪不利了。落款是景泓。

景泓查到了！这么快？虽然知道景泓很厉害，但是这速度实在是……

紧接着又一条短信传来，依旧来自景泓，短信上写着：**周六早上十点，我在上次聊天的地方等你，把所有能找到的资料带给你。**

这条短信瞬间让藤彩彩无比纠结，她答应过樱嘉雪不会再和景泓有什么瓜葛，可是现在事关重大，她不知道该怎么做了。

藤彩彩试探性地回了条信息：**告诉我是谁，我自己会查。**

然而，等了很久很久都没有收到短信，直到樱嘉雪从浴室出来依旧没有收到景泓的短信。陷入深深矛盾中的藤彩彩不知道该怎么做，这件事又不能告诉樱嘉雪。

算了，明天打电话给景泓问清楚，只是打个电话应该没关系，只要不见面就可以！景泓这个人她并不擅长应付，再加上见面的事情如果让小少爷知道，一定会演变成一场可怕的世界大战！

嗯，就这么决定了！答应过小少爷的事情不能反悔，但是小少爷的安全也十分重要。最好的办法就是想办法套出景泓的话，但又不见面。希望能够顺利进行，毕竟景泓是个很难对付的人。

在沉沉的思绪中，藤彩彩渐渐睡去，保持着原来的姿势，另一侧床上的樱嘉雪看见后无奈地叹气，起身拉上被子替她盖好。转身刚要回床上，无意中看见藤彩彩的手机亮着，看到上面的信息之后，脸色变得阴沉起来。

3

转眼就到下一周，樱嘉雪的事情始终在藤彩彩心头萦绕，打给景泓的电话始终打不通。电话打不通，连人也没看见过，景泓这个人就好像人间蒸发了似的，不论怎么打听都找不到人。

上课时间藤彩彩托着腮帮满脑子想着景泓究竟在哪儿，难不成真的要她星期六去那个地方等人？可是，如果被小少爷知道，一定会很生气的！

但是，小少爷的安危……

“彩彩，彩彩？”樱嘉雪伸手摇摇藤彩彩，后者这才回过神，茫然看着他，“你是不是有什么事？”

“啊？我……”藤彩彩想否认，但内心这关过不去。看着樱嘉雪，她怎么都说不出欺瞒的话。

樱嘉雪盯着藤彩彩，眼神像是能穿透人体直达内心，藤彩彩窘迫地低着头，心情十分纠结，不知该说出来还是什么都不说。

良久，樱嘉雪轻叹一声，这声简单的叹息，让藤彩彩浑身一颤。听似平常的叹息声，满满的是一股失落之情，似乎是对她的失望。

“彩彩，你答应过不对我隐瞒的吧。”

“小少爷……其实……”藤彩彩支支吾吾半天，最后还是鼓起勇气决定说出来，这样也许能够得到小少爷的谅解，“其实之前我怀疑在动物园有人想要袭击你，后来我给你去买药碰上景泓，他居然能猜到你被人袭击的事情！再后来，他就约我星期六出去，说是有相关资料给我。”

藤彩彩说完将头埋在双臂间不敢抬起来，生怕会从樱嘉雪脸上看见失望和伤心。气氛一直保持着沉默，时间一分一秒过去，樱嘉雪没有开口，藤彩彩也不敢抬头。

“你去吧。”在长长的沉默后，樱嘉雪这么说。

“哎？”藤彩彩诧异地看着樱嘉雪，有些捉摸不透这句话的意味。是真的同意？还是讽刺？或是反话？

“作为你对我坦诚的奖励，我允许你破例这一次。”樱嘉雪的表情没有变化，看起来很自然、很淡定，并不是生气或者其他什么。

这回换藤彩彩看不懂了，她眨巴着双眼看着樱嘉雪，凭她的智商根本无法想明白是怎么回事，只能在犯傻、犯愣和犯二中点头。

得到樱嘉雪的首肯应该是件很开心的事情，但奇怪的是藤彩彩心里总是没底，感觉这次的同意来得太突然、太奇怪。

真奇怪，按照小少爷的性格，应该不会这么轻易松口，更何况“不准接近景泓”是他一直强调的。

樱嘉雪看着藤彩彩神情的变化就知道她在纠结，即便知道也并没有想要和盘托出的意思。他会答应自然不是心血来潮，更不可能是一时松口。在昨晚看见短信的时候，他就决定是时候做个了断了！

而有关景泓的秘密，以及两个人的过去，他也下定决心告诉藤彩彩，让这一切都告一段落，不，是彻底结束！

转眼就是周六，藤彩彩怀着忐忑的心情去之前和景泓约好的地方，远远就看见景泓已经坐在那里，十分悠哉地望着天空不知道在想什么。

藤彩彩暗暗觉得奇怪，这人一个星期都没找到，突然在今天又冒出来，简直是神龙见首不见尾。显然，之前景泓是故意在躲着她。不过，现在已经得到樱嘉雪首肯的她底气也变得更足了。

“哟，小保镖，真准时呀。”景泓看了一眼手机，正好是十点整。

“我人来了，你说的资料可以给我了。”藤彩彩站在和景泓有一定距离的位置，没有再前进的意思，为的是以防万一。

景泓看她这么警惕的样子忍不住笑了，轻摇着头说：“你就这么怕我？”

“不怕，只是我答应过小少爷不接近你。”藤彩彩并不觉得景泓很可怕，但还是觉得不接近为妙。

“那你今天还来见我？”景泓似乎并没有马上切入主题的意思，而是四处扯。

“因为小少爷首肯，所以我才会来。”藤彩彩有些不耐烦，打量着景泓，也没看见他拿着什么资料，不免心生疑惑，“你说的资料呢？”

景泓笑着两手一摊像是在说“什么也没有”，藤彩彩一愣，瞬间有种被欺骗的强烈愤怒感，但是她不懂景泓为什么要把她骗到这里来。

“你骗我！你到底有什么目的？”藤彩彩向后一步摆出防御的架势，心中暗自责怪自己太天真，怎么这么轻易就相信了景泓的话。

“想收你做徒弟算不算？”景泓半认真半打趣地问。

啊？收她做徒弟？为什么？他们两个不熟吧！

而且像她这么迟钝的人，以前桃管家他们都躲，第一次有人想收她做徒弟！

藤彩彩思绪有些混乱，不论怎么想都想不明白，超负荷运转的脑子再次卡壳。

“景泓，代号染夜，与桃管家齐名的保镖，身手一流、情报一流、伪装一流，九年前在一场事故后消失在人们视线中。同时，也是彩彩曾经最憧憬的保镖。”樱嘉雪闪亮登场，边说边走近藤彩彩和景泓，最后站定在两个人中间。

“你、你是……染夜！”藤彩彩不敢置信地指着景泓，她万万没想到自己当年最最崇拜、憧憬的保镖染夜竟然就是景泓！

更想不到的是，她的偶像会是这样一个人！一个完全和他的英雄事迹不相称的家伙！

笑容自景泓脸上慢慢收起，直到神情只剩下单调的冷漠，没有以往的桀骜不驯、随性使然，反而让景泓身上围绕着一股强大的气场，有着强大的压迫感。

“可是，你为什么会突然消失？”藤彩彩看着景泓问。

景泓不语，双目紧紧锁在樱嘉雪身上，后者维持着脸上的笑容看着藤彩彩说：“因为他犯下一个无法挽回的致命错误，导致他受不了内心的谴责玩消失去了。”

樱嘉雪嘲讽的语气和态度，都表达不出对景泓的不屑和厌恶。藤彩彩隐隐察觉到，景泓消失的事情似乎和樱嘉雪有关，想着是否该继续问下去，突然发现景泓转身就走。

藤彩彩想要阻止后问个清楚，可景泓以飞快的速度消失在她的视线中，快到根本来不及看清是以怎样的方式不见的，“好厉害。”

“现在不是惊叹的时候吧？”樱嘉雪说。

“是。对了，小少爷，为什么你知道得这么清楚？”藤彩彩扭扭捏捏地瞄着樱嘉雪，似乎是希望对方能够顺着她的话说下去，但显然樱嘉雪并没有接话的意思，她只能硬着头皮问下去，“景泓当年犯的错误，和小少爷你有关吗？”

樱嘉雪沉默两秒后问：“现在几点？”

“啊？十点半。”藤彩彩看着手机回答。

“那还有快艇，跟我走。”樱嘉雪似乎要带藤彩彩去什么地方，虽然不明白是做什么，但藤彩彩还是乖乖地跟了过去。

两个人上了一辆出租车，樱嘉雪报出一个墓地的地址，让藤彩彩更加疑惑，想要询问却发现在樱嘉雪脸上浮现出一股淡淡的忧伤，让人不忍去叨扰。

很快车子就到达目的地，下车后樱嘉雪带着藤彩彩径直穿过墓地，来到一座墓碑前半蹲下身，轻抚着墓碑。

樱嘉雪的神情很伤感，看着墓碑眼神中满是不舍和怀念，似乎墓碑下的那个人是一位非常重要的故人。

“九年前，景泓在保护事主的时候出了差错，导致事主不幸死亡。这件事发生后他决定隐退，不仅如此，他更答应过事主的亲人，会消失在他们眼前。但是……他失约了！”樱嘉雪说到最后眼中划过一抹恨意。

“墓碑上的人是……”藤彩彩看着墓碑上的名字感觉一定和樱嘉雪有关系，那个人也姓樱，名嘉素。奇怪的是，藤彩彩从来没听过这个名字，如果是樱家的人她一定认识才对！

“我的弟弟，当年只有七岁的亲弟弟，嘉素。”口中说出亡人的名字，以一种绝望、无奈的语气。

弟弟？

藤彩彩大惊，盯着墓碑看，这才发现有一行小字写着“父樱矢，兄樱嘉木、樱嘉雪”。九年前？那时她确实还没去樱家，难怪不知道樱家原来还有个夭折的小小少爷。

“我不会原谅景泓的差错，他的差错直接导致了我弟弟的过世。除非他能让嘉素复活，不然我不会原谅他！”樱嘉雪握紧双拳，坚定着绝对不原谅景泓的心。

此时此刻藤彩彩不知道该说什么，下意识蹲下身和樱嘉雪保持一样的高度：“小少爷，你放心，我绝对不会让这样的悲剧发生在你的身上，绝对！”

她拼死也要保护好小少爷！这个信念是支撑她到现在的理由！小少爷能够平安生活，就是她最大的心愿！小少爷，要由她来守护！

樱嘉雪舒展开紧皱的眉头，让自己的表情看起来能够自然点儿。

藤彩彩憨憨一笑，双手合十紧闭双眼，跪坐在樱嘉素的墓前，数秒后睁开眼站起身欠身行礼，转而冲着樱嘉雪笑说：“刚才我已经向小小少爷承诺，我相信小小少爷在天之灵也会保护小少爷的。”

一句简单的话让樱嘉雪的心情平静不少，恨意被感动取代，庆幸自己有藤彩彩相伴。

樱嘉雪和藤彩彩离开墓地，当他们坐上墓地外的出租车后，一个熟悉的身影从暗处走出，径直走向樱嘉素的墓地，在墓碑前单膝下跪送上一束小雏菊。

“小少爷，我来看您了。”景泓从未表现出如此尊敬的态度，伸手轻轻擦拭墓碑，柔情的眼神中还有点点后悔与思念，“对不起，晚了九年才来看您。九年中我一直在逃避，逃避您因为我的过错而去世的事实。然而，现在我已经能够面对这些，我会继续成为您所喜欢、信赖的‘染染’。”

微风吹过景泓的短发，在墓地这个没有一丝生气的地方，安静的环境让他心情更为平静。

现在对景泓来说，是否被樱嘉雪原谅已经是次要，重要的是他希望能够恢复从前的样子，不让樱嘉素失望。要这么做最好的办法，就是帮助樱嘉雪完成某些事情。

这九年他虽然不出现在人们视线中，但一直在暗中调查有关樱家的一切，起初是因为愧疚希望能够弥补，之后在发现自己是在逃避这个事实后决定改变。

起初进四宇国学院只是希望能够保护好樱嘉雪，毕竟在听说他要转学进入四宇国学院后他也吓了一跳。不过，在观察、调查中他发现樱嘉雪酝酿着某些事情后，便决定助樱嘉雪一臂之力。

“小少爷，我会帮助小雪少爷的，请您放心。”景泓站起身，从口袋中掏出一只可爱的玩偶挂件放在墓碑前，深深鞠躬后离开。

这个玩偶挂件，是景泓当年答应在樱嘉素七岁生日时送他的礼物，是樱嘉素一直想要的。然而……九年后的今天，他才有勇气送出这个迟到的礼物。

走在微风中，景泓的思绪被拉回过去，那年他十五岁，第一次和樱嘉素相遇。只有六岁的樱嘉素脸圆圆的、眼睛大大的，十分可爱，说话还很奶声奶气。

“染染，陪我玩，染染……”樱嘉素习惯叫景泓为“染染”，原因是代号中的“夜”字他总是读不顺溜。

十五岁还在樱家进行训练的景泓成为樱嘉素的玩伴，两个人相处得非常不错，很快景泓就以非常优异的成绩成为樱嘉素的保镖，而同期毕业的桃管家则成为老爷的保镖。

虽然只有十五岁，但是景泓非常有天赋，各方面都十分优秀，且在和桃管家联手解救樱矢和樱嘉素后成为一段传奇。

然而，他的名声越响危险就会越多。一年后在一次外出中，他因为疏忽没有检查汽车，导致被动过手脚的汽车失控，车祸后他在医院躺了整整三个月，然而让他更心痛的是……副驾驶上的小少爷樱嘉素就此去了另一个世界。

最后一面，他连小少爷最后一面也没见到！三个月，让他错过了葬礼，让他错过了向樱嘉素道别、忏悔的时间。整整三个月他都一直处于强烈的悔恨中，恨不得以自己的性命去换回小少爷。

可是，一切都已经太迟。当他再次看见小少爷的笑脸时，对方已经变成一张冰冷的遗像。

当桃管家让他离开时，他也默默接受，整理东西的时候只带走了和小少爷的合影，从此离开樱家，离开这个地方，离开所有的一切。

然而，当年和小少爷一同埋下的往事，成为他决定回来的信念和理由。即便小少爷已经去了天国，他依旧不希望让小少爷失望。

景泓从口袋中掏出一张字条，字条上歪歪扭扭地写着几个汉字和拼音，“染染，xihuan，jiayou！”收起字条，这是他现在最大的动力，也是让他面对现实的动力。

景泓抬头望着天空，原本压抑的天色变得豁然开朗起来，凉风习习，倒也更让人头脑清醒，头脑清醒后心情也跟着舒服起来。

4

景泓的事情算是告一段落，樱嘉雪本以为通过之前发生的种种藤彩彩能够意识到，其实他并不是那么需要她“舍生取义”。然而事实并非如此，在得知樱嘉素的事情之后，藤彩彩更加坚定了要保护樱嘉雪到底的信念。

藤彩彩现在真的可以做到完全寸步不离樱嘉雪，就连樱嘉雪上厕所也不忘记先进去清场以确保安全，平时那些松懈的观念现在全部消失不见，真正做到了二十四小时寸步不离。

这种状态让樱嘉雪有些哭笑不得，每次想说什么时看见藤彩彩那“视死如归”的表情，也只能硬生生把话都吞回去。

四宇国学院表面看起来很平静，大家几乎都是各不相干，但其实分门别派特别严重，从主人到保镖，皆是如此。当然，平时大家都是井水不犯河水，可一旦有什么风吹草动，就是牵一发而动全身。

“听说一年级有新生被袭击。”

“我也听说了，说是连对方的模样都没看清楚就中招了。”

“啧啧，真邪门。”

两个男生与樱嘉雪擦肩而过，口中讨论着昨天刚刚发生的一起袭击事件。传闻一名一年级的新生一个人坐在天台上吃午饭，不知道为什么突然被人袭击，醒来后发现自己被捆着双手悬空吊在天台的栏杆外，吓得大叫后才被解救。

樱嘉雪对这件事并没想去探究的意思，毕竟这种事情与他无关，只要不犯到他头上就可以。再者，现在藤彩彩对他的保护如此严，想出事也难。

“嘀嘀。”樱嘉雪拿出手机以为是垃圾短信准备删除，然而定睛一看却是一个陌生的号码发来的一条意有所指的短信：下一个会是谁呢？你说。

紧盯手机屏幕上简短的几个字，樱嘉雪已经嗅出丝丝不同寻常的气息，短信的内容意有所指，简直就是冲着他而来。

会是谁？这么无聊的事情会是谁？那个人的目的又是什么？

无数个问号在樱嘉雪脑海中萦绕，想了会儿按下手机，并没有回复却也没有删除的意思。

四宇国学院的学员被袭击事件还在继续，藤彩彩对樱嘉雪的安危更加紧张，樱嘉雪则有些在意之前那条短信的事情。

“喂喂！你们看！有好多纸飞下来！”一名男生指着窗外四散飘落的纸。学员们纷纷拥到窗前，有人顺手截下一张纸看着上面的字念出声：“下一个会是谁呢？你说。”

所有人面面相觑表示不解，这话听起来像是在询问特定的某个人，但会是谁？大家都猜不到，只有樱嘉雪知道纸上写的那个“你”指的就是他！

“哎呀！这么说还会继续有人被袭击？”吕浩突然跳起来拍着脑袋说，“这怎么得了！那个家伙胆子也太大了，不知道四宇国学院里面的都是什么人吗？太看不起我们了！”

确实，四宇国学院中的学员大多数不是等闲之辈，家世、背景都不寻常，没人会傻到挑选四宇国学院的学生作为袭击的对象，除非那个人真的不要命！

然而，现在这样的人已经出现，而且很明显对方的目标是某个人，理由呢？没人知道。

“卓煜城呢？他是学生会会长，关键时刻应该他上！”胆小的男生每当碰上什么事情就会想把责任全都推给其他人，自己最好是躲在背后被保护，明显这么说的男生就是这样的人。

“应该在学生会，我们一起去找他问问！”害怕的人不是只有他一个，对于那些没有特殊家世、背景的学员来说，他们很害怕成为下一个目标。

一群人拥出教室直奔学生会而去，教室中留下的除了樱嘉雪和藤彩彩，就只有几名淡定的学生，大家都当没听见这件事似的各自做着各自的事情。

藤彩彩好奇心发作，看着窗外还在继续飘落的纸说：“小少爷，你说那个人的目的到底是什么？到底是谁做这么无聊的事情呀？”

“我不是先知，怎么会知道呢？”樱嘉雪笑着摇头，当下就又收到一条短信，短信上面赫然写着：来找我吧，我就在那里等着你，快来找我吧。

短信的内容越来越奇怪，樱嘉雪心中的不安更深。但是他依旧没有说出来的意思，他必须弄清楚对方的目的是什么，或者说对方是哪路人马。

另一边，慌慌张张地去学生会的人已经到达学生会并且找到卓煜城，几名带头的学生缠着卓煜城要他给出解决方案，不然他们不会再留在四宇国学院。

“请各位少安毋躁，我已经在着手调查此事。”卓煜城面对这么多来兴师问罪的人显得相当淡定，似乎早就已经准备好。

“这几天天天有人被袭击，要调查到什么时候？你一辈子查不出来，我们就一辈子担惊受怕吗？”有的男生压根儿不理会卓煜城的话，巴不得现在那个幕后黑手自己举着“我是坏人”的牌子跳出来。

卓煜城用冰冷的眼神扫着在场所有人，继而轻推鼻梁上的眼镜说：“原本我不想这么快就对外宣布，但如果你们有线索能提供给我再好不过。”

说完，卓煜城从抽屉中抽出一张纸，就和刚才外面飘落的一模一样，上面写的内容也一样，大家纷纷不解这是什么意思。

卓煜城拿起桌上的荧光笔在纸的空白处涂抹几下，很快纸上就显现出一个“彩”字。在场的所有人都愣住了，大家你看我我看你，想着“彩”究竟代表什么。

“哎呀！会不会是那个藤彩彩？”一名男生拍手一叫，立刻将大家的思绪激活。

“那个藤彩彩是幕后黑手？不会吧。”身旁的另一名男生将信将疑地问。

“哪个坏人会不打自招啊。我的意思是，这件事会不会是冲着那个藤彩彩去的？”

男生这么一说大家豁然开朗，这种可能性也不是没有。原本藤彩彩就是特批生，突然转入学院后这个地方就变得不安宁。指不定就是她惹上了什么仇家，现在人家来寻仇了。

大家的心里都在犯嘀咕，卓煜城的双眼始终盯着纸上的那个“彩”字，陷入了一阵思考。当他再度回过神时，发现原本拥入学生会的人群已经散去，学生会又恢复到以往的安宁。

“藤彩彩……”卓煜城拿着纸微微皱眉，内心暗暗想着当初果然应该赶走藤彩彩，现在就不会有这么多事情发生。

离开学生会一大票人就直冲教室，刚进去二话不说就将藤彩彩团团围住，一个个眼神都十分不友善。樱嘉雪很好奇地转身看着那些男生，猜着他们到底在搞什么。

“是你对不对？是你把外面的仇家带进四宇国学院的对不对？”一名男生指着藤彩彩劈头就问，没有任何前后联系，直接就把污名扣在藤彩彩的头上。

藤彩彩莫名万分，看着对她进行质问的男生说："什么仇家？"

"你不要装蒜了！飘下来的字条上有你名字中的'彩'字，虽然是用特殊的笔芯写的，但还是能够发现！所以，如果你不是幕后黑手，那你就是始作俑者！"

一连串的话藤彩彩越来越听不懂，满脑子在翻找着应该说些什么，但找半天也找不到所谓的理由，只能不停重复"我不是黑手，我也不是始作俑者"。

大家现在都坚信是藤彩彩招惹过什么人才给他们带来了麻烦，压根儿没有听她解释的意思。

"说啊！究竟是你哪个仇家？"

"是啊是啊，快说啊！"

"都是因为你这个空降生。害得我们这么不太平！"

你一言我一语，这些人纷纷把一些莫须有的事情全部扣在藤彩彩的头上，就差没说今天午饭吃得少都是因为她。前座的樱嘉雪实在听不下去也看不下去了，只能摇摇头拨开人群。

以吕浩为首的几个人对樱嘉雪有几分忌惮，看见他要插足只能乖乖让道，让出起码的视野。

樱嘉雪看着被说得又莫名其妙又委屈的藤彩彩有些不忍，明明什么都不知道，还要被这些人无理取闹，甚至什么都敢怪罪在她头上。

"你们不要说风就是雨，事情都还没弄清楚，就开始责怪彩彩。你们不知道嫌疑人正想嫁祸别人吗？"樱嘉雪睥睨一眼，原本责怪声不断的几个男生纷纷收住声音。

以樱嘉雪在四宇国学院的地位，不是随便能得罪的，卢鑫的那组人、徐然的那组人，还有最可怕的女生组，都是他的忠实粉丝。

"这件事我会着手去调查，如果真的和我的保镖有关，我不会姑息。但……"樱嘉雪目光扫过在场的这些人，见他们纷纷低下头，不禁冷笑，"如果我的保镖是冤枉的，我不会饶过胡乱指责的人！"

全场安静，没人吭声，大家都偷偷地看几眼对方，谁也没说什么就慌慌忙忙地散开。藤彩彩终于能够呼吸新鲜空气，大大地做了两个深呼吸问："小少爷，究竟怎么回事？"

"你呢，也别想太多了，不然大脑会短路的。"樱嘉雪这么说，勾手轻敲藤彩彩的额头，笑着转身。

藤彩彩摸着被敲的额头露出疑惑的眼神，从刚才到现在，她都压根儿没明白究竟是怎么一回事。就知道有一群人“呼啦啦”跑来责怪她，然后小少爷出面解围，那群人又“呼啦啦”离开。

樱嘉雪拿出手机给那个陌生的号码发出一条短信，简单的四个字“你在哪里”。他不希望事情继续发展下去，必须提早做个了断，让真相大白。

很快，樱嘉雪收到来自对方的回复，“天台”，简单的两个字道出地点，却没说时间。樱嘉雪收起短信装出若无其事的样子，盘算着要怎么摆脱藤彩彩去见那个人。

5

下课后，樱嘉雪和藤彩彩回到宿舍，藤彩彩像往常一样去厨房准备晚饭，而樱嘉雪趁着这个机会溜出去。宿舍位于二楼，所以并不高，樱嘉雪确定藤彩彩在厨房忙碌后打开卧室的窗，四下张望后纵身一跃，随即稳稳落地。

抬头望一眼天台的方向，隐约可以看见有个人站在上面。

樱嘉雪一路爬上天台，推开天台的门就看见一名男子模样的人站在面前，然而那个人戴着一张奇怪的面具，让人看不清面容。

“你的目的？”樱嘉雪单刀直入，对于这种鬼鬼祟祟的人他不需要多说。

“和我比一场。”对方似乎特意改变了声线，用樱嘉雪无法识别的声音说。

樱嘉雪果断拒绝，对方并不生气反而轻笑几声，好像早就料到会是这个答案。只是，即便如此也没放弃的意思。

“那就只能对不起了！”面具男飞速冲向樱嘉雪，抽出腰后的木刀攻向樱嘉雪。

卑鄙！

樱嘉雪暗骂。虽然是木刀，但对于他这个手无寸铁的人来说也是一大威胁。最关键的是对方身手十分了得，他未必扛得住。

那个人以木刀为武器，刀刀狠辣，樱嘉雪只能想方设法躲开，同时在寻觅有什么东西可以作为武器使用。然而，天台上干净得什么都没有，像是被事先收拾过。

“呵呵呵！”面具男从喉咙中长发出低沉的阴笑，樱嘉雪皱着眉头拼命躲避，但是这样的闪躲撑不了多久。

下一刻，木刀划过樱嘉雪的长发，断落下来的发丝让樱嘉雪微惊，这是一种危险的预兆，预示着他快要撑不住了。

“啪”！清脆的响声，像是硬物碰撞后发出的声音，一个人影举着未出鞘的长刀挡在樱嘉雪面前。

藤彩彩双眼冒火地盯着面具男，后者看见她这样的表情不禁发出赞许的笑声。暂时安全的樱嘉雪长喘一口气，在他喘气的间隙藤彩彩和那名面具男已经开始交战。

在面具男面前藤彩彩并没有占到什么优势，对方的身手、速度、招式各方面都在她之上，长时间交手也非常危险。

不行！怎么能够被这种负面的情绪影响！又没有较量过怎么可以轻易认输！更何况，眼前这个奇怪的家伙是袭击小少爷的人！绝对不能放过！

刚才她准备好晚餐却发现小少爷不见了，在担心会不会是被绑架的时候无意中看见小少爷落下的手机，手机上存储着这条短信，让她掌握了樱嘉雪的动向，匆匆赶来，幸好来得及。

“把他交给我，我就放你一马！”交锋中面具男说出一句赤裸裸的挑衅话，激起藤彩彩内心一阵怒火，招式变得更猛烈，誓要将对方拿下，绝对不会交出重要的小少爷！

在一旁观战的樱嘉雪静静地看着，原本微皱的双眉渐渐舒展开，而后露出一抹自负的笑。

他发现那个面具男在避免和藤彩彩近战，每次两个人眼看要近战他就会闪躲，然后拉开距离，显然这是在逃避什么。

“彩彩！攻他近身！”

“是！”照着樱嘉雪的指示，藤彩彩开始不停拉近和对方的距离，想要找机会与对方近距离交战，不出所料的是面具男还是会很快就拉开距离。

在面具男想要拉开距离的间隙，樱嘉雪突然喊：“就是现在！”

藤彩彩一个翻身借着面具男的背翻到另一侧，同时顺手揭下对方的面具。当面具被揭去后，男子停下动作低着头，藤彩彩站在一旁看着他。

“哈哈哈——”男子突然仰天长笑，露出样貌的瞬间藤彩彩傻眼了，站在她面前的这个“危险分子”不是别人，正是之前突然消失的景泓，景泓边笑边说：“好好好，果然了不起！”

“你！”藤彩彩一个箭步冲过去就要质问景泓，却被樱嘉雪拦下。

“果然还是阴魂不散。”樱嘉雪从刚才两个人的对战中已经发现蛛丝马迹，景泓和桃管家是同一组培训出来的，所以招式都有些类似，只要仔细看就能看出。

景泓收起笑声伸手拍着藤彩彩的肩说：“小雪，恭喜你，有名很棒的保镖。”

樱嘉雪伸手打掉景泓的手，将藤彩彩拉到自己身边说：“当然，我选的。”

“看来，你找到一名比我优秀、称职的保镖，如此一来小少爷也会安心。”景泓望向天空舒展神情露出欣慰的笑，只是在低下头时还有一丝无法释怀。

樱嘉雪盯着景泓，他是第一次从这个玩世不恭的家伙脸上看见这种表情，有一瞬间他能感受到为什么嘉素当年会这么喜欢和景泓在一起。褪去玩世不恭外表的景泓，身上意外地会透出十分可靠、柔和的气息。

“你又出现在我面前，是不是该解释一下，为什么食言？”樱嘉雪双手环抱胸前，冷冷地盯着景泓。

景泓从口袋中掏出一张小字条，递给樱嘉雪：“你看。”

樱嘉雪迟疑地接过字条展开，目光触及字条上稚嫩的字体和拼音，内心受到一股剧烈的冲击，就好像樱嘉素从未离开。

景泓面露哀伤地看着樱嘉雪手上的字条，以忏悔的语气说：“我一直错了，想错了也做错了。从一开始我就不应该逃避，不应该辜负小少爷的期望。”

一字一句流入樱嘉雪的心中，视线紧紧盯着手上已经发黄的字条，看着字条上的字仿佛能够看见嘉素的笑脸在眼前呈现。圆嘟嘟的脸上总是带着天真无邪的笑容，一双明亮的大眼睛无辜地看着所有人。

嘉素对所有人都是友好的，喜欢和大家一起玩，最喜欢和景泓在一起。每次看见嘉素和景泓在一起时，嘉素总是会露出最灿烂的笑脸。

不知从什么时候起，身为哥哥的他开始羡慕一名保镖，从羡慕慢慢地变为嫉妒，从嫉妒慢慢地变为讨厌。

原来，他一直讨厌的景泓，更多的是从小就开始讨厌的那份心情，而不是因为保护不力让嘉素死去的景泓。

“嘉素……”樱嘉雪轻唤，带出无尽思绪。

景泓看着樱嘉雪露出欣慰的笑容，转而将视线移向一旁的藤彩彩，看着那丫头盯着樱嘉雪一脸心疼的模样忍不住想要捉弄一下。上前一把勾住藤彩彩的脖子，故意凑得非常近，笑眯眯地说：“小保镖，不错哟，假以时日会变得非常厉害呢。来，让前辈我看看你的手臂。”说着抓起藤彩彩的手，左看右看、这儿摸哪儿摸，嘴里还不停嘀咕着“不错不错”。

樱嘉雪一回过神就看见景泓在那里趁机占便宜，伸手拽过藤彩彩藏在身后，一脸鄙夷地盯着景泓说：“你已经抢过我的弟弟，还想抢我的保镖？”

“哈哈哈，哪有。”景泓爽朗地笑着，他已经很久没这么笑过，然而今天一切都释怀了，即便没有得到樱嘉雪的亲口原谅，他依旧有种卸下一身包袱的感觉。

“最好没有。”樱嘉雪瞪着景泓，看对方露出真实的笑容，不知为何会有一种感慨，“景泓，虽然我无法原谅你，但我已经不再恨你。”

景泓迅速收起笑声，微愣后嘴角露出一抹发自内心的笑容，他已经不奢求原谅，对他来说这已经是樱嘉雪最大的让步。

想要原谅一个害死自己最重要亲人的人谈何容易？这又不是狗血电视剧，三言两语就能感动一个人。

“不胜荣幸。”景泓说完后点头转身离开。

“等一下。”樱嘉雪突然喊住景泓，上前两步在对方耳边低声道了一声“谢谢”。

景泓笑笑，轻轻勾过樱嘉雪的肩说：“小少爷，请您万事小心。据我所知，有人想从你这里得到什么。”

“得到什么？谁？”樱嘉雪微微皱眉，他无法肯定景泓说的是真是假，但就现在的情形来看，景泓已经没有撒谎的必要。

“如果我知道是谁，早就为您搞定了。我想这件事，您的大哥那里也会有点儿线索，您不妨问问他。”

说完纵身一跃站在天台的栏杆上，背对着樱嘉雪和藤彩彩轻轻挥手，眨眼间就消失不见。

天台上恢复了一片宁静，没有留下任何蛛丝马迹，好似他从来没有出现过。

双脚落地，景泓轻抚着短发，整个人都变得神清气爽，嘴角隐隐绽放的笑容，诉说着他终于成功脱离那道防线，走出了过去的阴影。

“嘉素少爷，我终于走出自己设置的阴影了，你还会像小时候一样那么喜欢我吗？”

天台上的樱嘉雪若有所思，一旁的藤彩彩则有些不明所以。

✖

6

景泓的事就此告一段落，第二天一大早，四宇国学院就炸开锅了，整个学院上上下下都在讨论一件事，似乎有什么不得了的人物降临。樱嘉雪和藤彩彩在路上碰上徐然，就听见他们在讨论有关这个人的事情。

“大人！你听说没？今天我们学院会来一个传说中了不得的人物！”徐然一脸献媚地看着樱嘉雪。

“什么人？”樱嘉雪显得很淡定，只是象征性地问了一句。不过，即便是敷衍的问话也让徐然等人很兴奋。平时不论他们说什么都不会得到任何反应，今天这样的待遇简直是一种突破。

“听说是以前非常有名的保镖！整个学院里的小保镖都很兴奋地跑去看了。”

传说中的保镖？藤彩彩心中暗暗数着，就她所知能被赋予“传说中”三个字的就那么几个人，会是哪个呢？

而樱嘉雪心里也有些没底，他不怕别的，就怕景泓又要什么花招。虽然之前已经把事情都弄清楚了，但难保那个家伙还会做出什么举动。从以前开始，景泓就是以行事作风出人意料闻名。

“大人，要不要一起过去看看？”徐然其实自己很想去看，又不想错过樱嘉雪难得的好心情状态，想要多说点儿话，就想到这个办法。

樱嘉雪点头首肯，徐然等一群人高兴地在前面带路。藤彩彩和樱嘉雪两个人心中都在犯嘀咕，究竟出现在面前的会是谁，一个很期待见到什么世外高人，另一个则希望不要见到的还是景泓。

对于樱嘉雪来说，景泓这个人太麻烦，是他最不擅长应付的一种类型，简单来说就是——死猪不怕开水烫。

一行人在隔校门还有一定距离的时候就看见一群人将校门围堵得水泄不通，站在后面的男男女女一个个都伸长脖子在看着什么，而引起那么多人围观的人也早就淹没在人海中看不见了。

“彩彩，你看一下究竟是什么人。”樱嘉雪一声令下，藤彩彩一跃而起跳上最近的树，顺着人流望去，就看见一名男子身着黑色西装站在门口，高高束起的金色长发格外惹眼，由于角度的关系藤彩彩无法看清对方的面容，只觉得有点儿熟悉。

那名被围堵的男子似乎察觉到树上的异样，缓缓抬起头，蓝色的双眼望向藤彩彩，后者瞬间浑身过电般一抖，一个不留神滑下树来。

“怎么了？没事吧？”樱嘉雪急忙扶起藤彩彩问，“你看见谁了？”

“是、是……桃管家！”

一听是桃管家，樱嘉雪瞬间松了口气。桃管家的到来是迟早的事情，他的老爸能憋这么久才让桃管家跑来已经是奇迹。

桃管家拨开人群走到樱嘉雪身边微微欠身行礼，毕恭毕敬地说：“老爷派我来给您送家书。”说罢手轻轻一挥，一名手下扛着一大袋书信走过来放下后离开，“这些是老爷给您的家书，每天一封。原本老爷是让我一星期来见您一次，但为了不打扰您的生活，我才决定三个月来一次。”

樱嘉雪看着那满满一袋子的家书十分无语，暗暗想着都什么年代了居然还用家书！打个电话、发条短信、写个E-mail难道不会吗？

“还有，这封信是大少爷让我交给您的，我特意另外安置了，以免被您处理掉。”桃管家将樱嘉木的信交给樱嘉雪，话中的意思就是他很清楚樱嘉雪会怎么处置这些无聊的家书。

即便是身为管家的他也无法认同老爷的这种做法，每天写一封内容几乎一样的信给小少爷，换作谁都会觉得很无聊。但是，他的老爷就是这样，改不掉的恋子情结。

“大哥？”樱嘉雪挑眉看着手上的家书，他无法理解大哥怎么也这样，直接发邮件不就可以？还写什么信。

“那么，我的任务已经完成。请您保重。”桃管家行礼后就离开了，才转身走了两步突然被人拦下。

东撰一脸认真地盯着桃管家，后者显得相当平静，并没有因为突然杀出的人有一丝不悦。

“请您和我比试一下！”东撰这么说，话一出口便引起轩然大波，一旁的其他人议论纷纷地说着什么，大多是在说东撰不怕死，抑或是没有自知之明。

桃管家没理会，抬脚继续向前走，感到被无视的东撰不死心地追上去，拦着桃管家扯着嗓子说："难道你多年不做保镖技艺生疏怕和我比吗？"

作死啊！

这是藤彩彩的第一反应。在樱家没人敢这么对桃管家说话，就算是老爷也会对桃管家礼让三分，可以说桃管家在樱家有着无法取代的地位，是相当让人尊重、惧怕的存在。

许多初入樱家的人都把桃管家当作目标，想着能胜过他就是对自己实力最好的证明。然而，没有一个人，至今没有一个人能从桃管家手中取得全胜！

曾经听学长们说过，在樱家这么多保镖中，只有景泓能和桃管家打个平手。不同的是景泓为人很随性，所以在威望上并不如桃管家那么高。

桃管家看着东撰一言不发，气氛陷入冰点，在场所有人都在屏息期待着什么。就见桃管家从口袋中取出一张薄薄的纸夹在双指间说："如果你能接到我扔出去的这张纸，我就和你比试。"

听起来十分容易的一件事竟然成为比试的要求，全场哗然一片，东撰更是乐不可支。只是一张普通的纸片，要接下来是多容易的事！他还以为会有什么苛刻的要求，实在太简单了！

"有好戏看了。"樱嘉雪勾起邪魅的笑，看着自信满满的东撰。

藤彩彩点头，对她来说桃管家口袋中的纸片再熟悉不过，曾经有无数自认为已经能够超越桃管家的保镖提出过比试的要求，而每一次桃管家都会从口袋中掏出一张轻薄的纸片，说是只要对方接得住就同意。

然而，从没人接住过！不，应该说从没有挑战者接住过！她唯一看见有人接住桃管家的纸片，是有一次景泓和桃管家闹着玩的时候，景泓接住过，而且很轻松。

桃管家两指轻弹，东撰以为那是简单的准备工作，视线十分专注地盯着桃管家的双指。然后，微愣两秒后，他赫然发现目光紧锁的两指中并没有纸片的存在。

"纸、纸片呢？"东撰错愕地指着桃管家。

桃管家很淡定地走开，边走边说："你连藤彩彩都没赢过吧，她是我们樱家素质最差的一名。"言下之意就是"你连我家最差的保镖都赢不了，还想来挑战我，简直是笑话"。

东撰又羞又气，站在原地感觉自己被示众似的，心中一口气怎么都咽不下。

卓煜城从人群中悄然走出，站在东撰身旁低声说："丢人现眼也该有个限度。"

东撰委屈地咬着唇，心中压抑着不甘和愤怒。自视甚高的他居然就这样被人看扁，最重要的是连他的主人都觉得他在丢人，可恶！

卓煜城看着东撰，冰冷的脸上闪过一丝无奈，低声说："你的任务是保护我，其他的就不要太在意了。只要你保护好我，就是尽到了责任，知道吗？"

"……是。"东撰还是很不甘，从小就好胜心切，再加上小时候他一直被大家捧在手里，说他是难得的人才，才养成一颗争强好胜的心。

现如今，他这个在卓家被称为天才的人，却连樱家一名垫底的保镖都比不过，实在太丢脸了！不行，他一定要赢，要赢过藤彩彩，超越那个姓桃的！哼！

桃管家走后樱嘉雪打开手上的信，信上是樱嘉木亲笔写的让他要小心，有人已经盯上他伺机想要做什么，还说会有人刻意袭击他什么的。

看完信，樱嘉雪将这封信归为迟来的告诫，信上写的根本就是已经过去的事情，而且信上那个危险的家伙，指的应该就是景泓。不过，现在和景泓的事情已经全部解决，就不需要再去担心了。

果然，发个电邮多简单，还写信，多浪费时间。

手机铃声响起，樱嘉雪打开手机一看，是一条诡异的短信，短信还是来自一个陌生的号码，内容则是：**你以为游戏结束了？**

"小少爷，你怎么了？"藤彩彩注意到樱嘉雪盯着手机看觉得奇怪。

"没什么。"樱嘉雪应一声后按下删除键，将这条意味不明的短信当作从未见过。

远处的教学楼中，落地窗后的人伸手推了下鼻梁上的眼镜，嘴角勾起耐人寻味的笑容，视线一路跟随着樱嘉雪，直到看不见为止。

"对了，小少爷，宿舍里那些老爷的信要怎么处置？"藤彩彩突然想起宿舍里那些堆了一天的书信，想着是不是该找个地方放好。

"嗯？你没扔吗？"樱嘉雪狐疑地看着藤彩彩，他以为她已经扔掉了，居然还在？

"可那是老爷辛辛苦苦写的。"她也不敢随便处置，更何况是扔了。

樱嘉雪"扑哧"一笑，说："扔掉吧，听桃管家的口气我就能猜到信上都写了什么。"

藤彩彩虽然觉得扔掉不太好，但既然小少爷这么说就这么办吧。

夜晚，藤彩彩扛着一大袋信走出宿舍准备去扔掉，走到半路突然"哗啦"一声，袋子坏掉，里面的信件一拥而出，藤彩彩慌忙蹲下身去捡，有几封信从信封里掉出，出于好奇藤彩彩打开看了一眼。

不看还好，一看吓一跳。她终于明白为什么小少爷会说扔掉也无所谓了，因为这些信上无一例外地写的都是这么几句话：**小雪啊！爸爸想你啊！你快回来啊！看不见你爸爸寝食难安啊！我的小雪啊——**

原来，老爷的恋子情结真的很严重，她以前还以为是大家开玩笑。不过，每天都写一样的话写了整整三个月都不觉得腻，老爷的这份耐心也让人颇为佩服！

好不容易将所有信件拖到垃圾桶扔进去，突然天空猛地下起暴雨，藤彩彩不得不以最快速度跑回宿舍。

然而回去的路上，她总觉得有人盯着她看，就停下来查看四周，并没发现什么。这么一折腾，害她浑身都湿透了。

藤彩彩完全不知道，在她把信全部扔进垃圾桶的时候，樱家那边已经炸了锅，樱矢整个人都从椅子上跳起来，拍着桌子冲着大屏幕嚷嚷着："反了，这个臭丫头！居然敢把我给小雪的信都扔掉！"

大屏幕上能够显示出整个四宇国学院的每一个角落，除了……樱嘉雪的宿舍！

本来那里也在他的卫星探测范围内，可第一天就被他的宝贝儿子发现并装上了屏蔽信号的装置，他苦不堪言。

看着暴跳如雷的樱矢，一旁的桃管家露出无奈的表情，轻咳两声说："老爷，藤彩彩是没那个胆子扔书信的，会扔书信的只有小少爷。"

桃管家的话犹如晴天霹雳，彻底把樱矢心中仅存的侥幸给劈没了。想他樱矢叱咤风云多年，心中最重要的瑰宝就是小儿子嘉雪，但瑰宝自己似乎并不这么想。

看着如同泄了气的皮球的樱矢，桃管家失笑，只能再度开口试着安慰："老爷，你写一样的书信，相信小少爷留一封就已经够了。不然，小少爷的宿舍也堆不下。"

樱矢闻言眼睛立即闪亮起来，盯着桃管家笑眯眯地说："还是桃管家聪明，我以后改良改良，三天一封怎么样？"

桃管家点点头，心中想的是即便三天一封八成也会被小少爷扔掉。他太了解自家老爷了，所谓书信能写的就这么点儿东西。

第5章 05
Di-wu Zhang

王者保镖争夺战

Jianxi Baobiao Dai Dai Shou

✤

1

可怜的藤彩彩，哪方面的抵抗力都很强，除了感冒病毒！她从小不拉肚子、不胃疼，经常撂倒她的只有感冒发烧！

“小少爷……咳咳……”藤彩彩满脸通红，看起来烧得不轻，说话也有气无力，想要撑起身体来却失败了。

“烧得很厉害的样子，吃过药了吗？”樱嘉雪坐在床边，伸手轻触藤彩彩的额头，滚烫的热度从手中传来。

淋雨就发烧，她果然斗不过感冒病毒！她拖累小少爷了吧，害得小少爷都不能去上课，就为留下照顾她。

“我去给你拿冰袋。”樱嘉雪转身走向厨房，厨房中放着他早上出门时冰的冰袋，现在差不多可以使用了。

拿着冰袋和一杯水走进卧室，藤彩彩察觉到有人靠近，勉强睁开双眼，看见樱嘉雪满脸担心，想要说点儿安慰的话，又无力发出声音。

樱嘉雪将冰袋盖在藤彩彩额头，从抽屉中拿出吸管放进杯子中说：“来，喝点儿温水，然后睡一觉。”

藤彩彩乖乖地喝水，喝完后闭上双眼。在发烧的时候偶尔会浑身一阵阵发冷，在烧得厉害的时候又会浑身烫得不行。

啊，额头上的冰袋好舒服。刚才像被烧烤般的额头瞬间舒服起来，真希望身上也能有冰袋敷着，那就不会这么难受了。

“等一下再测测体温，如果温度太高我就给你刮痧。”樱嘉雪轻声说。

啊啊，热度一定很高啊，刮痧是什么？是那个……

藤彩彩突然睁开双眼，不明所以地盯着樱嘉雪，嘴一张一合好像在说什么。

樱嘉雪没搭话，转身去拿温度计塞进藤彩彩嘴里，被堵住嘴的藤彩彩只能乖乖含着温度计，直到樱嘉雪把温度计拿走。

拿着温度计看了几秒，樱嘉雪微微皱起眉头，这表情对藤彩彩来说可不是什么好事。

“体温果然很高啊。”樱嘉雪将温度计清洗后放在床头柜上，从口袋中掏出刮痧板，这是他在回来路上特意去学院药店买的。

藤彩彩一看见刮痧板就拼命摇头，强烈地表达着她不要刮痧的决心。然而，樱嘉雪根本不会理会她想不想，只理会能不能退烧。

“我给你刮后背，有助于退烧。”樱嘉雪拿着刮痧板笑眯眯地看着藤彩彩。

藤彩彩拼命摇头，坚持不要刮痧，更何况还是刮后背，那不是要扒衣服？不行啊！绝对不要！

樱嘉雪见藤彩彩那么坚持抵抗，思忖下放下手中的刮痧板，又从口袋中掏出一个像胶囊，又不怎么像的东西扬扬手说：“既然不想刮痧，那就用退热栓吧。”

退、退热栓？

如果现在有气力，藤彩彩一定被吓得从床上跳起来！

躺在床上的藤彩彩紧盯着樱嘉雪手中的退热栓，咬着嘴唇拼命摇头，露出很害怕的表情。

她很清楚退热栓要用在什么地方，那比刮痧可怕几百倍！绝对不行！绝对不能用！就算被烤焦也不能用！

“不要？真伤脑筋呀。不想刮痧，又不要用退热栓。怎么办？这样烧下去不行呀，我好担心啊……”樱嘉雪说着说着，露出一脸忧伤的神情，嘟着嘴食指抵着下唇，摆出一副楚楚可怜的模样。

见樱嘉雪这样子藤彩彩心中不是滋味，她一想到主人那么担心她、爱护她、关怀她，就觉得自己有点儿不识抬举。

退烧栓是绝对不可以的，那么刮痧的话，咬咬牙应该还可以吧！问题是，扒衣服这件事要怎么解决？

樱嘉雪瞥着床上藤彩彩的神情变化，多少也能猜出她是在纠结。心中暗笑下，想着还是不要再捉弄她了，毕竟人家还在生病。

“我帮你翻身，我们刮痧吧。放心，不会扒光你衣服的。”樱嘉雪俯身将藤彩彩翻个身，将被子盖在她腰以下的地方，然后拿出抽屉中的剪刀，将藤彩彩后背的衣服剪开一条，稍稍往外翻下衣服，就露出脊椎部分。

随着刮痧板落下，脊椎处就传来阵阵疼痛，藤彩彩咬着牙忍着疼。樱嘉雪一下一下反复刮着，不一会儿藤彩彩的后背已经红了一片，随着时间的流逝，藤彩彩似乎已经习惯这股疼痛，趴在床上昏昏欲睡。

每一次快睡着就被疼醒，虽然有些难受，但似乎觉得舒服多了。

刮痧完毕，樱嘉雪替藤彩彩盖上被子，让她就这样好好睡下。自己则坐在床边，密切注意着她的情况。

“好好休息吧，这段时间你也很辛苦。”疼惜的笑容自樱嘉雪嘴角绽放。

在樱嘉雪的细心照顾下，第二天藤彩彩的高烧已经从三十九点四摄氏度退到三十八摄氏度，人看起来精神也稍稍好点儿了，现在已经可以坐起身，说话的底气也恢复了一点儿。

一想起昨天的刮痧，藤彩彩就觉得脸上滚烫一片，下意识地伸手摸下脸，自言自语着：“难道热度又上来了？不行，赶紧喝粥吃药。”

藤彩彩端起床头柜上的粥，难怪从刚才开始就有香喷喷的味道，原来是皮蛋瘦肉粥。

“嗯，真好吃。”藤彩彩吃着粥露出幸福的表情，“不过……这个粥是小少爷做的吗？”早上似乎没有听见小少爷出门的声音，既然不是买的就是做的吧，“总觉得，小少爷还有好多会的事情，我都不知道。”

藤彩彩想着想着又忙摇头，咬着嘴唇低下头，用很轻很轻的声音嘀咕：“就是觉得好突然，总觉得自己在被小少爷照顾。”

樱嘉雪走到卧室，正巧听见藤彩彩的自言自语，微微一笑后走近说：“饭不是白吃的哟。”

“哎？”

“今天我做饭，你打扫房间，怎么样？”

一听这话，原本神色黯淡的藤彩彩立刻恢复精神，双眼闪烁着欣喜的光芒，拼命点头说：“好呀好呀！没问题！”

樱嘉雪笑着轻抚藤彩彩的头，示意她继续吃。藤彩彩这回不再客气，低头拼命吃着，胃口显得格外好。

吃饱之后，樱嘉雪去厨房洗碗，藤彩彩则留在房间中打扫。

“啦啦啦，啦啦啦，我是勤劳的小蜜蜂，啦啦啦……”藤彩彩哼着不着调的歌，扭着屁股在房间里，这边擦擦那边擦擦。

“啪嗒”，一封信从书架中落下，藤彩彩小心翼翼地捡起信和信封，想要将它们套在一起，却因为信封上的一行字愣住。

信纸内有个U盘掉了出来，藤彩彩捡起U盘研究半天，不停猜想里面是什么，为什么小少爷要藏起来？

再打开信封仔细看，里面有一张纸，写着一行简单的字：**雪，U盘里面的东西事关你的安危，一定要看。**

有关小少爷的安危？这是大少爷寄来的信，一定是真的有问题！不行，她身为保镖，必须时刻知道自己主人的安全性！

也顾不上礼数，藤彩彩将U盘插入自己的笔记本电脑，屏幕上跳出一份份资料，重要的地方都被涂黑，唯一能知道的就是，有人在调查樱嘉雪以及樱家的一些事情。

点开图片，照片所拍摄的对象都是樱嘉雪，可以说几乎记录了他二十四个小时的活动。

眼前的一切都让人胆战心惊，这样的证据在面前，不得不让她更肯定有人要对小少爷不利。

“不行！我绝对不能让任何人得逞！小少爷需要由我来守护！”藤彩彩攥紧拳头，双眉拧在一起，心中十分担忧。

门口的樱嘉雪把一切收入眼底，本来藏信是不希望藤彩彩那丫头看见后担心，但是他发现自己多虑了，现在的藤彩彩在逐渐改变，变得更为坚强、自信。

桃管家来学校引起的轩然大波让樱嘉雪好好思考了一下，是否应该让事情来一个飞跃的进展。

藤彩彩来学院也有一段时间了，而距约定的学期末也不再遥远，他必须抓紧时间，不然藤彩彩这次考核，就会以失败告终了。

樱嘉雪考虑好后，来到校长室，得到校长的应声后樱嘉雪带着藤彩彩走进去。校长室内，校长坐在书桌前，微笑地看着进来的二人。

“有事吗？”校长戴着无框眼镜，白色的衬衫一尘不染，十指交叉撑着下巴，看起来十分年轻。

“校长先生，我希望能在学院举办一场比试大会。”樱嘉雪对校长的态度比较有礼貌，应该说，他能感觉到校长身上的气场。

“怎么说？”校长笑着看向藤彩彩，示意樱嘉雪坐下慢慢说。

樱嘉雪并没有坐下的意思，“我希望能够借此机会，选出保镖们的统领，从而防止日后保镖间更强烈的冲突。”

“似乎是个不错的主意，我也对学院内的这些现象有所耳闻。既然樱同学有如此提议，那你就和卓煜城同学商讨下。”

室内一片宁静，校长从书桌前站起身，走到落地窗前撩开窗帘望着楼下，目光随着樱嘉雪的身影移动而移动，镜片后泛起让人捉摸不透的光。

学生会有专属的办公室，平时基本都是卓煜城一个人待着，偶尔会有人过来商量事情。

不过，即便是一个人，卓煜城也会将这里打扫得一尘不染。走进学生会的办公室，就能闻到一股清新的花香。

“桃花的味道。”藤彩彩吸着鼻子嗅着。

“是的，我用的桃花味的香熏。请坐。”卓煜城示意二人坐下，然后自己也端坐在沙发上。

樱嘉雪环顾四周，整个学生会的办公室，被装饰得像个巨大的书房，整排整排的书架，占据了两面墙的位置。

而在卓煜城的书桌上，放着一本和他一样的《奥德赛》。

“我有事想找学生会会长大人商量下。”樱嘉雪笑眯眯地看着卓煜城，时不时瞥几眼东撰，吓得东撰直往后缩。

“请说。”卓煜城十分客气。

“我想举办一场比试大赛，获胜者可以成为四宇国学院保镖之首。我已经向校长报备过。”

卓煜城不语，这样也许是个不错的办法，但还存在很多不确定因素。举办这样的比赛，是否太草率？

“比赛规则很简单，与雇主合作，率先闯过关卡的胜利。”樱嘉雪大致介绍一下比赛方式，听起来是早就已经想好的。

卓煜城摸着下巴思量着，不论从哪方面思考，樱嘉雪说的都是一个不错的办法，以这种模式选出的首领更具有公平性。

可是，万一选出一个人品有问题的人，怎么办？

樱嘉雪扫一眼卓煜城，将对方的思索尽收眼底，轻笑一声说：“会长大人是不是在想，万一选出来的是个败类怎么办？”

卓煜城微愣，想不到自己的想法会被轻易看穿。看来，就算资料再多，他也无法真正了解樱嘉雪这个人。

“放心，如果真的是败类就交给桃管家处置。”樱嘉雪摊开双手，耸耸肩膀，显得理所当然。

“小少爷，你的意思是？”藤彩彩似乎也听出一点儿樱嘉雪的画外音，但是不太确定。

“既然他们每个人都想挑战桃管家，那就给他们一个机会，谁赢了就能挑战桃管家。”樱嘉雪用手戳戳藤彩彩，后者立刻从口袋中掏出一颗糖。

剥开糖纸吞下，含在口中感受着糖的甜味，樱嘉雪一脸满足地继续说着。

“如果是贤才，桃管家会手下留情。但如果是败类，那么保镖首领选举大赛重来一次，嘻嘻。”

卓煜城这才恍然大悟，原来樱嘉雪早就已经想好了一切。难道，他的邀请商讨，也在樱嘉雪的计划内?

“我明白了，马上就要到校园祭了，我会安排好一切。”卓煜城的执行力是全校一流的，再加上学生会会长的头衔，要策划安排一切非常容易。

“那就麻烦你了，不过为公平起见，从今天开始一直到你安排完毕，东撰都必须跟着我，而且你绝对不能和他联系，怎么样？”

樱嘉雪的提议吓得东撰差点儿叫出声，一脸哀求地看着卓煜城，希望自家主人不要把他推入虎口。

卓煜城在长达数秒的沉默后，最终决定将东撰送入虎口：“我知道了。东撰，这一周你就跟着樱嘉雪同学，比赛当天我们再会面。”

“什么！主、主人！你不是在和我开玩笑吧？你、你说的是真的吗？”东撰哭丧着脸拽着卓煜城，如果不是有人在场，他一定泪流满面。

“那就这么说定了，彩彩，把人带走。”

樱嘉雪一声令下，藤彩彩拎着东撰连拉带拖地走了，东撰双手试图去抓什么东西抵抗一下，但也是徒劳。

卓煜城目送东撰离开，关门声响起。轻叹一口气，摘下鼻梁上的眼镜，望着窗外眼神有些放空。

东撰这个傻小子，看来是得罪了不得了的家伙。也好，让他受点儿教训也不错，以后就不会再做一些没头脑的事情。

只是，樱嘉雪该不会把他折磨得不成人形吧。

2

东撰被藤彩彩一路拖着走，整个人都处于发疯状态，吵得藤彩彩很难受。

“小少爷，这个……”藤彩彩指指东撰，“真的要拖回去吗？跟我们一起？”她真的怕会被烦死。

“当然啦，现在就把他带回宿舍。”樱嘉雪大步流星地走着，表情看不出一丝开玩笑的迹象。

东撰一听樱嘉雪是认真的，立刻发出杀猪般的声音，边嚎边挣扎：“我不要跟你走！你这个坏人！”

被拖回宿舍，藤彩彩随手把东撰一扔，就跑去厨房做饭。

樱嘉雪坐在沙发上，看着想要逃走的东撰说：“你想违背主人的命令？”

东撰一个急刹车，回头狠狠瞪着樱嘉雪：“我不会屈服的！”

“好啊，我无所谓。但是，你的主人把你借给我一星期。因此，在这一个星期内，你是我的仆人。懂吗？”

一听是“仆人”，连保镖都算不上，东撰气得浑身发抖，指着樱嘉雪大喊：“你不要得寸进尺！我才不会做你的仆人！”

“东撰同学，你觉得你现在还有任何拒绝的余地吗？”樱嘉雪勾勾嘴角，露出似笑非笑的表情说。

东撰的脑海中突然闪过以往的悲惨遭遇，再加上他现在是被“外派”，这个星期被杜绝和主人联系。

也就是说……他现在是任人宰割的羔羊！

东撰的脑海中浮现出自己被五花大绑，樱嘉雪拿着皮鞭穿着皮衣，冲着他猖狂大笑的画面。

“好、好可怕。”东撰的自动脑补系统全部开启，而且向着崩坏的一面发展。

樱嘉雪突然站起来走到东撰身旁，吓得东撰捂着头蹲下，大喊着：“不要啊！我不要被你蹂躏啊！会坏掉的！”

看着东撰这般模样，樱嘉雪压着内心狂笑的冲动，蹲下身抬起东撰的头。

“放心。你是我借来的，我不会弄坏的。”樱嘉雪用格外温柔的语气说，说话间身边仿佛头顶光环。

只是，东撰依旧不太相信，狐疑地盯着樱嘉雪。

樱嘉雪站起身，望了一眼厨房，确定藤彩彩还在忙碌，收回视线看向东撰。

东撰只觉得浑身一抖，一股寒意让他从头冷到脚。

“虽然不会弄坏，但也不可能让你白吃白喝。所以，所有垃圾马上给我倒掉！”

樱嘉雪瞬间化身恶婆婆模样，皮笑肉不笑地看着东撰，脸上仿佛刻着字：不听我的话，你就死定了！

“我……”

“你不照做也可以，回到你的主人身边，放弃这次比赛。”樱嘉雪使出撒手锏，切断东撰所有退路。

东撰咬牙切齿地看着樱嘉雪，自己已经被主人外派，再想起一星期后的比赛。虽然不情愿，但也没办法，只能暂时接受。

不过，他一定会在一星期后的比赛中获胜！哼！

“我知道了！”东撰气急地走到门口，把放着的垃圾袋拿出去。

端着准备好的晚餐走出，藤彩彩就看见眼前飞速闪过一个人影，然后传来的就是关门声。

藤彩彩一头雾水地走到餐桌边，放下餐点后问：“小少爷，那个是东撰吗？他走了？”

“只是出去倒垃圾而已。”樱嘉雪夹起一片牛肉放入嘴中，津津有味地吃着。

“小少爷，让他跟着我们，这样好吗？”藤彩彩盛了碗汤递给樱嘉雪，神情略显担忧。

其他人也许还好，东撰这个人不论怎么想，都让人很不放心。万一他想对小少爷不利，那就糟糕了！

樱嘉雪笑着摇头：“你放心，他不敢对我做什么。”

见自家小少爷如此淡定的模样，藤彩彩也就不再说什么。经过数次的验证，小少爷做事必定有他的道理，这一点她已经逐渐明白。

大不了对小少爷的保护再严密点儿，防止东撰趁机做什么。嗯！就这样！

“砰！”门口传来巨响，整个宿舍都被弄得一震。东撰憋着一肚子的气冲进来，恶狠狠地对着樱嘉雪嚷嚷。

“垃圾倒了！没事了？”

樱嘉雪眼皮都没抬一下，“去厨房。”

“啊？你还想做什么？”东撰心中极为不快，就连他的主人卓煜城都不会这样差遣人。

“难道你吃饭前都不洗手吗？”

一句话，东撰脸“唰”地通红一片，一直红到耳根，转身冲进厨房洗手，顺便洗个脸让自己降降温。

可恶的樱嘉雪！存心给我难看！哼！

东撰攥着手，轻敲水台，嘴里不停骂着樱嘉雪。

“哟，不错嘛，能找出这么多称赞我的词语。”樱嘉雪站在厨房门口，一手端着茶杯，一手抱在胸前，笑眯眯地看着厨房里的东撰。

“你！你什么时候来的！你故意偷听！”东撰吓得脸色煞白，他以为樱嘉雪在吃饭，才敢这么骂。

樱嘉雪耸肩，瘪着嘴说：“我吃完饭来散散步。”

“什么？你不是才吃吗？少骗人。”

“我从小就吃得很少，不然怎么保持如此完美的身材呢？”樱嘉雪一脸骄傲地笑说，听在东撰耳里十分刺耳。

“恶心！”东撰红着脸吐出两个字。

下一秒，樱嘉雪已经不知什么时候来到他身前，一手钳住他的下腭，双眼笑弯成两条线说：“随便你怎么说我都不介意，只有这两个字，你敢再说第二次，我就掐死你！”

从樱嘉雪的眼中能看见狠戾，东撰浑身一冷。

松开手，樱嘉雪又恢复到笑容满面的姿态，端着茶杯走出厨房，边走边说：“快点儿去吃饭。”

一串问号在东撰脑海中浮起，他猜不透樱嘉雪究竟是什么样一个人。每次都是鞭子与糖并重，让人傻傻分不清。

夜晚，万籁俱寂时，有个难题困扰着东撰。他睡哪儿？

“既然是保镖，绝对不能和小少爷睡，所以你和我一张床。”藤彩彩穿着猫和老鼠的睡衣站在床边。

“不行。彩彩是女生，东撰是男生。”樱嘉雪出声否定这个提议。

经过提醒藤彩彩才想起自己是个女生，似乎真的不能随便和东撰睡一张床。可是，让东撰和小少爷睡，她也非常不放心。

“可是，他也不能和小少爷你睡一张床呀。”

樱嘉雪穿着一套粉色的米妮睡衣，坐在床上抱起一本书，扬起淡定的笑容说：“我可没说让他和我睡一张床。”

藤彩彩不解地看看东撰，又转回视线去看樱嘉雪问：“难道让他睡地板？”

“什么？”东撰立刻炸毛，瞪大双眼盯着藤彩彩，“不可能！”他好歹也是学生会会长的御用保镖！睡地板？可笑！

“这当然不可能啦，好歹东撰同学也是有地位的学员，呵呵……”

两声让人毛骨悚然的笑声，惊得东撰全身僵硬，机械性地回头看向樱嘉雪，希望能从对方脸上捕捉到什么。

结果毋庸置疑是……失败！

“地板太硬不适合东撰同学，沙发就不一样，软软的很舒服，是个好地方。”

什么？沙发？他没听错吧！

东撰回头看着后面的沙发，整张沙发估计只能勉强容纳蜷缩着的他，真的让他睡这么狭窄的地方？明天还能起来吗？骨头不会散架吧？NO！

东撰刚想开口拒绝，被樱嘉雪一句话打断：“那沙发可以展开，就委屈东撰同学在上面将就一个星期。”

原来是折叠沙发，展开就能当作床铺睡。但问题是，这也太简陋了。看看他们两个的床，又大又软又舒服的样子。

“彩彩，我看会儿书就睡，你先睡。”

“好的，小少爷。”藤彩彩屁颠屁颠地跑去关灯，回到自己的房间后就跳上床钻进被窝了，不一会儿就踏上会周公的路。

东撰窝在沙发上，盖着毛毯，双眼一动不动地盯着樱嘉雪。

在微暗的灯光下，樱嘉雪褪去平日伪装的高贵冷艳，没有让人心惊胆战的笑容，看起来如此纯粹、干净。

曾经很质疑资料上写的，说樱嘉雪小时候是樱家的天使。

樱嘉雪翻看着书，似乎察觉到有目光盯着他，抬头望向东撰，一时玩心大起。

冲着东撰抛出一记媚眼，莞尔一笑。

“唔！”东撰被突如其来的“福利”吓到，忙拉起被子蒙住头，久久不敢探出头。

樱嘉雪心中暗笑，觉得东撰从本质上和藤彩彩属于一种人，都是非常容易被捉弄的人。

3

东撰突然跟着樱嘉雪，变成樱嘉雪的跟班，所有人都十分好奇，但樱嘉雪一个字也没解释。

直到一个星期后的校园祭来临，有关保镖首领争夺大赛的详情才公告全校。

大家纷纷站在公告栏前，指着上面的信息议论纷纷。

“首领？学生会居然想出这招。”

“不过，真能赢的话是件好事，你们看下面的附加条件。”

大家凑近一看，底下的一排小字，清楚地写着：**在自愿的情况下，获胜者能够得到挑战樱家的桃管家的资格**。

一看这个，所有人都兴奋起来，一时间公告栏前炸了锅。

“这个才是重点啊！能挑战传说中的保镖啊！”

“是啊是啊！就算赢不了，能挑战下，也是一种不一样的体验。”

“这场比赛我要全力以赴！”

四宇国学院的一众保镖，从来没像现在这样兴奋，一个个都摩拳擦掌等不及夜晚的降临，希望在比赛中获得胜利。

不远处樱嘉雪、藤彩彩和东撰三个人站着，东撰整个人都很兴奋，在看见公告栏上写着和主人合作穿越神秘迷宫，让他有种已经胜利的错觉。

别的不说，他的主人卓煜城，不论智商还是能力，都是全校数一数二的。再加上他这个天才保镖，简直堪称完美！

“已经过去一周了，我可以回到主人身边了吧！”东撰边说边走。

樱嘉雪使了一个眼色，藤彩彩挥出锁链，将东撰紧紧缠住，“你们想干吗？”

“等你的主人过来接你，你才能走。”樱嘉雪笑着说，语气和眼神都不容置疑。

“什么？为什么？”东撰拼命想要挣脱锁链，没想到藤彩彩力气特别大，说什么都不放手，死命拽着。

樱嘉雪走近东撰，冰冷的表情看不出一丝起伏：“再说话就把你绑在树上！”

东撰不敢多说，樱嘉雪这个人说到做到，什么事都有可能做得出！

“我需要确认，你的主人没有参加设计，才能把你放走。”

原来樱嘉雪打的是这个主意，如果卓煜城是设计者，那么东撰能够轻松取胜，这可不是他希望看见的。

他必须让彩彩赢，不然就失去举办这场比赛的意义了。

“放心，如果你的主人心中有你，自然会来接你。”樱嘉雪的安慰，怎么听都像是一种变相打击。

原本一心想要回去的东撰突然变乖，他有些不安又有些期待，不安的是怕自家主人不出现，期待的是希望卓煜城能出现救他。

细细想来，他这个保镖并不那么称职。可能是因为自家主人太优秀，至今没有遇上过需要他这个保镖的时候。

虽然当初是主人挑选了他，但是时间越长他就越怀疑，当时他被挑走，真的是因为优秀吗？

他是优秀的，但仅限在卓家那个不大的保镖群体中。外面的世界这么大，他像井底之蛙般过了十几年。

主人到底是为什么选择他呢？真搞不懂。

时间一点一滴流逝，转眼已经是下午，卓煜城依旧没有来接人，甚至连踪影都没见到。

“下课了，卓煜城还不来吗？”藤彩彩不合时宜地问，东撰犹如泄了气的皮球。

樱嘉雪笑而不语，拿出手机看了一眼。现在是下午五点，距校园祭开始还有两个小时。

“走吧，去吃饭。”

东撰有气无力地跟着樱嘉雪和藤彩彩，一路上都在寻找卓煜城的身影。

“主人会不会出事了？”东撰开始往不好的方面想，越想越觉得心惊胆战。

他还没连续离开主人这么久过，一个星期的时间真的很有可能发生各种事，怎么办？主人会不会真的出了什么事，所以才没来接他？

“我要去找主人！我怕他出事！”东撰止步，冲着樱嘉雪的背影喊着。

樱嘉雪回头看东撰一眼，冷笑着说：“你出事了他都不会出事。”说完，继续向前走。

“可是……”东撰内心极度不安。

“你的主人此时，应该正在某个地方，等着晚上七点准时出现接你回去。”樱嘉雪视线望向远方某处。

东撰有些犹豫，不知道该相信还是怀疑。他真的很担心主人，可樱嘉雪的话总有股莫名的说服力。

见东撰还在纠结，樱嘉雪只能掏出手机，放在东撰眼前说：“这是你的主人传来的，你仔细看看时间。”

手机上赫然跳出卓煜城帅气的脸，显示的时间是今天下午五点，也就是刚刚发来的。

“主人这是在哪里？为什么要发照片给你？”

“我和他的约定，这一个星期他除了我外，不能和其他人联系，手机也是我给他的，住的地方也是我提供的，以防他作弊。”

东撰惊得一时半会儿说不出话，等樱嘉雪走出好远才缓过神，拔腿就跑上去拦在樱嘉雪面前怒指：“你这是变相软禁！”

“笑话，卓煜城是自愿的。”樱嘉雪懒得和东撰多说，“七点他会来接你。”

东撰又惊又气，不知道该不该发火。主人没事真是太好了，但是一想到是被樱嘉雪“软禁”，就十分不爽。

校园祭在七点准时开始，大家聚集在操场上，一个临时的迷你舞台已经搭好。

学院的大钟敲响七点的钟声，在最后一声钟声落下后，卓煜城出现在台上，身着白色西服，浑身散发着神圣的气场。

“我以学生会会长的身份宣布，四宇国学院新一季校园祭正式开始。请所有参加保镖首领比赛的学员，到左手边的入口集合，相关人员会发放三样提示用的东西。另外，请将所有通信工具，放在那里的箱子中。祝各位玩得愉快。”

卓煜城走下舞台，来到樱嘉雪面前：“我遵守约定，来接我的保镖。”

“多谢配合。”樱嘉雪把东撰往前一推，“完璧归赵。”

东撰看见真真切切的卓煜城出现，激动得说不出半个字，一双眼睛闪烁着复杂的光芒。

卓煜城叹口气，伸手轻揉下东撰的头："好了，我来接你了，走吧。"

"嗯嗯！"东撰跟着卓煜城，死命拽住他的衣服，生怕一个不小心会走丢。

"小少爷，其实他们两个感情很好吧？"藤彩彩问。

樱嘉雪点点头，根据他的了解，卓煜城虽然很冷酷，但对东撰很好。

"东撰有个同父异母的哥哥，他本人并不知道。原本要成为卓煜城保镖的人，就是那个哥哥。可是，在东撰的哥哥十二岁的时候，发高烧导致肺部感染而死。"

听到这里，藤彩彩似乎能够猜到几分，东撰之所以成为卓煜城的保镖，卓煜城对东撰那么好，多少和那个哥哥有关。

"东撰的哥哥和卓煜城从小一起长大，他死后卓煜城想办法让东撰进入卓家，成为一名保镖。"对于卓煜城所做的这些，樱嘉雪还是颇为欣赏。

即便伙伴死去，心中还是惦记着对方的家人。

"原来是这样，难怪卓煜城平时一张死人脸，但对着东撰就柔和不少。"藤彩彩摸着下巴，对卓煜城的印象有点儿改观。

"卓煜城的某些地方，和我很像。"尤其是伪装。这半句樱嘉雪没有说出口。

藤彩彩看着樱嘉雪，憨憨一笑点头道："是啊是啊，和小少爷一样都对保镖很好，也很有情有义呀。"

樱嘉雪笑而不语，两个人从入口处取得一个锦囊后，将手机放入一旁的箱子中，径直走入迷宫中。

整个迷宫一共有十个入口，进入入口后又会出现十扇门，每扇门上都有不同的标记，每一组自己挑选一扇门打开后进入。

藤彩彩站在门前，看着上面一排像火星文的文字，歪着头问："小少爷，那是什么？"

樱嘉雪不语，拉着藤彩彩推开其中一扇门，进入门后一片黑暗，伸手不见五指。

"小少爷，这里是……"藤彩彩有些不安地拽紧樱嘉雪，并不是她害怕，而是怕小少爷犯病。

对这种密闭的空间，小少爷似乎会感到不适。

樱嘉雪不作声，漆黑一片让他看不见四周，也看不见墙，感觉不到是在某个密闭的空间，反而不那么恐惧。

"咚咚"。樱嘉雪轻轻跺脚，周围瞬间变得一片光明。

然而，总觉得屋子里的布置，比黑暗的时候更可怕。屋子整个墙上都是涂鸦，前面有一扇铁门，还有一扇木门，像是通往别的地方。然而，木门上写着“禁止通行”。

屋子里四处散落着东西，没有固定的摆放位置，看起来十分凌乱，毫无头绪。

“好奇怪的地方，咦？居然还有手铐？”藤彩彩伸手去拿手铐，樱嘉雪来不及出声阻止，手铐就“啪嗒”自动将藤彩彩的手锁住。

“啊啊啊！我被锁住了，小少爷！”藤彩彩吓得大叫，试图用手掰开手铐，却是徒劳。

“不要乱动。”樱嘉雪走近握住藤彩彩被铐住的手，“很沉，是实打实的金属手铐。上面有密码，看来找到密码就能打开。”

藤彩彩委屈地看着樱嘉雪，双眼充满愧疚：“对不起，小少爷，都是我太迟钝了。”

“没什么，看来每个房间都有这种圈套，‘中奖’的不止你一个。”樱嘉雪很淡定，开始在屋子里搜寻解开密码的线索。

“小少爷，其实我想问，你为什么选择这个房间？”

樱嘉雪站在一个标有数字“1”的东西前蹲下，地上放着一块板，板上画着一面镜子，这是什么意思？

“房门上的是希腊语，意思是哈迪斯，希腊神话里的一个神。”樱嘉雪走到一张桌子前，试图打开抽屉，但发现抽屉是锁住的。

藤彩彩暗暗佩服自家小少爷，像她这种学渣，别说希腊神话，就算自己国家的神话知道的也很少，除了牛郎织女这种每年都被拿出来的话题。

樱嘉雪走到一扇窗边，窗帘将窗户藏得很好，但有个很奇怪的地方。

樱嘉雪微眯双眼，很快一抹笑意闪过。樱嘉雪伸手拉扯着百叶窗的绳子，拉了几下，“叮咚”一声，一把钥匙从百叶窗中掉下，落在樱嘉雪脚边。

用钥匙打开抽屉，里面躺着四个大信封，信封上写着的“1、2、3”似乎是对应一边墙上的数字。

“小少爷，找到什么东西了吗？”

“三个提示，应该和解开你的手铐有关。看一下，你手上的手铐写着什么数字？”

藤彩彩兴奋地点头，抬起被锁住的右手一看：“呃，小少爷，没有数字。”

没数字？樱嘉雪一愣，低头看着手中的三个信封。

沉默后道一声“我知道了”，樱嘉雪思索着，既然没有数字，那就是说三个谜题都必须破解，好奸诈的设定！

但，全部破解后，哪一个才是开锁的密码？算了，还是先全部解开再说。

第一个信封中是一组奇怪的符号，樱嘉雪不假思索地将这些全部拼起来，拼出后得到的是四个数字。

当然，他并不觉得这样就完了。画上的那面镜子，肯定不是摆设。

“彩彩，你找下，周围有没有标着‘1’的锁？”

“好！”藤彩彩把能够够到的锁全部拿起来看一遍，“找到了！这里有！”

“好，你按照我说的，从左至右输入8、5、2、4。”

藤彩彩小心翼翼地输入数字，轻轻的一声“咔嗒”，第一把锁成功解开。

“呀！解开了！好棒！”藤彩彩兴奋地举起锁。

“果然是用镜子反射的数字，呵呵。”樱嘉雪自负地一笑，转战下一个谜题。

第二个信封中是一张五线谱，五线谱上面画着音符，音符下面标着数字。这样，似乎更加简单。

樱嘉雪回头看着标有数字“2”的墙，墙上挂着一幅画，画上有几个音符，按照音符对应的数字，轻而易举就解开谜题，第二把锁也成功打开了。

第三个信封中，装的是一张破布，布上用笔画着很多数字，各种颜色各种字体，混乱得没有一丁点儿逻辑。

看着陷入沉思的樱嘉雪，藤彩彩担忧地问：“小少爷，没事吧？”

“没事，我很快就能解开谜题。”樱嘉雪看着手中的破布，再看对应写着“3”的墙上，也是一些凌乱的数字。

盯着墙上的那些数字，不同的颜色、不同的形态，总觉得有着某些联系。

是什么联系？一定能够找出来！

目光触及铁门后的一个开关，低头看向手中的破布，一道灵光从樱嘉雪脑海中闪过。

“原来如此。”走到铁门前，看着铁门上的密码锁，输入墙上那些数字中的几个，锁被打开。

铁门后有个开关，按下后屋内瞬间漆黑一片，但是……手中的那块破布却发出点点荧光。

再次打开灯，樱嘉雪走回藤彩彩身旁说：“输入数字6、8、3、2。”

最后一把锁顺利解开，樱嘉雪手上的锁也被一起解开，她终于自由了！

“好棒啊！小少爷好棒！”藤彩彩兴奋地拉着樱嘉雪，不停地喊着好棒，“小少爷，你是怎么知道的？”

“墙上有很多不同颜色的数字，但是只有3、2、9、5是每个颜色都有。根据数字下面的圆点颜色排列，就能得出。”樱嘉雪和藤彩彩走出铁门，铁门后的门旁边，有个能够容纳人通过的口。

“那块破布上有几个字是用荧光笔写的，等暗下来就会发光。”樱嘉雪指着门旁的通道口说，“接下来，从这里钻过去就好。”

“啊？为什么不走门？”

樱嘉雪看着木门说：“如果从这里出去，便是自动弃权。”

藤彩彩虽然不明白是为什么，但还是听从樱嘉雪的话，两个人从小小的通道口钻了过去，来到另一间屋子。

屋子很小，只有刚才那间一半大小。屋子里没什么东西，就墙上有几个点，点的上方有个暗格，但是徒手打不开。

“小少爷，这里有个卫生间。”藤彩彩一喊，樱嘉雪赶忙跑过去。

卫生间的设施很普通，看不出有什么特别的地方。只是，在水槽中放着满满一水槽的污水。

“彩彩，把水槽里的水放掉。”

“是！”

藤彩彩伸手入污水中，拔掉水槽塞，污水就缓缓流下去，一个用塑料包住的东西赫然出现。

扯开塑料，里面是一把钥匙。但是，樱嘉雪清楚有钥匙还不够，打开暗格需要钥匙和密码。

“彩彩，你四处找下，看有没有写着数字的地方。”

藤彩彩应声，在卫生间四处翻找，樱嘉雪则走出去，对着有点的那面墙看着。

奇怪的点，绝对不可能是装饰。那么，会是什么？凑近看一眼，樱嘉雪突然想到什么，回头看着对面的墙，收回视线再看眼前的那三个黑点，淡淡一笑。

“小少爷！找到了！我在水槽下面的墙上，找到几个数字！”藤彩彩兴奋地从卫生间跑出来，“4321！下面是这么写的！”

“干得好。”樱嘉雪一句简单的称赞，就让藤彩彩高兴不已。

输入密码、插入钥匙，墙上的暗格打开，三道细微的红光射出，樱嘉雪打开锦囊，果然里面放着三面镜子。

通过镜子的光束折射，当三束光同时对准黑点时，“咔嗒”一声，位于暗格下面的抽屉打开，里面躺着一把钥匙。

“去开旁边的小门。”

“收到！”

藤彩彩屁颠屁颠地拿着钥匙去开门，门应声打开，两个人一起走出去。

原以为已经结束的樱嘉雪没想到，在走出密室后，还有其他考验等着他们。

“等我从这里出去，我一定要好好拜会那个设计者。”樱嘉雪毫不掩饰地露出令人胆战的笑，心中已经在盘算怎么整那个人了。

✖

4

站在迷宫中央，藤彩彩左顾右盼，无论如何都无法确定要走哪条路。这么大的迷宫，没有一丁点儿指引，要怎么走啊！

“如果能在高处，就能看清楚路。”樱嘉雪思索着，伸手摸着迷宫的墙，感觉墙的质地比较结实，“彩彩，借力上墙。”

“遵命！”藤彩彩摆出架势，准备让樱嘉雪踩着翻上墙。

樱嘉雪摇摇头，指着藤彩彩说：“是你上去，借我的力。”

“啊啊？什么？让我踩小少爷的手？不可以不可以！”藤彩彩慌忙摆手，她说什么也不舍得踩上去，小少爷的手，白白嫩嫩，非常好看。

樱嘉雪收起笑容，一脸哀怨地看着藤彩彩，轻声说：“彩彩，我这么柔弱，你让我怎么翻上墙呢？但是，借力给你，我还是可以的。”

藤彩彩看着樱嘉雪，想起小少爷不是习武之人，要翻上墙确实有点儿勉强。

“小少爷，我真的可以踩你的手？”

“好啦好啦，快来快来。”樱嘉雪拉着藤彩彩让她站好，然后自己退后二十步左右，摆好姿势。

藤彩彩一咬牙，冲着樱嘉雪跑过去，最后一步时抬脚踩上樱嘉雪的双手，一个翻身成功跳到墙上。

果然，站得高就是望得远，不仅能看见出口，还能看见许多同样困在迷宫中，不知所措的学员。

“小少爷！我看见了！出口在那边！前方一百米，十点钟方向！”

藤彩彩一喊，樱嘉雪差点儿一口血吐出来。其他人听见后都朝着出口飞奔而去，藤彩彩还没反应过来。

“彩彩，你从上面走，我在下面跟着你！”

“啊？哦，好！”藤彩彩在墙上飞走，一会儿跳跃，一会儿拐弯，而在迷宫内的樱嘉雪，也跟着藤彩彩一路向前飞奔。

突然，一声惨叫，藤彩彩猛地停下脚步。四处张望着，都没能看见樱嘉雪的身影，只在某个地方，看见露出的腿。

心中暗叫不妙，下意识翻身下墙，跑到拐角去找樱嘉雪。

不料，在拐角等着她的不是樱嘉雪，而是一个陷阱。

一个男生飞速用脚铐锁住藤彩彩的双脚，害得她一个踉跄倒在地上，爬都爬不起来。“真好骗！哈哈，我们走！”

男生拿着钥匙大笑着离开，藤彩彩愤愤地瞪着男生，喊着：“卑鄙小人！放开我啊！”

没有人理会她，就这样她被困住。根据规则，保镖和主人必须一同离开迷宫。

怎么办！该怎么办？可恶，竟然会中计！都怪自己太大意了！

“小少爷……”

“你喊我？”樱嘉雪双手环抱胸前，俯视着她，表情似乎在问“这是怎么回事”。

藤彩彩看着突然出现的樱嘉雪，满脸愧疚地低下头：“对不起，都是我没用，被人算计。”

“你也知道哦。”樱嘉雪双手叉腰，神情显得相当不爽。

藤彩彩的头越来越低，一声不吭地坐在地上，周围传来其他学员奋力奔跑的声音。没有人为他们驻足，更别说提供帮助，因为这是一场比赛！

樱嘉雪蹲下身，拆下头发上的发卡，在脚铐的钥匙孔内转动几下，“咔嚓”，脚铐成功松开，藤彩彩的双脚得到自由。

“咦？小少爷你怎么会开锁？”

“别问了，快跑！”樱嘉雪拉着藤彩彩就狂奔，刚才耽误那么多时间，也不知道现在比赛什么状况。

根据计算，就算用飞的也未必能赶上第一名。看来，这次的比赛是真的要输掉了。

可恶！居然半路杀出来做这种卑鄙的举动！找到后非宰了他们！

樱嘉雪咬着牙，脸上露出令人心惊的杀气。身后的藤彩彩被紧紧拉着，心中五味陈杂。

她能感觉到小少爷很想获胜，虽然不知道原因，但那股必胜的信念能察觉到。但是，而因为她，恐怕这场比赛会输掉了。

樱嘉雪和藤彩彩一口气冲出迷宫，然而，迎接他们的是一群早就通关的学员，每个人脸上的表情都是失落，只有东撰的脸上洋溢着得意的笑。

看来，赢的是这个家伙。樱嘉雪暗想，视线扫过卓煜城。

“樱嘉雪同学，你们出来得真晚，是最后一名哟，最后一名！”东撰藏在卓煜城身后，得意扬扬地叫嚣着。

“那是因为……”藤彩彩想要解释，却被樱嘉雪拦下。

樱嘉雪知道解释是没用的，在整个比赛的规则中，并没有说不能妨碍他人。显然，制定规则的人很清楚，有些无聊的人一定会动手脚。

既然如此，这场比赛的输赢对他来说已经不重要。就这么妥协放弃？怎么可能！呵！

“看你的样子，你是第一啦？”樱嘉雪平静地问。

“哈哈，当然！我和主人是第一个突破关卡的。”东撰双手叉腰，高昂着头分外得意。

得到想要的答案，樱嘉雪勾起一抹笑，笑得意味深长，让一旁沉默的卓煜城有了不好的预感。

“如果是别人也就算了，但是你的话就恐怕难以服众。”樱嘉雪一句话，让大家都很疑惑，东撰更是一脸气急。

“你什么意思？你是觉得我不配吗？”东撰握着拳冲着樱嘉雪嚷嚷，后者充耳不闻。

樱嘉雪目光扫向卓煜城，淡淡一笑：“学生会会长是这场比赛的策划人，他想要获得第一轻而易举。”

一语惊醒梦中人，在场其他人也都反应过来，东撰的主人，也就是卓煜城还有这层身份。起初太兴奋，他们谁都没想到。

但是，人一旦输了就会四处找理由，而且通常喜欢找客观因素。这不，客观因素毫无疑问是卓煜城。

“胡说！主人明明和我分开了一个星期，而且其间完全没有联系！”东撰没想到樱嘉雪还会抓着这件事，气呼呼地冲到前面，但又不敢太靠近，“这一个星期我都跟着你！而且，主人的住所和电话都是你安排的，他根本没办法和我联系。”

“那又能证明什么？闯关的这么长时间，难道还不够你们交换消息？”樱嘉雪语气轻飘飘的，双手一摊表示这个理由站不住。

“你！主人根本没参加迷宫的设计！”东撰很想冲过去给樱嘉雪一拳，但碍于这么多人在现场，他不能太激动，免得给主人添麻烦。

樱嘉雪看着东撰轻挑眉毛，神情不屑地丢出一句：“你说我就信？”气得东撰咬牙切齿，又不知道该怎么辩解。

“我以学生会会长的身份承诺，我并没参与设计。”卓煜城看不下去了，挺身而出力证自己和东撰的清白。

卓煜城的名声和威望在四宇国学院很高，大家对于他说的话多少有几分忌惮。这一点所有人都知道，樱嘉雪当然更知道。

可是，论名声他并不输任何人。“但是学生会有人参加设计吧。我呢，也不想大家浪费口水。有个很简单的方法，能够让东撰同学得到大家的信服。”

樱嘉雪话锋一转，东撰一愣，有些不可思议地看着樱嘉雪，猜测着这到底唱的是哪一出。

樱嘉雪帮他说话？不！这是不可能的！比买彩票中五千万的可能性小上一千倍！

“请说。”卓煜城隐隐约约能察觉到什么，但并不能肯定。

“很简单，请东撰同学和我的保镖，也就是藤彩彩同学比试一下。”樱嘉雪把藤彩彩拉出来，一把推到前面。

藤彩彩整个人有点儿蒙，看看东撰，又看看樱嘉雪，仿佛在确认着什么。

“什么？还要比试？我已经是第一为什么还要比试？”东撰很愤怒，在他看来樱嘉雪就是出尔反尔。方案是他提出的，现在输了又来胡闹，可恶！

“东撰同学，你忘记冠军的附加奖励了吗？”

东撰突然想起公告下面那行小字，获得第一的人，可以和桃管家进行切磋！没错，包括他在内的绝大多数人，都是冲着这个去的。

“记得又怎么样？”东撰不明白，这两者之间有什么关系。

樱嘉雪“啧啧”两声，一边嘴角上扬，“桃管家之前说过，如果连彩彩都比不过，就不要去麻烦他。难道说，东撰同学你是害怕不成？”

“什么？怕？我才不怕！藤彩彩这种等级的，对付起来绰绰有余！”

要的就是这句话！樱嘉雪笑弯双眼，指着东撰说：“那就一言为定了，三天后还是在这里，你们就大战一场吧。”

说完拉着藤彩彩就走，连反驳的机会都不给东撰，弄得东撰不知所措。

藤彩彩跟着樱嘉雪一路走，心里有点儿犯嘀咕，不是很明白小少爷这么做的目的。

“小少爷，其实卓煜城会长是真的不知道迷宫设计吧？”藤彩彩低声问。

“当然不会知道，因为迷宫是我找人设计的。”樱嘉雪没有回头，平静地回答。

藤彩彩一惊，止步看着樱嘉雪的背影，心情有些复杂。

她并不理解，为什么小少爷会这么想赢。真的这么想让她做保镖首领？可是，小少爷并不是贪图虚名的人。何必呢？

樱嘉雪察觉藤彩彩没跟上来，回头看了她一眼，轻叹一口气，走回去拉起藤彩彩的手。

“虽然是我找的人，但我并没有事先得知他们的设计。不然，我一定会留个暗道，这样我们就稳赢了。对不对？”

“嗯，我相信小少爷。只是，我不明白，为什么小少爷想要我做首领。”

樱嘉雪食指抵着下巴思索着说：“也许，是觉得那样能够提高你的自信。”

“哎？”

樱嘉雪伸手轻点着藤彩彩的鼻子，笑着说：“你就是太没自信，不然还能让风千那么欺负？还能垫底？”

原来，小少爷是这么想的。没想到，小少爷居然这么为她这个保镖着想。小少爷，果然是天底下最好的主人！

确实，她一直没什么自信，似乎真的也影响到训练。以前被骂得太多，搞得她有段时间都想放弃。

“你呢，只要记住三天后的比赛一定要赢！”

藤彩彩点点头，心中燃起无限的战斗欲。她要赢，要为了小少爷赢！小少爷这么看重她，绝对不能让小少爷失望！

✽

5

此时另一边，东撰正因为樱嘉雪的“出尔反尔”气不打一处来。反观卓煜城显得很淡定，坐在学生会会长室的沙发上，安静地看着书。

“主人！那个樱嘉雪太过分了！居然往你身上泼脏水！”东撰不停地嚷着，从刚才开始就一直在重复骂着，骂的对象除了樱嘉雪还是樱嘉雪。

卓煜城不吭声，东撰双手叉腰气呼呼地站着。目光触及卓煜城，心中一沉。

主人是不是因为樱嘉雪的话难过了？做了这么久的学生会会长，从来没被人这么质疑过。对主人来说，一定是很大的打击。

不行！他绝对不能就这么算了！别的都可以忍，主人的这份绝对忍无可忍！

耍手段谁不会？哼！

卓煜城微微抬眼，看着东撰满脸皮笑肉不笑的表情，心中暗暗失笑。收回视线，继续看着手中的书。

他并不想去干涉东撰太多，反正就是小孩子闹矛盾，只要不闯出什么大祸就可以。

藤彩彩趁着晚上没什么人，一个人在宿舍外面锻炼，完全进入了备战模式。樱嘉雪看藤彩彩那么卖力，就没说什么，随她高兴就是。

“为了小少爷！我要赢！吼！吼！”藤彩彩对着树挥着拳头，偶尔还附带几个飞踢，不过一会儿就已经练出一身汗。

夜色下，她并没有注意，有人正默默躲在暗处，观察着她的一举一动。

在屋内的樱嘉雪，捧着杯子下床准备去厨房倒水，在路过窗户时，风吹起窗帘，眼角瞥见一个诡异的身影。

“嗯？”樱嘉雪站在原地，微微皱起双眉，盯着某个方向望了几秒。

似乎捕捉到什么，樱嘉雪脸上不着痕迹地划过一抹笑，“还真是认真啊。”这句话，似乎并不是在表扬藤彩彩，更像是一种嘲讽。

在比试的前一晚，藤彩彩依旧在宿舍外面努力训练，练到一半突然有人从背后拍她，吓得她回手就是一记勾拳，幸好对方闪得快，不然被打到绝对伤得不轻。

“啊？是你？”藤彩彩看着愣住的东撰，相当惊讶。

东撰吞吞吐吐、眼神闪烁：“我、我想……”

“什么？你有什么事？”藤彩彩丈二和尚摸不着头脑，看着眼前这么扭捏的东撰，很是不习惯。

东撰看了藤彩彩一眼，又迅速低下头，支支吾吾地说：“你、你紧张吗？”见藤彩彩还是不明白，歪着头看着他，又道：“明天就要比赛，你不紧张吗？”

原来指的是这个，藤彩彩长舒一口气，她刚才还以为东撰是来偷袭的。

“嗯，还好吧。”藤彩彩擦着额头上的汗，也许是因为曾经赢过东撰一次，所以她并不觉得紧张。

“真好，我很紧张。”东撰有些不好意思地摸摸头，言行举止和藤彩彩以前认识的东撰截然不同。

咦？这个家伙真的是东撰？怎么感觉完全不一样？难道是转性了？

“为什么紧张？比试这种事情，你不是应该很适应吗？”藤彩彩也没多想，只觉得这话从东撰口中说出来，显得那般不和谐。

东撰坐在一旁，低着头拼命摇，摇完后说：“根本不习惯，我很少和人比试。”

“啊？可是你之前找我挑战的时候，很自然、很……”“嚣张”两个字，藤彩彩没有说出口。

东撰发出憨憨的笑声，下意识摸着后脑勺说：“是装的啦。其实我一直都很没自信，就算主人选择我，我还是很没有自信。”

不知道是不是有共同的感触，藤彩彩的戒心在瞬间消失，看着低着头的东撰，出现了一种莫名相惜的感觉。

“我一直被人说很有天赋，大家都夸我、捧我，再加上主人选择我做他的保镖，我真的以为自己是天赋异禀，可是，自从进入四宇国学院，我越来越没有自信。”

一旁听着东撰自述的藤彩彩拼命点头，虽然遭遇不同，但是那份感觉她真的能理解。

“其实我也是，在小少爷家接受训练，成绩一直都是垫底的。即便小少爷选择我做保镖，我还是很没自信。明明大家都那么优秀，为什么只有我……”

谈起这个话题，藤彩彩有股悲从中来的伤心感，过往的点点滴滴浮上心头，满满的都是无奈和血泪。

“真的吗？你也没有自信吗？我以为只有我一个。”东撰双眼发亮地看着藤彩彩，有种终于找到组织的激动心情。

“同期的大家都很优秀，我的哥哥们也都是非常优秀的保镖。只有我，总是给人什么都做不好的感觉。脑子不聪明，身手也算不上顶尖。唉……”

这种伤心事，越说越伤心，好像三天三夜也说不完。

藤彩彩看着自己的双手，想着究竟她能做点儿什么。一种无力席卷全身，觉得好累。

“原来我们都一样，都过得很辛苦啊。”东撰忍不住发出感慨，抬头望着夜空，没有明月更没有繁星的黑夜，总有说不出的诡异。

“是啊。”藤彩彩也抬头仰望夜空，嘀咕着。

过了会儿，东撰长叹一口气：“你还有主人的疼爱，可是我却只是个替代品。”

“哎？”藤彩彩一惊，她知道有关东撰哥哥的事情，难道东撰自己也知道？

“也没什么啦，就是主人选择我并不是真的想让我做保镖，而是一种对死者的思念寄托。”东撰无奈地一笑，以前那个嚣张、暴脾气、开朗的东撰仿佛不见了。

瞧着眼前这样的东撰，藤彩彩对他的看法改观不少。每个人内心都有无奈，就算是东撰这种表面看起来对什么都无所谓的人，也会有这种时候。

“我想主人一定和哥哥很要好，我对那个哥哥没印象，连长相都是从主人的照片上看见的。我一直很不明白，为什么主人要特意把我接过去，还训练我成为他的保镖呢？”

说到这里，东撰的心底泛起苦涩，还有阵阵不被认同的挫败感。他一直很纠结，一直很想证明自己，就是为了让自己能够好受些。

希望有一天，主人是真的承认他这个人，而不是为了他那不曾见过面的哥哥，为了那份所谓的“好意”。

藤彩彩隐隐觉得东撰比她更可怜，好歹她的小少爷是真心选择她，并不是为了其他人。然而东撰，完全就是背负着别人的阴影，在卓煜城身边生活着。

“你别想太多，我相信卓煜城总有一天会认可你的。也许，他已经认可你了，但是你不知道呢？”藤彩彩想不出安慰人的话，她一直都不擅长安慰人，只能这么说。

“无论如何，我都需要得到主人的认可！”东撰握紧双拳，坚定的信念不容动摇。

藤彩彩不再说什么，东撰突然站起身，冲着她挥手说：“时间不早了，这些话我不知道找谁说，所以才会找你。说出来舒服很多，我先回去了，拜拜。”

“啊？哦哦，拜拜。”

东撰的背影隐入黑暗中，藤彩彩才长长叹了一口气：“原来，他并没有我想的那么坏。”

夜幕下，宿舍内的樱嘉雪，站在窗前看着独自坐着的藤彩彩，再望向东撰消失的方向，深邃的眼眸中席卷起一股寒气。

翌日，藤彩彩和东撰的比试当天，场地上聚集着许多人，已经很久没有人如此正式进行比试了，大家都抱着看好戏的心态而来。

东撰精神抖擞地站在一旁，看到藤彩彩后露出一抹笑。

收到笑容的藤彩彩有些发愣，脑海中回想起昨天晚上的对话，心里有些犹豫。

“先被打出场外，或者不能再战斗的一方就算输！”

一声令下，东撰以迅雷不及掩耳之势冲向藤彩彩，飞身一脚踹过去，藤彩彩下意识伸手挡下，顿觉手臂一股生疼。

“抱歉，我必须这么做。”东撰露出无奈的表情，藤彩彩一时失神，紧接而来的又是一脚，幸好她躲闪及时，不然这一脚挨到绝对够呛。

东撰一招一式咄咄逼人，藤彩彩步步闪躲、退让，就连反攻都留有余地，显而易见心中有所顾忌。

旁观的樱嘉雪很快察觉到这点，但是脸部表情并没有任何变化，双眼注视着藤彩彩的方向。

作为对手的卓煜城，也轻易察觉出藤彩彩的异样，有些疑惑。

“嘶！”藤彩彩被东撰逼得走投无路，咬着牙想闪躲，眼看要被逼到界外，心里却无法对东撰狠下心。

同病相怜的两个人，却在这里“自相残杀”，实在太残酷，她不想这样。

“是时候结束了！”东撰左腿一钩，藤彩彩下意识闪躲，不想用力过度闪到脚踝。藤彩彩顺势跪坐在地上，跌出界外。

“到此结束！”裁判及时下判定，东撰的腿却没有收住，眼看着就冲藤彩彩脸飞过去，脚踝的疼痛让她无法闪躲。

糟糕！

众人来不及反应，一个身影飞速蹿过去，徒手接下东撰那记强有力的飞腿。反手一扣，东撰整个人在半空打了一个一百八十度的转，然后倒在地上。

“可恶！谁？”东撰咬牙切齿，定睛一看，面前呈现的赫然是樱嘉雪笑得极度夸张的脸，“呃……”

“你没听见裁判说的吗？比赛结束，你还想对我的保镖做什么？”樱嘉雪用冷到冰点的声音，一字一句地说。

东撰冷哼一声，站起身拍掉身上的灰尘，昂着头露出邪笑：“我赢了。”

跌坐在地上的藤彩彩一脸失落，低着头不敢看樱嘉雪。她感到深深的愧疚，因为她的心软输掉了比赛，没能完成小少爷的期许，她实在没有颜面去面对小少爷。

樱嘉雪扶起坐在地上的藤彩彩，擦拭着她嘴角的血渍：“都流血了，伤得不轻。”

“我没事，可是……小少爷我……”藤彩彩颤抖着肩膀低声抽泣，好久没有落泪的她，再也忍不住哭了起来。

“什么都不用说。”樱嘉雪揽过藤彩彩的肩，轻拍着她的背部。

温暖的怀抱，让藤彩彩哭得更加一发不可收拾。樱嘉雪回头，冰冷的视线，直刺向东撰，后者不由浑身一颤。

这种眼神，就像是要将他生吞活剥，所有人都能意识到，樱嘉雪真的发火了。

卓煜城察觉到不妙，赶紧迈开步子走到东撰身旁，希望樱嘉雪能够有所顾忌。

“赢了？你是在说笑话吗？”樱嘉雪放开藤彩彩，将人交给一旁的徐然等人，独自走到东撰面前止步。

“什、什么？大家看见的，是我赢了。”

樱嘉雪冰冷的视线仿佛能穿透身体，让东撰有股浑身被扒光的感觉，很不自在。

“你对一个处处让着你的对手，也好意思说自己赢了？”

“你不要强词夺理，所有人都看见是我赢的！”

樱嘉雪从口袋中掏出一样东西，按下后就听见东撰的声音：“嘻嘻！藤彩彩那个丫头，一定被我骗到了！编点儿故事，她都相信！真好骗！明天比赛她肯定会有所顾忌，哈哈哈……”

东撰整个人面如死灰，身旁的卓煜城也露出罕见的诧异神情。

在场的其他人开始议论纷纷，一时间已经没人在意输赢，全都在讨论东撰的卑鄙手段。

“东撰，你真的那么做了？”卓煜城声音冰冷，盯着东撰的双眼有着不容置疑的威严。

东撰咬着嘴唇，双拳紧紧握着不发一言。这样的举动，在卓煜城眼中无疑是默认。

长叹一口气，卓煜城有些无奈。很快又恢复原本冷漠的神情，伸手推推鼻梁上的眼镜。

“东撰，我以主人的身份命令你，立刻回去收拾行李，马上回老家！”

“不！我不要！主人！求你原谅我一次！”东撰紧紧拽着卓煜城的手臂，死活都不要回去，再进行一次煎熬。

“没有余地，现在就去收拾！”卓煜城拉着东撰就走，东撰不停求饶，但是卓煜城没有任何回应，似乎已经下定决心。

这出好戏让现场的人看得很欢乐，同时纷纷猜测究竟由谁来做首领。

樱嘉木瞟了一眼徐然，徐然乖乖点头，站出来大掌一挥，一副江湖大哥的模样说：“既然东撰作弊，那么胜利就属于藤彩彩同学啦！”

话音一落，有人点头同意，也有人发出质疑的声音。

徐然没再说什么，这时卢鑫站出来表态，同意藤彩彩获胜，吕浩也跟在屁股后面附和。一时间，一到三年级全校知名的人物都表态，争议声变小了。

“既然藤彩彩是桃管家训练出来的，那么她获胜似乎也没什么不可能。”许尧轻声说。

“许尧同学说得很在理，反正这个首领也有试用期，不行就再说吧。”吕浩边赔笑边说，这话听着很随意，但有它的道理。

留条路给其他人，让他们觉得自己还是有希望的，就不会那么较真。

没人再提出异议，樱嘉雪很满意这样的结果，看着藤彩彩说：“彩彩，以后你要加油。”

藤彩彩满眼感动，她以为已经没救了的事，到了小少爷的手里又能“死而复生”。

小少爷简直料事如神。她也真够迟钝的！居然轻易相信东撰的话，对那种人手下留情，想想都后悔！

唔！好痛啊！落得一身伤太不值得！早知道就打回去，让东撰那小子吃够苦头！

“小少爷，我会努力的，不会让你失望！”首领什么的在她眼里不重要，重要的是小少爷的想法和感觉。小少爷在她身上寄托了那么多的希望，她一定要拿出个样子来！

“嗯，我相信你。”樱嘉雪笑靥如花，心中暗叹自己果然没料错。

前几天晚上看见东撰偷偷摸摸，就觉得事情有些蹊跷。比赛前一天，偷偷让徐然在东撰身上装了个窃听器，果然晚上那小子就上演了一出好戏。

求胜心切到如此地步，用这种手段想要获得胜利。这样的人，不论有什么理由，他都绝对不会姑息！

天底下有几个人没惨过？按个算也轮不上东撰那小子哭惨！

灵异事件

第6章 *06*
Di-liu Zhang

Jianxi Baobiao Dai Dai Shou

1

成为所谓的保镖首领后，藤彩彩一如既往地过着小日子，照顾樱嘉雪的起居饮食、负责樱嘉雪的安全。似乎没有什么变化的地方。

“小少爷，今天你想吃什么？是炖牛肉、红烧牛肉，还是咖喱牛肉？”藤彩彩不停地翻看着菜谱，可看了半天也没找到什么新鲜菜式。

“不都是牛肉吗？你决定吧。”樱嘉雪继续看书。

藤彩彩一愣，才发现自己问了一个很傻的问题，下意识用书遮住脸，有些尴尬。

周末的宿舍变得安静下来，樱嘉雪翻看着书，突然意识到藤彩彩不再说话，好奇地抬头。

一眼就发现藤彩彩正在抓耳挠腮，似乎很苦恼的样子，八成是在为做什么菜苦恼着。

樱嘉雪合上书，离开沙发走到藤彩彩面前，抽走她手中的菜谱说：“走吧，我们去买菜。”

“啊？买菜？小少爷，你陪我去买菜？”藤彩彩有些惊讶，她默认小少爷和超市买菜，无法画上等号，连约等号都不可能！

“是啊，看着书也想不出吃什么，还不如去超市，看着菜也许能想到呢？”

樱嘉雪拉起藤彩彩，拿上手机和钱包就出门，这是两个人第一次携手去逛超市，不知道为什么藤彩彩有些紧张。

人生第一次和小少爷一起去买菜，她原先完全不知道，小少爷原来对买菜也有兴趣。

说实话，她越来越觉得，在小少爷身上有着无尽的谜团。

四宇国学院的超市很大，位于四宇国学院的大型购物商场地下一楼。

由于四宇国学院的地理位置特殊，这个商场成为所有学员必去的地方，基本买东西就得去，所以生意格外好。

“小少爷，我们是先去生鲜区还是蔬菜区？”藤彩彩问。

“水果区怎么样？”樱嘉雪双眼一亮，比起蔬菜和肉，他现在更想吃水果。

藤彩彩点头，两个人一同走到水果专区。这里有几十种水果，从最普通的到稀有的，品种齐全。

“买点儿橙子和火龙果，还有提子和凤梨。”樱嘉雪在前面说，藤彩彩在后面掏出手机，对准每种水果价格牌上的二维码一扫，选择数量后确认。

四宇国学院的手机是全网相联，并且购物都采用二维码的方式，将需要的东西扫下来，确认后去结账，结完账就会有人将东西打包好送上门。

樱嘉雪难得逛个超市，看见什么都很想要。但，幸好他是理智的人，并没有冲动消费的可能。

“……嗯，买了生菜、菠菜、芹菜等，接下来就是生鲜区。”藤彩彩看着手机上记录在嘀咕着。

两个人来到生肉区，藤彩彩刚看上鸡翅就要拿，不料就被一声惊天巨吼吓到——

“这个是我先买的！放开——”

就在藤彩彩的后方，两名女生正在为最后一份猪软骨闹得不可开交，就差没打起来。

“是我先拿的！你放开！”

“明明是我先拿的！是你过来抢的！”

两名女生你争我夺，谁都不让谁，架势颇大，吓得周围其他学员一愣一愣的。

藤彩彩轻抚下胸口，平复因为惊吓而剧烈的心跳，转身继续挑鸡翅。

可手刚伸出去，又被吓得缩了回来。

“藤彩彩！你评评理！”

“评理就评理！反正是我先拿的！”

争夺猪软骨的两个女生，不知什么时候已经挪动到藤彩彩身边。

一名女生冲着藤彩彩嚷嚷，另一名也不甘示弱，双手死死抓住那份猪软骨，冲着对面女生狠瞪。

“哎？我？”藤彩彩不解地指着自己，这件事和她有什么关系？

“当然啦！你是保镖的首领啊！不就应该调解大家的矛盾吗？”女生一副理所当然的模样。

藤彩彩无语。她知道自己是那个什么首领，可她不是居委会大妈啊，连这种事情都要管？

“反正我是绝对不会让的！别以为你跟着暴发户主人就了不起！哼！”另一名女生高昂着头，露出不屑的表情瞥着对方。

“暴发户怎么了！也比你那个所谓贵族，其实什么都不是的主人强！”听见主人被损，这边的女生也不肯退让，毫不留情地回击。

两个人你来我往、你争我夺，谁都没有放弃猪软骨的意思。都闹到这个份上，八成她们早忘了猪软骨什么的，完全是为了一口气在争。

“那、那个，其实明天还可以来买，不用抢吧。”藤彩彩怯怯地说。

“才不！”两名女生异口同声，随后又很嫌弃地睥睨了对方一眼。

被说主人是暴发户的女生，一头金色的短发，看起来很活泼灵动，紧紧握着猪软骨说：“这玩意儿是限量推出的！一个星期才有一次！而且每次分量都特别少！”

啊？猪软骨都这么稀罕？怎么会这样？

“我好不容易抢到，就被这个暴发户家的保镖抢走！”说话的是主人被称为贵族的女生，黑色的卷马尾，皮肤黝黑，长得也挺结实。

两名女生四目相对，火花四溅，一触即发，就连身为旁观者的藤彩彩，都有点儿被烧到的感觉。

都说清官难断家务事，这种鸡毛蒜皮的事最麻烦。藤彩彩万万没想到，自己当个什么首领，还要调解这种纠纷。

“听、听你们这么说，这份猪软骨一定很贵。”藤彩彩尴尬地笑着，习惯性地用手摸摸后脑勺。

“不贵！主人喜欢吃！”两名女生再一次异口同声，但依旧很不屑对方。

藤彩彩这回真没办法了，她完全不擅长解决这种事情。让她打一架容易，说理实在不行。

她不会说话，反应迟钝，已经尽人皆知。

怎么办？对了！求助小少爷！

藤彩彩刚想回头找樱嘉雪帮忙，突然想到自己不能一直依赖樱嘉雪，应该学着自己处理这件事。

于是，她硬着头皮回头，对上两名女生期待的眼神，她紧张得心跳加快。

怎么做？怎么做才能让她们两个不吵，又能妥善处理好猪软骨的事情。呜呜，好痛苦啊！

“你快说啊！给谁！”

“就是！你说啊！谁应该得！”

面对两名女生咄咄逼人的样子，其他旁观者也纷纷抱着看好戏的心态，渐渐地，藤彩彩觉得眼前的人脸变得扭曲，一个个都露出诡异的笑脸，很可怕。

越是紧张就越是害怕，越是害怕就越是不知道该怎么办。心乱、脑子更乱，一团乱麻，剪不断理还乱。

站在一旁没有出声的樱嘉雪注视着一切，从藤彩彩冒出冷汗的额头，能看出她的紧张。

但是，现在这种情况他不能随便站出去。身为四宇国学院的保镖首领，她必须学会独自面对一些事情。

“那、那个……”藤彩彩支支吾吾半天，也想不出一个办法。

两名女生有些不耐烦，不停催促着。

藤彩彩被两个女生拉着，有点儿不知所措，围观的人也开始发出议论声，让她陷入更加窘迫的境界。

“你们两个在这里争吵，像什么样子？”一道声音打破僵持的局面，两个女生一听见这个声音，立刻松开拉扯藤彩彩的手。

卓煜城从人群中走出，双手环抱在胸前看着她们，镜片后泛起的冰冷，让两名女生有些忌惮。

看见有程咬金杀出，樱嘉雪不满地皱眉，视线跟着卓煜城移动，打量着眼前这个人。

卓煜城浑身都散发出不容置疑的威严，两名女生收起剑拔弩张的气势。

“你们再争吵，我就让采购老师撤出猪软骨，再也不上架。”

“不可以！”两名女生异口同声，表情很激动、惊恐。

藤彩彩记得她们刚才说，是因为她们的主人喜欢吃，所以她们才会来买，然后抢起来。身为保镖的藤彩彩很能体谅她们的心情，忍不住也帮忙说话。

“会长，她们只是对主人忠心、喜爱，所以才会争的。”

卓煜城视线移到藤彩彩身上，冷哼一声说：“身为众保镖的首领，你应该管好其他保镖的纷争。不是吗？”

藤彩彩被一句话噎回去，有些惭愧地低下头，她也觉得自己不称职。可是，这种家长里短的事情，让她怎么处理？

看着藤彩彩委屈的模样，樱嘉雪心里不好受，但又不能说什么。这件事，他这个主人如果插嘴，就会变得很麻烦。并且，会给藤彩彩带来很大影响。

“这包猪软骨，你们平分，不就可以了吗？”卓煜城很自然地丢出一句话。

两名女生低头看着手里的猪软骨，本来东西就不多，还让她们平分？能做什么？

“可是，这么少，根本吃不到什么。”短发的女生有些犯难，对面的黑发女生也频频点头。

藤彩彩看着猪软骨，思索着说：“要不这样，你们再加点儿别的东西熬汤。比如加点儿小排骨，加点儿白萝卜。”

“可以……吗？”黑发女生狐疑地看着藤彩彩，金发女生也是满脸的不确定。

“当然可以啦，原本猪软骨就没什么味道，烤着吃也麻烦。你们索性就熬汤，熬得猪软骨变软，然后倒一小碟鲜酱油，小排骨和猪软骨都可以蘸着吃。”

女生们听藤彩彩说得头头是道，再看时间已经不早，再这么争论下去会错过午餐时间。

互相看对方一眼，虽然很不爽，但两个人都表示妥协。由藤彩彩平均分配后，两名女生拿着不多的猪软骨离开，事情也算告一段落。

围观的人群散去，藤彩彩长舒一口气。卓煜城冷冷地盯着她，惊得她浑身一个激灵。

总有不好的预感，要被借机找碴儿吗？会被训话吗？真倒霉。

“你成为保镖们的首领，就要学会处变不惊。遇上事情那么紧张，谁能信任你？”

就知道会被训话，藤彩彩已经做好心理准备。但是，怎么听都觉得卓煜城的话更像建议。

卓煜城转身走开，樱嘉雪走近藤彩彩身边，轻声安慰说：“做得不错，以后要加油。”

原本有些泄气，但樱嘉雪的话如同一剂强心针，又让藤彩彩原地满血复活。

没错！要好好做！做出点儿样子来！不让小少爷失望！不让小少爷丢脸！

然而，事情并没有藤彩彩想的那么简单。接二连三的事情发生，什么人都会来找她评理。抢位子打起来的、不小心撞到打起来的、上厕所打起来的，都要她去处理。

从前藤彩彩不知道，原来在四宇国学院里，根本没什么大事，弄得各位保镖不和的，大都是这些鸡毛蒜皮的事情。

本来大家的主人出身都不平凡，所以身为保镖也充满自豪。在一个大家都很自傲的环境中，自尊心什么的会加倍增长，谁都不会服谁。

藤彩彩好不容易劝下一对吃饭打起来的保镖，身心疲惫地走在回宿舍的路上。

难得的清静让她不禁回想起，这几天都没有好好待在小少爷身边，没有尽到最基本的义务。

每次都是一有事情就被拖走，有时候一整天都见不到小少爷几次。再这么下去，她就不能好好照顾小少爷、保护小少爷了。

唉！怎么办！好累啊！不只身体累，心更累！

终于回到宿舍，已经是晚上九点，樱嘉雪已经吃完晚饭洗漱完毕，正坐在床上看着书。

“小少爷，我回来……”藤彩彩有气无力地打个招呼，还没说完就往床上倒去。

不一会儿，鼾声传来。

樱嘉雪摇着头放下书，走到藤彩彩床边，抱着她挪动到舒服的位置，然后替她盖上被子。

“辛苦你了，彩彩。”抚过藤彩彩的脸庞，眼神一柔，充满怜爱与疼惜，“好好休息，会好起来的。”

当藤彩彩醒来的时候，已经是第二天早上八点。

“哇啊！小少爷为什么没叫我！”藤彩彩尖叫着跳下床，冲进浴室洗漱完毕，一走出卧室，就看见餐桌上摆放着早餐。

丰盛的早餐让她心中一酸，明明应该她照顾小少爷，现在却成了小少爷照顾她。

昨天也是，她回到家就睡死了，什么也没做。今天早上也是，还要小少爷准备早餐。

“我果然是个不称职的保镖，小少爷，对不起……”抓起桌上的肉包子一口咬下，肉汁的鲜美，并没能掩盖过她内心的苦涩。

✤

2

另一边已经去上课的樱嘉雪正走向教室，路过一个拐角时，无意间听见对话声，说的还是藤彩彩。

“那个藤彩彩啊，什么首领，根本就不行。”

“就是，什么都不懂，脑子也不聪明。”

“看来只要我们再制造点儿麻烦，她很快就会撑不下去，主动让位。”

男女生交杂的笑声响起，别提有多刺耳。这一字一句听在樱嘉雪的耳中，都是一个个“死罪、死罪、死罪”。

他还在想为什么会有这么多鸡毛蒜皮的事情，原来是有人故意为之。

看来，这些家伙不接受点儿教训，是不会好好学乖的。

“那你们接下来还要制造多少麻烦？”樱嘉雪掐着喉咙问。

“当然是很多很多啦，哈哈哈……”

男生仰天大笑几声，突然感觉不太对劲，回头一看，樱嘉雪正笑眯眯地站在他们身后，显然刚才他们说的话也都被听见了。

“我还以为四宇国学院真的有那么多事，原来是有人在故意搞鬼。”樱嘉雪笑眯眯地看着在场的五个人，这五张陌生的面孔他没印象，也不需要有印象。

但是，相信很快，这五个人会对他印象深刻。

“是我们做的又怎么样？还不是因为藤彩彩没用！”一名女生趾高气扬地说，鄙夷地打量着樱嘉雪。

“少说话，没人当你是哑巴。”樱嘉雪毫不客气地丢出句话。

女生气急，开口就想骂，却被身边的男生阻止。

“口舌之争多无聊。既然已经被藤彩彩的主人听见，我们也应该做点儿什么，不然太对不起主仆情深的二人。”男生从笑容到眼神都很猥琐，笑看着樱嘉雪。

他很想会会这个三年级口中的“大人”。那群没胆的，居然这么怕一个漂亮美人。果然，还是要指望他们一年级的。

“正好，我也很想和你们探讨一下。”樱嘉雪一步步逼近，直觉强的人已经察觉到气氛不太对劲，至于迟钝的还是什么都没发现。

有一名男生拉扯着身旁的男生，低声说：“我看还是算了。”

“干吗？你怕了？怕了就滚！”被拉扯的男生很不高兴，挥开那名男生的手，骂骂咧咧。

被训的男生无奈地低下头，不再直视樱嘉雪的眼睛。樱嘉雪微眯双眼看着他，满意地点点头。从男生的举动猜测，是准备袖手旁观。

“看来，还是有识时务的人。”樱嘉雪的话让其他人摸不着头脑，最嚣张的男生指使身边的两名男生去拿下樱嘉雪。

两名男生将樱嘉雪双手钳住，樱嘉雪不慌不忙，双眼盯着那个男生说：“怎么？想教训我？”

“不！我们会好好对待你！”最嚣张的男生长得就有点儿恶心，加上猥琐的笑脸，实在难以形容。

“呵呵呵……”樱嘉雪从喉咙中长发出一阵冷笑，忽而脸色一变，让对面的男生一惊。

只见樱嘉雪跳到半空，一记漂亮的后空翻，在半空划出美丽的弧线，双脚落地的同时，将架着他的两名男生一推，两个人踉跄两步跌倒在地上。

摆脱束缚的樱嘉雪冷笑着走向其他人，嚣张男有点儿被吓到，但还是不服输，企图从正面攻击。

“啪”！樱嘉雪及时亮出长鞭，卷住男生的手臂，用力一拉，男生顺着惯性往前冲去，一头栽个狗啃泥。

眨眼间解决三个，惊得剩下的女生瞠目结舌：“你……”

“真麻烦。”樱嘉雪伸手钳住女生的下腭，食指和拇指稍稍一用力，迫使女生张开嘴，飞快朝她嘴里塞下一个东西，呛得女生直咳嗽。

那个识时务的男生此时很庆幸，他敏锐的第六感救了他一命，阿弥陀佛。

“你、你这个怪物！”摔了个狗啃泥的男生爬起来，本来想再战，但一看情形顿觉不利。

“多谢夸奖，本少爷当之无愧！”

“哇啊——魔鬼啊——”男生第一个哭喊着跑开，还在咳嗽的女生紧跟着逃开，她需要去医务室，好好治疗喉咙。

解决掉这些乱七八糟的人，樱嘉雪心情变得舒畅。如此一来，藤彩彩就不用处理那些不必要的事情。

还以为真的有那么多事要忙，原来是有人从中作梗。哼！杂草就该除掉。

突然，手机铃声响起，熟悉的名字让樱嘉雪有些诧异。

“喂，什么事？”

“你好，小少爷，我是藤司。”藤司是藤彩彩的二哥，同样是业界有名的保镖。

从小就是因为大哥和二哥太优秀，才造成藤彩彩的自卑心理。所以，樱嘉雪对藤家兄弟并没什么好感。

这些人，也不知道小时候怎么对自己的妹妹的，竟然造成彩彩那么大的心理阴影。

“有事？”

“突然打扰小少爷，非常不好意思。只是，母亲有东西让我交给彩彩。所以，我才来打扰小少爷。”

打扰他？难道让他转交？这不是多此一举。

“然后呢？”

“嗯……明天我会去四宇国学院一次，想提前向小少爷打个招呼。”

原来如此。樱嘉雪听明白藤司的话后沉默几秒，电话那头的藤司静静地等待回复。

樱嘉雪想不到可以拒绝的理由，即便藤彩彩是他的保镖，但和家人的血缘关系，是他无法切断和左右的。

更何况，让藤司看看彩彩现在的进步，也未必不是件好事。他也打算找一天带彩彩回藤家老家一次，藤司这次前来最巧不过，也许可以一起回去。

印象中，藤彩彩的二哥藤司是个温柔的人，脾气也不错，也许他的到来对藤彩彩有利无害。

“你明天来就是，我会告诉彩彩。”

“那就麻烦小少爷，彩彩这边能否让我自己通知？”

樱嘉雪感觉自己估计得不错，藤司对彩彩还是关心的，既然如此他也没必要阻止。

挂上电话，想着明天藤司来的时候，不知道会是怎样一番情景。

彩彩那丫头也很久没见家人了，会不会太激动而哭鼻子？呵呵，很期待呢。

樱嘉雪走进教室没多久，藤彩彩就高兴地跑进来，心情看起来特别好，之前的烦恼一扫而光。

看来已经接到藤司的电话。樱嘉雪暗想。

“小少爷，我的二哥明天要来哟。”藤彩彩压低声音说。

“嗯，他已经知会过我了。”樱嘉雪笑着回答。

“嘻嘻，好久没见到二哥，好期待！”藤彩彩的表现很激动，似乎和这个二哥感情不错。

樱嘉雪若有所思地问：“彩彩，你和你的二哥关系很好？”

“嗯……”藤彩彩回想着小时候的事情，缓缓地说，“家里对我最温柔的，除了妈妈就是二哥。所以，我和二哥的关系还不错。”

如樱嘉雪所料，藤司在家是充当好人的角色，和他的母亲一起。理所当然地，充当坏人的就是大哥和父亲。

既然来的是二哥，那就不必太担心。如果是大哥，他真的要留点儿心了。

这一天，藤彩彩没有再被拉去处理鸡毛蒜皮的事，再加上第二天二哥要来，她一整天的心情都是阳光普照。

就连晚上洗东西的时候，都是哼着小曲扭着腰。

看见藤彩彩恢复了以往的精神，樱嘉雪也稍稍放下心了。等到明天藤司来后，应该会让藤彩彩心情更好点儿。

“彩彩，早点儿睡，明天以最好的精神面貌迎接你的二哥。”

“是的！小少爷！我明白了！”

藤彩彩快速打扫完毕，洗完澡换好睡衣钻进被窝倒头就睡，很快就陷入沉睡中。

这一觉，她睡得格外踏实，一觉睡到了天亮。

藤彩彩醒后不久樱嘉雪也起床，跟着藤彩彩走进厨房，藤彩彩一见他进来大惊：“小少爷，你出去坐着就好，我很快就能弄好。”

“没事，我想帮忙。”樱嘉雪打开冰箱，拿出里面的牛奶倒进锅里，用小火慢慢温热。

藤彩彩忙着煎鸡蛋和培根，樱嘉雪则顺便把吐司切好，涂上一层沙拉酱。

鸡蛋和培根搞定，藤彩彩看着樱嘉雪准备好的其他东西，不禁赞叹：“小少爷的动作好快，切的吐司也很好。”

“东西，还是自己弄出来的好吃。”

两个人坐在桌边吃着早餐，吃到一半，藤彩彩的手机突然响起，一看屏幕上显示的名字，一抹欣喜爬上脸颊。

“二哥！你到了？”

“嗯，我在你们学院门口。”

“太好了！我这就去接你！”藤彩彩放下三明治，随手抽张纸巾抹下嘴，兴奋地往门口冲。突然她意识到什么，刹住脚步回头看着樱嘉雪，有些尴尬地说：“小少爷，不好意思，我二哥来了，所以……”

“我和你一起去，我也很久没见过他了。”樱嘉雪搁下三明治，拿起东西陪着藤彩彩一起出门了。

两个人很快就走到学院门口附近，远远望去就看见一名穿浅色上衣的男子站在门前，手里提着东西。

男子的发色呈浅褐色，十分自然，似乎是天生的。脸庞棱角分明，双眼笑起来微微下弯，衣着简单、休闲，整个人都有股很温和的气息。

“二哥——”藤彩彩一看见藤司就兴奋地飞奔过去，飞扑进藤司的怀里，露出难得的撒娇表情。

藤司轻抚着藤彩彩的金发，笑着说：“彩彩，很久没见，想二哥没？”

“想啊想啊！我最想二哥！还有二哥做的糯米糍！”藤彩彩拼命点头，视线直勾勾地盯着藤司手上的袋子。

藤司故作生气地说：“原来你想的是吃的，不是二哥。”

“啊？没有没有！二哥，你别误会！我都想！”

藤司神情缓和下来，露出宠溺的笑容，将手里的袋子递给藤彩彩说：“糯米糍在里面，有你最喜欢的抹茶和柠檬味。另外，还有妈妈让我带给你的，都是一些吃的。”

一听见糯米糍和吃的，藤彩彩忍不住吞吞口水，接过袋子，脸上笑开了花：“谢谢哥哥！太好了！嘻嘻！”

如此其乐融融的场面，让樱嘉雪有些不忍打破，很久没看见藤彩彩露出这么开心的笑容，他的心情有些复杂。

但是，身为主人，他既然来了就需要好好打个招呼。

“好久不见，藤司。”樱嘉雪礼貌地走上前，露出招牌的笑容。

藤司看见樱嘉雪立刻收起宠溺的笑，换上普通的笑容，微微欠身说：“你好，小少爷，好久不见。希望我的妹妹没有给您添麻烦。”

“彩彩很努力，我一直相信自己选的人没错。”

两个人的气氛显得很客气，都对对方有几分谦让。藤司本性就很容易相处，对谁都以礼相待，而樱嘉雪纵然不喜欢藤家的那些人，但见藤司真如同藤彩彩所说那般，也就放下成见与他和睦相处。

“咦？那个是藤司吗？那个有名的保镖？”路过的人中似乎有人认出了藤司，小声议论开。

“是他，我曾经在宴会上见过。”另一个人也认出了藤司，窃窃私语着。

樱嘉雪原本有些担心，藤司的出现会不会增加她的心理负担，毕竟藤司在保镖界也算出名。事实证明，这次他有些多虑。藤彩彩整个人都沉浸在食物的诱惑中，她的脸完全埋在塑料袋中，压根儿没时间理会别的。

藤司温柔地看着吃货妹妹，轻轻拍着她的头。心中暗暗想着，多年不见，彩彩的性格还是没变化。让他庆幸的是，妹妹对他还是很热络，并没有过多的生疏。

这些，也许该归功于小时候打下的良好基础，让彩彩和他一直很亲近。

回到宿舍，藤彩彩就忙活着倒茶，顺便把藤司带来的点心都拿出来。在客厅里，藤司和樱嘉雪两个人坐着。

“小少爷，谢谢你。”藤司突然说。

“你谢得好突然。”樱嘉雪诧异地看着藤司，有些不明白为什么是对方先道谢。

藤司视线望向在厨房忙碌的藤彩彩，露出欣慰的笑容，说：“彩彩从小生活在我们这两个哥哥的阴影下，她变得很不自信。再加上父亲的严厉管教，她在家里其实过得并不那么开心。”

回想起小时候藤彩彩总是被父亲骂哭，他这个做二哥的心里也不好受。因为是女孩子，再加上有两个优秀的哥哥，总是会承受很大的压力。

虽然，他小时候就安慰过那丫头，让她不要那么较真，不要想太多。但最终，家中的气氛还是让彩彩决定离开。

想不到的是，彩彩离开后，竟然会去樱家，还做了樱家小少爷的保镖。能通过业界出名严苛的桃管家考验，也算让父亲稍稍宽心了。

“但是，今天我见到的彩彩，比以前更活泼开朗，而且多了几分自信。所以，我当然要感谢小少爷。”

原来如此，看来彩彩那丫头在家中也不是没人疼、没人爱的，起码有个很宠她的二哥。樱嘉雪这么想，对藤司的态度也变得很缓和了。

“我既然选择她，就不容许任何人看不起她，更不会让她妄自菲薄。”樱嘉雪这么说，漂亮的脸上浮现自负的笑容。

藤司闻言轻笑着，以前对小妹离开家的种种不放心全部消失了。他能感觉到樱嘉雪对藤彩彩的重视，身为哥哥，他很欣慰自己的妹妹能够找到这么好的雇主。

“小少爷、哥哥，茶。”藤彩彩端着茶和点心走过来，心情愉悦的她，连步伐都很轻盈欢快。

“彩彩，做小少爷的保镖，你还习惯吗？”藤司问。

“嗯嗯，很习惯，小少爷对我很好。所以，我会尽全力保护小少爷。”藤彩彩拍着胸脯，流露出以前从未有过的自信。

听见藤彩彩不假思索的回答，藤司真正确定自己的妹妹已经改变了。以前那个唯唯诺诺、缩手缩脚的藤彩彩不见了，现在的她变得更加坦诚、大方。

藤司伸手摸着藤彩彩的短发，笑说：“好好加油。”

“嗯！我会的！二哥，你留下来吃晚饭好不好？”藤彩彩满脸期许地盯着藤司，让他想拒绝都开不了口。

“这个……”

他是在休假期间没错，但是留在这里吃饭，总觉得不是藤彩彩能说了算的。

视线瞟向一旁的樱嘉雪，得到首肯后，藤司才安心地点头应下。

“哦耶！好棒！万岁！”藤彩彩振臂高呼，兴奋得在原地打转。

樱嘉雪很久没见过藤彩彩这么开心了，也很为她高兴。

3

突然，一阵铃声传来，藤彩彩掏出手机，上面是一个陌生的号码。她带着狐疑接起电话，一个急促的声音传来。

“是我，我是安娜！”安娜，就是之前那位抢猪软骨的黑发女生。

“安娜？怎么了？”藤彩彩完全不记得自己有给过对方号码，她现在是首领，貌似手机号码被公告天下了。

“主人病了！我、我不知道该怎么办！”手机那头的安娜声音十分焦急，还带着淡淡的哭腔。

“病了？快送医院啊！”藤彩彩一愣，她不是医生，打给她有什么用？

“主人说什么都不肯去，我现在不知道该怎么办！”

藤彩彩有些不解，但还是决定去看个究竟，她也不是什么见死不救的人：“好的，你等着，我马上过去。”

“怎么了？”樱嘉雪隐隐察觉到有什么紧急情况。

“安娜的主人出事了，我要过去帮忙。”

“我们一起去，多个人多个帮手。”樱嘉雪并不放心让藤彩彩一个人去，他连安娜是谁都不知道，万一又是恶作剧怎么办？

藤彩彩没来得及拒绝，樱嘉雪就拿起手机要跟他一起走，藤司也不希望一个人留下，就这样三个人一起去了安娜的宿舍。

安娜的宿舍在北区，樱嘉雪的在南区，他们过去要横跨整个四宇国学院。三个人原本想用跑的，幸好一出门就遇上路过的卓煜城。

“出事了？你们等我。”卓煜城丢下一句话就飞快离开。

如果用跑的，他们三个人跑到安娜那边要将近五分钟，但是如果有代步工具就只要两分钟。转眼间，卓煜城不知道从哪里弄来一辆电瓶短驳车。

这辆车一般是接送学员去港口码头，或者是运送受伤人员的。三个人上车后，卓煜城驾驶着短驳车，才一分多钟就到达了安娜的宿舍。

三个人一下车，安娜就飞奔过来，脸上挂着眼泪："主人在里面！她看起来很痛苦！"

几个人不多说就冲进宿舍，在看见躺在床上蜷缩成一团的女生后，樱嘉雪确认这次是真的出事，并不是什么恶作剧。

"她怎么了？"藤彩彩跑过去查看女生的情况，女生的脸色惨白，额头上不停地渗出汗水，发丝因汗水黏在脸颊上。

安娜摇摇头，双手紧紧攥在胸前，双出颤抖着说："我不知道，主人昨天晚上回来后，就有些奇怪，今天早上就这个样子了。"

这让藤彩彩有些无从下手，安娜什么也不知道，床上的这名女生处于半昏迷状态，八成也问不出个所以然。

看着情绪失控的安娜，藤彩彩心一横，对藤司说："二哥，你帮我抱她去医院！"

"好。"藤司不多做犹豫，俯身就去抱床上的女生。

但是，双手刚触碰到女生，就受到一阵强烈的抵抗。女生拼命挥动着手，漫无目的地打着，就是不让人触碰。

"不要！不要过来！不要靠近我！呜呜呜……"女生大声喊叫着，最后化为低泣声。

这下，藤彩彩也没办法，不让人碰要怎么接受治疗？如果来硬的，又怕弄伤这名细皮嫩肉的女生。

得想办法把人弄安静，这样才能带去医院。让人安静那就必须昏过去！

用打的？不行不行，下手太重怕这女生承受不住，一不小心打死怎么办？

对了！医院有镇定剂！先来一针！

"会长大人，你能弄到镇定剂吗？"藤彩彩看着卓煜城问。

卓煜城点头说："可以，需要找医生一起来吗？"

"不！不可以！"安娜突然杀出来阻止，吓了藤彩彩一大跳。

安娜激动地拼命摇头说不可以，藤彩彩忍不住问："怎么了？是不是有什么问题？"

安娜一愣，缓缓低下头，似乎有什么难言之隐。一旁被磨掉大半性子的樱嘉雪终于忍不住开口："你不说就让你的主人等死吧。"

"不！主人不能有事！"安娜惊得抬起头，看着神情冰冷的樱嘉雪，又看看身边的藤彩彩，咬着嘴唇吞吞吐吐，"不能让医生看见主人这个样子，如果传出去，对主人会是很大的打击。"

"啊？"樱嘉雪挑眉看着安娜，转而将目光移到床上的女生身上说，"我没记错的话，你主人的家族早就没落不堪，就算传出去也不会造成什么影响，还这么要面子？"

"不是这样的，主人虽然背负着威尔家族的身份，但早就已经被斯汀家族收为养女。斯汀家族的人，想把主人训练成完美的女性，等主人成年后，就会成为他们与其他家族联姻的最好筹码。"

安娜低声说着，这件事她原本是不能随处乱说的，但是现在人命关天，她也顾不上那么多了。

今天主人这个样子，绝对不能传出去让别人知道，不然的话斯汀家族的人绝对不会放过主人。而且很有可能主人以后又会流落街头，她不希望那样！

"难怪即便威尔家族没落，你的主人还能在四宇国学院。那个臭名昭著的斯汀家族，就喜欢做这种恶心的事情。"樱嘉雪不屑地撇撇嘴，虽然和斯汀家族的人没来往，但那个"著名"的家族，很少有人不知道。

"求求你们，千万别再让其他人知道这件事！不然主人会被逼死的！"安娜拉着藤彩彩拼命恳求，后者露出不忍的表情。

可问题是，不找医生谁来给这个大小姐一针？

"那就由我来吧，静脉注射我可以。"藤司温柔一笑，向卓煜城点头示意。

"那我去准备药物和注射器。"卓煜城点头离开，出门时特意观察下宿舍周围，他总觉得这件事有点儿蹊跷。

屋内的藤彩彩等人站在一旁，看着床上瑟瑟发抖、时而呻吟时而低语的女生，每个人心中都有个大大的问号。

这样子，分明是被什么刺激到了，并不是因为生理的疼痛。樱嘉雪琢磨着，越想越觉得事情不简单。

会是什么原因？是巧合还是有人故意为之？

"你们有和谁结怨吗？"樱嘉雪突然问，安娜一愣，思索下摇摇头，"想清楚。"

"嗯……如果真的要说，那就只有之前和我抢猪软骨的劳拉。"安娜能想到的就只有那个人，其他人他们几乎都没怎么接触过。

樱嘉雪总觉得没人会为一份猪软骨就特意去害人吧？虽然，有时候女生之间的争吵，会演变得一发不可收拾。

“因为主人比较内向，不喜欢和人接触。我平时都忙着照顾主人，也没什么时间和人打交道。”安娜想来想去都觉得，除了劳拉外没有别人。

“可是你们只是抢过一次猪软骨……”藤彩彩轻声嘀咕着，她也觉得为了猪软骨害人，这理由太可笑了。

安娜也不觉得有人会因为猪软骨害人，可她想不到除了劳拉之外的其他人。

三个人陷入沉思，一旁的藤司身为旁观者，对事情并不了解，也就没有开口。

出去取药的卓煜城刚从医院出来，就和一个人迎面撞上，“哎哟！谁啊！”金发女生抬头，一见是卓煜城神情变得有些慌张。

“小心点儿。”

“是，对不起。”劳拉慌忙道歉，一溜烟冲进了医院。

卓煜城觉得有些奇怪，又说不上来哪里不对劲，也就不做他想，拿着药离开了。

当卓煜城拿着药回到安娜的宿舍，就发现屋内的气氛很严肃，不知道刚才进行过什么话题。

“药和注射器在这里。”将东西交给藤司，后者点头谢过，“我们几个按着她，尽量不让她乱动，你看准时机就动手。”

卓煜城、藤彩彩、樱嘉雪、安娜四个人一起上阵，果然一触碰，那个女生就会拼命挣扎，好不容易按住她，藤司眼疾手快地一针下去，注射完毕迅速拔出针。

被松开的女生还在那里拼命挣扎，没过一会儿，她的双手就垂在身侧，沉沉睡过去了。

“二哥好厉害，下手快、狠、准！”藤彩彩冲着藤司竖起大拇指，她都不知道自家二哥还会静脉注射。

“没什么，我的主人身体不好，需要注射营养剂，所以我才特意去学的。”藤司擦拭了下手，将医疗垃圾包在一起，等会儿要带去医院那里扔进固定的垃圾箱。

女生安静下来，安娜也松了一口气，但是现在事情还是没有头绪，只能等女生醒来后才能问。

“安娜，你的主人叫什么名字？”藤彩彩发现忙活半天，连救的人是谁都不知道。

“薇拉。”安娜答。

“那她和劳拉的主人有过节吗？”藤彩彩继续问，得到的是安娜摇头否定，“没有啊，那就更不可能因为你和劳拉的猪软骨之争就被人暗算了。”

一旁的卓煜城，听见“猪软骨之争”，想起之前的那件事，再联想到刚才匆匆忙忙的那个女生，问："你们说的是上次那个短发的女生？"

藤彩彩和安娜纷纷点头，卓煜城的神情变得更为凝重，似乎想到了什么。

"有话就说吧，不要吞吞吐吐。"樱嘉雪一语点破卓煜城。

卓煜城瞥向樱嘉雪，没表露任何情绪，依旧顶着冰山脸说："刚才我在医院，看见她匆匆忙忙跑进去。但是，看她的样子不像是生病，我想……"

"难道是她的主人生病了？"藤彩彩猛拍一下手，"如果是这样，就能排除是他们捣鬼的可能性！"

卓煜城点头，看了一眼床上的薇拉后看着藤彩彩说："我打个电话给医院那边的老师，问下劳拉拿的是什么药。"

很快，卓煜城就从医院老师那边打听到，劳拉拿的是和他们一样的镇定剂。听到这样的答案，藤彩彩和安娜吃惊不已，倒是樱嘉雪一脸淡定，一副"意料之中"的表情。

"彩彩，你和藤司在这里陪着安娜，我和会长大人去一下劳拉那儿。"樱嘉雪走到卓煜城身旁，后者没说什么便转身带路。

两个人离开安娜的宿舍，坐上短驳车朝着位于西区的劳拉宿舍而去。樱嘉雪和卓煜城的关系不怎么样，气氛当然不可能称得上融洽。

全程谁也不说一句话，就当对方不存在一般。到了劳拉的宿舍后，卓煜城按响门铃，出来应门的是劳拉，但是她只开了一条缝，小心翼翼地探出头。

"请问，有什么事？"劳拉的模样更加让人怀疑。

"我找塞雷斯，想问下她这几天为什么没去上课。"卓煜城有着"学生会会长"的头衔，很多时候可以管许多和他无关的事情。

"我们请过假了，我的主人不舒服，不见客。"劳拉说着就想关上房门，不料樱嘉雪快她一步，一脚踹开门，吓得劳拉往后退开几步。

"你们要做什么？我不会让你们进去的！"劳拉摆开架势，冲着樱嘉雪和卓煜城喊着。

樱嘉雪最烦别人冲着他大吼，喊得他耳膜都要被刺穿，可恶！

"少啰嗦！"樱嘉雪快速撞开劳拉，三步并作两步冲进卧室，看到躺在床上沉睡的塞雷斯，露出意料中的笑。

"你……"劳拉跟进来想要骂，却被卓煜城抢先质问。

"这是怎么回事？生病为什么不去医院？"卓煜城指着床上的塞雷斯，虽然现在的塞雷斯看起来很平静，但额头上没有擦干的汗水暴露了一切。

劳拉咬着牙，什么都不肯说，和刚才的安娜如出一辙，显然是有事刻意隐瞒。

“你也别瞒，我们就是知道有事才过来，不然你觉得我们会没事突然闯进来吗？”

樱嘉雪指着床上的塞雷斯，看着床头柜上的镇静剂和注射器说：“你的主人似乎和安娜的主人有同样的遭遇，我们就是为了这件事而来。”

“安娜的主人？薇拉？她也出事了？”劳拉很诧异，她以为自家主人是个案，没想到还有另一个受害者存在。

“现在你可以告诉我们，你的主人究竟发生什么了吧？”

劳拉无力地垂下肩膀，边回忆边说：“主人昨天回来，就嘴里一直喊着撞邪了。我也不知道究竟怎么回事，今天早上就变成这样了。”

“撞邪？你在开玩笑？”樱嘉雪是无神论者，不相信什么鬼神，他只相信“鬼由心生”。

劳拉拼命摇头，一脸认真地看着樱嘉雪说：“不是的！主人就是这么说的！我也觉得奇怪，可是……”

樱嘉雪思索着，如果是真的被什么吓到，才导致出现这种情况，也不是不可能。但是，鬼神之说实在太过无稽。

“你的主人昨天晚上去了哪里？”

“图书馆，主人习惯趁着晚上人少的时候，去那里找书借回来看。”

樱嘉雪边听边拿出手机，拨通藤彩彩的号码说：“彩彩，你问下安娜，她的主人昨天最后去的什么地方？”

“好的。那个……安娜说是图书馆。”

得到肯定的回答，樱嘉雪应声后挂断手机。望了一眼床上的塞雷斯，再想起薇拉的情况，很有可能她们两个昨天晚上被同一件事吓到了。

“看来，学生会会长大人有事情要做了。”樱嘉雪看着卓煜城，露出看好戏的笑容，双手环抱在胸前，等着卓煜城的回答。

卓煜城盯着樱嘉雪，突然露出一抹难得的笑容。这笑让樱嘉雪愣住，有股不祥的预感油然而生。

“我自然会处理，但也需要樱嘉雪同学和藤彩彩同学的帮助。”笑起来的卓煜城和平时不同，整个人的感觉就像是某个开关被启动，切换进入另一种模式。

果然，冰山要变成腹黑，只是眨眼的事情。其实，在大多数情况下，冰山脸的人多少自带腹黑属性。

樱嘉雪是个典型的多重性格腹黑，并不会被卓煜城的这种模式吓到，只是有些惊讶。

“当然，毕竟彩彩是保镖的首领，而我又是她的主人。这件事，义不容辞。”樱嘉雪故意在最后四个字上加重语气，说是协助，更像是要和卓煜城开战。

得到确切的结果后，樱嘉雪和卓煜城离开了劳拉的宿舍。这回他们没有选择短驳车，而是决定走回安娜那里。

✖

4

一路上，两个人第一次单独并肩前行，气氛理所当然地有些诡异。

“会长大人，你准备怎么处理这件事？”樱嘉雪难得率先开口，他平时都喜欢静观其变，但是对待卓煜城似乎要改变对策。

“去图书馆查个究竟，除此之外，别无他法。”卓煜城说的办法最普通，也是现在唯一的办法。

他们什么都不清楚，只知道两个受害人在图书馆被人吓到，其余一概不知。想要调查，除了去图书馆蹲点，也不能做什么。

“薇拉醒来，也许情绪会稳定下来，到时能问下。”樱嘉雪说。

卓煜城不接话，沉默了一会儿才开口问：“你刚才为什么这么痛快就答应？”

“咦？你是希望我拒绝？”樱嘉雪突然玩心大起，忍不住调侃一下卓煜城。

卓煜城也不吭声，似乎对樱嘉雪不以为然。他也清楚樱嘉雪是什么类型的人，没必要太较真。真的较真起来，他也不是对手。

腹黑嘛，也是有等级之分的。像他这种偶尔切换模式的，和常年处于腹黑模式，已经练得炉火纯青的人，是没有可比性的。

“会长大人，你是不是还在怨恨我？有关东撰的事情。”樱嘉雪这么问，但神情和语气一丁点儿也没有改变，还是充满调侃的味道。

“他的事情已经告一段落，并且是他做错事，我不会怨恨任何人。”卓煜城冷着脸，语气毫无起伏，说得也很冠冕堂皇，怎么看都有几分赌气的感觉。

樱嘉雪笑笑说：“其实，我能理解你。你和我一样，并不是要被保护，反而是想保护对方。”

闻言，卓煜城突然止步，视线停留在樱嘉雪脸上，樱嘉雪继续说："你想要保护东撰，我想要保护彩彩。从这个层面来说，我们两个是一样的。"

卓煜城恍然大悟，难怪他之前总觉得樱嘉雪和藤彩彩之间的感觉有些奇怪，原来并不是表面上看的那种照顾关系，而是完全相反的保护关系。

"呵呵，没想到，我竟然会和你有共同点。"

"彼此彼此。"樱嘉雪说话间，两个人就已经到达安娜的宿舍，进屋后把事情全部交代一遍，藤彩彩和安娜这下明白过来。

"那么，我们今天晚上去图书馆看看，怎么样？"藤彩彩是行动派，说做就做，不想耽搁。

樱嘉雪点点头，但他不是很放心，思索着说："人太多容易出错，而且薇拉也需要你们随时注意。所以，你们留下，我和卓煜城去。"

"可是小少爷，这样可以吗？我怕你会有危险。"藤彩彩很不放心让樱嘉雪一个人去，在她看来小少爷很"柔弱"。

"放心，如果我有什么三长两短，你就找会长大人算账吧。"樱嘉雪拍着藤彩彩的肩，安慰人的同时，还不忘拖卓煜城下水。

卓煜城坚持沉默是金，他隐隐有股强烈的感觉，和樱嘉雪再接触下去，他是无法一直保持沉默的。

"镇定剂的药效还要持续一段时间，现在先各自打道回府，晚上的事情晚上再说，怎么样？"藤司习惯性地摸摸藤彩彩的短发，笑着问。

"嗯，也好。"

一行人纷纷离开安娜的宿舍，安娜向他们一一鞠躬感谢："谢谢大家，那么，拜托各位了！"

藤彩彩向安娜挥手告别，一行人缓步走在回去的路上。一路上，藤彩彩还是有些不明白，怎么好端端的图书馆，会突然闹出这种事情？

"会长大人，以前发生过这种事情吗？"藤彩彩好奇地问。

"从来没有，我们学院没有什么灵异事件的先例，这是第一次。"卓煜城很认真且肯定地回答，这件事连他都觉得奇怪。

樱嘉雪不以为然地耸肩说："很简单，这不是什么灵异事件，是有人在搞鬼。"

"会是谁？"藤彩彩兴奋地看着樱嘉雪，完全拿小少爷当万能电脑处理。

樱嘉雪无奈地笑笑，拍着藤彩彩的头说："彩彩啊，你家小少爷我没有特异功能，是谁要等我们去查了才知道。"

“哦，也对，嘻嘻……”藤彩彩挠着头，憨憨一笑。

走到半路与卓煜城分手后，三个人回到宿舍后藤彩彩长叹一口气：“莫名其妙出现这种事情，真奇怪。”

樱嘉雪没吭声，坐下喝了口水。藤司不知道始末也不方便说什么，只有藤彩彩一个人嘀咕着。

突然，藤彩彩猛拍一下脑袋，大声喊：“糟了！都这么晚了！午饭都还没弄！”

“你就别忙活了，你二哥带了那么多点心，足够我们填饱肚子。”樱嘉雪指着桌上的点心，拿起一块就丢进嘴里，“嗯，味道不错，很清淡也不甜，这个绿豆酥我喜欢。”

藤彩彩总觉得有些对不起小少爷，没有照顾好小少爷，会让她睡不着觉的。不过，现在做饭也来不及了，只能吃点点心凑合了。

藤司没想到自己偶尔来一次，还会碰上这种事情，真不知道是幸运还是不幸。又不是柯南，走哪儿哪儿破案的魄力，他还真没有。

“二哥，你来看我，还要帮忙做这些。”藤彩彩觉得二哥好无辜，来探亲都被卷入这种奇怪的事件中。

藤司不以为然地摇摇头，露出安抚的笑容，示意藤彩彩不必太抱歉：“能帮上你的忙，我很高兴哟。”

反正休假也很闲，能够有点儿事做也不错，藤司暗暗想。

下午的时光，让藤彩彩过得有些提心吊胆，生怕会突然接到安娜的电话。幸好，一下午安娜那边也没来电话，劳拉那边似乎也很正常，看来镇静剂的作用真不小。

晚餐时间快到了，藤彩彩在纠结要做什么吃的，樱嘉雪有欣赏藤彩彩纠结表情的习惯，但是藤司并没有。

“别纠结了，就吃暖锅吧。”藤司不忍心看到自己的妹妹纠结致死，提出一个既不费力，又能填饱肚子的办法。

暖锅，说得好听叫暖锅，说得难听就是大杂烩。家里有什么能煮来吃的，一股脑儿丢进去，这样就是暖锅了！

当然，很多人都非常喜欢吃，因为暖锅的乐趣就在于，不断探索究竟锅里有哪些东西，每次夹上来的东西都不一样，吃起来自然会兴致勃勃。

“暖锅？好啊好啊！”藤彩彩兴奋得双眼发光，但是转念一想不对，他们吃得惯，不代表小少爷吃得惯，“可是……小少爷……”

樱嘉雪知道藤彩彩在顾及自己，他其实不在乎吃什么，挑食这种事情从小和他绝缘。不过，很多人都会认为他很挑食。

娇生惯养的小少爷，对吃的东西很讲究，不喜欢重复的菜式等。

“没关系，我不挑食。而且，我也很想吃暖锅。就做暖锅，我也来帮忙。”樱嘉雪撩起袖子，拉着藤彩彩就往厨房跑。

樱嘉雪洗菜的样子有模有样，藤彩彩却心惊胆战，生怕小少爷白嫩嫩的手会因为做事变得粗糙。

“小少爷，我来吧……”

“不用，你快点儿烧水，快点儿弄好早点儿吃。”樱嘉雪坚持不让藤彩彩插手，后者勉强点头。

由于不放心，藤彩彩时不时要瞥几眼樱嘉雪。奇怪的是，观察时间次数一多，她发觉小少爷的手法很熟练，不像是娇生惯养的人该有的。

可是，樱家上下都把小少爷当珍宝捧着，不可能让他动手做这些吧。

那么，小少爷是怎么学来的？还有之前熬粥给她喝也是，味道相当好，不像是第一次做的人。

“小少爷，你以前做过家务？”藤彩彩终于憋不住问出口。

“没有。”樱嘉雪斩钉截铁地回答。

藤彩彩还是觉得小少爷手法熟练，不像是没做过的人。但是，小少爷说没有，她也不觉得有人敢让小少爷做家务。想着想着，也就作罢。

厨房外的藤司，看着藤彩彩和樱嘉雪忙碌的身影，总觉得和谐得让人不忍打扰。就连他这个哥哥，也会忍不住有些嫉妒。

彩彩跟家人都不会有这样的互动，却和雇主感情这么好，也不知道是好是坏。

身为保镖，总有一天要离开雇主身边。就算雇主不赶人，保镖也会因为年纪的增长，各方面的力不从心，萌生隐退的意思。

这，就是保镖的宿命。所以，和雇主的羁绊越深，分别时就会越难过。

“彩彩，珍惜现在的美好吧。将来的某一天，你必定会忍痛离开。”藤司在心中暗暗说着，一时间有些感慨。

“啊！小少爷！你拿刀做什么？”藤彩彩回头一看，被樱嘉雪吓一跳，他竟然拿着刀准备切菜。

“切菜啊，怎么了？”樱嘉雪不以为意地笑笑，转身就去切菜。

藤彩彩吓得一把夺过刀，紧张兮兮地说：“不可以，不可以，会弄伤的，太危险了。”

樱嘉雪有些哭笑不得，看着藤彩彩如此激动的模样，敢情把手上的菜刀当成什么大敌，吓成这副模样。

“彩彩，你不用这么激动，拿个刀切菜是不会有问题的。”樱嘉雪伸出手示意藤彩彩把刀赶紧还回来。

藤彩彩犹豫地看着樱嘉雪，知道自家小少爷说得有道理。可是低头一看，那闪着寒光的刀身，还是让人不寒而栗。

“可是小少爷你细皮嫩肉，如果划伤的话就……”

“彩彩，你就还给小少爷吧。”藤司看不下去站出来，原本他觉得樱嘉雪很维护藤彩彩，现在才发现，他们其实是在互相维护。

藤彩彩撇着嘴，心中有些不是滋味。她就是担心小少爷会受伤，如果小少爷受伤，她会难过很久很久的，似乎没有人能够理解她的心情。

“彩彩，我知道你关心我。你不让我动动手、动动腿，我会僵掉哟！”樱嘉雪转变重点，从另一个切入口攻破藤彩彩。

显然，这样比之前要来得有效许多。藤彩彩撇着嘴思量再三，最终还是把刀交还给樱嘉雪。

“小少爷，你要小心哦！千万千万要小心点儿，别弄伤自己哦！”

“好啦，好啦，我知道啦。你快弄串串啦！”樱嘉雪频频点头应下，为了证明自己真的会小心，特意展示给藤彩彩看他的刀功。

藤彩彩没想到樱嘉雪的刀功纯熟，也就没再说什么。只是，有一点她不明白。从小衣食无忧，几乎不干活的小少爷怎么会这些？

洗菜就算了，称得上简单的活儿。可是切菜呢？没点儿功底不可能做好吧！奇怪，真奇怪。

经过樱嘉雪和藤彩彩的努力，很快一锅冒着热气的暖锅闪亮登场。暖锅里一眼望去什么都有，让人不知道该从哪里下筷子。

“我开动了！”藤彩彩第一个下筷子，满满一筷子食物，夹起来就往嘴里放，一个不留神烫得她哇哇直叫。

“慢点儿，很烫的。”樱嘉雪赶紧拿起碗凑过去，让藤彩彩把烫嘴的东西都吐碗里。

藤彩彩捂着被烫红的嘴，还是一脸傻兮兮的笑容，让樱嘉雪很无奈，连一旁的藤司都有些不好意思了。

这一点上果然是怎么都不会改变的。

“彩彩，你别那么急，我们不会和你抢的。”藤司说。

“才不是呢！我、我就是……”藤彩彩想狡辩，但找不出什么适当的理由，整个脸都憋得通红。

这是藤彩彩第一次和樱嘉雪一起吃暖锅，而且暖锅的食材大多数是樱嘉雪洗、切的，她打心底有股莫名的激动。

以前小少爷熬粥、做早点，她也没那么激动。也许是之前都没有目睹的关系，这回亲眼看着小少爷做的这些，又害怕、又兴奋、又激动。

“好了，好了，再不吃，东西就被我们抢完了。”樱嘉雪拍着藤彩彩的背，示意她可以吃了。

三个人围在桌前吃着暖锅，丰富的食材，加上暖洋洋的感觉，使得藤彩彩从刚才的紧张中缓解过来。

吃得差不多的时候，藤彩彩的手机响了，一看是安娜打来的，连嘴里的东西都来不及咽下就直接接：“喂喂喂，安娜怎么了？”

“主人醒了，我刚问过主人。她说她晚上九点多去的图书馆，一直到十点多走的。走的时候，在走廊上看见一个穿白衣服的长发女生。”

光听安娜的转述，就觉得这件事诡异。十点多，在走廊上穿着白衣服？这不是存心吓死人吗？

“然后，主人以为是同学就喊了一下，那个穿白衣服的女生回头后，主人被吓到了。因、因为……”安娜的声音有些颤抖，透过手机都能感觉到她的害怕。

“你冷静点儿，慢慢说。”

“主人说，那个人……”安娜说完后手机那头一阵安静，听到这话的藤彩彩忍不住打个哆嗦，表情瞬息万变。

“我知道了。你好好陪着薇拉。”说完挂上电话，回头看着藤司又看看樱嘉雪，吞一口口水稳定下情绪，“薇拉醒了，说她在图书馆的走廊上看见一个没有脸的女生。”

话音刚落，藤司便愣住了，这种奇怪的灵异事件居然真的会发生？会不会太不可思议？他的运气简直没话说，只是来看看妹妹，还能遇上这种事情。

“没有脸？呵。”樱嘉雪露出不屑的笑容，他并不完全相信薇拉的表述。

当然，并不是薇拉在说谎，而是她看到的和认为的可能并不是同样的东西。

人在害怕的时候会变得特别主观，看到什么都会联想到不好的东西，并且很容易认同自己的想法。像薇拉那种大小姐，看她被吓成那种状态，就知道在被吓到的时候，已经默认那个没有脸的女生是“鬼”。

“小少爷，你晚上真的要去吗？”藤彩彩本来就不怎么放心，在听完安娜的转述后就更不放心，“人不和鬼斗啊……”

“没事，是人捉人，是鬼捉鬼。”他不信会真的是鬼，更有可能是人为。

但是，为什么有人要故意装扮成那样吓人？目的或者企图是什么？看来，这件事非常不简单，有深入调查的必要。

藤彩彩满脸担忧地看着樱嘉雪，即便自家小少爷再淡定，她依旧放不下这个心。

一旁的藤司注意到藤彩彩的不安，伸手拍着她的头说：“没事，我会陪小少爷一起去，这样你就可以安心了。”

“二哥？”

“小少爷，我和你一起去，这样彩彩也放心。”

樱嘉雪顿了顿，看着藤彩彩那么担心，想想这样也好：“嗯，好，那么就你、我和卓煜城。今天晚上，就让我们去会会那个‘鬼’！”

5

晚上九点多，夜风习习，樱嘉雪、藤司和卓煜城三个人趁夜来到图书馆，还有不到一个小时图书馆就要闭馆。

樱嘉雪、藤司、卓煜城，三个人分别行动，在不同的地理位置进行蹲点。

樱嘉雪蹲在薇拉遇上白衣人的走廊拐角，藤司则在图书馆附近的教室进行勘察，卓煜城自然是蹲点图书馆里面。

“这里没有可疑的。”藤司用手机的微信功能，在樱嘉雪建立的临时群中说。

“还有十几分钟闭馆了，我找地方藏起来。”卓煜城说话的时候，已经开始寻找藏身之所。

“好的，走廊上没什么可疑的。”樱嘉雪低头看一眼手机，时间差不多快到了，再看图书馆里的那些学生也陆续离开。

三个人在各自的位置安心蹲点，当学院的钟楼敲响十点的钟声，图书管理员最后查看一遍图书馆，确定没人后锁上门。

一片漆黑的图书馆，卓煜城从书架上跳下，打开手机的照明功能，通过昏暗的光线查看下四周的环境，很快关上照明。

樱嘉雪在走廊的拐角等着，目送图书管理员老师离开，走廊中一片寂静。

藤司那边，在图书馆周围并没发现什么异样。相对其他两个人，他在室外的唯一好处就是有路灯照明，显得气氛没那么诡异。

时间一分一秒过去，三个人都没有发现什么异常。时间指向十点十五分，还是没有看见白衣女生。

根据薇拉的遭遇，她是十点最后离开时撞见的，现在已经过点，难道那个人察觉到他们在监视，不准备现身？樱嘉雪想着。

转眼半个小时过去，还是没有任何动静。另一边藤彩彩也在安娜的宿舍焦急地等待，床上的薇拉已经恢复一点儿精神，在藤彩彩的劝慰下也没那么害怕了。

“虽然，我不相信鬼神。但是，我真的看见一个没有脸的女生。”对于这点薇拉非常坚持，正是因为这点才会把她吓成这样。

“你确定没有脸？”藤彩彩觉得事情也很蹊跷。

“我虽然近视，但是，凑那么近，我还是能看清楚的。她回过头，脸上是白色的一片，什么也没有！”

薇拉的再三坚持让藤彩彩有些犯难，一方面自家小少爷坚持不是什么鬼神，另一方面薇拉又坚持那个人没有脸。这……这到底是怎么搞的？

一直到十一点，樱嘉雪那边还是没有任何发现，在图书馆内的卓煜城静静地躲在书架间，什么都没有发现。

走廊上也是一派安静，除了樱嘉雪没有其他人。图书馆的周围也没异常情况，藤司已经无聊到肚子饿了。

“我说，等会儿回去的时候要不要买点儿吃的？”藤司对着手机说。

“你刚才吃了不少吧，又饿了？”樱嘉雪听见手机中传来藤司欢快的声音，有点儿怀疑对方是不是在认真做事。

“那些都不管饱，我食量一直很大。”藤司笑着说。

“随便你，我是吃不下了。”樱嘉雪懒得和藤司“同流合污”，半夜吃东西最容易肥胖。

卓煜城实在听不下去，终于按下通话键说：“你们两个能不能认真点儿？”

很快，手机上出现樱嘉雪和藤司几乎同时传来的语音：“我很认真。”“我在认真呀。”卓煜城只能无奈地摇头，受不了这两个家伙。

一直蹲到差不多十二点，还是没有任何异常情况，三个人不得不打道回府。

走在回宿舍的路上，藤司说：“看来我今天要睡小少爷的宿舍了。”

“嗯，宿舍里有折叠沙发，展开就是床。”樱嘉雪无所谓地说。

“那个白衣人竟然没出现，难道是薇拉看走眼了？”卓煜城摸着下巴认真思索着，身边的樱嘉雪瞥他一眼，不禁笑出声，引来卓煜城疑惑的询问：“你笑什么？”

“薇拉没有看走眼，因为塞雷斯也看见。之所以没出现，只能说我们来得不巧吧。”

樱嘉雪在蹲点前特意去过塞雷斯那里，询问并确认她和薇拉是碰上同样的事情，才会吓得魂不附体。如果说一个人是看错，那么两个人就没那么巧合。

薇拉是在十点左右看见，塞雷斯也差不多是那个时间，两个人是否是在图书馆的附近遇上，一个是在走廊，一个是路过旁边的教室……

嗯？虽然表面上看起来都和图书馆有关，但是……其实那个白衣人，从来没在图书馆出现过！

他竟然没有一开始就注意到这点！

“我想……也许那个白衣人的目的并不是图书馆。”樱嘉雪轻声说。

原本在走神的藤司和独自沉浸在思索中的卓煜城，一齐抬起头看着他。

“一个是图书馆的走廊，一个是图书馆旁边的教室。虽然都是图书馆的范围内，但薇拉说她是出图书馆的时候看见，从那个女生背后喊住的。如果是去图书馆，不应该是迎面走来吗？”

樱嘉雪的分析很有道理，似乎事情并不是看起来的那样。如果不是图书馆，那么那个白衣人的目的地是哪里？又为什么会穿着白色的衣服，半夜游荡？

一路走回宿舍，一进门藤彩彩就跑过来，拉着樱嘉雪的衣袖问：“怎么样？看到没？”

樱嘉雪摇摇头说：“什么也没有，明天我们会继续。”

“这样啊……”藤彩彩松开手，眼神中流露出难掩的失望，不过很快又恢复了神采，“小少爷、二哥，你们快点儿洗澡休息吧。”

“嗯。你放心，我们一定会把这件事调查清楚。”樱嘉雪安慰着藤彩彩，脱下外套放在沙发上，径直朝着浴室走去。

“彩彩，还有吃的吗？”藤司笑问，有些不好意思地补充道，“我有点儿饿了。”

“啊！有！我去拿！”藤彩彩一溜烟冲进厨房，拿着剩下的点心跑过来，“给！点心。”

藤司谢过后捧着点心坐在沙发上吃起来，注意到藤彩彩站在身边没走，笑着问：“怎么了？”

“二哥，真的会是鬼吗？”

藤司笑着摇头答：“就这点，我赞成小少爷的看法。”

藤彩彩沉默着，她有些忐忑。

“简单来说，比起鬼神更可怕的，是装神弄鬼。”藤司吃完点心，走去厨房洗个手，很快樱嘉雪也从浴室走出，他便走进浴室中。

二哥说不是，小少爷也说不是，薇拉也不确定，只是看见是个没脸的女生。那么，如果是人，又会是什么人？平白无故装神弄鬼，总有原因吧！

樱嘉雪坐在床上翻开他的睡前宝典，边翻阅边想着整件事，当看见书中一段描写幻觉的情节时，脑海中突然闪过一个念头。

有时候，想要造成一个人的错觉其实很容易。潜意识的心理暗示，或者一些过于主观的看法，都会让人有错觉。

看来，只有抓住那个装神弄鬼的家伙，才能弄清楚事情的真相。

第7章 07 哥哥大人驾到

Di-qi Zhang

Jianxi Baobiao Dai Dai Shou

✤

1

清晨的阳光洒落，床正对着窗的樱嘉雪很快被阳光打扰，微微睁开双眼，猛地就看见一张微笑的大脸近在咫尺。

“早啊，小少爷，你醒了？彩彩在厨房弄早餐，我是来叫你起床的。”藤司笑着说，直起身子和樱嘉雪保持一段距离。

樱嘉雪微怒地盯着藤司，他原本以为眼前这个人是个温柔的范儿，没想到温柔下面隐藏着腹黑的特质。

“仔细看，小少爷果然长得很漂亮呢。难怪彩彩那丫头一直嚷嚷着，小少爷是她的天使。”藤司的话不知道是有意还是无意，听起来并不像是在夸人。

樱嘉雪下床后站在藤司面前，穿着卡哇伊的蓝色多啦A梦睡衣。突然凑近藤司，后者一惊，下意识地向后退了一步。

樱嘉雪用近乎逼视的架势，紧紧盯着藤司不放，嘴角的笑意越来越浓，让人有些捉摸不透。

在藤司猜测之际，樱嘉雪突然开口说：“藤家二哥仔细看，其实也很帅，而且还那么温柔。”

“多谢夸奖。”藤司扯出尴尬的笑，他并没单纯到认为樱嘉雪真的在夸奖自己。

樱嘉雪突然伸手勾起藤司的下巴，邪笑着说：“二哥同学，你偷窥我睡觉的模样，有什么企图吗？”

藤司一愣，没想到樱嘉雪会来这么一招，一时间不知道怎么接话茬儿。

这时，藤彩彩冲进卧室，刚想开口喊人吃饭，没想到就撞见如此“和谐”的画面，惊得她一时间不知道说什么。

“彩彩！”藤司看见藤彩彩脸上复杂的表情，推开樱嘉雪的手，“是能吃饭了？”

“是、是的……”

樱嘉雪很淡定地转过身，看着藤彩彩做出一副很惊讶的表情，说：“啊！彩彩你在这里啊！我还以为那个是你呢！”

藤彩彩一愣，藤司也不知道樱嘉雪唱的哪出，没有开口准备静观其变。

“可、可是我和二哥……”藤彩彩指着自己，又指指藤司，她不知道该不该说出来，他们两个还没像到能搞错的地步吧？

樱嘉雪揉揉眼，撇着嘴很不甘愿地回头看一眼藤司，然后看着藤彩彩说：“果然，不是那么像。看来是我睡糊涂了，所以压根儿没分出来。”

“小少爷，你是说本来你想对我那么做？”藤彩彩一想到那画面，整个脸都“唰”地绯红一片，脸颊滚烫的感觉让她格外不适应。

“不是啦，只是突然很想调戏你。唉，没想到难得调戏你一下，还弄错了对象。真不好玩。”樱嘉雪摆着手走进浴室，一脸的失望跟真的似的。

藤彩彩转过身用手捂着自己的脸，试图让脸上的温度降下去点儿。身后的藤司将一切尽收眼底，心中暗叹：果然不是对手啊。

撒那种谎，还能让彩彩那丫头深信不疑，甚至还羞红脸的，恐怕就只有樱嘉雪一人。

算了，不是一个段位的人，不惹为妙。

吃完早餐，樱嘉雪和藤彩彩去上课，藤司则没什么事到处溜达。说是到处溜达，更不如说他是在勘察地形。

也许是职业病发作，不弄清楚事发环境，就会心中一直想着。“无脸人事件”让他觉得有必要弄清楚图书馆附近的地形，甚至是整个四宇国学院的地形。

由于并非学院中的人员，很多地方他都无法进入。例如需要身份验证的图书馆等，大多的室内公共场合，他都不能自由通行。

不过，藤司该庆幸的是，在整个四宇国学院中，他的崇拜者不少。这给他的侦查带来许多便利。

“藤司先生，你还没有离开吗？”一名女学生模样的女孩拦下藤司，身旁跟着一名深色皮肤的女保镖。

“你好，因为有些事情，我还要多待几天。”藤司露出客气的笑容。

性格随和、长得帅气、声音轻柔，这些都能击中女生们的少女情怀。眼前的女生有些羞涩，说起话来声音很轻："不……不介意的话，我可以带藤司先生参观学院。"

如此好事藤司真的求之不得，能有人带路，就能去更多的地方，方便勘察下情况，何乐而不为？

但出于礼貌，他还是象征性地问一句："这样会不会麻烦你？"

女生拼命摇着头，有些娇羞地抬起头，马上又看地面："一点儿也不麻烦，今天我没有课。"

"这样啊……"藤司摆出有些犹豫的模样，迎上女生迫切的眼神，随即笑笑说，"那就麻烦你了。"

"不、不麻烦！"女生格外兴奋，双手握拳很激动地看着藤司。

"哦，对了，能告诉我你们的名字吗？不然，我不知道该怎么称呼你们。"

女生右手放在胸前意指自己说："你叫我小堇就可以。"然后指着身后那名深肤色的女生说，"她叫夏奇拉，是我的保镖。"

"好的，先谢谢你们带我参观学院。"

"没关系。"小堇摇着头，"藤司先生，你想先去哪里？"

"嗯……我想去图书馆看看，可以吗？"藤司顿了几秒才说出目的地，为的就是不让自己看起来目的性太强。

图书馆又不是什么禁地，小堇自然不会拒绝，带着藤司走近图书馆，通过她的手机终端进行身份确认，然后三个人一起走进图书馆。

四宇国学院的图书馆，就像一座巨大的收藏馆。这里摆放着各种种类、各种语言的书。并且按照语言和种类分门别类排列，前厅是两列能容纳几百人的阅读区，中区是一般书籍陈列书架，后区是旋梯式的古籍存放区。

"果然是应有尽有。"藤司不得不感叹，四宇国学院的能耐，许多市面上绝版的书籍，这里都能看到。

虽然四宇国学院以混乱出名，但是它的各种硬件设置是首屈一指的。

"嗯？奇怪，怎么这里少了几本漫画？"一名图书管理员，站在漫画书架前反复数着上面的书，与笔记本电脑中的记录核对。

"冰冰姐，漫画少了？"小堇好心地上前询问。

"是啊，前几天还在的，今天突然就不见了。而且，电脑里也没借出的记录。"冰若岩歪着头，不停地翻着笔记本电脑的记录。

冰若岩的话引起一旁藤司的注意，敏锐的直觉让他觉得这件事有疑点。

“是什么时候不见的？会不会是在图书馆看完，放在别的地方了？”藤司试探性地问。

冰若岩摇摇头，双眼盯着电脑一遍遍看，边看边说：“前天我才检查过，今天就没了。”

“冰冰姐，会不会放在了其他地方？”小堇也觉得书不会长翅膀飞走，也许有人放错位置呢？

“不会的，每天晚上我们都会检查下书籍的陈列。而且，在前厅看的书，一般都是还给我们前台，由专门的人员放回原位的。”冰若岩还是觉得不可思议，好好的几本漫画就莫名其妙地没了！

藤司低头静静思索着。前天？那不就是薇拉和塞雷斯被吓到的那天？那个白衣人在闭馆后出现在图书馆附近，这么巧又不见了几本漫画？

太过巧合的事情，有时候就不是巧合，而是一种必然的联系。

可是，之前樱嘉雪的分析又怎么说？按照推论，那个人应该是要离开图书馆，而不是走向图书馆。

整件事疑点太多，说不清的地方也很多。

“以前发生过同样的事情吗？”藤司问。

“其实，一直都有漫画不翼而飞，但是过几天又会出现。所以，我们一直没太在意。也许，这次也是那样，过几天就自己回来了。”

冰若岩挠挠头，对于这种无法解释的事情，她也没辙。书回来就没事，所以不会有人去追查。

“那么，一般多久会回来？”藤司隐隐约约觉得，那个人还会再现身，到那时就是一个机会。

“不确定，有时候一两天，有时候三四天，似乎一般不超过五天。”

冰若岩合上笔记本电脑，准备将这次漫画不见的事情和以前同样处理——守株待兔。

只要书能回来就好，她无意去追究书到底是怎么丢的，又是谁拿走的。

“你们慢慢看，我先去整理别的地方。”冰若岩挥手告别，藤司抬头望着漫画书架，双眼微眯思索着。

“藤司先生？藤司先生？”小堇轻唤两声，藤司这才回过神，报以歉疚的笑，“你想看什么书？我可以介绍下。”

藤司想着，指着身旁书架上的书问：“这些漫画，都是什么类型的？”

“藤司先生也喜欢看吗？我记得是一些普通的校园漫画、轻幻想漫画什么的。不过，一般是女孩子喜欢看。”小堇看着藤司露出狐疑的神情，想着难道眼前如此成熟的藤司先生也喜欢少女漫画？

女生？又多一处吻合的地方。看来，那名装神弄鬼的白衣女生，和这些失踪的漫画，有着莫大的关系。

“原来是这样，这里的书籍种类真的很多。”藤司环顾下四周，这一圈逛下来他发现，整个图书馆只有大门一个出入口，唯一的紧急逃生口也是关闭的。

所以，那个白衣女生能够出没这里，无非大门和逃生口两处。

根据薇拉发现的地方，对方很有可能是堂而皇之进出大门。如此明目张胆，一定有什么原因。

“藤司先生，你还想逛什么地方？”小堇轻声问。

“对了，我妹妹在一年级的教室，我想去看看她。”藤司勘察完图书馆决定先去找藤彩彩等人，将他获得的信息和猜测告诉他们。

小堇点点头，带着藤司走出图书馆，边走边说：“藤司先生很疼爱自己的妹妹，做藤司先生的妹妹真幸运。”小堇的声音越说越小，脸越来越红。

“主人，你的脸可以煮鸡蛋了。”夏奇拉突然扔出一句话，惊得小堇忙抬头，用双手捂住自己的脸。

“有……有吗？”小堇慌张地摸着脸，眼神焦急地看着夏奇拉。

夏奇拉无奈地叹口气，摇摇头说：“没有，我和您开玩笑的。”为了防止小堇太激动，她决定还是把刚才的话归为“玩笑”。

“你吓死我了！呼！”小堇放下手，长长地松了口气，嘟着嘴瞪夏奇拉一眼。

一旁的藤司早就观察到，夏奇拉这个保镖和小堇这个主人，有一种樱嘉雪和彩彩交错的感觉。

三个人走到二年级的区域，藤司所到之处十分引人注目，有憧憬的、有跃跃欲试的。

“藤彩彩同学和樱嘉雪同学，似乎在这间教室。”小堇指着教室说。

说话间，正处下课时间的藤彩彩，一眼看见自家二哥站在门口，激动地站起来一个箭步冲出去，整个人挂在藤司身上，像个树袋熊似的咧嘴笑着。

“二哥，二哥！你怎么来这里？”

“当然是来看你。你啊，快收敛下，多难看。”藤司努下嘴，示意藤彩彩看看周围。

藤彩彩突然反应过来，环顾四周，发现所有人都用看“外星人”的目光盯着她。轻咳两声，藤彩彩从藤司身上跳下来，整理下衣服故作正经。

但是，这些补救都已经晚了。她刚才那树袋熊的缠人模样已经深入人心。

“这位是小堇，是她带我来的。”藤司指着身旁的小堇，又指向夏奇拉，“那位是夏奇拉，小堇的保镖。”

“哦哦，你们好，多谢你们带哥哥过来。”藤彩彩憨憨一笑，小堇不好意思地低下头。

“小堇，谢谢你，我和彩彩他们有点儿事要说。”

藤司的话一出口，小堇就露出落寞的眼神。她早想到见到妹妹后，藤司就会让她走。可是，听见本人说出来还是有点儿不是滋味。

“为了感谢你今天带我参观图书馆，晚上我们大家一起吃饭，怎么样？”藤司不是那么现实的人，他习惯圆滑地处理一些事情。

更何况，少女的心很脆弱、很柔软的。

“好、好啊！”小堇果断答应，原本黯淡下的双眼露出欣喜的神采。

“主人，人家都说晚上吃饭了，现在你就赶紧回去休息吧。”夏奇拉拉着依依不舍的小堇离开，一路走一路说，时不时回头瞥藤司几眼。

小堇和夏奇拉离开后，藤司、樱嘉雪、藤彩彩三个人站在走廊上，靠着窗户说着有关藤司刚刚弄到的情报。

经过详细的讲述，樱嘉雪也认同藤司的猜测，漫画与少女有关联，看起来就顺理成章了。

但是，其中的那些疑点还是需要在抓到那个人后，才能弄清楚。

“看来，我们也要守株待兔。”樱嘉雪一手抱着胸，一手撑着下巴说。

“所以，我回去的日子又要延后了！”藤司耸肩露出一脸无所谓，对于休假期的他来说，在哪里都是一样的。

藤彩彩一直没开口，神情严肃地想着什么事情，樱嘉雪喊她几次都没反应，不知道的还以为她已经睡着了。

“下雨了！回家收衣服了！”樱嘉雪对准藤彩彩的耳边大喊一声，吓得藤彩彩猛然惊醒。

“啊？糟糕！衣服！”藤彩彩傻傻地转身就要跑，被樱嘉雪及时拉住，还没彻底反应过来的她回头看着樱嘉雪，一脸茫然，说，“小少爷，衣服不收会脏的。”

“没下雨，我逗你玩的。”樱嘉雪指着窗外的蓝天白云，藤彩彩顺着手指的方向看过去，愣了几秒终于反应过来。

“吓死我了，我还以为真的下雨了。”

樱嘉雪伸手就赏藤彩彩一记栗暴，没好气地说：“你刚才走神在想什么？”

“啊？哦，对了！我刚才一直在想，”藤彩彩这么说，一旁的樱嘉雪和藤司互看一眼，“就是那个啊，那个白衣女子，是怎么进图书馆的？没钥匙的人，难道穿墙？”

藤彩彩的疑问，同时也是藤司的疑问，这回，他和自家妹妹一样想不通。图书馆的钥匙并不是每个人都有，在图书馆关门后，手机终端也会自动锁定。

那么，那个人是怎么进去的？爬窗？不可能，根据他的观察，图书馆的窗户能打开的最大角度只有三十度。

“如果那个人能拿到钥匙呢？”樱嘉雪冷笑一声，似乎心中的线索越发清晰，距离真相也越来越近。

藤司和藤彩彩兄妹二人有些诧异，因为樱嘉雪的这句话是在暗示，这件事可能是有钥匙的人为之，也有可能是有钥匙的人把钥匙给了别人，造成一系列的事情发生。

“可是，有钥匙没有终端能进去吗？终端在闭馆的时候就已经自动关闭，不是吗？”藤司还是想不通。

“紧急出口并不需要终端。”

“但是，薇拉是在走廊看见的，应该不是从紧急出口进出吧。”藤彩彩越说自己越不确定，这么复杂的事情实在不适合她思考。

樱嘉雪嘴角微微扬起，完全没有一丝紧张，反而显得兴致勃勃：“那就简单，说明那个装神弄鬼的家伙，不仅有钥匙，更能打开终端，还能从终端进入。”

通过樱嘉雪的描述，藤司和藤彩彩越发觉得那个人不简单。普通的学生根本不可能有权力打开关闭的终端，所以，那个人肯定不普通！

“那会是谁？”藤彩彩想破脑子都想不出这种人的存在。能够打开终端的权限肯定很高，就连普通的老师都没有那个权限。

“不用愁眉苦脸，有个人能帮我们查。”樱嘉雪自负地一笑，目光流转窗外，望向另一栋大楼的某处。

坐在学生会的卓煜城，像是察觉到什么似的，浑身一阵恶寒。这种感觉还是头一次，让他不得不放下手中的书，沉默片刻环顾下四周。

走出学生会，才走几步就在走廊上遇上了校长，“校长，午安。”

“是卓煜城同学，今天没课？”校长露出难得的微笑，看来对卓煜城颇为欣赏。

卓煜城点点头，目光被校长手上的袋子吸引。校长似乎察觉到卓煜城的视线焦点，但并未藏起来，而是笑着问："听说你把东撰送回老家了，以后你一个人要多加小心，好好照顾自己。"

"多谢校长关心，学生心中有数。"卓煜城收回视线，彬彬有礼地微微欠身后离开了。

走出几步卓煜城忍不住回头，看着渐行渐远的校长，心中泛起一阵疑惑。

刚才，校长手上提着医院的袋子，里面装的是什么药吗？难道校长生病了？

卓煜城刚刚走出教学楼，手机铃声就传来，还没有拿出手机看，他就暗暗觉得这一通电话，肯定不是什么好事。

"什么事？"卓煜城的口气称不上好，也谈不上有多坏，对于樱嘉雪很多方面他是欣赏的，但是就东撰的事情而言，说他完全不在意是不可能的。

"有新线索，你是过来找我们呢，还是你过来找我们呢？"樱嘉雪调侃地问着。

"我过去。"卓煜城利索地丢下三个字，挂了电话就朝着对面的教学大楼走去。

樱嘉雪看着手机勾嘴一笑，对藤彩彩和藤司说："人很快就到。"

不到两分钟的时间，卓煜城就出现在樱嘉雪等人面前，走过来微微皱眉地看着他们："不去上课待在外面做什么？"

"等学生会会长大人。"樱嘉雪不以为然地耸下肩，靠着窗户侧头看着卓煜城，嘴角微微上扬总是带着戏谑的笑，"不知道学生会会长听完后会是什么感想呢？"

卓煜城弄不清樱嘉雪葫芦里卖的什么药，问："不论什么事，你们先去上课。"

"如果我说这学期的所有知识我都已经学完，你信不信？"樱嘉雪自负地笑着，瞥一眼教室中的老师说，"我是得到老师默许的哟！"

"我信，但是，你的保镖应该不是吧？"卓煜城对樱嘉雪的智商从不怀疑，但是藤彩彩的他有些不敢恭维。

被看扁的藤彩彩很生气，很想大声嚷嚷自己也是得到默许的，但事实是她压根儿没那个能耐，只能气呼呼地瞪着卓煜城。

樱嘉雪冷笑声，目光移向藤司说："你把事情全部告诉他，我和彩彩先回去上课。"藤司点头应下，樱嘉雪拉着藤彩彩返回教室。

走廊里剩下藤司和卓煜城两个人，彼此都不是很熟悉的人，气氛难免有些僵持。不过，藤司不是什么喜欢与人结怨的人，既然是不熟悉的人，理当客气优先。

"方便找个地方坐下来说吗？"藤司笑着问。

“那去学生会吧。”卓煜城走在前面，藤司跟着他一路走。

像卓煜城这种类型的人，藤司不会去主动搭话，他很清楚就算自己说再多，对方也未必会回答半个字。

同样，他也很清楚为什么樱嘉雪喜欢调侃卓煜城。这种冷酷的闷油瓶，就是会激起人的一种好奇，想方设法希望他能说更多更多的话。

学生会很安静，藤司好奇地问：“这里除了你，没有别人会来？”

“没有。”卓煜城示意藤司坐下说。

“难道学生会就你一个会长？没有副会长或者干事？”藤司很奇怪，从来没见过一个学生会是单独属于一个人的。

卓煜城礼貌性地倒上一杯茶给藤司，自己坐在藤司对面：“有需要的时候会找人过来帮忙，平时就我一个人。以前还有我的保镖，不过已经被我送回老家了。”

藤司越发觉得不可思议，一个学生会只有一个人，从上到下的事情就一个人负责？身为会长居然没累死，真是奇迹。

“看来你十分能干，难怪小少爷说，你一定有办法。”

“说吧，究竟是什么事情？”卓煜城不喜欢绕弯子，直接切入主题，想知道樱嘉雪突然把人叫过去，究竟为了什么。

藤司将知道的事情全部讲述出来，卓煜城的表情随着话题的深入，稍稍有些变化，双眉逐渐紧皱，应该也察觉到事情的蹊跷了。

“所以，你们要我帮忙调查，有谁在那天的那个时间进出过图书馆？”卓煜城问。

“是的，如果终端被打开，那么通过终端进入，就一定会有记录。”

卓煜城低着头思索着，身上没有以往轻松在手的气息，多了几分犹豫和困扰。

察觉到这点的藤司试探性地问：“是不是有什么困难？”

“没什么，我现在就能调阅记录。”站起身走到书桌旁坐下，打开电脑十指飞弹，几分钟后记录一一显示在屏幕上。

藤司凑过去看着，根据日期和时间搜索的结果，两个人所看见的名字是——没有记录。

两个人互相看着彼此，现在的查询结果宣告，他们的推断被全部推翻。一切又要重来，这对任何人来说都是非常苦恼的事情。

卓煜城盯着屏幕看了许久，突然说：“如果是被抹去的记录，是不会显示的。”

“嗯？你的意思是？”

“既然能够有图书馆的钥匙，又有能打开终端的权力。那么，那个人也拥有删除记录的权力。”卓煜城一字一顿缓缓说着，从他的口气似乎已经猜测到是谁为之。

藤司沉默片刻说："等小少爷他们下课，我们再从长计议。"转身离开书桌，将查询的结果用短信通知樱嘉雪，并让他们下课后来学生会。

再转身，原本坐在书桌那里的卓煜城已经不见踪影。藤司望着缓缓关上的门，无奈一笑。

"还真是个难相处的人啊。"

卓煜城一路走一路想着，他的脑海中不停盘旋着几个人名，能够有那种权力的在四宇国学院并不多。身为学生会会长他也没有删除的权力，整个四宇国学院有这种权力的只有两个人，一个是教导主任，另一个就是校长。

会是哪一个？必须查出来！不论是谁，只要危害到四宇国学院的安全，他都不能置之不理。

2

卓煜城走到一间坐落在学院最北侧的宿舍，宿舍看起来很破旧，就像没有人居住。走上前，轻敲几下门，没有人应门，门自己缓缓打开，并没有上锁。

走进屋子，即便是白天这里的光线依旧昏暗，每走一步都需要小心翼翼，指不定就会踩上什么。

“请问是哪位找我？”一个男生的声音传来，但是漆黑的房间里什么都看不清，也不知道哪里有人在说话。

“我，卓煜城。”

话音刚落，漆黑的屋子就瞬间变得明亮起来。屋子里除了一张床，剩下的都是各种电脑、器械，说是宿舍不如说是一个小型的仓库。

“学生会会长大人大驾光临，有什么事情？”男生坐在电脑前，嘴里叼着巧克力，十指不间断地敲打着键盘，看都没看卓煜城一眼。

“找你帮个忙。”

男生轻笑一声，笑声中带着些许嘲讽的味道，说：“又有什么事需要我出马？”

听男生的语气卓煜城已经不是第一次找他，从卓煜城的反应看，他们两个的气氛有些奇怪，不好不坏、不近不远。

“你能查到被删除的终端记录吗？”卓煜城说出这句话，男生十指突然停止，回过头瞪大双眼看着他。

男生皮肤很白皙，双眼非常有神采，就是整个人喜欢锁在狭窄的椅子上。

“发生什么好玩的事情了？”男生有着敏锐的直觉，能够让卓煜城特意跑来查的记录，绝对不简单。

“你能不能查到？”卓煜城皱着眉头，罕见地露出不耐烦的表情。

男生快速把巧克力嚼完吞下去，笑嘻嘻地看着卓煜城问：“我有什么好处？”这话的意思很明显，他有办法，就看卓煜城给什么报酬。

“一个月无限量供应零食。”

“好！成交！”男生一记响指，转身面对电脑，随手从桌上抓起一颗糖丢进嘴里，十指在键盘上飞速敲打，“哪天？什么时间？”

“两天前，图书馆关门后，大约十点，图书馆的终端。”根据卓煜城的述说，男生飞快输入信息，很快就有记录一一列出。

卓煜城凑近一看，发现在那个时间段，电脑屏幕上赫然呈现出那条被删除的记录，显示用过终端的是——应和依。

看见这个名字，卓煜城和男生两个人猛地一惊，互相看着对方面露惊讶。

“应和依？不是死了？”男生看看卓煜城，又看看电脑屏幕，再三确认自己没看错。

盯着这个名字，卓煜城的心情很复杂，他不觉得一个死人会去图书馆借漫画书看。但是，现在事实摆在眼前，这么诡异的事情真的发生了！

“喂喂，大哥，你该不会是在查灵异事件吧？”男生调侃地笑着，脸上看不出任何害怕的神情。

“是不是，等我查出来就知道了。”卓煜城丢下话转身就走。

男生看着他的背影“嘿嘿”一笑，扯开嗓子喊了句：“别忘了我的无限量零食！”

卓煜城没有止步也没有出声，只是伸手在半空摆两下，示意不会忘记。

得到满意答复的男生笑着转身，继续对着电脑看着，伸手从抽屉里取出一根美味棒，边嚼边自言自语着。

“这个应和依不是早病死了？连我这个不问世事的人都知道。”他迅速吃完一根美味棒，又含着棒棒糖盯着屏幕，突然想起什么十指在键盘上飞速运作。

很快，屏幕中出现几条记录，这些记录都是被删除的，应和依的名字重复多次出现，只要和她有关的记录全部会被删除。最奇怪的是，她的出没时间通常都是在夜深人静的时候。

“咦，这可真诡异。”男生浑身打个冷战，抓起手机对着电脑拍下照片，发送给卓煜城，附上一句：“嘿嘿，我要两个月的零食哟！”

收到信息的卓煜城看到最后一句话无奈地摇摇头。不过，这条短信的确对他帮助很大。

明显的是，有人在维护着什么，故意删除和应和依有关的终端记录。另一方面，为什么会有人用应和依的终端行事呢?

“这件事，越来越复杂……”

下课铃响起，樱嘉雪和藤彩彩在不到两分钟的时间内就赶到了学生会，不过，卓煜城居然还没回来。

“人呢？居然自己不在。”樱嘉雪懒散地坐在沙发上，瞥着卓煜城搁在桌上的书，暗想：这家伙居然也看这本，呵！

“要吐槽，等我说完后再吐槽。”卓煜城闪现在众人面前，站在门口冷冷地盯着樱嘉雪，“我刚去调查删除的记录。”进屋带上门，卓煜城将手机上的图片发送给樱嘉雪。

樱嘉雪打开手机一看，不明所以地说：“应和依是谁？”

“死了，一年前病死的。”卓煜城在电脑上搜寻有关应和依的资料，将笔记本电脑翻转呈现在大家面前，“这个就是应和依。”

樱嘉雪、藤彩彩和藤司凑在电脑前，看着屏幕上的应和依反应不一。

“好漂亮的女孩子啊，看起来就很温柔。”身为女生的藤彩彩第一个发出感叹，且只有她是在称赞应和依的外貌。

“破格入学的？那不是和我一样？是谁推荐的？”樱嘉雪的关注点明显不同，更加在乎女生的一些个人资料，希望能够从中找出蛛丝马迹。

卓煜城沉默，一副犹豫不决的模样，难得露出这种表情，又激起樱嘉雪的玩心。

“学生会会长大人怎么不说话了？”

卓煜城瞪了樱嘉雪一眼，冷声说：“我不知道，没有任何记录。”

疑点越来越多，应和依身份的谜团越来越大。整件事的背后，似乎藏着什么不可告人的秘密。

“看来，这个女生疑点很大哟。”樱嘉雪指着屏幕上的应和依，一旁的藤彩彩和藤司纷纷点头。

“如果一切都是那么不明确，那么她究竟有没有死，也是个问题。”藤司语出惊人，却得到樱嘉雪赞同的目光，这两个人真的想到一块去了。

樱嘉雪拨打手机，很快就接通，手机那头樱嘉木的欣喜声传来：“小雪啊！大哥想死你了！”

“是想我死吧。”樱嘉雪没好气地打回樱嘉木的过度殷勤，“有个人，需要你帮我调查下。”

“唉！我就知道，你不会因为想大哥打电话来的。”樱嘉木声音充满哀怨，但很快恢复了精神，“说吧，谁？”

“以前四宇国学院的一名学生，名叫应和依，传说已经病死了。”

樱嘉木一阵沉默，很快爆发出一声尖叫，“小雪啊！你是要让大哥帮你去通灵吗？大哥没那个能力啊！那种事情真真假假，你别信啊！”

“你说什么呢，我让你查她的资料，又没让你去找她打麻将！”樱嘉雪也回以一记大吼，喊得樱嘉木耳膜快被震裂。

“是，老爷，小的马上去查。”

吼完电话，樱嘉雪心情舒畅地说：“大哥会去搞定，很快我们就能知道，这个应和依究竟是谁。”

“对哦，还有大少爷！如果是大少爷，一定能查到的。”藤彩彩对樱嘉木有着某种佩服之情，原因就是樱嘉木实在太无孔不入，没什么不能调查到的东西。

“那么我们现在就等待回音，还需要在图书馆那里蹲点吗？”藤司问。

樱嘉雪摇摇头：“没必要。那个人是惯犯，不差这一次，我们掌握更多的信息后再行动。”出于对大家安全的考虑，樱嘉雪觉得不要急于求成比较好。

“那也能休息几天，真好！”藤彩彩美滋滋地说着，想她二哥难得来一次，就碰上这些事情忙个没完，终于能够休息休息，和二哥好好聊聊了，嘻嘻！

“那我也待到事情水落石出。”藤司当然也想和藤彩彩说说话，毕竟几年没见，难得才见这么一次。

“你那边的事情没关系吗？”樱嘉雪看着藤司，问的当然是对方雇主那边。

据他所知，藤司的雇主是个身体很弱的男生，需要藤司一直照顾，按时喂他吃药什么的。这次已经出来三天，那个人没问题吗？

“前两天我曾打过电话给少爷，等会儿我再打个电话知会下。”说起自己的雇主，藤司也是有点儿担心。虽然从电话里听起来一切正常，但他依旧有些担心对方的身体。

藤彩彩很好奇地看着藤司，身为妹妹，她一直都不知道，自己二哥的主人究竟长什么样子。

今天听他们提到，就更加好奇，忍不住想要看一下：“二哥，二哥，你的少爷长什么样？我好想看看哟！”

“对哦，彩彩你还不知道。等一下。”藤司拿着手机翻找着，很快找到一张照片给藤彩彩看，“这个就是我的少爷。”

手机屏幕上是一名头发灰蓝色的少年，脸上挂着温柔的笑，笑起来双眼成两条线，手里捧着一束小雏菊，画面很唯美。只是，少年身上的病号服显得有些悲凉。

“哥哥的少爷一定是个温柔的人。”藤彩彩忍不住发出赞叹。

“嗯，是个非常温柔的人，有时候太温柔，让人很不放心。”藤司切换手机画面，拨通对方的号码，很快就传来一个温柔的声音，“少爷是我，之前跟您说的事情，可能我还需要待几天。”

似乎得到肯定的回答，藤司频频点头，又说：“少爷，请您好好照顾自己，一定要按时吃药，不可以挑食。那么，我挂了。”

“哥，我们一定会尽早解决这件事，让你早点儿回去。”藤彩彩握拳。

“没事，少爷那边有其他人看着。”

藤彩彩盯着藤司看了几秒，摇摇头说：“不行，不行，哥其实是很不放心的，对吧？”

藤司一愣，诧异地看着藤彩彩，想着他有表现得那么明显吗？将心中的不安都表现在脸上了？不该啊。

如果不是如此，那么就是自家妹妹变得敏锐了。

“彩彩，你是真的成长了。”轻摸妹妹的头，藤司衷心地笑了。

过去的几天，学院里也没发生什么与众不同的事情，大家照常过着普通的日子。不同的是，藤司得到卓煜城的允许，暂时待在学院内。为了方便他调查，卓煜城还特意为他申请了一张临时出入证，可以通过基础设施的终端。

藤司这几天接着四处逛着，想看看能不能再找到什么蛛丝马迹。另外，图书馆那边，他也已经和冰若岩混熟，打听到最近丢失的漫画还没还回来。

看来，在他们按兵不动的这几天，对方也没有现身做什么，也许是还没看完。算算日子，三本漫画，如果按照正常的阅读速度，其实三天都不用就能看完。

但是偷走图书的人，却过了七天都没有回来，是怎么一回事？

“唉，书还没还回来，这次是时间最长的，都已经快八天了。”冰若岩双手托着腮帮，坐在图书馆前台哀叹着。

“不用担心，会还回来的。”藤司安慰道。

冰若岩无奈地摇摇头，正巧一旁的另一名同学走过来，一脸疲倦地递上书：“累死我了。”

“小易？你怎么来了？不是生病了吗？”冰若岩看着叫小易的女生有点儿诧异。

“好得差不多我就来了，再不来还书就要过期的。”小易将手中的书交给冰若岩。

冰若岩边动手登记，边随口问：“怎么样？好看吗？”

小易无奈地叹口气，口中吐露出的是深深的忧伤：“还看呢，我都快病死了，根本没时间看。天天躺在床上，除了睡觉就是吃饭。唉！”

冰若岩轻笑，指指一旁的终端，小易就拿出手机刷一下，这样图书归还就顺利完成。

“好了，你要不要再借？”

“不用不用，刚病好，我还是安分点儿，多躺躺算了。”小易摆摆手离开。

一旁的藤司将一切听在耳中，思索着刚才的对话，总觉得有什么地方他应该在意，却又有点儿混乱。

冰若岩将书放进一旁的箱子，等晚上闭馆前统一摆放：“人啊，身体不舒服就什么都不想动，别说看书，就算看电影的力气都没有。”

一道亮光闪过藤司的脑海，一个猜测跃上心头，如果按照他的猜测，那么对方迟迟没有归还书的原因就顺理成章了。

冰若岩刚想和藤司搭话，转身藤司已经不见踪影，心里泛着嘀咕：“人呢？这么快就不见了？”

藤司找到樱嘉雪和藤彩彩，正巧是午休时间，三个人就找个安静的地方，商量起来。

而所谓安静的地方，整个四宇国学院，最安静的莫过于——学生会。

卓煜城看着不请自来的三个人，心中一片无奈：“你们三个来做什么？”

“二哥发现一些线索，可能会有用。”藤彩彩拉着藤司走向卓煜城，后者不在意地冷哼一声，显然不觉得会是什么有用的线索。

“图书馆的管理员女生说，漫画还没还回去，是至今为止最长的时间。所以我猜测，对方一定是被什么事情缠住，例如生病了。”

藤司的大胆猜测，听起来有些牵强。但是，这件事原本就很诡异，所以再牵强的联系都会成为线索。

“那只是你的猜测，证据呢？”卓煜城不以为然，对这样的猜测没什么兴趣。

藤司也觉得自己的猜测不那么靠谱，但除了这点他想不到别的原因。

一名惯犯突然不出现，一定是被某种事情羁绊住。

“能够删除记录的人，有没有最近生病的？或者说，有买过什么药？”樱嘉雪看似无意的一句话，彻底将卓煜城的记忆唤起。

前几天在走廊上碰见校长，对方手中提着医院的袋子，这件事他印象很深刻。

种种的巧合联系在一起，很难说是巧合还是……

“看来，你心中有底。”从卓煜城的表情中，樱嘉雪抓到蛛丝马迹，“说吧，是谁？”

“前几天，我在走廊遇见校长，他手上提着医院的袋子。”

卓煜城也曾猜测过和校长有关，但是从利益点出发，校长并没有动机！

袒护一名“已死”的女生，让她自由出入学院，还特意去删掉终端记录。一切的一切，原因何在？

樱嘉雪并没有露出很惊讶的表情，而是将一份资料扔向卓煜城，说：“资料上写着，应和依生活在单亲家庭，母亲曾经是一名贵族的后裔，不过已经去世十年了。”

“她没有父亲？”卓煜城脱口而出，说出后才反应过来，“所以……”

“所以资料上写着，她的母亲从怀她起，就和家族脱离关系。所以资料上写着，她的入学不可能是母亲家族的人帮助。所以谁让她入学，那个人就很有可能和她父亲有关，甚至……就是她的父亲！”

樱嘉雪根据资料做出一切推断，一切都显得顺理成章，而那个替应和依办理入学手续的人，将会成为整件事的突破口。

卓煜城翻开资料的下一页，上面出现的名字让他一愣：“副校长？他已经离开四宇国学院好久。”

“嗯哼，所以就没有人证啦。”樱嘉雪两手一摊，语气轻飘飘地说。

“什么意思？”卓煜城不理解，人证指什么？

樱嘉雪指着应和依的资料说：“如果是你，偷偷摸摸给自己女儿办入学，你会自己办吗？”

“对哦！”一旁的藤彩彩迅速反应过来，难得这么聪明，知道附和樱嘉雪的话，“做不可告人的事情，要找个挡箭牌。电视剧里一直这么演的。”

“乖，真聪明。”樱嘉雪摸摸藤彩彩的头，就像在摸自己的宠物，继续说，“所以我说没有人证。但是，能够指使副校长这么做的，会有谁呢？”

“所以……还是校长？你还是怀疑和校长有关？”卓煜城有种感觉，樱嘉雪已经猜出一些事情，但没有说出来。

“不是‘还是’，是‘一直’。”樱嘉雪拿起茶杯给自己倒上一杯茶，很理所当然地坐到沙发上，“从你们说记录被删除开始，一直到刚才，让我更加相信自己的猜测。”

卓煜城还是不太能够接受，在他心目中校长是个非常能干、严厉的人，并且校长雷厉风行的作风，一直是他尊敬的。

“我相信，全校没有比校长能够四处出入自由的了吧？”樱嘉雪又丢出另一份资料，果然刚才还是有所隐瞒，为的就是观察卓煜城的反应，如果对方反应太激烈，他就不会拿出这一份。

根据资料显示，校长的个人账户从十七年前就一直在向同一个账户汇款，并且是每个月都有汇出，金额逐年递增。

还有有关应和依母亲的调查，显示她脱离家族后，生活起初很辛苦，但是后来过得也算宽裕。而宽裕的时间，和校长进入四宇国学院成为校长的时间吻合。

一切的联系，都让人不得不将矛头指向校长。在证据面前，卓煜城也显得很无奈。

他不愿相信自己尊敬的校长，会是一切的始作俑者。但在资料面前，他的不愿显得尤其脆弱。

“我会去证实这件事，如果是真的，我会要一个解释。”卓煜城放下资料，看向身旁的樱嘉雪。

但是，樱嘉雪缓缓摇着头，并不同意他的说法。搁下茶杯，退去脸上的笑，冷声说：“你问不出任何东西，你能做的就是和我们一起抓到那个装神弄鬼的家伙。带着她，去找校长大人。”

“你还想继续守株待兔？”卓煜城不清楚樱嘉雪葫芦里卖的什么药。

“放心，那个人很快就会出现的。漫画看完了，身体好起来了，就会出现。应该，也就这几天的事情。”

“你就这么肯定？”樱嘉雪的一脸自信，让卓煜城有些不爽。

总有股被牵着走的感觉，在眼前这个古怪的家伙面前，他这个学生会会长占不到一丁点儿上风，这对自尊心是很大的损伤。

“漫画这东西是上瘾的，看惯了，你让她不看比杀她还难受。”樱嘉雪一脸笃定，算准对方熬不过几天。

想要玩，那就好好玩。就等着好戏登场，不怕对方不上钩。樱嘉雪想着，脸上露出玩味的笑。

樱嘉雪等人离开后，卓煜城陷入深深的沉思中。很多事情他还是想不通，如果校长真的是应和依的父亲，又为什么要这样做？

利用应和依的终端，去借走漫画后，过一段时间还回来。这书是借给谁看的？应和依早就已经病逝了不是吗？

他实在想不通，最近那么多事情弄得他有些头疼。好久学院没闹过这么棘手的事情，而且还涉及离开的副校长，以及现在的校长。

有种预感，事情查清后，会有一个惊人的秘密等着他们。也许，他现在就应该赶紧做心理准备，以免等到那个时候接受不了。

✤

3

离开学生会，藤彩彩走在樱嘉雪身旁，问出一个困扰她很久的疑问："小少爷，你说那个吓到薇拉的人，真的是应和依吗？"

"我也不能肯定，但我觉得是。"

"啊？可、可是她……她不是死掉了吗？"藤彩彩浑身一阵恶寒，心中有股说不出的感觉，好像周围的环境都变得阴森起来。

樱嘉雪看藤彩彩脸色一阵青一阵白，突然凑近藤彩彩做出阴沉的表情，掐着喉咙用很低沉的声音说："说不定是……鬼哟！"

"啊啊啊！"藤彩彩吓得整个人挂在藤司身上，整人成功的樱嘉雪笑得合不拢嘴，"小少爷，你不要吓我啦，我胆子小。"

"好好好，不吓你不吓你，逗你玩呢！"樱嘉雪安慰着被吓到的藤彩彩，见她还有些疑虑才说，"我很早就说是有人装神弄鬼，很快就能水落石出。"

听到樱嘉雪这么说，藤彩彩稍稍松口气，她是很相信自家小少爷的，所以小少爷说不是，就应该不会是。

谁会没事做，半夜穿着白衣服到处走？这不是故意想吓死人吗？

等等！应和依不是已经死掉了吗？死掉的人还去借漫画看？还不是鬼？

呃，到底是什么？不行不行，她的脑子内存不够，已经想不出到底是怎么回事。

算了，反正小少爷也说很快会水落石出，那就等那天再看，事情的原委到底是什么样。

深夜，大家都已经进入梦乡，整个四宇国学院都沉浸在一片宁静中。

然而，有一处，在四宇国学院的极东面，一个不起眼的小木屋，亮着微弱的光线。小木屋中，一名女生披散着长发，坐在小板凳上，身上的白色长裙拖在地上。

女生的手中抱着一本漫画，低着头仔细看着，长发披散着，刘海儿长得可以掩盖住整个脸庞。

“吱呀——”，小木屋的门被推开，一名男子小心翼翼地走进，看着小板凳上坐着的女生，说：“依依，为什么不去床上看？”

女生缓缓抬起头，赫然呈现出一张诡异的笑脸，像是画在脸上似的，让人看得胆战。

“你啊，又调皮了。”男子走近摘下女生的面具，面具后露出一张精致、像洋娃娃似的脸，只是白皙得让人诧异，且没有一点儿血丝。

女生笑着站起来，长裙在地上一拖一拖地走到床边，仅仅是爬上床这个动作，她却显得相当吃力。

好不容易爬上床坐好，翻开手中的漫画继续看。男子静静地坐在一旁，看着床上的女生伸手轻抚而过。

“怎么样？身体哪里不舒服吗？”男子关切地问。

“爸爸，我没事，我很好。”女生乖巧地摇摇头，扬扬手上的漫画，“爸爸，我什么时候能再去借漫画？”

“等你看完了，爸爸再帮你去拿。”

女生摇摇头，嘟起嘴露出一脸孩子气：“我要自己去拿，像上次那样。”想起上次的事情，女生眼中露出闪亮的神情。

男子沉默片刻，最终还是点头应下。他原本想拒绝，但是不忍心看见女儿失望的样子。

上次的事情似乎已经有人追查，下次需要更加小心谨慎。

“那么依依，你要答应爸爸，不可以像上次那样吓人。知道吗？”

“嗯，我知道了，爸爸放心。只要能让我去借漫画，我就听爸爸的。”

男子眼中露出宠溺，轻抚着女孩长发，轻声说：“依依，爸爸一定会治好你的。我已经找到办法，我会治好你的。”

女生抬起头笑看着男子，似乎不太懂男子在说什么，但是脸上始终挂着灿烂的微笑。

“依依晚安。”

“爸爸晚安。”

男子关上灯离开小木屋，抬头望向漆黑的夜空，镜片后反射出一道森冷的寒光。

夜空有微弱的星光和月光，微风袭来，摘下眼镜，即便没有眼镜的存在，男子依旧目光如炬。

眼镜只是一种装饰，哪怕戴着最普通的眼镜，也能掩盖住身上的某种特质。

“放心吧，只要有爸爸在，就会好好保护你，依依。”男子眼中闪过一抹狠戾，迅速收回视线戴上眼镜。

当天夜里，男子拿着书走向图书馆，在输入密码重启终端后，用钥匙打开图书馆的门，将已经看完的几本漫画放回书架上。

关门离开后，男子才走几步，身后就传来樱嘉雪的声音：“校长大人，这么晚来图书馆做什么？”

走廊里瞬间变亮，樱嘉雪、藤司和卓煜城，三个人开着手电，走向背对着他们的校长。

校长缓缓转过身，十分淡定地看着他们三个：“那你们三位呢？”不慌不忙，语气平稳笃定，对他们的出现并不显得很惊讶。

“校长，您应该先回答我们的问题，毕竟是我们先提问的。”樱嘉雪笑着说。

校长看看藤司，又看看卓煜城，最终目光落在樱嘉雪身上：“似乎，我不需要说，你们已经知道。”

“不，我们不知道，还是请校长自己说。”樱嘉雪不是那么好糊弄的人，绝对不会让校长就这么糊弄过去。

他需要对方亲口承认，不然这一切都不算结束。

校长严肃的表情变得缓和，露出几分无奈，说：“我们换个地方说。”

藤司看一眼樱嘉雪，后者点头同意。一行人跟着校长一路走，藤司心中有些疑惑，眼前的这位校长，看起来一丝惊慌也没有，就好像已经做好心理准备。如果是普通人，秘密被发现，多少都会有点儿惊慌，哪怕是一瞬间的。

然而，这位校长并没有，哪怕半秒钟的惊慌都没有。抓到的时候虽然背对着，看不清是什么表情，可是身上的气息很从容、淡定。

这一点，难道只有他发现了？

校长将他们带到校长室，打开灯后请他们坐下：“你们想知道什么？”没有直接说，而是用提问的方式。

卓煜城刚要开口，就被樱嘉雪一巴掌拍回去，抢断他的话。

“校长，还是您说吧，我们也不知道该怎么问。”樱嘉雪并没有中计，如果由他们提问，就无法知道校长的坦诚度有多高。

校长对着樱嘉雪看了几秒，收回视线后坐在对面的沙发上，轻叹一口气说：“那么，我就先解释下，为什么我要去图书馆还书。”

“好的，我们会洗耳恭听，直到您说完，我们都不会插嘴。”樱嘉雪的话是在提醒身旁的某个人，不要傻傻地去打断、插话，这样会让对方有空子钻。

藤司自知和他无关，就点头附和。

卓煜城很主动地对号入座，不满地看着樱嘉雪，后者完全忽略他的眼神。

“我想，你们中应该还有人记得，一名叫应和依的女生吧？就是在一年前病逝的，那个女生……是我的女儿。”

校长的话自然也不会让在座的三个人觉得很惊讶，这点他自己也料到，所以不做过多的解释。

“而我借的漫画是拿去给她看，你们一定会觉得很可笑，死人怎么会看？但是，她的死只是假象。”校长抿口茶，润润喉咙继续说，“为了不让她母亲的家族找到她，我才策划她假死。从她出生后，为了保护她们母女，我都无法和她们母女好好见面。依依的母亲去世后，家族里的有心人就想要除掉她。”

听起来是一个比较悲惨的故事，但并没有感动樱嘉雪。他不关心那些悲惨的恋情，也不关心别人有多么无奈。

“原本我是想取消依依的终端权限，但是这么一来她就什么地方都不能去，我就没有做。只是，每天删除终端的记录，保证她的安全。我不希望有人知道她还活着，从而带来不必要的麻烦。”

卓煜城点点头，对校长的做法表示理解。似乎是得到鼓励，校长深吸一口气，继续说：“之前依依跟我说，她离开图书馆的路上，碰见过两个女生。似乎吓到她们了，我就有些不安。没想到，是你们在调查这件事。”

校长语毕，环视在座三个人，三个人的表情各不相同，卓煜城已经露出谅解的神情，藤司则一脸事不关已，只有樱嘉雪一如既往地一脸冰冷。

“我做的一切，都是为了保护我的女儿。希望你们能够理解，我要说的就这么多。”

全场沉默三秒，樱嘉雪第一个开口，他直接问：“可以让我们见见你的女儿吗？”

“……可以是可以，但你们只能远远看下。依依很胆小，身体非常差，我不希望她被吓到。”校长的每个字都在袒护自己的女儿，可见他对女儿的爱。

樱嘉雪点点头站起身，其他两个人也陆续站起来，校长带着他们走向小木屋。他们从来不知道四宇国学院还有这个小木屋，非常隐蔽，几乎都在植物的掩盖下。

几个人站在树木中，远远地透过窗子，他们能看见一名女生，穿着睡衣坐在床上，粗略地能看见一个轮廓，是一名皮肤很白皙，很干净清爽的女生，此时她手里正翻阅着漫画。

“那个就是依依，白天她不太出门，都在家看书，漫画、小说、专业书籍等，都看。”校长望向屋中的应和依，露出少见的温柔表情。

樱嘉雪打量下女生，然后朝校长点点头问：“被吓到的女生说，她们看见一个没有脸的女生，这是怎么回事？”

“原来真的被吓到了。依依很喜欢面具，尤其是白色的面具，她总是喜欢把面具戴在脑后。”

脑后？樱嘉雪有些不解，如果是脑后，那就不该是回头的时候看见，而是一开始就看见。

“请问，你的女儿吓到其他同学的时候，是准备离开还是前往？”

“这件事依依跟我说过，她说她准备去图书馆的时候碰上一个女生，吓得掉头就走。原本依依的头发就长，稍微低下头就会遮住脸。”

樱嘉雪沉默着，视线再度转向屋内的应和依，见她偶尔会露出笑容，看起来天真无邪的模样，陷入一阵沉思。

如果是这样，那么就是说微拉看见的时候，其实对方是要走过来，而不是离开。所以吓得转身就走，一转身就露出白色的面具，让人以为她是没有脸的。

这点，也算说得通。另外删除记录的理由听起来也理所应当，前后都能联系起来，没有什么矛盾的地方。

但奇怪的是，一切都太理所应当。看起来一切都是因为校长深爱自己的女儿，是为了保护自己的女儿，才做一系列的事情。

“校长，既然我们已经清楚整件事的来龙去脉，那就不需要继续追查。同样，我们也不会打扰您女儿的生活。”在樱嘉雪沉默的时候，卓煜城率先开口。

“这件事造成你们的困扰真的很对不起，另外，希望你们能够替我保密。我真的不希望再有人伤害依依，希望她能够安静地生活。”

这回，樱嘉雪抢在卓煜城之前开口，关切地问：“校长，你为什么不送她去医院治病？这样下去，真的没关系？”

校长闻言露出为难的表情，神色中藏着几分惆怅：“我也想，可是依依的病根本无药可治。我为她找过许多许多医生，但每次检查过后都说她很正常，只是有点儿贫血。”

“嗯？贫血很普通吧。”樱嘉雪不解地看着校长，贫血只是营养不够而已。

“问题在于，依依动不动就会晕倒，还经常会这里不舒服、那里不舒服，偶尔会呕吐。但是，我一定会想办法治好依依！”一抹坚定掠过校长的双眼，其中还夹杂着其他复杂的情绪，有几分瘆人。

樱嘉雪没有继续问，点点头后决定离开。三个人跟着校长离开，一路走回学院的宿舍区。已经是深夜时分，卓煜城和校长同路回去，樱嘉雪则和藤司一起回宿舍。

走在寂静的夜晚，樱嘉雪比周围的环境还要安静。虽然藤司并不是特别了解樱嘉雪，但对这么沉默的他多多少少觉得有点儿奇怪。

“小少爷，你是不是在想什么？”藤司问。

樱嘉雪点点头，他始终有一点想不通，这一点虽然和整个事件没什么关系，却成为校长的诉说中唯一有漏洞的一点。

整个事件校长都说得十分合理，只有和事件无关的一点，让他觉得有些奇怪。

“藤司，你对校长说的那些有什么看法？”

藤司扬扬嘴角：“他说的事情很顺畅，听起来一切都理所当然，并且很值得人同情。他对我而言是个陌生人，我也不知道他是什么样的人。但从今天的这次会面，我觉得你们的校长是个不错的对手。”

樱嘉雪突然止步，侧头看着藤司轻挑右眉：“哦？”语调微微上扬，似乎对藤司的话很感兴趣。

“就他避重就轻的方式而言，有这样的校长在，相信小少爷不会无聊。”

樱嘉雪轻声笑着，边笑边摇头：“藤司啊藤司，你果然也是个不简单的家伙。”

“多谢小少爷夸奖，保镖界内，像彩彩这种人十分罕见，请小少爷务必珍惜。”一句话，听似在开玩笑，但隐含着许多暗语。

樱嘉雪是个聪明人，一听藤司这么说，立刻露出自负的笑容：“当然，我会比你们任何人都珍惜。”

两个人继续向前走，樱嘉雪好奇地问：“你是觉得他避重就轻？”

“就我个人而言，我更想听的是有关他自己的事情。但是呢，他诉说的一直都是他的女儿。”藤司耸耸肩，继续说，“也许他是真的爱自己的女儿，也许是想隐瞒什么。”

“两者皆有吧。”樱嘉雪看着一路上整齐排列的路灯，思索着说，“他的女儿究竟得的是什么病？刚才他先说无药可治，又说一定会治好。不矛盾吗？”

“也许……只是他的一种执着？”

“也许是，也许他已经找到方法，但在等待着什么。”樱嘉雪不完全觉得那是一种执着，刚才在校长说出那句话的时候，他清楚地看见，在对方眼中闪过一丝残忍。

为什么会有那样的表情？救女儿需要露出那种表情吗？

这些事情，还是无从得知。也许，在将来的某一天，他会从校长身上得知某个重大的事件，甚至是阴谋。

✽

4

整个事件就此暂告一个段落，樱嘉雪随便想了一个理由，把薇拉她们糊弄过去。就说是有女生在玩cosplay后忘记换衣服，头上戴的面具吓到她们。

反正当事人也不知道实情，只要知道自己不是真的“见鬼”，她们就会全部安下心。

因为这件事被耽误下来的藤司，总算能功成身退。在藤彩彩的强烈要求下，藤司必须吃完晚饭再走。

晚上藤彩彩要大展身手，做一顿丰盛的美食为自家二哥饯行。说饯行一丁点儿都不夸张，他们两个下次见面都不知道要什么时候，除非两家主人再放假，或者主人们碰面。

“二哥、小少爷，我现在出去买点儿食材，你们等一下啊。”藤彩彩准备出门，却被藤司阻止。

“我去吧，你不要跑来跑去。”藤司觉得光坐着实在很无聊，还不如出去走走。

“那怎么可以！二哥你是客人耶！”藤彩彩义正词严地拒绝藤司，她不是不懂规矩的人。

既然留二哥吃饭的是她，怎么能随便让二哥去买东西？

“我和他一起去，你先准备现有的食材。”樱嘉雪已经整装待发，拿着手机和钱包站在门口。

藤彩彩一听更加激动，拦在门前挡住不让樱嘉雪出去：“小少爷，怎么能麻烦你！这些都是我应该做的，我去……”

“不用说了，我和藤司去。”樱嘉雪用手指抵住藤彩彩的双唇，阻止她继续说下去，“我们这几天都在忙，没有好好吃一顿，所以想尽快吃到美食。你就在这里乖乖准备有的，其他的我们去买。”

“就是啊，彩彩，你也不想饿死二哥我吧。一来一回多浪费时间，你就听小少爷的。”

她就一张嘴，还是张钝嘴。他们有两张嘴，还都是利嘴，结果当然不用说，她毫无胜算。

樱嘉雪和藤司一起出门，藤彩彩转身跑进厨房去洗菜切菜，忙得不亦乐乎。

走在四宇国学院中，看着周围的少男少女们，藤司不禁回忆起以前在学校的日子。他所在的学院与四宇国学院是天壤之别，从设施到里面就读的人都是普通到不能再普通的。

像四宇国学院这样拥有整栋商场的学院，他以前觉得是童话里的一角。走在比外面的超市要大上两倍的超级市场，忍不住轻轻摇头。

“怎么了？是觉得不可思议，还是不喜欢？”樱嘉雪边问边挑选着食材。

“两者皆有。”藤司丝毫不避讳，他确实不是很喜欢这种环境。

樱嘉雪将终端在一捆香菜上一扫，继续向下一个目标前进。没走几步，安娜和劳拉出现在眼前，两个人一起拥过来，将藤司和樱嘉雪围住。

“那……那个请问首领呢？没来吗？”安娜双眼中闪烁着异常期待的光。

“她在准备晚饭，没时间过来。”藤司笑着率先开口回答，身边的樱嘉雪没有理会两名女生的意思，退后几步躲开她们的包围去买菜。

“这样啊……我还以为能碰上她呢……”安娜露出几分失望之情。

“是啊，我也以为能遇上，还想好好向首领道谢呢。”劳拉的失望之情不亚于安娜，看起来两个人都十分想见藤彩彩。

“你们已经道过谢，不需要一直道谢。更何况，彩彩是你们的首领。我想她会觉得，这些事是她应该做的。”藤司尽可能地安慰着安娜和劳拉。

安娜和劳拉互相看几眼，依旧保持沉默，脸上的表情怎么也愉悦不起来。

藤司一时间也不知道要怎么开解她们，不了解也不熟悉，总觉得安慰的话到嘴边，说出来又很不合适。

“我说，你们两个是来做什么的？难道就是来找彩彩的？”樱嘉雪的声音半路杀出，本人站在一旁双手环抱胸前，冷着脸调侃着二人。

劳拉和安娜面面相觑，足足愣了五秒，突然想起什么似的，拔腿就跑。

“今天有鸡三角啊——”一路上两个人你争我夺，拼死要把对方甩在后面。

藤司满头问号地望着互不相让的两个人，轻声嘀咕道：“她们两个的感情究竟是好还是不好呢？”

“我记得彩彩那丫头列的清单上……”樱嘉雪低着头看着清单，从上往下快速浏览后，在清单的倒数第三项，看见“鸡三角”三个字。

抬起头，望着早就消失得无影无踪的安娜和劳拉，淡定地朝藤司肩上拍一下：“藤司，你能跑赢那两个女生吗？”

“嗯？没问题啊。”藤司看着樱嘉雪，不知道他问这个做什么。

“那好，你现在立刻赶上去，在她们抢完鸡三角前，给我抢三块回来。”樱嘉雪露出迷人的微笑，虽然是拜托的语气，但总觉得有几分“你抢不到就死定了”的味道。

藤司看着樱嘉雪三秒，暗暗地叹一口气，深深感觉到他自己有多倒霉。

但，他还是照着樱嘉雪的话做，以迅雷不及掩耳之势消失在樱嘉雪眼前。樱嘉雪则满意地点点头，拿着清单继续在蔬菜区转悠。

在樱嘉雪慢条斯理地挑选蔬菜时，藤司正在生鲜区，和一群人做着战斗。幸好他的身手有足够的优势，从人群中杀出一条血路轻而易举。

当樱嘉雪挑选完最后一种蔬菜时，藤司拎着一包鸡三角回来，放在樱嘉雪面前说：“我已经结完账，全部搞定，你的搞定没？”

“真不愧是一流的保镖，抢任何东西都不会输。”樱嘉雪拍着藤司的肩膀，毫不吝啬赞美之词。

藤司无语地看着樱嘉雪，他宁愿不要这些称赞，也不想再去抢这玩意儿。

生鲜区的人，不管是什么都要抢，一群保镖为了做出美味的食物，争先恐后地要挑选走最好的食材。

付完钱，樱嘉雪和藤司双双走出超市。刚走出去没多久，就遇上徐然一行人。徐然等人看见樱嘉雪立刻开启痴汉模式，很兴奋地跑过去。

“大人，为什么不是藤彩彩跟着你？”徐然说话全程瞪着藤司，显然把藤司当成敌人。

樱嘉雪对于徐然等人的殷勤，起初他会按捺不住要揍人的冲动，但现在已经完全应付自如。

“彩彩在家里做饭。”樱嘉雪简单地回答了一句。

“彩彩真是体贴，难怪把大人伺候得那么好！”徐然一脸献媚地看着樱嘉雪，一转眼就换上一脸怒视，死死地盯着藤司不放。

其他几个高年级的也想方设法插进藤司和樱嘉雪之间，把两个人彻底分开，然后自已占地为王。

走着走着，樱嘉雪感觉身边的人有些不太一样，侧头一看竟然不是藤司，忙停下脚步回头去看。

就看见他周围已经被围堵得水泄不通，藤司早被挤到圈外去了。

“藤司，你慢慢吞吞的干吗？”

“小少爷，你的粉丝太热情，我抢不过他们。”藤司半调侃地回答。

樱嘉雪微微皱眉，一看见他皱眉，徐然等人浑身一个激灵，立刻让出一条道路，让藤司回归原来的位置。

“我觉得有点儿热、有点儿闷，是不是人太多了？”樱嘉雪笑眯眯地看向徐然，后者立正、敬礼，大喊一声“小的明白”然后下一秒就带着所有人消失不见了。

众人终于离开，樱嘉雪收起笑脸，恢复到最平常的表情，继续和藤司并肩前行。

还有很短的一段路，两个人就能回到宿舍。但是樱嘉雪突然在半路停下，看着身旁的藤司，似乎有话要说。

“小少爷，如果想说什么，您就说吧。”藤司的敏锐，是樱嘉雪所欣赏的。

“我觉得彩彩这几天真的很开心，你来的这几天，她表现得非常放松、自然，让我很欣慰。”

“小少爷，不会觉得不舒服？而是欣慰？”藤司诧异地看着樱嘉雪，他还以为樱嘉雪会不爽他。

毕竟，彩彩对于他这个二哥的感情，比起对樱嘉雪的要更坦率。所以不能对樱嘉雪撒娇的、倾诉的，这几天会对他这个二哥全部表现出来。

“你以为我会？”樱嘉雪摇摇头，他并不觉得有什么不舒服，“我所希望的，是那丫头能够开心。我知道她现在依旧把我当主人，所以很多事情不会对我说。”

这一点是无法立刻改变的，只能慢慢地去改变，去同化藤彩彩的感情。

他是个有耐心的人，有的是时间去同化藤彩彩。在藤彩彩意识到感情前，必须先让她自信起来。

如果没有自信，即便感情再深也都会去逃避。他做了这么多，就是为了让藤彩彩在将来的某一天，意识到内心的感情。

“我相信总有一天她能察觉到，不论是她自己的感情，还是我的感情！”樱嘉雪回头看着藤司，忽而一笑道，“更何况，你们是亲兄妹。我还没占有欲强到连她亲哥哥的醋都会吃。”

“小少爷，我见过不少让人捉摸不透的人。他们都是因为内心太复杂，所以很难让人看透。但是你，内心目标太明确，反而让人猜不透。”

藤司以前一直听闻，樱家小少爷什么都不会，就是一朵温室里的小白花，被父亲和哥哥呵护长大，并且很任性骄纵。

然而现在，事实证明传言永远是传言。没有亲眼见过的人，如果根据他人的言论妄下定论，便是一种愚蠢。

“原来你对我的评价那么高，不过，我会很欣然地接受。”樱嘉雪笑看着藤司，此时的笑容没有威胁、警告、坏心眼，是更纯粹、发自内心的笑。

“把彩彩交给小少爷，我放心了。”

“别太快放心，在这个学院一天，都不能放松警惕。”樱嘉雪环顾整个四宇国学院，在他眼中四周充满危险的气息，有着太多的不确定。

藤司听出樱嘉雪话中的含义，思量再三还是觉得问出口：“小少爷，我一直很想问，你为什么会转学到这里？”

就他所知，樱嘉雪以前的学院非常优秀，是知名的贵族高级学府，最重要的是董事会主席，正是樱嘉雪的父亲。

“在以前的学院，没有任何挑战。即便彩彩成为我的保镖，也不会有任何进步，只会沦为陪伴我读书的小书童。”

樱嘉雪没有隐瞒的意思，将他的打算和想法和盘托出。事情已经进展到现在，他没必要隐瞒藤司。而且他相信，藤司为了藤彩彩着想，也不会随便乱说。

“确实如此。没有经历过风雨的保镖，是无法成长的。在四宇国学院，挑战的确很多，但也是最好的锻炼场所。”

但，藤司还是有些不放心。不是对樱嘉雪不放心，而是对这所学院的最高领导者。

“选择这里也是一种机缘巧合，我无意中发现了这所学院，觉得这里的环境很符合我所需要的。”

“既然小少爷那么说，我也放心。但是，还是请小少爷多加小心，这里……”藤司欲言又止，他不知道该从何说起。

身为保镖，他不能靠感觉就让别人去做什么，所以无法说出口。

“我明白你的意思，我会小心，会保护好你宝贝的妹妹。”

“扑哧！小少爷，我越来越觉得你更像保镖。”藤司脱口而出，说出他埋藏在心里很久的这句话。

樱嘉雪不以为意地耸耸肩，他其实也这么觉得。彩彩表面是他的保镖，但在暗地里他是藤彩彩的保镖。

“我之所以努力学那么多，就是为了保护她。”

小时候那件绑架事件后，让他坚定要保护藤彩彩的心。从来没有一个人，让他有那种真实的亲切感。

大家因为他是小少爷，都很尊敬他、害怕他。然而，没有人真的关心他、保护他。

反而小小一个什么都不懂的藤彩彩，第一次见面就那么保护他，还真心替他着想。从那时起，他就暗暗发誓，要保护这个单纯的女孩。

“小少爷的身手应该不输给我吧。”藤司温柔一笑。

“我是桃管家手把手教出来的，你说呢？”樱嘉雪递上灿烂的笑容，是一种不服输的笑容。

“看来，是相当了得。”同为保镖的藤司，当然知道桃管家是哪号人物。

樱家的桃管家，是现有的保镖中被称为“传说中保镖”的其中之一，年纪轻轻就拥有其他人无法比拟的能力。

但是，当年在最叱咤风云的时候，突然隐退了。其中的缘由谁都不知道，只知道隐退后去当了管家。

5

说话间，两个人已经回到宿舍，从超市回来一次就是大丰收，所有食材都搞定。

藤彩彩在厨房忙碌，看见两个人回来双眼一亮，举着菜刀就冲过来问："鸡三角买了吗？"

"买了，买了，都在里面。"樱嘉雪憨着笑将东西递给藤彩彩，接过东西后藤彩彩转身又钻进厨房。

在客厅的两个人，能听见厨房里忙作一团的声音。这回，两个人谁都没进去帮忙。

他们很清楚，今晚的这顿，藤彩彩想要大展身手，他们当然不会去破坏她的计划。

"小少爷，你们校长叫什么名字？"藤司突然问，似乎想到什么。

"我记得叫……归烨。很奇怪的名字，所以我记得。"

藤司陷入沉思，他总觉得对这个人有印象。第一次见面的时候，总觉得有几分眼熟。但，怎么也想不起来。

刚才听见这个名字，也觉得似乎在哪里听过，可还是想不起来。应该是在什么地方瞥见过，所以印象不是很深刻。

"怎么了？"樱嘉雪见藤司沉默不语，隐隐察觉到什么。

藤司摇摇头说："没什么，我就是觉得那个人有点儿眼熟。"

樱嘉雪没出声，归烨不是名人，如果藤司觉得眼熟，那一定是在某个地方见过。

"可能是在某场宴会，我一度陪少爷和老爷出席宴会，可能见过吧。"

"二哥！小少爷！开饭啦！"樱嘉雪捧着一大锅汤，兴奋地来到餐桌前，冲着沙发上的两个人大喊一声。

他们听见开饭，谁都懒得去想别的事情，快速走到桌边，看着满桌的丰盛佳肴，心情大好。

但是，这佳肴有些丰盛过头了，三个人煮了六七个人的量。

“快开动吧！趁热吃！”藤彩彩分好碗筷坐下。

“那我开动了。”樱嘉雪不客气地夹起第一筷，冲着他最喜欢的牛肉而去。

下筷速度如同雨点般迅速，很快一桌的菜就已经被消灭得不剩多少。虽然菜色很多，但量并不大，三个人加把劲，就完全没问题。

“呼呼！好饱啊。”藤彩彩摸着圆滚滚的肚子，暗暗赞叹着自己做的菜真好吃。

“彩彩做的菜真好吃，以后二哥一有空就过来蹭饭吃。”藤司想着，多年不见妹妹的手艺变得如此超群，果然士别三日当刮目相看。

樱嘉雪已经吃惯藤彩彩的饭菜，味觉已经被调教得很习惯，一直都觉得藤彩彩做的饭菜很好吃，觉得今天的她是正常发挥。

吃完饭，樱嘉雪和藤司负责刷碗，两个人在厨房忙碌，藤彩彩则擦桌、收拾垃圾。

突然，藤司的手机响起，接通后传来的是一个轻柔的男声：“司，你是今天回来吗？”

“是的，少爷，我马上就回去了。您吃过晚饭了吗？”藤司露出关切的神情，一听见自家主人的声音，担忧就全部跑出来了。

“刚吃完，那我等你回来。”

“您别忘记吃药，如果累了就睡吧，我回来的路程比较远。”藤司不希望自家主人受累，本来身体就那么差，一旦受累又会是一场大病。

“嗯，我知道了。”男生挂上电话，藤司叹口气。

樱嘉雪拿过藤司手中的碗：“你快回去吧，你的主人身体不好，别让他等。”

藤司思量再三，决定接受樱嘉雪的好意：“那我先走，剩下的麻烦你了。”

藤司走出厨房，向藤彩彩道别后，就匆忙离开宿舍，朝着码头小跑而去。

“二哥那么着急，是那个少爷出什么事了？”藤彩彩整理碗和桌子，走进厨房洗抹布，有些不解地自言自语。

“没什么，就是让他早点儿回去，别让主人担心。”

藤彩彩点点头，想想二哥的主人的确对二哥很好，二哥都出来那么久了，是应该早点儿回去。

而且，那个少爷似乎身体很弱，一直都是二哥照顾他。这次二哥出来这么久，不知道有没有事。

“碗筷洗完了，我先去洗澡。”樱嘉雪脱下围裙挂好，擦下手径直走向浴室。

藤彩彩望着樱嘉雪的背影，总觉得现在越看越觉得小少爷的感觉和小时候完全不同。

不仅仅是因为人长大了，更是一种气息的不同。小时候的小少爷和她一样是个孩子，但现在的小少爷，已经变得很成熟。

在她不知道的情况下，变得越来越成熟，越来越有魅力，是男性的魅力。

“唔！我在胡思乱想什么呀！”藤彩彩猛甩着头，试图把脑海里的东西甩出去。

但越是甩，那些东西就越清晰。

谁在捣鬼

第8章 08

Di-ba Zhang

Jianxi Baobiao Dai Dai Shou

✖

1

夜幕下的四宇国学院，如同一个巨大的牢笼，将那些自认为有钱有势的人关在这座牢笼中，成为其中的囚鸟。

经过十五分钟的行驶，快艇终于抵达港口，回到城市后藤司需要坐出租车，一个小时左右才能回去。

站在路口，这个时间非常不容易拦出租车，来来往往的都是客满的。

突然，藤司感觉有人靠近他，下意识地提高警惕，猛地一回头，赫然发现一名小女孩儿站在他身旁，一双黑溜溜的大眼睛盯着他。

“大哥哥……”才说三个字，小女孩儿的眼眶就湿润起来。

“小妹妹，你怎么了？”藤司见不得女人哭，当然小女孩儿的眼泪他也很没辙。

“妈、妈妈不见了……”小女孩儿的眼泪说流就流，源源不断的泪水从眼眶中落下。

藤司愣了两秒，不明白迷路为什么来找他。但他无法丢下这么一个小女孩儿，晚上危险，这里人又杂。

“小妹妹乖，不要哭。告诉哥哥，你和妈妈在哪里走丢的？”

小女孩儿伸手指向左边，具体也没说是哪里，只是说：“那边。”

藤司没办法，只能拉着小女孩儿的手，跟着她走过去，希望能在那附近发现些蛛丝马迹。

当来到那个路口，藤司环视下周围，并没发现符合小女孩儿母亲年龄的人，刚想问就听见“咔嚓”一声，冰冷的感觉从手腕传来。

低头一看，双手已经被手铐铐住。藤司诧异地看着小女孩儿，原本一脸天真无邪的小女孩儿，此刻露出一抹邪魅的笑容。

“藤保镖，你大意了。”小女孩儿用不符合年龄的冷笑说。

“谁派你来的？”藤司察觉到不妙，警惕地看着小女孩儿。

“有人怕你碍事，让我来警告你一下。”话音一落，小女孩儿手中出现一把短的软剑，看见这把剑的瞬间，藤司脑海中闪过一个名字。

小女孩儿趁着夜色将藤司逼入小巷，手中的软剑一招一式，十分狠辣，毫不留情。

这样何止是警告，简直就是要人命！外表是个萝莉，却那么吓人。真不知道该怎么形容。

藤司一边躲避小女孩儿的攻击，一边想方设法解开手上的手铐。一个不留神，脸上被软剑划过。

“藤家的人也不过如此！就你这样的，难怪只能伺候那个病恹恹的少爷！”小女孩儿语气充满嘲讽，不屑地冷哼一声，朝着藤司直逼而去。

一股怒火萦绕在藤司心头，他其他的能忍，但绝对不容许任何人贬低他的主人！那是赋予他工作、职责、生存价值的人，绝对不容许任何人侮辱！

“没有人可以侮辱小少爷！”向来温文儒雅的藤司，双眼迸发出愤怒的火焰，硬是崩断手铐。

双手成功脱困后，藤司抬腿飞踢，借着墙壁的力量冲向小女孩儿。后者一惊，来不及收剑躲开，被迎面而来的藤司一把夺下手中的剑。

藤司在半空转身将剑抵在小女孩儿身后，眼神透出股股寒气，说：“回去告诉派你来的人，有本事正大光明现身，少做这种无聊的事。”

“喊！可恶！”小女孩儿咬着牙冷哼一声后消失在小巷中。

剩下藤司一个人，暗暗想着究竟是谁做的，竟然在他回去的路上埋伏。今天走，是临时决定的，只有少爷和彩彩他们知道。

还有谁？知道他今天要回去，特意在这里埋伏？

“糟糕！耽搁太多时间！”藤司暗叫不好，赶忙飞奔出小巷，正巧一辆出租车驶来，拦下后飞驰而去。

藤司终于在自家少爷睡觉之前赶回家。为了防止少爷察觉脸上的伤，他还特意去向女佣借东西遮盖下，这才蒙混过关。

夜深人静时，藤司在脑海中不停搜索，希望能够找到有关的信息。是谁？会知道他在这个时候离开，还让人埋伏着？

会知道他行踪的，除了彩彩、樱嘉雪和少爷，还会……

等等！难道说……

藤司拿出手机，拨通一个号码。与此同时，樱嘉雪的手机响起，看见是藤司的号码，不禁有些疑惑。

"喂，难道还要报平安？"樱嘉雪忍不住调侃藤司。

"彩彩在你身边吗？"藤司小心翼翼地问。

樱嘉雪察觉到有些不妙，望一眼浴室低声说："她在浴室，发生什么事？"

"我在回来的路上被人埋伏，我想了很久觉得可能这么做的就一个人。"

樱嘉雪沉默片刻，他很快反应出藤司说的是谁，微微皱着眉头说："你没什么大碍吧？"

"嗯，没什么，只有脸上被划伤。但是，你要向彩彩保密，我不希望她担心。"

樱嘉雪没有答应也没有不答应，只是说句"你好好休息"就挂上手机。正巧这时藤彩彩从浴室走出来，见樱嘉雪双眉紧锁，担忧地问："小少爷，怎么了？"

"你的二哥，在回家的路上被人袭击了。"

藤彩彩一听，手上的毛巾掉落在地上，激动地冲过去拉着樱嘉雪的手问："二哥怎么样？他有没有事？是谁干的？"

"没事，现在不清楚是谁做的。"

藤彩彩整个人都在颤抖，是被气得浑身颤抖。她没想到，二哥只是来看她而已，会在回去的路上发生这种事情！

到底是谁！是谁做的？不行！她现在就要去看二哥！一定要确定二哥没事！

"彩彩，你去什么地方？"樱嘉雪看着藤彩彩拿起衣服就要走，忙跳下床去阻拦。

"我要去找二哥！我要确定他没事！"藤彩彩激动得完全不顾樱嘉雪的阻拦，拼命往门口跑。

"你冷静点儿！他没事！他亲口告诉我，他没事！"

樱嘉雪双手抱住藤彩彩的肩膀，试图让她冷静下来。但是，现在的藤彩彩处于一种失衡的状态，就连他的话都听不进去。

"不要！我要去找二哥！我不要他有事！小时候二哥就差点儿……我不要再发生那种事情！"藤彩彩回想起幼年的事情，二哥明明差点儿死掉，还硬说自己没事！

她不相信二哥的"没事"！二哥一定伤得很严重！他就是这种什么都不喜欢说出来的人！

"彩彩！你去了也帮不上什么忙！你去做什么？那里有他的主人，会想办法找出那个袭击者的！"樱嘉雪没料到藤彩彩会这么激动，他还以为藤彩彩已经学会冷静。

不过，这次的激动有点儿不太对劲，跟平时的愤怒不同，更多的是恐惧。

“你根本什么都不懂！我要去找二哥！”藤彩彩完全不顾及樱嘉雪，就像双眼看不见他的存在，推开樱嘉雪后跑向窗边，一跃而下后消失在夜色中。

“彩彩——”

呼喊已经来不及，樱嘉雪暗咒一声“可恶”，左拳重重捶在窗台上。稍稍调整好情绪，冷静后拿起手机，拨通藤司的电话。

“告诉我，你以前发生过什么事？为什么彩彩那么激动？”

“你告诉她了？”藤司语气透着惊愕，迅速转为责怪，“你怎么能告诉她！”

“我以为她能够冷静，可是……这次有点儿出乎我的意料。”樱嘉雪自认为了解藤彩彩，平时的藤彩彩不会做出这么不计后果的事情，其中一定有他不知道的缘由！

手机那头的藤司轻叹一口气，道出在藤彩彩年幼的时候发生的事情：“那时候彩彩只不过六岁，我已经十一岁。夏天我们一家去海滩，彩彩在沙滩边玩，不小心被其他顽皮的孩子撞进海里。我看见后就去救她，然后不小心自己被卷离浅滩。差点儿淹死，我记得我醒来后，看见彩彩哭得稀里哗啦，就对她说‘我没事’。”

“她觉得你在骗她？”

“是的。所以这次的事情我才不希望她知道。”藤司的语气有些无力，他明白不论过去多久，这个阴影在妹妹身上是不会消散的。

樱嘉雪陷入沉思，他并没有想到会有这样的一个故事。原以为是个测试的好机会，没想到无意中揭开那丫头的伤疤。现在，事情是他造成的，他就必须去把人找回来。

“小少爷，请你把彩彩安全带回来。我觉得对我下手的人，很可能也会对彩彩下手。”藤司现在身上有轻伤，再加上离得远，可以说是心有余而力不足。

他只能拜托樱嘉雪，应该没有人能比小少爷更可靠。说来他这个做哥哥的也惭愧，自从妹妹离开家后，就少有联系和接触。

比起他这个“不负责任的哥哥”，也许和彩彩青梅竹马长大的小少爷更可靠。

“我会的。如果有人对她动手，我绝对不会放过！”樱嘉雪挂上电话，紧紧攥着拳头。

能够欺负那丫头的，只有我！别的任何人都不可以！樱嘉雪这么想着，拿起外套就走出宿舍。

一路走着同时打电话给樱嘉木，自从他离开家来到四宇国学院，打给樱嘉木的次数就越来越频繁，导致他那个大哥每次都特别殷勤。

“亲爱的小雪！是不是又有事情拜托哥哥呀？哥哥一定竭尽所能帮你的！”樱嘉木

每次接到来自樱嘉雪的电话，总是特别兴奋外加欣喜。

虽然他知道自家小雪一定是有事来“拜托”，但比起他那个至今没接到一个电话，整个人快崩溃的老爸，他就优越感十足。

“你知道，有个外表萝莉，下手狠毒，喜欢用短软剑的这号人吗？”

“这个……你等等，我问问风千。”樱嘉木转过身，扯着嗓子喊着风千。

风千从隔壁房间走过来，看见樱嘉木一脸花痴，就知道是谁的电话：“风千，风千，你知道哪号人物是外表萝莉，下手狠毒，喜欢用短软剑的吗？”

风千一听，眉头紧紧皱起，眼神格外凝重地盯着樱嘉木问：“大少爷，你打听这个人做什么？难道你惹上了她？”

“才没有，怎么会呢。”樱嘉木不停地摆着手，指指手上的手机说，“是小雪问的。”

风千长舒一口气，幸好不是自家主人惹上，不然他又得头疼，“那我就放心了。那个人我知道，曾经也是保镖，代号就叫洛丽塔。后来失踪了。”

“小雪，你听见了。难道你和她撞上了？”

“你帮我具体查一下，我需要她的所有资料。”樱嘉雪一听就觉得蹊跷，基本上会突然失踪的，都有什么不为人知的秘密。

“OK！完全没问题！”樱嘉木话音刚落，手机那头就传来“嘟嘟”的忙音。

一脸失望地看着手机，无奈地回头望向风千：“小雪又挂了。唉！”

风千无语地摇着头，他都已经懒得说什么。每次只要小少爷一打电话来，大少爷就跟打过鸡血似的。

这家的恋子、恋弟，究竟是怎么炼成的？小少爷小时候是挺可爱的，但也没到让人如此痴迷的程度吧。

樱嘉雪收起手机开始寻找藤彩彩，幸好藤彩彩的手机上有卫星定位系统，只要开机就能成功定位。看着地图上两个人的距离，樱嘉雪轻叹声：“没想到已经跑到那么远，真能跑。”

离开四宇国学院，乘着最后一班快艇，樱嘉雪到达市区。

突然，一辆车飞速驶来停在他面前，车上跳下来两个人，一个人钳住他，另一个人用一块布飞速捂上他的脸。

一股刺鼻的味道钻入樱嘉雪的鼻腔，他下意识紧闭口鼻屏住呼吸，很快装成晕过去的样子，被人七手八脚抬上车。

车飞快驶离原本的位置，夜晚的路口根本没人注意到这一幕。在车上的樱嘉雪继续装睡，耳边听见几个人的说话声。

“没想到，樱家小少爷真的是个美人。”一名大个子边说边笑。

“再漂亮也是个男的！”另一名长得矮小的男人伸腿轻踹一脚大个子。

大个子不满地骂骂咧咧着，时不时回头瞥一眼后面的樱嘉雪，还会发出“呵呵呵”的笑声。

“对了，绑这个大少爷能要多少钱？”矮小的男人摸着下巴，两个眼珠滴溜儿滴溜儿地转着。

“你可别给我打歪主意！”另一名长相普通，脸上有麻子的男人，狠狠瞪一眼矮个子，“老板说的，要的是樱家的无价之宝。”

“哦哦哦，无价之宝，那一定有很多很多钱！”矮个子双眼不停地发着亮光。

一旁的大个子完全没在意这番对话，总是不停地在樱嘉雪身上打量。

白白嫩嫩的，长得那么漂亮，就像洋娃娃一样。现在男孩儿子都能长这么可爱？会不会其实是个小姑娘？

大个子伸手想做什么，“啪”的一声被矮个子打得手猛地缩回来：“你……你怎么打人啊！”

“你这个大个儿想干吗？要是害我得不到无价宝，我就抽死你！”

大个子没办法只能骂骂咧咧地坐好，不时瞪小个子几眼，小个子懒得理他，全身心都在“无价之宝”上面。

在后面全程听着他们的对话的樱嘉雪，在心里盘算他们所说的“无价之宝”究竟是什么。又是谁命令这三个人来绑架他的。

这些人会不会和藤司被袭击有关？之前派出的是狠角色，现在又派三个不太正常的人来。看起来也许不像是一个人做的，但……

这么巧在同一天？不，这实在太巧合，巧合得让人生疑。

汽车一路行驶，樱嘉雪继续装作昏迷，直到车停下，有人将他扛下车，他还是装作什么都不知道，他们把他带到一个地方，锁门声传来后，他才缓缓睁开双眼。

四周都是墙，只有一扇门和一个通风口。看起来比较像仓库，外面没有汽车的声音，似乎离公路有点儿距离。

这时，门外传来对话声，似乎是在打电话和对方接头。

“老大，人已经绑来了，接下来怎么做？”一段时间的沉默后，男子连声说了几个“是”后挂了电话。“老大说，打电话给樱家，让他们拿无价之宝来换这位小少爷。”

“好嘞！”矮个子兴奋地一拍腿，立刻站起来走到麻子脸男人旁边问，“电话你有吗？那现在就打吧！”

“这么快？我都还没好好看看小美人呢……”高个子一脸哀怨地看着另外两个人。

矮个子那叫一个气啊，居然和这种人合作，他整个人都不太好。实在憋不住，一个箭步冲过去，冲着大个子的头伸手就是一掌，拍得大个子惨叫连连。

“什么小美人、大美人！”矮个子边抽边骂，弄得大个子火气也上来了，一把推开矮个子，仗着自己体积大吓唬人。

“好了，好了，你们别闹了！”一旁的麻子脸男人实在看不过去，赶紧阻止两个水火不容的家伙。

麻子脸翻出短信，照着上面的号码打过去。

夜路下，在市区街头漫无目的乱逛的藤彩彩，头脑渐渐有些清醒过来，不禁有些后悔自己的冲动，更多的是开始担心樱嘉雪的安危。

“就这么把小少爷一个人丢下，会不会出什么事情？万一……”藤彩彩越想越觉得不安，脑海中浮现出离开前樱嘉雪的那个表情。

✤

2

有些无奈、心痛、焦急。她并不希望小少爷露出那种表情，她是激动过头才会……

手机铃声突然响起，把藤彩彩吓得整个人一抖。掏出手机一看，竟然是藤司打来的，立刻接起电话："喂，喂，二哥！你怎么样？有没有事？是谁袭击你的？你现在在哪里？"

藤司被一连串的问题问得有些晕，听出藤彩彩的心急赶紧解释："我只是擦伤而已，如果有事我还能淡定地打电话吗？我已经回到少爷这里了。"

"太好了。"听藤司的声音很精神，似乎真的没什么大事，藤彩彩心中的石头稍稍放下，"二哥，你拍个照给我，证明你没事，快点儿用微信发给我！"

过了大约半分钟，藤彩彩的微信收到藤司传来的照片，照片上藤司一脸安抚的笑容，只有脸颊上的小口子依稀可见。

"就是这个伤口？没别的？"藤彩彩还有怀疑。

"放心，真的没有别的伤。我现在的身手，你还信不过吗？"

藤彩彩不语，想想似乎也是。她的二哥现在是一流的保镖，身手自然不用说。真的只有脸上的擦伤，那就真的没什么。

既然二哥没出什么事，那她岂不是错怪了小少爷？

刚才对小少爷那么凶，小少爷一定生气极了！怎么办？还是快回去道歉吧！

"对了，小少爷似乎出去找你了，你们有碰面吗？"

一惊，藤彩彩以为自己的耳朵听错了，连忙又问："你说小少爷出来找我了？什么时候？"

"你们没遇上？大约一个小时前。"

藤司的这句话，就像一道晴天霹雳，劈得她头脑在瞬间麻痹，心底燃起一股深深的恐惧感。

一个小时！小少爷一个小时前就出来了！可是他们并没有遇上！市区并不大，如果是一路沿着过来，难道……

“二哥！我先不和你说了！我要去找小少爷！”匆忙挂上电话，按着樱嘉雪的号码，那头传来的只有“嘟——嘟——”声，不论打多少次都没有人接。

藤彩彩内心的害怕越来越浓重，不安占据她整颗心，让她无法冷静地思考。

“小少爷！千万别出事啊！如果出事的话，我死都不会原谅自己！”藤彩彩在心中拼命喊。

不行！必须冷静下来！这个时候，一定要想到办法找小少爷！也许，小少爷并没出事！

藤彩彩尝试做了三个大大的深呼吸，尝试稳定着情绪。

但很显然，三个深呼吸是绝对不够的！足足做了半分钟的深呼吸，才稍稍平稳下心情，让心跳没有那么剧烈。

“我一定要找到小少爷！绝对不能让小少爷出事！否则……否则……”藤彩彩一时语塞，不知道用怎样形容才能显得有决心，最后灵光一闪，脱口而出，“我就去自刎！”

在藤彩彩说出自刎宣言的同时，樱嘉雪那边已经发生转机。宣言要打电话进行勒索的三个人，被突然之间冲进来的三十个人吓得手机都掉在了地上。

“妈妈呀！这么多人是从哪里冒出来的啊？”矮个子吓得一溜烟躲到大个子身后，颤颤巍巍地探出头望着眼前的三十个人。

大个子也被这架势吓到，看着眼前冲进来的这些人，这些人都统一装束，光看架势就够吓人。

“你……你们是……什么人？”麻子脸惊吓过度，都没心思去捡掉在地上的手机。

“组长，只有三个人！小少爷应该在里面的屋子！”一个带头的人拿着手机说。

“全部抓起来，救出小少爷！”手机那边传来风千的声音，身为远距离指挥官，他还以为对方人会很多，没想到就三个。

“是！上！”语毕，十个人冲过去把三个人抓住，五个人冲到屋里去救樱嘉雪，其他人都在外面进行情况观察，以方便随机应变。

樱嘉雪看着冲进来的人，心中一沉，没说话任凭他们将他带走。走出去后双眼扫过惊吓过度的三个人，上前站在麻子脸面前，上下打量几下。

对方显然吓得不轻，浑身都在微微颤抖。

“是谁命令你们做的？”

“我……我也不知道。”麻子脸拼命摇头，企图表现得能让人相信。

可惜的是，樱嘉雪不是三岁小孩，才不会相信他这种谎言。回头看着身后的人，问：“你们是大哥手下的人？”

得到肯定的点头后，樱嘉雪指指那个人手上的手机，手一摊示意对方把手机给他。

接过手机樱嘉雪沉住性子说：“风千，你的主人呢？”

“回小少爷，主人在洗澡。”风千毕恭毕敬地回答。

樱嘉雪沉默三秒，用毋庸置疑的口气问：“让他给我打电话，不然以后他都别想再见到我！”

挂断电话，将手机扔回带头者手中，跟着他们一起离开这个仓库。身后的三个绑架犯，现在却变成人质，吓得浑身在发抖。

会找这么胆小没用的人来，对方想要什么无价之宝，究竟是不是真的？如果是，这么重要的事情，一定会找亲信，或者是有能耐的人做。

然而，这个幕后黑手却找这种基调的人。目的何在？虚晃一招，还是转移视线？

坐进车内，很快手机就响起，樱嘉木在一分钟内就回了电话，这点樱嘉雪心中暗自有数。

所谓洗澡，其实只是借口吧。不想被教训是真的，居然想用洗澡做借口，真是幼稚的大哥。

接起手机，那头传来樱嘉木悲惨的哀号声：“小雪啊！哥哥错了！哥哥不应该去洗澡的！不要不理哥哥啊！”不知道的一定以为他在被人鞭挞，喊得那么痛苦不堪。

“大哥……”樱嘉雪突然这么喊一声，手机那头的樱嘉木瞬间平静下来，“这次的事情……”

樱嘉木握着手机双手在颤抖，现在的弟弟声音和语气和以前完全不同，他不知道发生了什么事，总之，让人很不安！

“谢谢你。”简单的三个字说得很轻松。

樱嘉雪的轻松，却让樱嘉木老泪纵横。他不敢相信自己的耳朵，又不敢让樱嘉雪再重复一遍，还不知道这个谢谢是真心实意，还是另有深意。

一时间，心中百般滋味，不知道要怎么回答。

“那、那个，小雪你要是生哥哥的气，你就直接骂吧。不然，哥哥我……”樱嘉木现在的心情，就跟一只猫突然掉进鱼堆里，神情惊恐外加一脸“幸福来得太突然”。

“我是很生气，因为你擅自派人暗中保护我。如果被彩彩知道，一定又会胡思乱想。”樱嘉雪毫不客气地把樱嘉木的好心数落一遍，但是他不是不讲道理的人，“不过，这次你的人救了我，就当扯平了。”

神经紧绷的樱嘉木整个人松了口气，从语气和说话的内容分析，他的宝贝弟弟并没有开启某种可怕的模式，而是真的在感谢。

第一次得到来自樱嘉雪的感谢，身为哥哥的樱嘉木，整个人都飘飘然。这种状态，让一旁的风千有些看不过去。

风千端着茶杯走过去，故意重重放下，引起樱嘉木的注意后，用唇语说：“不要太得意忘形，大少爷。”

樱嘉木“嘿嘿”一笑，显然没把风千的提醒当回事：“小雪，你让我查的人，我已经查到一点儿消息了。”

“哦？怎么说？”

“你一定会很感兴趣，你猜她以前是谁的保镖？”樱嘉木看着电脑屏幕上的资料，嘴角勾起玩味的笑。

樱家的父子三个人，在觉得某件事或者某个人很有趣时，都会露出这种嘴角一边上扬的表情。也只有在这个时候，他们看起来会很像一家人。

“应和依？”樱嘉雪觉得直接说校长没可能，那个人怎么也不会把自己以前的保镖弄出来。

如果是应和依的，一个“死人”的保镖，大家估计早就忘记，不会引起太大的注意。

“错！是她老妈的。”樱嘉木盯着屏幕上的一张萝莉脸，想着，看起来确实就跟普通的小女孩儿一样，完全无法联想到她的职业。

“她的妈妈？那这个人的年龄……”樱嘉雪原以为是普通的童颜，可如果是应和依母亲的保镖，那年龄岂不是……

“今年已经三十五岁了，是传说中的不老症。”

这样的事情连樱嘉雪都觉得不可思议，有着一张小女孩儿脸的三十五岁女子，那不是电视剧里才会出现的“天山童姥”吗？

好吧，现在不是纠结这个的时候。关键在于，她背后的那个指使者为什么要袭击藤司。

“小少爷。”此时，前座有人拿着电话回过头说，“那三个人中的麻子脸说，他和对方是通过别人介绍认识的，并没有见过对方，连声音听起来都是用的变声器。”

“嗯。大哥，我要她和四宇国学院校长所有有关联的资料。”

“没问题，我可以给你整理出一份档案来。另外，你们的那个校长，我也在调查中。我发现，他和老爸有过接触，是在一年前的一场宴会。”

一年前的宴会？因为他从来不去参加宴会，所以对此毫无印象。

等等！恰好应和依也是一年前被“假死”。这之间会不会有关联？总觉得，背后隐藏的事情越来越复杂。

“哦，对了，你可爱的保镖的二哥，和他的主人，也出席了那场宴会哟！”

藤司？洛丽塔袭击藤司，难不成也和那场宴会有关？

“我知道了，我需要更多线索，我必须弄清楚对方在搞什么鬼。”

“放心。另外，小雪，你自己也要小心。”樱嘉木这么说是因为他很清楚自己暗中派人保护的事情已经暴露，就不能继续下去了。

亲爱的弟弟一心为那个保镖丫头，所以不会允许其他人在身边进行保护，就算是“幽灵保镖”也不可以。为此，他只能收手，以免和宝贝弟弟闹得不开心。

“我知道。”车将樱嘉雪送到港口码头，已经有快艇停在那里等着他。

等其他人离开后，樱嘉雪站在码头打个电话给藤彩彩。接到电话的藤彩彩整个人一震，激动地问：“小少爷！你在什么地方？有没有出事？”

“我在码头，我迷路了，所以在码头等你。”

“好！我现在就赶过去！你一定一定不要离开！”藤彩彩转身就往码头冲，使出百米冲刺的架势朝着码头而去。

此时此刻的樱嘉雪，心中已经下定决心，绝对要查出事情的真相。他不会容忍、放过任何一个可能伤害到他周围人的家伙。

“除非你能通天，不然我樱嘉雪绝对把你揪出来！”

藤彩彩从远处一路狂奔而来，在距离樱嘉雪一步之遥处停住，双眼满怀不安地看着樱嘉雪，在发现对方身上没有任何伤痕后，“哇——”的一声飞扑进樱嘉雪怀里，紧紧抱住他。

“小、小少爷你没事太好了！我、我好担心！我、我以、以为你……”藤彩彩越说越激动，越说越不知道自己在说什么，脑子乱作一团，嘴里也尽是胡言乱语。

樱嘉雪不停拍着藤彩彩的背安慰着，耳边传来藤彩彩的低泣声，心也揪成一团。没想到藤彩彩会被吓成这个样子，他还没说出事情的真相。看来，被绑架的事情绝对不能说出来，不然这丫头指不定会怎么样。

“好啦，不要哭了，我只是迷路而已。”迷路这个谎言只能说到底。

藤彩彩哭得一脸眼泪，抬头看着樱嘉雪时，鼻子中还流出鼻涕，叫人哭笑不得。樱嘉雪伸手抹去藤彩彩的眼泪，拿出手帕给她擤鼻涕。

“我们回去吧，都已经这么晚。”樱嘉雪拉着藤彩彩走上快艇，一路飞奔向四宇国学院。

两个人回到宿舍，藤彩彩被樱嘉雪推进浴室，让她先好好洗澡，顺便把脸上的鼻涕洗干净。

而他自己则在客厅内，给藤司打了个电话。手机很快接通，如他所料藤司还没睡。

“找到彩彩了？”藤司忙问。

“我们已经回到宿舍，那丫头在洗澡。”樱嘉雪听见手机那头藤司长叹一口气，似乎是心中的石头终于落地。

“你们没遇到什么危险吧？”

樱嘉雪沉默几秒，压低声音开口说：“我被人绑架了，但已经没事。”

“绑架？难道也是他做的？”藤司很惊讶，他被袭击后樱嘉雪又被绑架，光想就觉得蹊跷。

“我不能肯定，已经让大哥去调查。”

樱嘉雪不愿多说，在没有调查清楚前，一切都还是猜测。如果真的是同一个人所谓，那对方的目的就让人有些琢磨不透了。

现在唯一有关联的，就是一年前的那场宴会。也许，藤司会记得什么。

“藤司，你还记得一年前，你去参加的宴会吗？我的老爸和校长都在。”

“……是有这场宴会没错。我第一次见校长，应该就是在那里。”藤司的记忆被唤起，他和校长的一面之缘就是那次的宴会。

但，那个宴会是普通的聚会，有什么关系吗？

“那天，发生了什么特别的事吗？你和校长有什么交流？”樱嘉雪还是觉得，如果藤司能记得什么，对整件事会有许多帮助。

但，已经过去一年，不知道还能得到多少有用的线索。

藤司想了想，还是记不得什么，只能无奈地说：“我暂时想不起来什么，如果想起来，我再打电话给你。怎么样？”

“嗯，也只能这样。我先挂了，那丫头应该快洗完了。”

挂上手机，樱嘉雪望着窗外，昏暗的夜空好像能将人吸进去，无不透着骇人的寒意。

他没料到进入四宇国学院会遇上这些事情，当初之所以选择四宇国学院一直被默认为巧合。然而现在，他开始怀疑，那样的巧合，是不是真的是一种“巧合”。

如果是有人刻意安排的，对方又怎么能确定他一定会踏入这个圈套？

呵！看来，找到了一个不错的对手，整件事有得玩了。

他，樱嘉雪，不怕神一样的对手，越是藏得深不可测的人，越能激起他的战斗欲。

相反，如果对手不够聪明，他就无法玩得尽兴。竟然让他步入这个圈套，那么，那个人就必须付出应有的代价！

“小少爷，我洗完了，你也快去洗澡睡觉吧。”藤彩彩擦着湿漉漉的头发，走到卧室门口，对客厅里的樱嘉雪说。

樱嘉雪点头走进浴室，身后的藤彩彩望着他的背影，眼神有点儿纠结。

以前，她身边的小少爷，是一个可爱、漂亮、惹人怜惜、让人充满保护欲的洋娃娃。

后来，小少爷长成翩翩美少年，还是透着柔弱的气息，像朵脆弱的小白花，需要人去保护。

可现在小少爷变得越来越成熟，他的一举一动都散发出成熟男生的气场。

面对很多事情都十分冷静，相比她这容易激动、冲动的性格，小少爷真的超级镇定，且具有很强的分析能力。

“不知不觉，小少爷已经长大了呀……”最近，她反复在感叹的事情，俨然已经是无法改变的现实。

小时候的小少爷十分可爱，长大后的小少爷，则充满无尽的魅力。说不定哪一天，就会变成夺取所有人目光的天之骄子。

学院的另一头，那座低矮的小木屋内，应和依坐在床上，手中捧着漫画，津津有味地看着。

3

此时，小木屋的门被轻轻推开。应和依没有抬头，依旧专注在漫画上面。

直到归烨走到她的床边，轻声唤着她的名字，她才不情愿地抬起头："爸爸，你怎么来了？"

"依依不希望爸爸来看看你？"归烨笑眯眯地坐在床边，伸手轻抚过女儿白皙的脸庞。

"当然不是啦。"应和依甜甜一笑，放下手里的书，拉起归烨的手双眼闪烁着光芒问，"爸爸，我今天看的漫画特别好看。里面的男主角是个机器人，他的父亲是个科学家。男主角在十七岁的时候病死，他的父亲就拼命研究，制造一个和自己儿子一模一样的机器人。"

归烨边听边点头，摸着应和依的头。只要能看见女儿的笑脸，他就觉得一切都值得。

"爸爸，你说这个科学家父亲，是不是真的很爱自己的儿子？"应和依歪着头，脸上带着些许疑惑。

"当然。身为父亲当然疼爱自己的儿子，心爱的儿子突然死掉，是一定接受不了的。所以，才会想方设法制造出一个机器人。"

应和依似懂非懂地看着归烨，总觉得有那么点儿不太对劲，想了很久才开口说："可是，制造出来的机器人又不是自己的儿子，有什么用呢？"

归烨一愣，一时间不知道要怎么回答这个问题。他想要以父亲的角度来解释，但自己的女儿也许无法明白这个问题。

"如果是我的话，我会努力研究怎么治疗那种病，而不是去研究什么机器人。"应和依撇撇嘴，并不是很认同漫画中父亲的做法。

机器人就是机器人，又不能和真人一样。感情的寄托无非是在逃避，还不如将这种心思花在有意义的事情上。

“所以，爸爸一定会想办法治好依依的病。而且，爸爸已经找到能够治疗依依的办法了。依依一定能够平安无事，快乐地生活下去。”归烨清楚应和依的心思，将女儿的头靠向自己。

他不能暴露目的，一定要在暗中将一切顺利地进行下去。只要得到樱矢口中的樱家的宝物，就能够治好依依的病。

可是，那个宝物究竟是什么东西？他的心中也没什么底。

今天原本派去绑架的三个人，是想用来套取樱家宝物信息的，没想到还没套取信息就被抓走了。

果然，以后做事还是要找能够相信的人。

还有那个藤司，不知道还记不记得一年前的那场对话。如果不记得自然就没问题，但万一记起什么就麻烦了。偏偏，洛丽塔也没有成功。

整件事走到这一步，看来需要暂时缓缓，从长计议！

第二天，樱嘉雪就像什么都没发生，照样上课，照样吃饭。他不希望表现得太异常，让藤彩彩起什么疑心。

至于那些“幽灵保镖”也早就撤走，那些家伙能够在他周围隐匿那么久，果然都不是简单的人。

同时也能看出，他的大哥没有少花功夫。安排这些人悄无声息地待在他周围，在最关键的时候才出现，没一两个月是办不到的。

说曹操，曹操到。樱嘉木的电话很巧就在这个时候打来，樱嘉雪用平常心接起电话。

“小雪啊！我告诉你一件事情，你一定会非常非常非常感兴趣！”樱嘉木的声音充满兴奋，夸张地大声嚷嚷着，喊得樱嘉雪耳膜很不舒服。

“嗯？是你被风千揍了？如果是的话，那恭喜你，我真的很感兴趣。”樱嘉雪恢复以往的毒舌风范，说得樱嘉木在手机那头哀叹不已。

“小雪，你不能这样，风千是我的保镖，他怎么可能揍我呢？”说完，樱嘉木还不忘回头看向风千，冲他眨眨眼，露出献媚的表情说，“是不是啊，风千！”

风千无语地看着自家大少爷，有股午饭没消化的不适，转身捂着额头离开了书房，想着还是去外面透透气比较好。

“咦咦咦？”樱嘉木看着风千转身离开，发出一连串惊讶的声音，“这是在嫌弃我吗？连风千都开始嫌弃我这个主人了？”

樱嘉雪沉默不语，心中暗暗想着，如果是他也一定会嫌弃。

“对了，对了，回归主题。你猜猜，我要告诉你什么？”樱嘉木就喜欢绕圈子，弄得直截了当说出来就会死似的。

“你再无聊我就挂了。”樱嘉雪实在没那么多时间和樱嘉木耗，他是故意躲开藤彩彩出来接电话的，时间不能太长。

樱嘉木无奈地哀叹着，深深感觉自己是个到处被嫌弃的人。

“我查到有关一年前的那个宴会，是归烨举办的，而且他请来的都是一些自身或者家中有体弱多病的上流人群。你说，是不是很奇怪呀？”

樱嘉木的阐述让樱嘉雪很诧异，为什么要请一些家里有病秧子，或者自己就是个病秧子的人？难怪藤司的主人会去，对方也算有名的体弱多病。

“那他们都做什么？讨论自己家的人什么时候快不行吗？”

“这我就不知道了，我还在调查，应该可以找到一些当事人问清楚的。”

谁会没事找一群病秧子聚会？一定有什么缘由，而且很可能和应和依有关。绝对要调查清楚，整件事都非常不简单。

“等等，你说请家里有病秧子的，那老爸去做什么？我们家里有吗？”樱嘉雪差点儿忘记这个关键点，整个樱家人的身体都很好，老头子去凑什么热闹？

“我问过老爸，他是纯粹碰巧撞上的。在同层的别的地方吃饭，遇到老朋友就进去聊天。”

果然，这种行事作风真的很像他们的老爸。一年前的碰巧，很有可能是造成现在这种境况的直接原因。一想到这里，樱嘉雪就气得牙根痒痒，暗想：成事不足，败事有余，真是服了！

“我知道了，我先挂了。”

“等等！小雪，马上要放寒假了，你会回家吧？”

樱嘉木最后问出最重要的一句话，这是他和樱家上上下下的心愿，如果小雪再不回去，老爸就要变成木乃伊了。

“……知道了，我会回去。”樱嘉雪在听见樱嘉木欢呼的同时，默默地挂断了电话。

他当然知道寒假快来临了，原本并不怎么想回家，但发生那么多事情，如果留在四宇国学院许多事情无法调查，回到家里倒方便出去调查一些事情。

另一边，藤彩彩正在和藤司打电话。昨天藤彩彩跑出去的事情，藤司出于不放心还是打电话问一下。

“二哥，我没什么，后来我在码头碰见小少爷了。”藤彩彩咧着嘴憨憨地笑着。

“那就好，你们没事就好。”

“小少爷说他出来找我迷路了，所以在码头等我。嘻嘻，小少爷原来是路盲。”

藤彩彩一想到自家小少爷居然迷路，就觉得很可爱。想想也对，小少爷从小出门都有车接送，不认识路很正常，本来市区岔路就多。

“没什么我就放心了。对了，寒假你有空就和小少爷一起来我这边。我家少爷说，很想见见你们。”藤司看向身旁的少爷，微微一笑。

早上少爷这么说的时候，他还吓一跳。这么多年都对他家人完全不好奇的少爷，会提出想要见见彩彩。是不是因为最近他一直说到彩彩，引起了少爷的兴趣?

“唉，真的吗？如果小少爷同意，我就过去看二哥！”藤彩彩一想到又能和哥哥见面，别提有多高兴。

这次的见面，才让她发现，其实她真的很想多点儿时间和二哥相处。以前在家就妈妈和二哥对她最好，后来去了小少爷那里，一直很忙也没时间和二哥待在一起。

这么多年，第一次见面也没说上什么话。怎么想都觉得很不甘心，如果小少爷真的同意一起去，那就太好了！

“嗯，如果小少爷同意，来之前给我打个电话。”

“好的，二哥，我知道了！”

“那我先挂了，你好好上课吧。”

和藤司道别后挂上电话，正巧樱嘉雪走进教室，藤彩彩满脑子都是二哥说的事情，一刻也不耽搁地向樱嘉雪报告。

“小少爷，刚才二哥打电话，说寒假如果可以，请你和我一起去玩。”藤彩彩越说双眼越亮，明眼人一看就知道她有多期待。聪明如樱嘉雪，当然一眼就能发现。

“好啊，我没意见。”他怎么可能有意见？多好的机会啊！

藤司不记得，也许他的主人记得什么呢？见面后能套出什么话也不一定，这么一来线索又增加了，离真相就更近一步，何乐而不为？

“太好了！谢谢小少爷！嘻嘻！”藤彩彩笑得见牙不见眼，满脑子都是又能和藤司重逢的画面，想着这次一定要好好聊天什么的，完全没注意到樱嘉雪的打算。

樱嘉雪暗暗盘算，整件事的真相浮出水面的那一天，会相当惊人。直觉告诉他，归烨的目标有百分之八十的可能是自己！

但理由和内情，他都不知道。只能寄希望于大哥能查到什么，还有藤司和他的主人能记得什么。

那场“病秧子大聚会”，一定有不可告人的秘密。正常人，会把病恹恹的人或者他们的家人召集在一起吗？还都是上流的宴会，其中的阴谋气息不言而喻。

“对了，小少爷，去看二哥和他的主人，要买什么东西吗？”藤彩彩突然想到这个，她记得去别人家里做客都需要带礼物，可她完全不知道对方喜欢什么。

“你啊，就别担心这个，我会准备的。”樱嘉雪宠爱地摸着藤彩彩的头，无奈这丫头的跳跃性思维，一转眼就去想这个问题。

礼物这种东西他只要吩咐一下，马上就能搞定。还需要操心吗？当然不！

现在要担心的，是除了他自己以外，还有藤彩彩的个人安危。对方会肆无忌惮地袭击藤司，那么也会有对藤彩彩不利的可能。得尽快把事情调查清楚，拖得越久就越无宁日。这种跟着别人的计划忙活的事情，他虽然觉得有挑战性，但耐心是有限的。

尤其是，一想到藤彩彩可能有危险，就不觉得那么有趣了。如果有人因为无聊的事情，伤害到藤彩彩这个丫头，和踩到地雷无异！

其后的两个星期，樱嘉雪和藤彩彩都忙着考试的事情，考试结束，同时也宣告着他们的寒假即将来临。因为寒假正好是过年，整个学院都会关闭，大家都需要回家度过难得的假期。

在宿舍中，藤彩彩正忙着替樱嘉雪和自己收拾东西。他们的东西并不多，除了衣服就没别的了，其他东西樱家都有。

“呼，小少爷，收拾得差不多了。”藤彩彩双手叉腰深吸一口气，看着自己的成果满意地笑着。

“辛苦你了，彩彩。”樱嘉雪打完电话走进卧室，同时也给藤彩彩带来一个好消息，“我刚才和你二哥通过电话，约好我们放假第二周的周四会去他那里。”

藤彩彩一听是这件事，整个人都高兴地跳起来！她还以为小少爷已经忘记这件事，没想到这么快就已经安排妥当，太好了！

“那……那我们要带什么礼物过去？二哥的主人喜欢什么？是吃的、穿的还是用的？”藤彩彩一时间紧张得半死，像只没头苍蝇到处乱转，不停地来回踱步的同时，口中还念念有词地说着什么。

樱嘉雪觉得藤彩彩的这个样子很有趣，像只紧张的小松鼠，不停地晃来晃去。

“小少爷！到底我们该准备些什么？”藤彩彩抓破脑袋都想不出来，只能向樱嘉雪求救。

樱嘉雪安慰地拍着她的肩膀说："放心，我已经让人准备好，到时你就知道了。"

咦？还要保密？

藤彩彩疑惑地看着樱嘉雪，越来越觉得自家小少爷的保密功夫一流，越发感受到小少爷的办事效率也是一流。

在三天中，学校的学员陆陆续续回家，学院变得越来越冷清。这一天，藤彩彩和樱嘉雪拖着拉杆箱，走出宿舍锁上门，他们也准备回家了。

刚离开宿舍没多远，就遇上卓煜城。看卓煜城两手空空的模样，似乎还不准备回去。

"学生会会长大人还不回家吗？"樱嘉雪一看见卓煜城，就忍不住要调侃这个人。

总觉得，调侃卓煜城就同捉弄藤彩彩一样有趣。虽然两个人是完全不同的类型，但反应都很有趣。

一个是会很紧张、很焦虑，另一个则表面很平静，内心很不爽。

"祝两位同学一路顺风，安全到家。"卓煜城懒得和樱嘉雪多啰唆，随便搬出一句冠冕堂皇的话，就敷衍了事。

樱嘉雪轻笑，很满意卓煜城这种故作镇定的表现。晃眼间，瞥见归烨从不远处走来，眼神一敛露出淡淡的冷漠。

"我们当然会安全到家，就算有心人想让我们出什么事，他也无法如愿。对吗，彩彩？"

"啊？哦，嗯，对。"藤彩彩压根儿没反应过来樱嘉雪说的什么，就是下意识地回答。在她的人生宝典中，最重要的一条就是"小少爷说的都是正确的"！

樱嘉雪示意藤彩彩可以走了，临走前扫一眼卓煜城，淡笑着说："会长大人，你尊敬的人来了。"

卓煜城一愣，回过头就看见归烨走过来，微微点头表示敬意，后者也象征性地点头示意下。

"卓煜城同学还不走？"归烨走到卓煜城身旁，这么说着时双眼却注视着樱嘉雪和藤彩彩。

"是的，还有点儿事。"卓煜城看归烨一眼，发现对方的视线方向，心中有些犯嘀咕。

校长那么看着樱嘉雪，眼神有些说不出的复杂。而刚才樱嘉雪突然变化的态度，都让人觉得这两个人好像有什么纠葛存在。

归烨收回视线，笑笑后说一句“早点儿回去吧”就离开了。

卓煜城应声后目送归烨离开，望着归烨的背影总感觉有些地方不太对劲。校长没事纯粹路过吗？可为什么给人一种是有心来看的感觉？

此时已经坐上快艇的樱嘉雪和藤彩彩，正在驶离四宇国学院的码头，一路上快艇飞驰，溅起的水花打在他们脸上。

藤彩彩满心都是能再见到藤司，能够好好聊聊的事情，并没察觉到樱嘉雪心中的想法。

樱嘉雪静静地坐在一旁，一手撑着脸颊望着海面，心中有着千丝万缕的思绪。有许多地方他还没想通，也有许多地方没能串联起来。

真的是……很麻烦啊……

樱嘉雪无意间轻叹一口气，引起身旁藤彩彩的注意。转头看着沉思中的樱嘉雪，不知道是不是错觉，藤彩彩觉得自家小少爷的长相好像在发生什么变化。

还是那么漂亮的脸蛋，却少了几分可爱，多了几分硬朗。脸部的线条也越来越明显，双眼微微凹陷显得很深邃，只有那双明亮的眼睛还一如既往。

果然，小少爷是在成长呢。

4

很快两个人抵达市区港口，一上岸就看见桃管家率领一众人，等在码头接樱嘉雪回家。

“小少爷，一路辛苦了。”桃管家走上前微微行礼后，有人就将藤彩彩的行李搬上车，“请上车，老爷在家等候您多时了。”

樱嘉雪上车后将头探出窗外，对着正准备走向后面车辆的藤彩彩说：“你是我的贴身保镖，准备去哪里？”

“哎？可、可是小少爷……”

“上车。”樱嘉雪往里面挪一个位子，打开车门命令藤彩彩上来。

藤彩彩有些不知所措地看一眼桃管家，后者并没有任何表示，她就只能硬着头皮上车。

桃管家则坐在副驾驶，命令司机开车后，一列车队就缓缓驶离港口码头。

车内的气氛有些奇怪，桃管家维持着一向的冷漠，一句话也没说。樱嘉雪似乎在想事情，也不说话，弄得藤彩彩浑身不自在，只能望着窗外发呆。

好久没见的风景，很让人怀念呢。以前都没觉得，原来这里的风景这么好。是在四宇国学院关太久了，还是……

“彩彩。”樱嘉雪突然开口，吓得藤彩彩一惊，慌忙回过神看着他等待下文，“你大哥是什么样的人？”

“哎？大哥？”藤彩彩有点儿摸不着头脑，不知道樱嘉雪为什么会突然这么问。

樱嘉雪回头认真地看着樱嘉雪，看起来并不是心血来潮，而是在考虑什么。

“大哥很优秀，也很严格。做什么都一丝不苟，是个非常认真的人。”这是藤彩彩凭着仅存的那些记忆，回忆出自己大哥的形象。

记得小时候大哥就很严肃，从来不对她笑，也不会哄她高兴。每次看见她，都问她学习得如何了？有没有认真努力？有没有浑水摸鱼？

她很不喜欢回答那些问题，但是大哥的样子凶，让她不得不回答。久而久之，她就习惯性地躲着大哥，直到离开藤家，也没和大哥道别。

“对你怎么样？”樱嘉雪追问。

“对我也很严格。家里，只有妈妈和二哥对我很温柔，也会对我笑，会逗我玩、安慰我。爸爸和大哥，每次见到我都是问我学得怎么样，要不就是说我还不够努力。”

想到以前这些不愉快的回忆，藤彩彩委屈地低下头。她很希望自己能够得到大哥和爸爸的肯定，一直都在很努力，即便知道自己的天赋不高，她也在努力。

可是，直到现在也没听到过大哥和爸爸的表扬。也许，这辈子都没可能。

“如果下次再见到你的大哥和爸爸，你准备怎么做？”

“哎？见、见到大哥和爸爸？”藤彩彩想都没想过这个问题，她一直都是一股脑儿地想要努力，努力之后能得到什么？认同？她真的没指望大哥和老爸能认同她。

见藤彩彩无法回答，樱嘉雪伸手抚摸着她的金发，半年的时间，短发已经长成中长发。而她这个人，也在悄然成长，只不过她自己并不知道。

“小少爷……”藤彩彩知道樱嘉雪在安慰她，心中更感动得不知道怎么说。

“如果再见到你的大哥和老爸，你就大声地告诉他们，你有多优秀，你是我樱嘉雪选择的人，他们没有权利无视你的努力。”

简单的一句话，给藤彩彩莫大的鼓舞。那句“你是我樱嘉雪选择的人”，重重敲击着她的心房，因为这句话扰乱的思绪久久无法平复。

理智告诉她不要胡思乱想，小少爷说的不过是“保镖”，而不是指别的什么，她绝对不能想到别的地方去！

从后视镜中将一切看在眼中的桃管家不言，静静地收回视线望着前方。心中想着，曾经那个幼小的小少爷，已经在不知不觉中成长为富有责任感的、了不起的男生了。

车子抵达樱家，樱矢从桃管家出门后，就站在门口没有离开半步，为的就是第一时间迎接自己的宝贝儿子。

站在樱矢身旁的樱嘉木很无奈，为了满足他这个老爸所谓的“隆重”，他这个大哥也被拉来充数。要不是二弟飞机晚点，三弟又不知道跑到哪里联络不上，真的能够一家到齐，“隆重”迎接老幺的回归。

唉，虽然他也很想念宝贝弟弟，但是……

樱嘉木望着前面那站满两侧的女佣和管家，心中一把眼泪。这种阅兵一样的感觉，小雪看到绝对不可能高兴。

这个老爸，怎么就不听我们的建议呢？

“木头，木头！你看，你看！小雪的车来了！”樱矢激动地狂拍樱嘉木的手，疼得樱嘉木只能默默把手抽走。

又叫他木头！这个外号什么时候能改一下呢？他好歹是个大哥，居然起这么难听的外号！

看看他的名字，“樱嘉木”一听就很木讷。再看看小雪的名字，“樱嘉雪”多诗情画意。

还有二弟的名字“樱嘉炎”，三弟的名字“樱嘉淼”，差两个就集齐五行了！

这个老爸取名字的时候，也太偏心了！给他们三个大的，取这么奇葩的名字。却给小雪取一个这么女孩子的名字，心机颇深啊！

“老爸，你怎么知道那辆车是小雪的？车窗都关着，你有透视眼吗？”樱嘉木忍不住就是想调侃一下老爸，看到后者瞪着他，心情就大好。

哈哈哈哈！气死你这个偏心的老爸算了！这样小雪就只有我这个大哥！长兄如父啊！哇哈哈哈！

一直在一旁注意着樱嘉木的风千，忍不住暗暗摇头叹气，他很清楚地察觉到，自家的主人又在胡思乱想了。

车子在他们前方五十米处停下，桃管家率先走下车，藤彩彩也紧跟着下车，最后打开车门将樱嘉雪迎下车。

樱嘉雪一下车，看见眼前那列队而站的女佣和管家，整个脸都僵住了。再看远处，樱矢正冲着他激动地使劲挥手，他的脸便开始不停地抽搐。

“欢迎小少爷回家——”五十个人异口同声，那声音怎一个震耳欲聋了得。

樱嘉雪的脸色越来越阴沉，一步一咬牙地走着。还要接受那些不知道从什么地方撒下来的花瓣啊、彩带啊，弄得他满头都是。

终于走完这煎熬的五十米，眼前出现樱矢笑得见牙不见眼的脸，紧随而来的就是一个大大的熊抱，抱得他快无法呼吸了。

“小雪！你终于回来了！爸爸好想你啊！”

“咳咳，老爷，你抱得太紧，小少爷受不了。”桃管家及时分开樱嘉雪和樱矢，他不怕樱嘉雪被勒死，但很怕进入“黑化”模式的小少爷会突然出手做什么。

樱矢不满地瞪着桃管家，趁着这个机会樱嘉木赶紧把樱嘉雪拉进家，轻声说：“快上楼冷静下，不要激动，不要激动。”

藤彩彩陪着樱嘉雪上楼，桃管家和樱嘉木绊住樱矢，不让他再进一步刺激樱嘉雪。

在场的所有人，除了樱矢外，都已经注意到樱嘉雪阴沉的脸色。小少爷发脾气，堪比八级地震，绝对要阻止！

樱家上下同心协力，将樱矢困在一楼，不让他上去骚扰樱嘉雪。得到片刻安宁的樱嘉雪走进自己房间，坐在沙发上长舒一口气。

✤

5

“小少爷，吃点儿水果。”

“回趟家真是够累的。”樱嘉雪拿起一个苹果咬下，苹果清甜的汁水流入口中，滋润口腔和喉咙的同时，也让他的心情稍稍平复。

“其实，老爷也是疼爱小少爷，所以才会那么激动。”全世界都知道，樱家小少爷是樱家老爷的掌中宝，谁都说不得、碰不得。

据说，从小少爷出生后老爷就特别特别喜爱他。原本打算第四个儿子叫“樱嘉垚”，但当老爷一看见呱呱坠地的小少爷，就决定换成“樱嘉雪”。

桃管家说，因为小少爷婴儿的时候长得就特别漂亮，脸蛋白里透红。老爷觉得“樱嘉垚”这么土的名字不符合小少爷的形象，就改成“樱嘉雪”。

“我知道他疼我，正因为知道，所以小时候随便他怎么样，我都不会吭声。可现在，我已经长大，接受不了那种形式的疼爱。”

藤彩彩想想，觉得小少爷说的也有道理。老爷的疼爱方式是有些“特别”，甚至有些“偏激”。

“小少爷，你要不要去和老爷好好谈谈？让他能够明白点儿什么？”藤彩彩试探性地问。

“绝对行不通！”樱嘉雪一口否定这个提议，他太了解自己的老爸了。谈？笑话！

如果他突然开口说，让老爸以后收敛点儿，不要再那么招摇。老爸一定会大哭大喊，说他这个儿子嫌弃自己的老爸什么的。

那种戏码，他再熟悉不过了。

“可是一直这么下去，小少爷，你会很受不了吧？”藤彩彩突然有些心疼樱嘉雪这个老爷很疼爱、宠爱的小少爷。

可其实，小少爷才是最顺着老爷，顾虑老爷想法的人。换成其他人，谁能忍受老爷那样的“疼爱”，并且一忍就是十六年。

“我和他能一起生活的日子也不会太长，既然如此就忍忍吧。”话语间流露出的是无奈。

“咦，小少爷的意思是？”

樱嘉雪啃完苹果，将果核儿扔进垃圾桶，抽出纸巾擦拭着手说：“等到上大学的时候，我会搬出这里，开始学着独立生活。”

这个消息是藤彩彩第一次听樱嘉雪说，对她来说是一个不小的震撼！

小少爷说要独立？那就意味着不再需要她这个保镖？如果小少爷不需要，那么她的价值就不存在了！

以前的努力会化为乌有，除了小少爷她谁都不想保护。为了保护小少爷，她才选择成为保镖。如果小少爷不需要的话……

“怎么了，脸色那么难看？”樱嘉雪伸手抚摸着藤彩彩的脸颊，“一副世界末日的表情，你在想什么？”

“我、我……”藤彩彩犹豫着要不要说出来。她不希望给小少爷造成负担，小少爷想要独立是件好事，她应该为此感到高兴。

可是……

心里还是好难受，像是被人按住胸口，又疼又涩。

“有什么话就说出来吧。我说过，不要对我隐瞒你的想法。”

“如果小少爷要独立，那就不需要我了对吗？那样的话……那样的话……我就没有继续下去的意义了！”

藤彩彩激动地将想法一股脑儿抖出来，当话全部嚷出来后，她又开始后悔了。

如果不说，还能骗自己一下，说那是自己的胡思乱想。可说出来后，万一得到的是小少爷肯定的回答，她该怎么办?

小少爷真的不需要她，那她要何去何从？就这样回家？告诉全世界的人，她是个失败者?

“怎么会没有意义呢？”樱嘉雪轻轻用极尽温柔的语气，低声说，“我能够独立，但无法摆脱樱家的背景。依旧有许多人对我虎视眈眈，我还是需要你的啊。”

“真……真的？”藤彩彩瞪大双眼看着他又问，“小少爷，你真的还需要我？会带我一起去独立？”

"当然。"樱嘉雪胡乱弄着藤彩彩的金发，温柔地笑着说，"没有你谁来保护我呀，我只习惯你的保护。"

这句话胜过千言万语，对藤彩彩来说更是无上的肯定。证明小少爷需要她，并且只需要她。

第一次，有一股无法被取代的优越感。一度认为自己不被任何人需要的她，在小少爷身边得到前所未有的认可，让她真的真的很高兴。

"小雪！开饭了！快下来吃饭啊！爸爸在等你吃饭哟！"楼下传来樱矢响亮的呼喊声，打破楼上房间中这难得的温情时刻。

樱嘉雪无奈地和藤彩彩一起下楼，从楼梯往下看，就看见樱矢满脸期待地望着他，身上还挂着一条围裙。

"小雪，爸爸亲自给你做的菜，你一定要尝尝！"樱矢拉着樱嘉雪跑到桌边，指着桌上的某几个菜说，"这些是爸爸做的，怎么样？很了不起吧！"

有没有了不起樱嘉雪不知道，但是他满眼的蛋是怎么回事？这样真的不会吃出胆固醇过高吗？

"桃管家教我做的，我第一次煎荷包蛋，觉得特别有挑战性！"樱矢指着那几个蛋黄和蛋白分离的荷包蛋，得意扬扬地说着。

樱嘉雪是真的心软，只能硬着头皮坐下，看着其他的美味佳肴，再看看樱矢的满眼期待。

暗暗哀叹着，拿起筷子夹起一个不知道是蛋黄还是蛋白的荷包蛋部分，塞进嘴里迅速吞下。速度之快，连味道都没尝到。

"怎么样？好吃吗？"樱矢坐在樱嘉雪身边，急不可待地问。

樱嘉雪只是点点头，还什么都没说，就把樱矢高兴得一塌糊涂。他的第一次下厨，就能得到宝贝儿子的肯定，简直太好了！

"我果然有这方面的天赋，太好了！"樱矢高兴地脱掉围裙，坐在樱嘉雪身旁乐呵呵地吃起来，樱嘉木无奈地摇着头吃着。

这一顿晚餐，吃得那叫一个热闹！樱矢一刻不停地问着樱嘉雪有关四宇国学院的生活。樱嘉雪能说的实在不多，只能象征性地回答下。

无论如何，只要樱嘉雪吭声，樱矢就会很高兴。坐在对面的樱嘉木想着，如果自家二弟和三弟在的话，一定会忍不住吐槽。

一顿饭结束，樱嘉雪终于能喘口气。因为他的老爸有个习惯，就是吃完饭一定要一个人待一会儿，喝杯红茶才会舒服。

趁着这个间隙，樱嘉雪在自己房里打个电话给藤司：“藤司，能把见面提前吗？”

“怎么了？出什么事了？”藤司听樱嘉雪的语气，有些担心是藤彩彩出事了。

“很大的事情，所以必须提前。”樱嘉雪努力控制着自己的情绪，他没想到时隔这么久，老爸的爱子情结越发严重，再这么下去，他岂不是天天要吃那些东西？

不！绝对不可以！

“可以，你说吧，我这边随时都行。”藤司越来越担心，真的以为是藤彩彩有什么事，二话不说就答应下来。

“择日不如撞日，就后天。我们后天去，就这么决定了。”樱嘉雪挂上电话，长长地松了一口气。

他知道这是一种逃避的行为，但他想不出除了这个办法，还有什么其他办法。不能太直接地刺激老爸，又不想以后天天受折磨，只能——逃！

“彩彩，我们后天就去你二哥那里。”樱嘉雪对端着水果进屋的藤彩彩说。

“啊？这么快？”藤彩彩有些诧异，又很兴奋。

“你二哥很想你，所以就提前了。”

藤彩彩也没多想，听见能够早点儿见到二哥，就高兴得什么都忘记了。

呼，幸好这丫头没怀疑，真是太好了！

但是，老爸再这样把他当孩子看待，一定会变得越来越严重。真是没办法，早知道就不那么顺着老爸，也不会变成这样。

第9章 09 严父的反思

Di-jiu Zhang

Jianxi Baobiao Dai Dai Shou

1

两天后，樱嘉雪和藤彩彩就坐车去藤司那里，当樱矢知道自己的宝贝儿子瞒着他住到别人家后，整个人都变得很消沉。

“老爷。”桃管家看着坐在窗边发呆的樱矢，忍不住叹气，端着红茶走过去搁下后说，“老爷，你再发呆，就算变成‘望子崖’，小少爷也要年初一才会回来。”

“桃……”樱矢很委屈地叹口气，他实在想不通，为什么宝贝儿子会突然去别人家住。

“老爷，你也该收敛下。”桃管家用很恭敬的语气说着并不算恭敬的话。

樱矢回头看着桃管家，神情有些疑惑和责备，还带着几分迟疑地问：“桃管家，你是要让我别管小雪？”

“老爷，你做得到吗？”桃管家站着，淡定地看着樱矢。

“当然不可能！”樱矢一口回绝，他怎么能够放任宝贝小雪不管？这是绝对做不到的！

桃管家就知道会是这个回答，他并没抱太大希望，自己的老爷会突然想通，放弃对小少爷的溺爱。

但，这么下去小少爷一定会炸毛。与其闹得不开心，还不如让老爷收敛点儿。

“老爷，你觉得小少爷爱你吗？”桃管家突然抛出一个问题，问得樱矢答不上来。

他当然脱口而出，说小雪是爱他这个爸爸的。但，那是真的吗？他并不觉得小雪有多么爱他这个爸爸。

就是希望能够让小雪真的爱他这个爸爸，他才会希望小雪多注意，能够了解他这个爸爸有多疼爱、关心、珍惜自己的儿子。

“老爷，我觉得小少爷是爱您的，所以您不必做得那么夸张。”桃管家看着樱矢阴晴不定的表情，好心地丢出一颗定心丸。

“你是在安慰我吧？”

“老爷，请允许我说一些不敬的话。就您对小少爷那些过分的举动，如果换作不爱您的人，一定早就想方设法掐死你。”桃管家也许觉得这么说不够生动，决定把樱矢的“恶行”一一列出。

“小少爷小时候就被您强迫穿女装，幼儿园的时候一直被人说是娘娘腔。还要忍受您一天二十四小时随时发出的连环呼叫。小少爷出门不到五分钟你就命人把他送回来，小少爷去上学你把学校买下来，美其名曰是最大股东。小少爷跟别人亲近，你就想方设法把对方赶走，你说对方是居心不轨，弄得小少爷从小到大没有朋友……”

说到这里，樱矢的脸色越来越难看，表情越来越纠结。他都不知道，自己有做过这些事情？再仔细想想，似乎、好像、大概……有。

“还有您这次的晚餐，恕我直言。那么多蛋吃下去，胃不出事是小少爷身体好。其他的，我就不再一一列举。以上，这些行为。如果不是小少爷爱着您，对您有足够的包容。您觉得有谁能忍受？”

桃管家一语道破。他是樱矢的贴身保镖兼管家，又是樱嘉雪的“师父”，再加上身为旁观者，他看得比谁都清楚。

小少爷对老爷是相当宽容的，虽然表面看起来小少爷是个很冷漠的人，不关心任何人。但是，他清楚小少爷一直在顾及老爷的想法才会忍到现在，这一次会决定出去住，明显是有点儿忍到极限了。

“你说的……当真？”樱矢还是有点儿不敢相信，他一直觉得宝贝小雪很讨厌他。不然，为什么一直冷着脸，都不笑一笑。

但，桃管家说的也有道理。在商场上叱咤风云的他，对亲情这种事情，真的不是很拿手。就是希望能够得到宝贝儿子的肯定，做一个“好父亲”。

“老爷，真不真您可以仔细想想。小少爷一周不会回来，您可以冷静考虑下。有时，您逼得太紧会适得其反。小少爷已经长大，适当留点儿空间给他。”

说罢，桃管家走过去，将桌上的红茶端走，樱矢一愣：“我还没喝。”

“凉了，我为老爷重泡。”桃管家离开后，樱矢陷入深深的沉思中。

他以前没想过，一直偏执地认为小雪不爱他这个爸爸。然而，今天被桃管家这么一说，反而有种感觉，一直以来都是他这个父亲在任性，而身为儿子的小雪一直都在纵容他、放任他。

作为一个父亲，他真的做错了吗？做得太过分了？

回想一下，的确只要小雪不在视线内，他就会很不安，很害怕小雪出事。他的这份杞人忧天，原来除了他自己，其他人都已经察觉到了。

此时，樱嘉雪和藤彩彩已经到达藤司的主人家。在路上，藤彩彩听樱嘉雪的介绍，才知道原来自家二哥的主人，也就是照片中的温柔美少年叫凌纪一。

“欢迎小少爷和彩彩。”藤司站在门口迎接他们，身边站着一名看起来就很柔弱的美少年。

“二哥！”藤彩彩很激动地冲过去抱住藤司，樱嘉雪则走到凌纪一面前，微微点头示意。

“我为你们介绍，这位是我的少爷，凌纪一。”

凌纪一穿着干净的白色衬衫，配上灰色的裤子，脸上挂着轻柔的笑容，注视着藤彩彩，“你就是藤司的妹妹？你好。”

“少爷好。”藤彩彩毕恭毕敬地鞠躬行礼。

“没关系，叫我纪一就可以。”凌纪一摆摆手。

樱嘉雪注意到，凌纪一虽然站在门口，但左手一直握着藤司的胳膊，再看藤司有些担忧的眼神，心中大致猜出一二。

“我们进屋聊聊，怎么样？”樱嘉雪可不希望凌纪一为了迎接他们倒在门口。

“好。”藤司一口答应，扶着凌纪一回客厅坐下，樱嘉雪也跟着走过去坐下，藤彩彩则站在樱嘉雪身旁，和藤司一样坐下。

凌纪一冲樱嘉雪一笑，他身体出名地弱，是他再三坚持，藤司才同意他出门迎接。但是没站多久，他就有些不太适应了。

“你们能来做客我很高兴，很久没人来这里。有人来玩，就会变得很热闹。”凌纪一讲话的速度比较慢，声音也比较轻。

“没有打扰到你就好。”

樱嘉雪看一眼藤司，后者心领神会地走到藤彩彩身旁：“彩彩，跟哥哥去准备茶点。”

“好！”藤彩彩高兴地跟着藤司离开了。

留下樱嘉雪和凌纪一两个人坐在客厅，凌家的这个别府真的很清静，除了凌纪一和藤司，就两个女佣。

“这里很清静，真不错。”樱嘉雪忍不住感叹，他喜欢这种安静的环境。

“爸爸让我在这里静养，原本只有藤司跟着我，前几天藤司休假出去，才多了两个女佣来照顾我。”凌纪一淡然笑着，没有一丝不满，只有几分无奈。

樱嘉雪笑着说：“真心的人一个就够。”凌纪一十分认同地点头，笑着。

“对了，这次来，我还想问凌少爷一件事情。”

“请说，如果我能帮上忙。”

樱嘉雪拿出归烨的照片，递给凌纪一问：“这张照片上的人，有印象吗？”

“嗯……”凌纪一拿着照片看很久，总觉得有点儿眼熟，但想不太起来，“有点儿眼熟。”

“一年前，他举办过一场奇怪的宴会，你也去过。”

经过樱嘉雪的提醒，凌纪一的记忆被唤醒，点头说：“的确有一场这样的宴会，我唯一去的宴会就是那场。我当时还很奇怪，怎么会邀请我。”

“那么，还记得这个人和你聊过什么？”樱嘉雪暗暗觉得可能有希望，也许凌纪一会记得什么。

“我记得，好像是问大家有没有想法，一起研究那些疑难杂症。”凌纪一具体也不记得太多，只记得大概和归烨聊过类似的话题。

他对这种话题并没多大的兴趣，之所以去也是觉得好奇，居然有人会邀请他去参加宴会？没想到去了之后，发现原来是有人想集合大家一起投资研究那些疑难杂症。

而他并没有答应，也没有进行任何的参与。

樱嘉雪略微思忖下，能猜出归烨这么做的目的，一定是为了当年就已经病重的女儿。

但是，这和他又有什么关系？总觉得事情有关联，却怎么都联系不起来。

“似乎没能帮上你，抱歉。”凌纪一莞尔一笑，他不记得了，所以没办法提供更多的信息。

“没关系，我会查出来的。”

凌纪一收起笑容，眼神一变，略带严肃地问：“樱少爷，我想问下，之前藤司是不是发生过什么事？”

“嗯？”樱嘉雪看着凌纪一，对方一探究竟的眼神告诉他，藤司并没有把被袭击的事情说出来，“这件事，也许你亲自问他会比较好。”

“他想告诉我，早就会说。我还想问一下，对藤司下手的人，和你调查的人，是否有关？”

樱嘉雪逐渐察觉到，眼前的凌纪一并没有表面那么柔弱。也许身体是不太好，但内心异常强大。看来，藤司是太小看这位主人了。

“嗯……”樱嘉雪的回答在凌纪一意料之中。

藤司回来后虽然掩饰得很好，但脸上的伤一眼就能看出。原本，他以为这是一次意外。然而，今天樱嘉雪的到来，还有询问的一系列事情，不得不让他起疑。

人啊，果然病久了就会变得越来越敏感。

“有需要我帮忙的地方，请随时开口。虽然我的身体很弱，但我的脑子不弱。”凌纪一是一名很有名的黑客，但是大家只知道他的代号，并不清楚他的真实身份。

“好，我不会和你客气的。”

两个人的谈话告一段落，藤司和藤彩彩也端着茶点走过来，四个人吃着茶点闲聊着。

樱嘉雪要在凌家住一个多星期，这段时间也成为樱矢最佳的“冷却期”，桃管家的话一直在樱矢脑海中盘旋。

这天，樱嘉雪和藤彩彩出门去逛街，藤司则留在家里照顾凌纪一。被闷坏的两个人，一到外面就觉得空气如此清新，马路上熙熙攘攘的人群看着很舒服。

突然，一个人重重地撞到藤彩彩，却头也不回地向前飞奔，身后还传来一个女声：“抢劫啊！来人啊！救命啊！”

一听抢劫，藤彩彩二话不说，立刻随手找个东西，朝着那个抢劫者扔过去。

“啪”的一声，抢劫者倒在地上，吃痛地捂着腿，恶狠狠地四处张望，在找那个暗算他的人。

藤彩彩冲过去把抢劫者按在地上，然后捡起一旁的钱包，回头问：“是你的吗？”

女生气喘吁吁地跑过来，白皙的脸蛋因着急泛着红，接过钱包后连声道谢。趁着说话时，抢劫者想暗算藤彩彩，手刚举起来，就被一只手死死钳住。

“手贱，是不是想被剁掉？”樱嘉雪皮笑肉不笑地盯着抢劫者，居高临下的视角，他的表情显得更阴沉、吓人。

很快警察抵达现场，应该是有人报的警。人被带走后，女生连连向藤彩彩和樱嘉雪道谢。

“谢谢你们，如果没你们帮忙，我的钱包就没了！”女生留着长发，笑起来有两个小小的酒窝，是名甜美少女。

“没事，没事，我也是顺手。”藤彩彩不习惯一直被人道谢，有点儿不知所措地挠着头，发出“呵呵呵”的憨笑声。

樱嘉雪全程瞥都没瞥那女生一眼，只是轻敲藤彩彩的头说：“走吧，你不是要买东西吗？”

“啊？哦！好！”藤彩彩屁颠屁颠地跟上樱嘉雪，连道别的话都没来得及说。

身后的女生一只手握着钱包，另一只手冲着藤彩彩使劲挥手，边挥边说：“谢谢你们！”

当两个人消失在她的视线中后，女生嘴角的灿烂笑意渐渐隐去，取而代之的是一抹莫测的笑：“这两个人有这么难对付吗？居然要我亲自出马。”

她拿出手机拨通一个号码，另一头传来低沉的男声问：“怎么样？”

“遇上了，我会和这个女生搞好关系。这样行事会比较方便，不过那个男生有点儿难对付。必须想办法分开他们，你才能下手。”女生笑嘻嘻地说着。

“我知道。我要你做的，是从对方口中套出来，我要知道‘宝物’是什么。”

“了解，包在我身上。”

这时的藤彩彩完全不知道，危险也在逐渐逼近。

在凌纪一家待了一个多星期，其间没有人打电话来询问他们的情况，这让樱嘉雪有些好奇，是不是家里出了什么事？

他有些不放心，决定先回家，反正也快过年了，是时候回去了。

“欢迎以后常来玩。”凌纪一笑着说。

“嗯，会的。”樱嘉雪礼貌性地点点头，看向一旁在和藤司说话的藤彩彩。

藤彩彩被藤司叫到一旁，似乎有什么事情要说，樱嘉雪有点儿在意是什么事情，生怕藤司会说漏什么。

“彩彩，你有个很不错的主人，要好好珍惜。”藤司轻抚着藤彩彩的头发，嘴角溢满宠溺的笑。

“嗯！我会的！”藤彩彩很认真地点点头说，“小少爷是我非常重要的人，我很高兴有小少爷这样的主人！因为，他是我非常喜欢的主人！”

藤彩彩如同宣言般的话，让前来唤她的樱嘉雪一愣，止住脚步站在不远处，低头露出欣喜的微笑。

简单的“喜欢”两个字，就能让他心中溢出满满的甜蜜感。

❖

2

那丫头说喜欢他，即便知道不是那种喜欢，可他也非常非常高兴，高兴得不能自已。

“小少爷来找你了，快去吧。”藤司拍拍藤彩彩的肩，后者点点头跑向樱嘉雪。

藤司站在原地看着眼前的画面，藤彩彩跑过去低语几句，樱嘉雪就笑着点点她的鼻子，然后两个人齐齐望向他点头示意后离开。

此时此刻，在藤司的心中有一股深深的感慨，就好像把自己的妹妹嫁出去似的。

“心情很复杂？”凌纪一不知何时走到藤司身边，望着离去的两个人的背影笑着问。

“是的。”的确复杂，有高兴、有无奈、有不舍、有祝福……

“从小疼爱的妹妹被别人抢走，是这种感觉吧？”藤司毫不掩藏地点点头，凌纪一摇头轻笑，“你应该高兴，自己的妹妹有那么好的主人。”

藤司微愣，收回视线看着凌纪一，顿了几秒后笑着说：“是的。我很庆幸，彩彩和我都遇上非常好的主人。”

突然被夸奖，让凌纪一有些诧异。

“少爷，进屋吧，你的身体不好。”藤司将话题顺利地转换，凌纪一也没再说什么。

寒冷的冬季，原以为不会下雪，此时天上却飘落片片雪花。察觉到下雪的凌纪一转过身，站在门口不远处，望着洁白的雪花落在地上，从几片开始，到雪花纷飞。

“又是个难熬的寒冬啊。”凌纪一的声音有些无奈，他的身体很不习惯冬天，每到冬天就会变得很差，还会有许多接踵而来的麻烦。

“没关系，少爷，更寒冷的已熬过来，不是吗？”藤司扶着凌纪一回屋，等他躺好后去忙自己的事情。

在凌纪一的床边有个紧急按钮，只要按下，藤司就会赶过去。这样的模式，他们已经一起度过好几年了。

“你们兄妹两个啊，都是非常优秀的人呢……”凌纪一躺在床上，望着窗外越来越密的雪，笑着低语。

另一边，听说樱嘉雪要回家，樱矢激动得一塌糊涂。可是，一看见桃管家嫌弃的表情，他就猛地冷静下来。

这一个星期他曾好好想过，决定尝试着照桃管家说的去做。希望能够从真正意义上，让小雪适应这个家。

“小少爷，欢迎回家。”桃管家代表樱矢出门迎接，樱嘉雪有些诧异，居然不是他那个老爸在门口使劲挥手？

樱嘉雪走进樱家，樱矢正坐在沙发上笑嘻嘻地看着他说：“小雪，回来啦。外面冷不冷，觉得累吗？”

很平常的询问，完全不是樱矢的作风，就像个平常的父亲。

“嗯。”樱嘉雪暗暗想着，他的老爸究竟在搞什么？在没弄清楚之前，他还是按兵不动的好。

然后，一直到吃完晚饭，樱矢的表现和以前的激动截然不同，就像换个人似的。

樱嘉雪满腹疑惑，可又不想做过多的询问。因为，他的老爸恢复“正常”是再好不过的事情。

“小少爷，明天就是年初一，二少爷和三少爷会回来吗？”藤彩彩替樱嘉雪整理着东西，实在闲着无聊就随口问。

“二哥的飞机能延误这么久，也不怕再多延误下。”樱嘉雪语气充满调侃，“至于三哥，能找到他再说吧。”

两个哥哥都是因为不能适应这个家，才会搬出去独立生活，后来觉得搬出去还不够，索性出国溜达。要是哪天老爸能维持今天的状态，估计那两个人就会回来。

“嗯，也是。小少爷，整理好了，我先回自己房间了。”

“早点儿休息，还有……新年快乐，以后的每年都要一起努力！”樱嘉雪笑着说。

“嗯！新年快乐！”

藤彩彩笑着走出屋子，站在门外握着手，心跳有些加速。听见小少爷的那句“新年快乐”时，她真的高兴得心脏差点儿跳出来。

小少爷主动说新年快乐，还对她说……每年！

简直太棒了好嘛！小少爷是在肯定她耶！以前一直担心自己会给小少爷添麻烦，可是，小少爷不只鼓励她、肯定她，还说以后每年都要一起努力！

果然……小少爷最好了！最喜欢小少爷了！

咦？等等！喜……喜欢？

喜欢小少爷？她喜欢小少爷？不、不对，不是这样的。

她是觉得小少爷很好，对她也很好，是少数不嫌弃她的人，还主动给她机会，关心她。所以，和小少爷待在一起很快乐，很幸福。

哎哎？难、难道说……这是喜欢？怎么会？

藤彩彩有些难以置信地捂住嘴，心跳和呼吸变得越发紊乱，脸上绯红一片藏都藏不住。

“我、我还是去用冷水冷静下！”藤彩彩慌忙冲向自己的房间，一路上脑子里乱作一团。

嗯，一定是最近发生太多奇怪的事，让她的脑子也变得奇怪，开始越来越喜欢胡思乱想。

以前她跑再长的路都不会喘成这样，今天真的有点儿不太对劲！真的很不对劲！

“冷静，冷静，没什么，只是我胡思乱想而已。”藤彩彩不停地自我暗示，反反复复几次后，她的心情终于缓缓平静下来。

别的事情很敏感，这种事情她格外迟钝。对于莫名其妙的情绪波动，最终被她归为“紧张”。是太紧张导致的，是新年要来了，对未来一年又期盼、又紧张，导致她不太对劲。

就这样，内心某种莫名的悸动被她随随便便下了定义，不知不觉地默默扼杀。

“彩彩，既然现在是假期，你要不要回老家看看？”樱嘉雪突然提议。藤彩彩有些措手不及，她一直都没想过要回老家，虽然很想妈妈，可是她不想面对大哥和父亲。

“小少爷，我不太想回去。”樱嘉雪低着头，表情有些犹豫。

樱嘉雪伸手拍着藤彩彩的肩，露出温暖的笑说：“无论如何，他们都是你的亲人，你不可能永远不见他们。”

藤彩彩不吭声，内心在做着强烈斗争。一方面她是想回老家看看妈妈，另一方面她实在不知道要如何面对严苛的父亲。

“走吧，我会陪你一起去。”樱嘉雪简单的话语唤回失神的藤彩彩，“比起你一个人去，有身为主人的我在，会好很多不是吗？”

每次樱嘉雪的话就像一针定心剂，让藤彩彩能够很快平静下来，内心那股负面的情绪也会随之渐渐消散。

“小少爷认为我应该回去一次的话，我会回去的。”藤彩彩心中依旧有一丝不愿意，但她知道逃避并不是办法。

现在的她自己都能感觉到，比起以前更有自信，应该不会有什么问题，嗯！

“那么，我们过几天出发，你先打个电话给你妈妈。”樱嘉雪一步步引导着藤彩彩，他希望这个丫头能够趁着现在攻破最后的难关，比起外面的那些风险也好，任务也罢，家人从小在她心中种下的那些才是最难克服的。

藤彩彩点点头转身离开，边走边掏出手机，沉默良久。

她还是下不了决心打这个电话，但是小少爷说的也有道理。毕竟那是她的家人，有血缘关系的亲人。如果想要改变，就必须有人走出那一步。

现在，在小少爷的鼓励下，她是时候踏出这一步了。

拨通号码，手机那头传来藤妈妈温柔的声音，藤彩彩一时间哽咽得发不出声音，稍稍稳定情绪后轻声吐出一句：“妈妈，是我。”

“彩彩！真的是你吗？”藤妈妈的声音异常兴奋，甚至还带着少许颤抖。

“妈妈，我和小少爷三天后会回家看你。”

“真的吗？太好了！告诉妈妈，你想吃什么？妈妈给你做你爱吃的。”藤妈妈高兴异常，对于常年没有回家的女儿，她的思念比任何人都多。

听着妈妈如此高兴的声音，藤彩彩有那么一瞬间觉得，也许回去看一下是正确的。爸爸和大哥很严格，但妈妈从小就很疼她。

“什么都可以，我和小少爷不挑食。”藤彩彩和妈妈在电话里聊开，妈妈的话总是围绕着她嘘寒问暖。

不远处的樱嘉雪，看见藤彩彩脸上渐渐露出笑容，心中溢满欣慰之情。

三天后，樱嘉雪和藤彩彩坐在车上，由桃管家亲自送他们回藤家老家。

藤彩彩最怕面对的是爸爸和大哥，之前通电话时妈妈说他们都不在家，不知道这几天会不会突然回来。

樱嘉雪似是看出藤彩彩的紧张，伸手轻拍下她的手，示意她不要想太多。

行车约莫两个小时，当车从繁华的都市驶离，进入稻田、树林，视野再一次豁然开朗后，眼前就出现一座稍显古老的建筑，这里就是藤彩彩的老家。

“小少爷，到了。”桃管家打开车门迎下樱嘉雪，藤彩彩怀着不安跟着下车。站定后望着许多年未踏足的老家，心情很是复杂。

藤家门口，藤彩彩的妈妈正等着他们。穿着大衣的藤妈妈长相温婉，面带欣喜的笑容。

“彩彩。”藤妈妈迎上来，拉着藤彩彩左看右看，“长高了，更结实了。”藤妈妈眼眶湿润，挂着少许泪水。

在看见妈妈的瞬间，藤彩彩再也忍不住哭起来：“妈妈，我好想你啊。”

“你啊，想妈妈都不打电话来。”

“我……”藤彩彩不知该如何回答，她很害怕接电话的会是爸爸，那样她一定会不知所措，藤彩彩突然想起什么，松开妈妈的怀抱说，“啊，对了！这位是我的主人，这位是桃管家。”

“原来是小少爷和桃管家，多谢二位照顾我家彩彩。”藤妈妈一看见樱嘉雪就连声道谢，上次通电话时彩彩有说过，是小少爷主动提出让她回家看看的。

今天见到小少爷，感觉是一个非常不错的主人，并非外界传说的那么难伺候，相反，眼中有股温柔的感觉。

“一直都是彩彩在保护我。”樱嘉雪笑笑，看向藤彩彩，“我很庆幸有这么优秀的保镖。”

团圆的幸福气氛，因为一个人的出现而打破。藤晋龙走到门口，中气十足地说：“都不请小少爷进来，成何体统。”

一看见父亲的脸，藤彩彩的表情僵在了脸上。

樱嘉雪一行人进入藤家大门，藤晋龙是个十分重礼数的保守派，看见樱嘉雪就欲行主仆之礼，被樱嘉雪拦下。

“不用这么多礼，我是以彩彩同学、朋友的身份前来的。”

“樱家的每一位继承者都将是我的主人，这是必需的。”藤晋龙坚持自己的信念，樱嘉雪也不多加阻拦。

樱嘉雪暗暗想着，他曾听闻藤家现任当家是个很固执、守旧的人，今天看来确实如此。也难怪彩彩这个丫头会拼命逃离这里。

“不知道今天小少爷来这里有什么事？”藤晋龙全程没有在意藤彩彩的存在，这样的态度让藤彩彩心中难免不是滋味。

樱嘉雪将藤彩彩拉到面前，两手扶着她的肩说：“我是陪我重要的保镖回老家而已。”

藤彩彩和藤晋龙面对面站着，藤晋龙面不改色地瞥一眼藤彩彩，发出不屑的冷哼：

“擅自离家的人，就已经不是我藤家的人了。”

此话一出，对藤彩彩来说无疑是晴天霹雳，她拼命抑制住内心的愤怒和忧伤。

“晋龙，你不要这样，彩彩也是想我们了才回来看看。”藤妈妈试图打圆场，但藤爸爸显然不吃这一套。

“就是被你惯坏的，连一点儿苦都吃不起！”

藤晋龙剑眉一横，瞪大双眼盯着藤妈妈，藤妈妈只能无奈叹气。

时隔多年，再看见这样的父亲，让藤彩彩心中依旧不满，她以为多年来父亲能有所改变，起码能够讲点儿道理。

可显然，她的爸爸还是这么顽固不化。

“这件事和妈妈没有关系，我离开是因为我忍受不了你的霸道！我回来也只是看望妈妈！”藤彩彩站出来护住藤妈妈，有生以来第一次和父亲如此认真地四目相对。

藤晋龙面带错愕地看着藤彩彩，内心惊讶不已，从小只会逃避的女儿，今天居然一见面就顶撞他。

“很好！我现在就告诉你，你的母亲不需要你看，你可以回去了。”藤晋龙手一挥，指着大门就要赶人。

藤彩彩心中席卷着怒火，死死地盯着不讲理的父亲。她很想现在就走，但是她答应小少爷要回来看看，不能就这么走了。更何况，她真的很想念妈妈。

“藤伯父，就我个人意见，你们为何不坐下好好谈谈？”从头至尾没有出声的桃管家，在关键时刻来救场。

藤晋龙看着桃管家，他很早就听闻有关桃管家的一些事情，今天是第一次看见本人。

稳重的气场，得体的谈吐，斯文的长相。乍一看，根本看不出是叱咤一时的保镖，更像是一名真正的管家。

3

藤家的气氛有些凝重，感觉不出久别重逢的那份感情。藤晋龙坐在前厅，双眉紧锁没有看藤彩彩一眼。实在看不下去的藤妈妈拉着藤彩彩，两个人走向厨房避开藤晋龙。

“伯父，彩彩这个女儿对你来说真的可有可无吗？”樱嘉雪趁着藤彩彩不在，一记直球抛给藤晋龙。

藤晋龙脸色微变，心中若有所思，片刻后开口道：“小少爷，如果您想做和事佬，我劝您就放弃吧。那丫头以前胆子小，却很固执。现在不只固执，胆子都变大了。”

“伯父，你没有正面回答哦！”樱嘉雪微微一笑，淡定而自负。

藤晋龙微愣，转而露出一抹笑直摇头：“樱家的人，果然都不可小视。也正因如此，我们藤家的人对你们樱家的人才敬重万分。”

樱嘉雪不置可否地点点头，耐心等待藤晋龙的老实话。藤晋龙见实在蒙混不过去，再加上对樱家的人与生俱来的那种遵从感，不得不认输。

“小少爷，我并不那么认为，仅此而已。”说完藤晋龙站起身，向樱嘉雪微微欠身行礼后离开。

得到这样的答案，对樱嘉雪来说已经很满意。起码他已经知道，藤晋龙并非不在意彩彩那丫头。

而在厨房里藤彩彩正帮藤妈妈洗菜，藤妈妈几次欲言又止。

“妈，为什么爸爸会在家？之前你不是说他外出了吗？”藤彩彩希望这次回来是高兴、快乐的，不希望和父亲接触，就是为了防止刚才那种情形发生。

“彩彩，其实……”

“算了，妈妈，这件事也不是你说了算，爸爸还是一样霸道的。”藤彩彩甩掉手上的水，摇头表示无奈。

藤妈妈不知该怎么解释这件事，其实事情并非彩彩想的那样。只是现在这样的情况下，她怎么解释似乎都是徒劳。

算了，等明天稍稍缓和下气氛再说，父女之间总是这样也不是办法。

这天的晚餐，也许是藤彩彩吃过的最为沉默的一顿。吃完的瞬间，她有种解脱的快感。餐桌上她没有吭声，其他人的话也很少，只有樱嘉雪偶尔和藤晋龙，或者藤妈妈说说话。

藤彩彩一个人在厨房洗着碗筷，樱嘉雪悄悄走近问："需要帮忙吗？"

"哎？小少爷，你怎么来了，快出去啦。如果被人看见，我会被训的。"让主人进厨房帮忙，她的父亲看见一定又会啰嗦。

"不需要的话也没关系，我是来和你说点儿话的。"樱嘉雪靠着门说，"彩彩，听我的话，和你父亲好好谈谈，如何？"

藤彩彩一愣，手上的动作突然停止，脑子一时反应不过来。

小少爷让她和爸爸去好好谈谈？刚才的事他也看见了，那么不讲理、固执的爸爸，要她怎么说？说些什么？

藤彩彩放下碗筷，神情忧愁地摇摇头："小少爷，这件事我没办法呢。如果能好好谈，我就不会逃也似的离开这里。"

正因为说过无数次，争吵过无数次，藤彩彩才会最终下定决心，离开这里。

她的爸爸是特别严格的人。大哥是非常优秀且遵从父亲的人。二哥也很优秀、温柔，虽然不完全遵从父亲，但是能力相当强。

只有她，天资不高，又被爸爸以最严厉的方式对待。从小，她从没觉得自己有过其他女孩子一样的童年。

"这样啊，那我让他找你谈，到时你不可以逃跑哦。"说完，樱嘉雪不等藤彩彩答应，眨眼就消失在门外。

藤彩彩傻愣在那里，她没明白樱嘉雪的意思。让爸爸来找她谈？这是天方夜谭吗？

他的爸爸如果肯听她说话，至于闹成今天这样吗？那么霸道的老爸，会找她来谈话才奇怪。唉！

然而，樱嘉雪可不是这么容易放弃的人，他需要让藤彩彩父女关系缓和，不然那将会是藤彩彩心中永远的疙瘩。

"笃笃"，樱嘉雪敲响藤晋龙的房门，"伯父，我想和你好好谈一下。"

短暂的沉默后，传出藤晋龙简单的两个字："请进。"

樱嘉雪一进门，就闻到一股浓重的烟味，瞥见藤晋龙身旁桌上的烟蒂，心中暗暗一笑。

“小少爷有什么事？”

“伯父，我想请你去和彩彩好好谈谈，心平气和地聊聊，听一下她的想法。”樱嘉雪在这种事情上不喜欢拐弯抹角。

“我去找她？为什么不是她来找我？”藤晋龙皱着眉头，露出些许不悦之色。

这句话，让樱嘉雪瞬间安心。没有直接拒绝，看来有戏。

“她是不敢。父女之间的事情，必须有人踏出一步。例如我和老爸，就因为他一直毫不顾忌地找我说话，虽然很啰唆、很烦人，但是这样就不会有沟通障碍。”

樱嘉雪难得夸奖自己的父亲，他并非那么不喜欢、不关心自己的父亲。而是，很多事自己心知肚明即可，不需要说出来。

藤晋龙低头不语，回想自己真的从来没好好听孩子们说话。他对孩子们的印象，就是一直在督促他们练习，连游乐场都没去过。

“我的父亲对我保护过度，所以我的童年和其他人不同。正因如此，我能理解彩彩的心情。别人的童年是游乐场、小伙伴。而她的，是一场又一场的训练。”

樱嘉雪的话将藤晋龙拉回以前，藤彩彩还小的时候。不论刮风下雨，他都会逼着藤彩彩跑步、练体力等。

现在回想起来，小时候的藤彩彩从未对他露出过笑脸。每一次的训练，她的表情都是那么不情愿。

“既然她不肯踏出这一步，为何你不试试？你们父女二人，难道真的要老死不相往来？”

“小少爷，请让我考虑一下。”藤晋龙没有应下也没有拒绝，他现在心中还有太多的不确定。

樱嘉雪点头离开带上房门，站在门外嘴角露出一抹笑。很多事情，点到为止就好。他已经做了该做的，现在就看他们自己的发展。

夜深人静之时，藤妈妈在藤彩彩屋子里，母女两个有许多话要说，而藤晋龙则一个人待在房间里，从抽屉中拿出一本相册。

这本相册中，记录的是他的孩子们的点滴。然而，他能找到有关藤彩彩的却寥寥无几。大多是兄弟二人得奖、毕业的照片，唯一能看见藤彩彩的，就是刚出生时躺在母亲怀里的婴儿照。

合上相册，长舒一口气。藤晋龙第一次觉得自己原来亏欠彩彩那么多，甚至都找不到有价值的纪念相片。

“也许，真的像小少爷说的那样，应该坐下来好好谈谈。”

另一边，藤妈妈在和藤彩彩聊天，藤彩彩将学校发生的事情全部告诉妈妈，说得十分开心。

突然，藤妈妈语气一沉，轻声道：“彩彩，其实你爸爸还是很在乎你的。”

藤彩彩皱起眉头，她不知道要如何继续有关父亲的话题，这是她不想涉及的。

“彩彩，你知道吗？你爸爸是听说你要回来，特地赶回来的。”藤妈妈语重心长地说着，希望能说服藤彩彩。

“什么？爸爸怎么会知道我回来？”

“藤司告诉你父亲的，之前我有问藤司要不要也回来一次。”藤妈妈如实道出其中的缘由。

当时她也有些惊讶，没想到丈夫会连夜坐飞机赶回来。但是，他的脾气依旧固执，怎么都不肯承认是为了女儿回来。

藤彩彩对妈妈的话将信将疑，她并不觉得自己的父亲会那么在意她。

“妈妈，我累了，早点儿睡吧。”藤彩彩避开有关父亲的话题，钻进被窝装睡，一旁的藤妈妈只能无奈地叹气，关上灯后径直走出了房间。

床上的藤彩彩辗转反侧，同时在藤晋龙的房间内，他捧着相册坐在那里，不停地翻阅着、想着什么。这一晚，父女二人都没能好好熟睡。

第二天一大早，藤彩彩顶着熊猫眼和樱嘉雪见面，樱嘉雪忍着笑，问：“昨天没睡好？认床？”

“不、不是啊，睡得很好呢！”藤彩彩硬着头皮要死撑，只是明眼人都能看出来，她压根儿和睡好无缘。

巧的是，藤晋龙也和藤妈妈并肩走出房间，四人相遇，父女二人四目相对。藤晋龙的表情比昨天明显缓和许多，而藤彩彩依旧戒心很重，似乎对昨天的事依旧有芥蒂。

藤妈妈用胳膊撞下藤晋龙，后者瞥了眼身旁的人，轻叹口气望向彩彩说：“我有事想和你谈。”

樱嘉雪心领神会地将藤彩彩推上前，笑着说：“既然伯父和彩彩有话要说，那么我就和伯母一起去散步。”说罢，樱嘉雪便挽着藤妈妈走向大门。

顿时，气氛陷入一阵僵持，藤彩彩没有开口也没有看藤晋龙，浑身上下都很紧张，显然不习惯和藤晋龙独处。

看见女儿如此反应，让藤晋龙内心感慨万分：“跟我进房间，我们好好聊聊吧。”

藤彩彩惊愕地抬头，看着父亲缓缓走着的背影，内心觉得有些不可思议。她的父亲，居然想要和她谈话？这么多年，他们真正说过的话都没几句，今天突然要谈话。

不知道会不会又是一场争执的开始。

藤彩彩跟着藤晋龙踏入他的房间，这个房间对她来说陌生而熟悉，许久没有踏入的地方，还是那样一成不变，如同她父亲的性格一样。

两个人面对面坐着，气氛很沉闷，藤晋龙似乎在思考要如何开口。

过了一会儿，似乎终于下定决心，拿起相册说："昨晚，我看了很久很久。但是不论我怎么看，就只找到你一张照片……"藤晋龙抽出那张照片，放入藤彩彩手中。

藤彩彩看着照片不明所以，藤晋龙说："身为父亲，我只能找出一张女儿的照片，也许我是真的忽略了你。"

藤晋龙的语气前所未有地温和，这是藤彩彩从来没有听到过的。她有些不解地看着自己的父亲，原本就并不聪明的脑子，现在更是被这种转变给卡住，有点儿思考无力。

"原本我从来不觉得，也没想过对你的态度有什么不妥。渐渐地，你开始疏远我。即使我察觉到些什么，但是我依旧没有要去改变的意思。"藤晋龙这么说着，藤彩彩才慢慢意识到，她的父亲居然在反省！

固执、严肃的父亲，会因为以前的事情反省？实在太不可思议了！

4

同时另一边，樱嘉雪和藤妈妈一起在厨房忙碌，藤妈妈惊讶地看着切菜手法纯熟的樱嘉雪，说："小少爷，你怎么这么熟练？老爷应该不会让您亲自动手吧。"

"请不要告诉其他人哦，这是我偷学的。我希望在将来，能够照顾好最重要的人，从小就在学习。"樱嘉雪利落地将切好的土豆片装盘递给藤妈妈。

"原来如此。不知道他们父女二人谈得怎么样了。"藤妈妈边下厨边担心着另一边的情况，相比起她的担忧，樱嘉雪倒是显得很淡定。

"应该不会比现在更糟糕，我相信。"这一次他带藤彩彩回来的目的，就是让她能够和家人缓和关系，这一切的关键就是藤晋龙。

不过，据他所知，藤晋龙听说藤彩彩回家，特意赶飞机回来，就能知道其实他对这个女儿还是很在意，只是碍于面子罢了。

"希望如此，我也想彩彩能够多回来看看。"藤妈妈依旧有些放心不下。

在屋内，藤彩彩和父亲的谈话似乎有了一些进展。应该说，藤彩彩一开始的排斥感在慢慢减少。

原本她就是思想简单的人，不擅长考虑太复杂的事情。再加上他的父亲，从刚才开始就在表述着对她的亏欠和一些不妥当，让她整个人的警惕感已经放松。

"爸爸，我是藤家的人，就算你不那么严苛，我也不会丢你的脸，我也会努力成为樱家的保镖。"藤彩彩一直都知道，身为藤家的人需要做什么，只是她讨厌被逼着去做某些事情。

"樱家的保镖，我怎么也想不到，最后成为樱家保镖的人是你。你大哥虽然优秀，但很有主见，并不会为了家族相传的准则去做事。你二哥也很优秀，看似很随性，但异常固执，他决定去做那个病少爷的保镖，连我都是过了很久才知道的。”

他所引以为傲的两个儿子，没有一个按照他设想的路走下去，反而是他最为亏待的女儿为他完成了没有了却的心愿。

他没能成为樱家的保镖，违背了祖训，让他一直耿耿于怀，将这一切都附加在自己的孩子身上。

“我会成为小少爷的保镖，我也觉得很不可思议。但是小少爷对我很好，让我觉得很开心。有时候，我会觉得，你以前对我那么严格也有好处，起码我比别人耐打、耐骂。”

说到这里，藤彩彩脸上露出一抹释怀的笑容。她自己都觉得不可思议，把心中的感觉说出来会变得很轻松，感觉以前那些不满都是在气自己。

“你如果真的这么想也是件好事。”藤晋龙顿了顿，似乎在思考着什么，随即说，“身为父亲，我看到你的成长。无论如何，你都将成为我骄傲的女儿。”

有藤晋龙的这句话，藤彩彩感觉一切都豁然开朗。原来，她一直那么执着，想要成为小少爷的保镖，除了小时候和小少爷之间的事情外，父亲从小施加的压力无形中成为她不服输的动力。

藤彩彩看着原本固执的父亲，露出一抹单纯的笑容。

寒假的时光总是过得非常快，快到让藤彩彩有些没反应过来，就又要开学了。而让藤彩彩最最没反应过来的是……

“小少爷，你的身高已经蹿到一米八一，一个寒假长了七八厘米。”桃管家专心记录着樱嘉雪最新一次体检的身高，再瞟一眼体重，见是正常范围后点头。

“嗯，我也觉得很不可思议。”樱嘉雪已经和桃管家差不多高，两个人说话时互相平视，而不像以前要仰视。

他在寒假的时候长高速度惊人，不知道是吃了什么东西，突然长这么多真吓人。

“每天三杯牛奶，这么有功效？”樱嘉雪摸着下巴自言自语着。

“其实，小少爷原本就在成长期，身体突然蹿高是正常的。”桃管家嘴上这么说，但心中还是觉得有点儿不可思议。

站在一旁的藤彩彩，看着比自己高出一头多的樱嘉雪，除了惊讶还有欣喜。

随着小少爷身高的蹿升，小少爷的长相也出现变化，变得越来越有棱角、越来越立体。以前的那份可爱早就不见踪影，仿佛变成了另一个人——成熟、冷漠、帅气、酷劲十足。

这个……是她认识的那个小少爷吗？

“这是我为小少爷准备的衣服，您可以穿去学院。”桃管家从一旁的人手中接过一套衣服，从上到下叠着白色的衬衫，灰色的毛衣马甲，黑色的西装，以及其他什么。

“嗯，好的，我这就去换。”

藤彩彩伸手去接过衣服，看着手里的男装，终于意识到樱嘉雪已经变得不同，不再是以前那个可爱的洋娃娃，已经变为成熟的男生。

一路跟着樱嘉雪回房间，目送樱嘉雪去更换衣服，藤彩彩站在卧室的沙发旁，静静地等待着。

不知道小少爷换上会是什么样子？一定会非常帅气吧！没想到，小少爷会突然变得那么帅。

以前，只觉得小少爷很可爱，现在……

“怎么样？”樱嘉雪的声音打破藤彩彩的思绪，吓得藤彩彩浑身一抖忙抬头。

“很……”刚要开口，就被眼前的景象惊艳到。

樱嘉雪穿着白色的衬衫，胸前的扣子微微敞开，下身穿着一条剪裁合身的休闲西裤。如此简单的装束，却让人觉得焕然一新。

从未见过樱嘉雪如此打扮，藤彩彩整个人都傻眼了，呆呆地站在原地，微微张着嘴不知道该怎么说。

帅气的脸、匀称的身材，配上简单干净的服装，一切都显得那么完美！

很难想象，眼前的这个人是她所认识的小少爷。这股逼人的气息，嘴角露出的淡淡的笑，异常邪魅。

“怎么了？看呆了？”樱嘉雪故意走近藤彩彩，弯下腰让两个人的脸凑得非常近，“是不是很帅？”

藤彩彩忍不住吞下口水，结结巴巴地说：“很帅！真……真的！”

“你刚才吞口水了。”樱嘉雪点着藤彩彩的鼻子说，嘴角再次上扬到一定弧度，邪气地说，“我看起来像是美味的五花肉吗？”吓得藤彩彩拼命摇头否定。

樱嘉雪直起腰不再逗藤彩彩，转身走出房间，边走边说：“走吧，再不走就迟到啦。”

“啊？是！”藤彩彩慌忙跟上去，两个人坐上车一路驶向码头。在车上，藤彩彩时不时用余光瞟樱嘉雪，越看越觉得身旁坐着的像另一个人。

嗯，小少爷经过一个寒假就变得帅气，那会不会以后她也变得漂亮起来呢？

藤彩彩想着，忍不住伸手摸摸自己的脸，最后无奈地垂下头，暗骂自己，这种事情怎么可能。

换上游艇两个人很快就抵达四宇国学院，藤彩彩和樱嘉雪分别拖着行李走着，一路上樱嘉雪吸引无数女生的目光，大家都在那里议论纷纷。

“那个人好帅！是新来的吗？”

“真的耶！看起来冷冷的，很有感觉呢。”

议论声不绝于耳，藤彩彩只能当没听见跟着樱嘉雪走。心中想着，如果这些女生知道，她们夸赞的人就是以前她们认识的小少爷，会不会被吓死？

回到宿舍两个人在整理东西，藤彩彩突然想起来，回来后要去学生会领一些东西，跟樱嘉雪说一声后就朝着学生会跑去。

半路上，一个女生喊住正在狂跑的藤彩彩，藤彩彩好不容易停下，看着眼前的女生有点儿眼熟。

“好巧，居然在这里碰见你！”女生笑嘻嘻地说。

“你是……”藤彩彩想了又想，终于想起来眼前的女生在哪里见过，“你是之前那个被打劫的女生？”

女生点点头，笑着走近藤彩彩，很自然地拉起藤彩彩的手说：“我们真的好有缘，我是这学期转来的，我叫时一妍。”

“哦，哦，你好。”

“那么，以后我们就是朋友啦。”时一妍咧嘴一笑，笑得灿烂夺目。

朋友？

藤彩彩想起自己从来没有朋友，从小到大大家都嫌弃她，根本没人愿意和她做朋友。现在，她有朋友了！虽然有些莫名其妙，但真的好高兴。

“我要去领一些东西，你一起去吗？”藤彩彩尝试着开口邀请，马上得到时一妍的肯定回答，两个人一起走向学生会。

在宿舍的樱嘉雪终于把东西都从箱子里拿出来，放好后长舒一口气，望着窗外熟悉的教学楼，一脸深沉。

“小少爷！”藤彩彩风风火火地闯入，冲到樱嘉雪面前高兴地说，“我交到朋友啦！你还记得之前我帮过一个被抢劫的女生吗？好巧！她这学期也在这个学校！太好了！”

樱嘉雪被藤彩彩说得有些糊里糊涂，压根儿就想不起来是哪个女生。对于那些无所谓的事情，他从来不去在意。

但是，这丫头说她交到朋友了？这么突然？才第一天，才出去一会儿，回来就交到新朋友了？

这也太不靠谱了！对方是什么样的人？什么帮助过的女生？压根儿没印象。

“那很好啊，晚上约她一起吃晚饭。”樱嘉雪装出高兴的样子笑着，心里却在咬着牙想，如果对方是个奇奇怪怪的人，绝对不能放任！

藤彩彩一听樱嘉雪这么说，乐得嘴巴都歪了，赶紧打电话给时一妍，两个人约好晚上一起吃饭。

看她那么高兴的模样，樱嘉雪不知道应该高兴还是担心。如果对方是个不错的人，那也就算了。但如果碰上什么有目的的怪人，就不好办了。

晚上樱嘉雪怀着复杂的心情，去和藤彩彩口中的小妍吃晚饭。当在餐厅门口看见时一妍的瞬间，樱嘉雪心中一沉。

他已经想起这个女生，是之前在街上的那个。该说是他的直觉还是什么？这个女生总给他一种不单纯的感觉，是和彩彩完全不同的人。

“小妍，这位是我的主人。”藤彩彩向时一妍介绍着，后者冲樱嘉雪点点头。

5

三个人进餐厅后随便点一点儿东西，时一妍捧着果汁看着藤彩彩，忍不住说：“彩彩，你的主人很帅哟，一定很受欢迎吧。”

“哎？这个……”藤彩彩不知所措地看向樱嘉雪，后者一脸淡定地吸着奶茶，“应、应该吧。”

不知道该怎么说，小少爷以前是很受欢迎，但都是受男生欢迎。现在外表改变后，不知道会怎么样。

“彩彩，你是从小就在你的主人家里做保镖吗？”时一妍好奇地问。

“嗯，是啊。我大概八岁参加的保镖培训班，毕业后不久就跟着小少爷了。”

时一妍双眼发光地盯着藤彩彩，伸出手抓住藤彩彩放在桌上的手，很兴奋地说：“好玩吗？保镖是不是很有趣？”

“其实也还好，不过能保护小少爷真的很高兴呢。”藤彩彩无意中说出的话，就像是在表白，身旁的樱嘉雪暗叹她的没心眼儿。

“那能不能教我几招呢？让我防身也好！”

“哎？这个……”

藤彩彩有些为难，眼神瞟向身旁的樱嘉雪求助，樱嘉雪放下奶茶说：“她很忙，没时间。”

“哎？会吗？我们还要相处两年呢，一定会有时间的。”时一妍还是不放弃，紧紧握着藤彩彩的手说。

樱嘉雪扯开时一妍的手，将藤彩彩的手拽在自己手里，冷着脸说：“我的保镖由我说了算，旁人没有任何发言权。”

气氛瞬间陷入僵持，藤彩彩有些尴尬地看着时一妍，时一妍的表情很无辜，看起来快要哭出来似的。

“那个……小少爷，不要这么说，小妍也是……”藤彩彩还没说完，樱嘉雪就塞了一百块给她，看着手里的钱她不明白。

“彩彩，替我去超市买酸奶，我要喝。”

突然说什么要喝酸奶，让藤彩彩完全摸不着头脑。但她还是照做了，拿着钱略带愧疚地冲时一妍笑笑，转身飞快地跑出餐厅。

只剩下时一妍和樱嘉雪两个人，气氛有些僵持。

“那个……我是不是刚才说错话了？”时一妍楚楚可怜地看着樱嘉雪，声音也很轻，显得那样小心翼翼。

可是，樱嘉雪完全不买账，依旧冷着脸，看着时一妍。忽然他勾起一抹笑，带着几分不屑说：“你和彩彩是真的有缘呢。”

“是啊！我也觉得，没想到会在这里见到彩彩，真的好有缘。”

樱嘉雪冷笑，看着时一妍如此会演戏，还挺佩服她的：“时一妍对吗？我不知道这个是你的真名还是假名，也不知道你们是真有缘还是什么……”

说到一半，樱嘉雪捧起奶茶吸着，再度开口说：“但是，要是有人对彩彩有什么目的，我是不会姑息的。请时一妍同学记得我今天的这句话。”

时一妍也不是简单的角色，依旧保持着无辜的模样，不论樱嘉雪说什么她都一副“我听不懂你在说什么”的样子。

这样也更让樱嘉雪肯定，时一妍和彩彩的结交并不是什么“缘分”。

“你不觉得你装过头了吗？”樱嘉雪放下喝完的奶茶，摸着瓶身说，“正常人，在听见我刚才的那番话时一定会很紧张，或者赶紧解释。你却这么淡定，真不简单啊。”

时一妍脸色一沉，露出真实的一面，勾着嘴笑着说：“不愧是樱家的小少爷，还真是什么都骗不过你。既然已经被你看穿，那我没必要装了。那么，就看你有什么办法阻止我和藤彩彩交好。”

樱嘉雪沉默，他并不觉得这话是多大的威胁。不让这个女生接近藤彩彩很容易，只要人消失就可以了。

“我也拭目以待，你会做什么。”樱嘉雪话说完站起身离开，正巧和进来的藤彩彩遇上，“彩彩，我不太舒服，我们回去吧。”

“哎？哦，好！”藤彩彩一听樱嘉雪不舒服，哪还顾得了别的，赶忙向时一妍道别，跟着樱嘉雪离开了。

时一妍看着离开的两个人微微挑眉，心中暗暗想："和意料中的一样，看来必须早点儿行动。"

拿出手机，拨通归烨的号码，轻声说："是我，计划提前，这几天就行动，可以吧？"得到归烨的认同后，时一妍紧紧握着手机，双眼中蕴含着浓浓的阴霾。

另一边，回到宿舍的藤彩彩有些担心樱嘉雪，突然就不舒服起来，会不会是刚才的奶茶喝坏了？

"没关系，可能是累了。"樱嘉雪坐在床上，佯装按着太阳穴。

"那小少爷你休息，我去给你煮粥。"藤彩彩飞快地跑向厨房，每次只要樱嘉雪说不舒服，不论是多小的病，她都会当大病处理，紧张个半死。

樱嘉雪躺在床上，想着时一妍的话。刚才的一番话已经很明显地道出，时一妍是有目的而来，并且几乎就能肯定是冲着藤彩彩和他而来。

突然冒出这么个人，很难让人不怀疑，是不是和某个人有某些关系。

之前被绑架的时候，听到的有关樱家的宝贝。似乎有人在寻找那个东西，但……到底是什么？

他身为樱家的人，都从来没听人说过，樱家还有那种东西。并且，还有人急于要得到那个东西。

"算了，还是打电话给大哥，让他查一下。"樱嘉雪嘟囔一声，拨通樱嘉木的电话，将事情简单叙述下，"我不确定时一妍这个名字是真是假，所以可能你要费点儿心思。"

"这个很简单，我自有办法。"樱嘉木胸有成竹地应下。

樱嘉雪挂上电话，轻叹一口气，一抬头，就看见藤彩彩端着粥，站在门口诧异地看着他。

糟糕！该不会被听见了？

"小少爷，为什么你要调查小妍？"藤彩彩咬着嘴唇，神情纠结且难过，"我好不容易交到一个朋友，为什么你……"

"彩彩，我只是想确定对方的身份。"樱嘉雪语重心长地回答，他希望藤彩彩别想太多，能够明白他的一番苦心。

"可是小妍没有问题啊！她已经是我的朋友了！而且，是我第一个朋友。"藤彩彩很难过，她刚才还很高兴，自己终于交到朋友，而且小少爷也很认可的样子。

但为什么一转身，小少爷就要调查小妍？她交的朋友就那么让人不放心？小少爷，是不信任她的眼光吗？

“彩彩，我说过，我只是为了以防万一，怕你受到伤害。”这回，樱嘉雪真的头痛了。

果然不应该装病，一装就立刻成真。他没想让藤彩彩那么激动，也不希望她难过。但，那个时一妍有问题是肯定的，可又不能直接说，该伤心难过的是他啊。

“小少爷，我只有小妍一个朋友，我不想失去这个朋友……”藤彩彩无力地垂下头，她的自卑心理在此时又跑出来作祟，想象以前完全没朋友的日子真的觉得很悲哀。

什么？只有一个朋友？那他这个小少爷算什么？摆着看的人偶娃娃？这丫头是想气死人吧！

“人，我已经开始调查，我不会中途喊停。你，想做什么我不会过问。”樱嘉雪皱起眉头，态度异常冷漠地丢下一句话，就不再理会藤彩彩。

当他反应过来后，发现房间里只剩下他一个人，那碗放在一边的粥早就凉了。

唉，那个丫头啊，怎么就不懂别人的良苦用心。那种把什么人都当好人的性格，有时很可爱，可有时真的要人命呢。

时间在慢慢流逝，樱嘉雪在宿舍中迟迟没有等到藤彩彩回来，有些担心的他决定出去找一下。

拿起外套开门走出去，瞥见脚边有什么东西，定睛一看整个人愣住。

“彩彩，你在这里做什么？”樱嘉雪忙蹲下身，看着窝在墙角的藤彩彩，伸手去碰藤彩彩的手，感觉到一阵刺骨的冰冷，“你在这里蹲了多久？为什么不进去？”

藤彩彩吸着鼻子，好不容易止住要流出来的鼻涕，可是一张嘴，鼻涕又会不受控制地流下，弄得她不知道该怎么做。

樱嘉雪实在看不下去，拽着藤彩彩就回房间，拉着她走进浴室替她放水：“快泡个热水澡！你想冻成冰块吗？”

“对不……阿嚏！阿嚏！”藤彩彩连道歉的话都来不及说，喷嚏一个接着一个。

“快泡澡，我先出去。”樱嘉雪带上浴室的门，走到厨房替藤彩彩准备热牛奶。

边弄边生闷气，怎么也没想到那丫头居然会蹲在门口。这么冷的天，连外套都不披一件！

最让他生气的是，如果他早点儿出去找人，彩彩就不会冻成这样。唉！

过了大约十五分钟，藤彩彩泡完热水澡出来，看见桌上摆着的热牛奶，以及坐在沙发上看着她的樱嘉雪，尴尬地低下了头。

“先把牛奶喝掉。”樱嘉雪怎么说，藤彩彩就乖乖照做，一口气把牛奶全部干掉，“现在告诉我，你为什么蹲在外面？”

藤彩彩因泡澡绯红的脸颊变得比刚才更红，低着头支支吾吾了半天也没说出半个字。樱嘉雪看她这副模样实在很无奈。对于这种丫头，他只能将她的一切行为理解成最原始的本能。

“如果你不想说就算了，早点儿休息吧。”樱嘉雪不想勉强藤彩彩，现在的藤彩彩看起来精神不太好，有什么事以后再说也不迟。

樱嘉雪已经替藤彩彩铺好床，看到整齐的床铺，藤彩彩鼻子一酸，轻轻扯住樱嘉雪的衣袖，低着头说：“小少爷，对不起。”

“为什么道歉？”

“我……我不应该负气离开的。”

樱嘉雪轻叹一口气，按下藤彩彩让她坐在床上，自己则站着：“你没必要道歉，这件事我也有不对，我太过谨慎，才会去调查那个人。”

“我、我知道！我刚才在外面待了很久，脑子也冷静很多。我知道，小少爷是在担心我。”藤彩彩说着说着又低下了头，咬着嘴唇露出抱歉的表情，“本来，我想出去走走，可是我不放心小少爷，不敢走远，就索性蹲在门口。”

“你啊，为什么不回来？外面那么冷，你穿得还那么少！”樱嘉雪气不打一处来，觉得后悔就回来啊，居然蹲在门口，像只被丢弃的小狗似的。

在门外发现她的瞬间，他的心整个都揪起来了。

“那、那是因为……”藤彩彩的态度变得扭扭捏捏，似乎有点不太好意思，被樱嘉雪盯着半天，才说出口，“我觉得离家出走，不可以马上回去的。”

“啊？离家出走？”樱嘉雪差点儿笑出声来，藤彩彩这个丫头真的太可爱了！

算了，还是憋住别笑，不然这个丫头一定会难过的。

“你记住，以后不论发生什么事情，都不要再随随便便‘离家出走’，知道吗？”

“是……”藤彩彩在深刻反省，连回话的语气都变得有气无力。

樱嘉雪伸手摸摸藤彩彩柔顺的金发，轻笑说：“乖乖睡觉，明天还要上课呢。”藤彩彩乖乖地点点头，爬上床安静睡下。

见她乖乖睡觉，樱嘉雪也爬上自己的床，关了灯准备睡下。

尾声 10 一念天堂

Wei Sheng

Jianxi Baobiao Dai Dai Shou

❖

1

翌日。

“彩彩，一起吃午饭好吗？”时一妍来找藤彩彩。

藤彩彩点点头，又看看一旁的樱嘉雪，似乎在询问他要不要一起。

“我早饭吃太多，你们去吧。”樱嘉雪说完就走去小卖部，藤彩彩想跟着去也被阻止，“我去买点儿零食就回来，你不用陪我。”

这句听起来随意的话，让藤彩彩受到小小的打击。她不确定，小少爷是不是还在为昨天的事情生气。

昨天，她跑出去是很冲动，还理所当然地觉得就应该离家出走。虽然一出门她就后悔了，但让小少爷那么担心，真的罪孽深重啊！

“彩彩，你怎么了？”

“嗯？没、没什么，呵呵。”藤彩彩挠着头尴尬地笑着，即便如此也掩饰不住眼神中的那份落寞和担心。

时一妍是个敏锐的人，一点点的蛛丝马迹都逃不过她的眼睛。看藤彩彩这样，还有刚才樱嘉雪的态度，看来这两个人之间发生过什么。

“那么，我们中午吃什么呢？先想想，免得到时纠结。”时一妍开始在心中盘算着下一步的计划，只要能从藤彩彩口中套出樱家的宝贝是什么，她的任务就算完成，完成后就能得到她应得的报酬！

“我随便啊，只要不吃汉堡薯条。”

“咦？你不喜欢吃吗？”时一妍问。

藤彩彩摇摇头，有点儿为难地说：“汉堡薯条我不排斥，就是套餐里的可乐我不行。”

“嗯？你可以换成可可呀。”时一妍这么说，隐隐觉得刚才藤彩彩的话有点儿奇怪。

不行是什么意思？一般人都会说不喜欢才对。

“对哦，也可以啦，只要不是可乐。”藤彩彩埋怨自己居然连这点都想不到。

时一妍看着藤彩彩，试探性地问：“彩彩，你为什么不喝可乐？”

“哎？那个……”藤彩彩有些为难，四处张望着似乎在确定有没有其他人听，在确认没有人会听见后，凑近时一妍低声说，“我对可乐过敏，一喝就醉，醉了就胡言乱语。”

“哦……这样啊……”这对时一妍来说是一个天大的好消息，居然在无意中得知这么有趣的事情，这点正是她可以利用的！

买完零食回来的樱嘉雪，半路和卓煜城偶遇，一个月没见，再看见樱嘉雪的样子，卓煜城整个人一愣。

“会长大人，被我帅到了？”樱嘉雪一看见卓煜城就想调侃，最好能让卓煜城露出憋屈的表情，才最有趣。

“并不。”卓煜城冷冷地丢下两个字，面无表情地擦着樱嘉雪的肩走过。

樱嘉雪含着手里的棒棒糖，对卓煜城的态度感到些许奇怪。居然没和他抬杠，才说两个字就走人？这不太像卓煜城的风格，他们两个见面应该是剑拔弩张才对。

“有点儿奇怪哟。”樱嘉雪觉得疑惑，但也没多想，就抱着一堆零食回了宿舍。

中午的时间樱嘉雪没去吃饭，而是窝在宿舍吃零食，顺便和樱嘉木通电话，电话的内容当然是有关时一妍。

“哦？所以，她现在很缺钱？”樱嘉雪听见有趣的事情就会露出玩味的笑容，“那么缺钱，应该没办法来四宇国学院读书吧？”

“资料显示是破格录取，但从她以前的成绩来看并没那么优异。”樱嘉木敲击着键盘，边看边说。

樱嘉雪轻挑眉毛，既然知道来者不善，那就能按照计划慢慢走，他倒要看看，最后究竟是谁落入谁的计划中：“啧，大鱼快上钩了。”

“说来也奇怪，你怎么就这么容易被当作绑架的对象呢？我们家兄弟四人，从小到大一直被人绑的就只有你。”樱嘉木一手托着下巴，一手握着手机问。

“换你也找最小最好的下手。我挂了。”樱嘉雪说挂就挂，没再听樱嘉木的话。

身体往后一靠，陷在沙发上，手里捧着刚拆开的爆米花，盘算着下一步要什么时候行动。算算时间，应该也差不多，该出事了……

同时在餐厅这边，藤彩彩和时一妍吃完午餐，并肩走在回教室的路上，路过小卖部的时候，时一妍去买了两杯饮料，一杯可乐一杯冰红茶。

“给，你的冰红茶，可乐是我的。”时一妍将冰红茶交给藤彩彩。

“谢谢小妍。”藤彩彩接过冰红茶喝上几口，突然觉得味道有点儿奇怪，“嗯？小妍，这个冰红茶里有什么东西吗？”

“啊？怎么了？”时一妍诧异地看着藤彩彩，“味道不对？”

“我总觉得有点儿怪怪的……”藤彩彩又喝了两口，还是觉得不太对，最要命的是她越喝越觉得脸很红，而且头有点儿涨涨的感觉，眼前的东西开始模糊、犯晕。

时一妍看着藤彩彩装作担心的模样：“彩彩，你怎么了？彩彩……”在时一妍的呼喊下，藤彩彩意识有些迷迷糊糊，脑子也开始不听使唤。

“彩彩，彩彩？”时一妍轻唤几声，见藤彩彩双眼迷离、迷迷糊糊的样子，勾起嘴角一笑。

趁着没人注意，时一妍拉着半昏迷的藤彩彩走到相对僻静的地方，在那里有个没有人用的教室。走进教室，时一妍松开藤彩彩的手，后者“扑通”一声跌坐在地上。

“彩彩，你知道樱家的宝贝是什么吗？”时一妍凑近藤彩彩的耳边，试探性地问着。

“嗯？”藤彩彩迷迷糊糊地看着时一妍，眼神有点儿涣散，看起来迷糊得很。

“就是，樱家的宝物，你没听人提起过吗？”时一妍按捺着性子继续追问。

可是，藤彩彩还是一副很茫然的样子，似乎真的什么都不知道，除了摇头还是摇头，嘴里嘟嘟囔囔着也不知道在说什么。

“可恶！”时一妍气急，抓起藤彩彩的胳膊拼命摇，试图让她清醒点儿，但显然是徒劳，“那瓶饮料居然那么厉害！什么都问不出！气死我了！”

时一妍放开藤彩彩，泄愤般地朝着藤彩彩就是一脚，藤彩彩的手臂很快就红成一片。

“喂，什么都问不出，这丫头好像什么也不知道。”时一妍打电话向归烨报告情况，她不愿承认自己失败，但事实就是如此。

“没关系，留着她，只要有她在，就不怕那个小少爷不乖乖就范。”归烨并不在意时一妍的失败，他从一开始就有两手准备，如果藤彩彩什么也不知道，那就利用她让樱嘉雪乖乖就范。

“你的意思是……”时一妍有点儿不太明白归烨的意思。

“她对那位小少爷是特别的，有她在也不怕小少爷会反抗乱来，接下来就交给我吧。”

时一妍纳闷地看着手机，又回头看眼身后的藤彩彩，微皱双眉。

不管怎么样，只要能拿到那笔钱去给哥哥还债就可以，其他不重要！现在最重要的，是好好看着眼前这个丫头。

✿

2

樱嘉雪那边，收到一条陌生者传来的短信，在打开短信的时候，他忍不住皱起眉头。尝试着拨打藤彩彩的手机，一直都是没人接。

“该我登场的时候了！正义的英雄这种事难得做一次，必须万无一失。”樱嘉雪露出自负的笑容，拿起外套离开宿舍，按照短信上说的去某个地方把藤彩彩“解救”回来。

樱嘉雪走到荒废的教室前，伸手推开教室的门，教室内空无一人，不，应该说有个看不太清楚的人正坐着，似乎在等着他前来。

明显藤彩彩并不在这间教室，但樱嘉雪还是走进去，步伐沉稳不带一丝惊慌。站定在距离对方几米处，静静地看着那个人的背影。

对方转过身，光线射入教室，归烨的脸出现在樱嘉雪眼前，归烨的神情很自然。

“校长大人，原来是你，找我来有什么事？”樱嘉雪态度也很自然，语气平常得让人吃惊。

“樱嘉雪同学果然与众不同，不论面对什么事都能那么淡定。”归烨的话听起来像是赞赏，但更多的是调侃。

“彼此彼此，校长大人有事情请直说。”樱嘉雪不再和归烨绕弯子，即便清楚对方的意图，还是没有直接说出。

“那么，我就不再拐弯抹角，我要樱家的宝物，就这么简单。”归烨道出最终的目的，让樱嘉雪肯定，一直以来在策划的幕后黑手果然是这个人。

可是，他压根儿不知道什么宝物，从小到大都没听任何人提起过。

“你要宝物做什么？”

“救我女儿的命。”归烨没有任何隐瞒，直言不讳地道出自己的目的，“为了依依，我必须得到能够让她康复的东西。”

“那和我们樱家有什么关系？”樱嘉雪也有些糊涂，完全无法把两件事联系在一起。

要救人无可厚非，尤其是救自己的女儿更是理所应当的事。但，这件事和他樱嘉雪，和整个樱家有半毛钱的关系吗？

“一年前的宴会，你的父亲误打误撞进来。在交谈中，我得知你们樱家有一件宝贝，你父亲看见就能心情大好，并且长久以来是让他维持健康的关键。但是，不论我怎么问他都不肯说。”

他们家有这样的东西存在吗？为什么他完全不知道？

“我从未听人提起过，也不知道你说的是什么东西，所以我也无法给你。”樱嘉雪断然拒绝，不，应该说根本就没那种东西能够给归烨。

“呵呵，樱嘉雪同学，你别忘记，你的保镖似乎还在我手上。”

归烨相信，他握着一张王牌，他能看得出樱嘉雪对藤彩彩的重视。比起别的人，藤彩彩是最好的人质。

樱嘉雪笑而不语，沉默的气氛让归烨有一股不祥的预感。

另一边，藤彩彩正拽着时一妍往樱嘉雪那边去，一路上时一妍都很不安分，但毕竟不是藤彩彩的对手，被死死拽着根本挣脱不开。

两个人走到一半，巧遇了卓煜城，此时卓煜城身边还站着一名少女，这名少女不是别人，正是归烨的女儿应和依。

“会长？”藤彩彩诧异地看着卓煜城，再看看应和依问，“你们要去哪里？”

“找你。你知道校长在哪里吗？”卓煜城直接进入主题。

藤彩彩点点头，指着手里拽着的时一妍说：“她知道，我正让她带我去呢。”

“好！一起。”卓煜城应下，冲身旁的应和依点头示意。

“我不要去！如果去了就拿不到钱了！拿不到钱哥哥会被人砍死的！我不能去！”时一妍拼命挣扎，她必须拿到那份属于她的报酬，去救自己的哥哥和家人。

藤彩彩不理会时一妍的挣扎，紧紧拽着她拖着走，一想到樱嘉雪可能有危险，藤彩彩整个人都不淡定了。

“你安静点儿，要钱，樱家有的是。”卓煜城冷眼盯着时一妍，一句话就让她乖乖闭嘴不再闹腾。

“你的话是什么意思？”

“聪明人就会懂，比起归烨校长，樱嘉雪更能帮助你解燃眉之急。”卓煜城的话很在理，时一妍缺钱急用去救人，比起归烨来说，樱嘉雪才是更有能力援助她的人。

时一妍沉默一会儿，抬起头抓住藤彩彩的手，“扑通”一声跪在地上，恳求着说：“如果我带你去，你能求樱嘉雪借钱给我吗？我会还的！我只要救了哥哥就会还的！”

“我、我知道了，你快起来，先去找小少爷要紧。”藤彩彩不得不先答应时一妍，如果不安抚住她，就找不到小少爷的去向。

可恶的是，小少爷的GPS定位居然没有信号，不然她何必这么辛苦！

“你说的！你答应了！我们走。”时一妍带着藤彩彩就往前走，她在刚才短短的时间内，合计出的确是求樱嘉雪比较划算。

归烨虽然答应给她一笔钱，但是她若谋害了樱家的小少爷，拿到这笔钱之后，就算救了哥哥又怎么样？樱家的人绝对不会放过他们。

和樱家比起来，归烨实在不足为惧。不论怎么盘算，这笔买卖都没那么多后患。

“对了，会长，她……”藤彩彩边走边看着应和依问，没想到卓煜城居然会把应和依带出来。

“我去找她，把她父亲做的事告诉她，所以她决定跟我一起去。”卓煜城简单地回答，跳过最关键的部分，没有说他是怎么察觉到归烨的事情。

藤彩彩不多问，匆匆忙忙赶向学院的另一边，樱嘉雪所在的教室。在那间教室中，樱嘉雪和归烨面对面站着，两个人的气氛不是一般的僵持。

刚才樱嘉雪的话的确让归烨有些吃惊，但很快他就稳定心神，一心只想要得到樱家的宝物。

“就算没有她，只要有你在，你的父亲也会乖乖交出东西。”

归烨手一抬，左边出现一名女生，留着一刀平的刘海儿，看起来只有十岁左右，像个可爱的洋娃娃。右边，则站着一名漂亮的男人，黑色长发披散在腰间，长相带着几分阴柔美。

眨眼间，两个人就将樱嘉雪围在中间，看架势随时会出手。果不其然，樱嘉雪的想法刚落下，两个人就一左一右向他发起了攻击。

并不想出手的樱嘉雪只能不停地闪躲。他不想出手的原因不是怕暴露，而是还没确定藤彩彩平安，他不放心。

“小少爷——”藤彩彩冲进教室，樱嘉雪一见她，心中的巨石落下，“小心啊！”

一个不留神，也许是因为看见藤彩彩的瞬间放松下来，樱嘉雪没注意到右侧的男子朝他攻来，下意识伸手去挡。

“砰！”一声闷响，樱嘉雪毫发无伤，但是藤彩彩被一脚踹到墙边，吃痛地扶着自己的腰。

“彩彩——”

听见藤彩彩疼痛的呻吟声，樱嘉雪浑身的血气上涌，双拳不自禁地握紧，发出“咔吧咔吧”的声音。

卓煜城微微皱眉，他仿佛能看见在樱嘉雪周围不断聚集起来的黑气，阴沉、黑暗的气息相当浓重。

洛丽塔和那名漂亮的男子似乎也察觉到樱嘉雪微妙的变化，停下手上的攻击，互相看一眼。

“我，樱嘉雪的人，你们，也敢动……”慢慢抬起头，黑色的双眸如同深潭般幽暗，嘴角挂着冷笑，只一眼便让人毛骨悚然。

✤

3

洛丽塔皱起眉头，她很久没遇到杀气这么重的人，总觉得有点儿不安。

漂亮的男子按兵不动，观察着樱嘉雪的下一步行动，他现在要做的就是确保身后归烨的安全。

在洛丽塔还来不及反应之下，就被一条皮鞭紧紧束缚，想要挣脱反而让皮鞭收缩更紧。

“可恶！梅林快帮我！”洛丽塔冲着身旁的男子嚷嚷，但被叫梅林的男子并没有帮忙的意思，反而退回归烨身前，“你这个胆小鬼！懦夫！”

“我的职责是保护我的主人。”梅林不在乎洛丽塔多么痛苦，他只要保护好归烨就足够。

随着皮鞭的扬起，洛丽塔被重重甩出去，比藤彩彩刚才受到的攻击重数十倍，连疼痛的时间都没有，直接昏厥过去。

樱嘉雪朝着归烨缓步走去，每一步都重若千斤，连归烨都被吓了一大跳。他万万没想到，这个从小被人宠着长大的小少爷，竟然会……

而倒在地上的藤彩彩，因为身上的疼痛有所减退，试着坐起身。在看见樱嘉雪的举动后，惊得半个字都说不出。

她的小少爷，竟然如此厉害！最重要的是，她居然完全没有察觉到！

不对，是没有察觉到，还是不肯承认？

从之前小少爷的表现就开始意识到，小少爷并不简单，至少和她脑海中那个儿时的印象不同。

现在她才发现，原来她一直都在逃避，不想承认这些早就已经察觉到的事情。

“求求你！不要伤害我的父亲！”应和依冲过去挡在归烨面前，吓得归烨忙上去抱住她，生怕她被殃及，“他是为了我，才会不择手段去寻找救我的办法。”

现在的樱嘉雪怎么可能听得进这些话，陌生的应和依根本无法进入他的视线，处于暴走状态的人，哪有时间理会闲人。

“樱嘉雪，你冷静下来！”卓煜城杀出来，挡在樱嘉雪面前，想要阻止他的进一步行动，以防发生什么不可挽回的事情。

但是，他的话也没办法阻止樱嘉雪。卓煜城伸手试图让樱嘉雪停下来，没想到被他重重地挥开，踉跄着往后退几步，再想上前，被樱嘉雪一记冷眼镇住。

“不相干的人不要多管闲事。”

“那你就冷静下来！再这样下去会一发不可收拾的！”卓煜城试图，不，应该说他必须说服樱嘉雪！

他不希望樱嘉雪做出什么无法挽回的事情，即便错的是归烨，也有其他办法可以解决。

樱嘉雪停下脚步，看着卓煜城的双眼依旧冰冷，但起码他停下来了！

“樱嘉雪，我知道你为什么生气，但是你不要太激动可以吗？藤彩彩也会被你吓到的！”卓煜城不得不把藤彩彩搬出来，再看半坐在地上的藤彩彩，呆呆地盯着樱嘉雪看，显然是已经被惊到。

卓煜城的话并不是没有作用，樱嘉雪身上的戾气稍稍平静下来，视线移向一旁的藤彩彩。四目相对，触及藤彩彩有些被惊到的目光，戾气在樱嘉雪身上慢慢消散。

“对不起，我替爸爸向你们道歉！他只是太关心我，想要治好我的病。”应和依边说边哭，她一直任性地接受父亲的宠爱，却没想到父亲已经在不知不觉中偏离轨道，“都是因为我，是因为我不争气才会……”

“依依，别说了，你身体不好，不能激动。”归烨心疼地擦着应和依的眼泪，宝贝女儿如此激动他第一次看见，而且，还是在为他所做的事情道歉。

“爸爸，我没关系的，我能好的，我不需要什么宝物治病，我真的没关系的。”应和依边哭边抽泣，不停地重复着一样的话，只希望樱嘉雪能够原谅她的父亲。

归烨抱着女儿很是心疼，他没想到自己一心一意要治好女儿的病，会让女儿如此自责、愧疚。

樱嘉雪看着眼前的父女二人，冷冷地说：“你的女儿只是有心结罢了，根本没什么病。”

“什么？”归烨一惊。

“我把你女儿的情况告诉著名的心理医生，得到的回复这是一种自我暗示。是你女儿因为某种原因，对自己发出的暗示。暗示自己身体很虚弱，渐渐地就会真的变得很虚弱。但其实，身体很健康。”

樱嘉雪收起手中的皮鞭，走到藤彩彩身边蹲下身，将藤彩彩扶起来架在肩膀上，瞥一眼应和依又看向归烨说：“也许你的太过保护就是症结所在。”

说完，就扶着藤彩彩离开了，卓煜城和时一妍也跟着一起离开了教室。

时一妍追上藤彩彩和樱嘉雪，拦在他们面前说：“请借我五十万！我会想办法还给你！”

“不借。”樱嘉雪断然拒绝，扶着藤彩彩继续走。

“可是……”时一妍刚想去阻拦，却被卓煜城拉住，“放开我！我需要钱去救哥哥和家里人！”

“你家里的事情应该已经搞定，回去告诉你的哥哥，以后不要随便给人做担保。”樱嘉雪头也不回地离开，似乎觉得扶着藤彩彩不太方便，索性一个横抱将藤彩彩抱向医务室。

藤彩彩吓得不敢挣扎，浑身僵硬地乖乖待在樱嘉雪怀里，一路上脸红心跳，思绪纷乱。

到医务室后，经过检查藤彩彩的胳膊脱臼，其他没什么。一旁的樱嘉雪暗暗想着，早知道也给那个梅林一脚，才算讨回这笔账。

“小少爷，对不起，我没用，居然反过来要你……”藤彩彩低着头，负面情绪骤然上升，陷入深深的自责中。

明明她才是保镖，却反过来让小少爷保护，还让小少爷担心。她真的很……

“男生保护女生不是应该的吗？”樱嘉雪轻拍着藤彩彩的头，温柔地笑着说，“在平时，你可以尽你的职责保护我、照顾我。但是，关键时刻，就应该是男生保护女生的，没错吧？”

“哎？是这样吗？可我是保镖啊……”藤彩彩将信将疑地看着樱嘉雪，有些不太确定对方说的话的正确性。

虽然从道理上是这样，可她是保镖啊，保镖不是应该保护主人吗？反过来让主人保护，不就……

“我没有把你当作我的保镖。”

简单的一句话，让藤彩彩心中一疼，有股全世界都被否认的挫败感。

“你是我的朋友，从小就是。”

又一句简单的话，让她的世界变成彩色，瞬间光明无限，一念就飞到天堂，心中泛起欣喜之情。

“小时候，你说我穿女孩子的衣服会更安全，所以我照做了。你说你会保护我，所以我选择你。只有你，不会因为我的身份，真心地保护我、和我说话。在那个时候，我就下定决心，在你保护我的同时，我也要保护你。”

然而，他并没能百分百地保护好她，还是让她受伤了。

“小少爷……我……”藤彩彩不知道该怎么回答那番话，她现在激动得一塌糊涂，脑子无法好好思考，嘴更是利索不起来。

“你不用在意太多，只要好好留在我身边，继续做我的保镖，好好照顾我。然后，在关键时刻，记得要来找我、依赖我，就可以。”

无意识的泪水顺着脸颊滑落。藤彩彩自己都被吓一跳，樱嘉雪更是惊得以为她哪里疼：“怎么了？胳膊疼吗？还是腰？哪里疼？告诉我啊。”

藤彩彩拼命摇头，边哭边断断续续地说：“我、我、我是太感动了。从、从来没人对我这么说……呜呜呜……”

“傻丫头。”樱嘉雪揽过藤彩彩，任凭她眼泪鼻涕沾在衣服上，也要给予她一个温暖的怀抱，让她知道真的有人是可以依靠的。

过了很久，藤彩彩终于不再哭泣，抬起头看着樱嘉雪，眼神中充满坚定：“小少爷，我明白了，我以后会更加努力，会好好保护你、照顾你！”

“当然，以后我们要继续好好相处哦……”

藤彩彩一个劲地点头，突然，一个急刹车定住，看着樱嘉雪弱弱地问：“小少爷，我一直在想，你会转到四宇国学院是不是有什么特殊理由？”

“理由已经不重要了。”是的，不重要了，因为他已经实现整个计划，让藤彩彩不再那么消沉，变得自信起来，能够正视她自己的存在。

他已经实现当初的愿望，也许事情的过程并不那么完美，结局也没有那么美好。但是，一切都在不知不觉中渐渐地改变了，朝着他所希望的方向变化。

番外 樱家的宝贝

Jianxi Baobiao Dai Dai Shou

“咦？你说樱家的宝贝？”樱矢看着樱嘉木一脸迷茫，“有那种东西吗？”

“你当年在归烨的宴会上说的，难道忘了？”樱嘉木无奈地看着自己的老爸，就知道这人没什么记性，居然还能把公司打理得井井有条，简直就是奇迹啊！

樱矢努力回想，拼命回想，终于想到似乎是参加过这么一个宴会：“好像有哦。”

“那你还记得当时自己说过什么不负责任的话吗？”就因为你的不负责任，差点儿害死小雪。这句话樱嘉木没说出口，而是在心中暗暗鄙视自己的老爸。

“那个啊……当然是小雪啦！”樱矢双眼“噌”地放亮，整张脸都笑成一朵花，“我的宝贝就是小雪啊，看见他就会充满干劲，要努力赚钱给小雪过上富裕的日子，哈哈哈……”

果然……

樱嘉木黯然离开，默默想着他就不应该去问这个问题。放眼整个樱家，能够牵动老爸心情的，除了小雪之外，没有其他人。

为了小雪转学，特意在四宇国学院注入一大笔资金，在人去之前将四宇国学院的设施全部更新，防止有什么老旧的东西伤到宝贝儿子。

这样的老爸，心目中的宝贝，除了自己的小儿子，还会有谁？唉，可怜天下老爸心啊……

——全文终——

意林品牌书系推荐

意林女生文学·《小小姐》品牌书系 中国女生文学第一品牌，纯正、阳光、向上，优质女孩必选文学读物

萌灵小说系列	
《悠莉宠物店 I》	18.80
《悠莉宠物店 II》	18.80
《悠莉宠物店 III》	19.90
《悠莉宠物店 IV》	19.90
《封印之书·九尾狐》	19.80
《封印之书·独角兽》	19.80
《玛丽晴异闻录》	19.90
《薇妮天使旅行》	19.90
冒险励志系列	
《迷藏·海之迷雾》	18.80
《花与梦旅人 I》	19.80
《花与梦旅人 II》	19.90
《萌侦探纪事 I》	18.80
《萌侦探纪事 II》	19.80
《萌侦探纪事Ⅲ》	19.90
《迷宫街物语》	19.80
《艾蜜儿宇航日记》	19.90
幸福蔷薇系列	
《蔷薇少女馆 I》	18.80
《蔷薇少女馆 II》	18.80
《蔷薇少女馆 III》	19.80
《蔷薇少女馆 IV》	19.90
《蔷薇少女馆 V》	19.90
浪漫古风系列	
《七寻记 I》	18.80
《七寻记 II》	19.90
果绿年华系列	
《蝴蝶飞过旧时光》	19.80
《第一女执政官》	19.90
《风之少女琪琪格》	19.90
《霓裳小千金》	19.90
《两生花开时》	19.90
月舞流光系列	
《前方江湖请绕行》	19.90
《三色堇骑士之歌》	19.90
《守望彼岸星海》	19.90
萌淑女驾到系列	
《萌淑女驾到之美女训练营》	19.80
《萌淑女驾到之天使候补生》	19.80
《萌淑女驾到之人鱼的信奉》	19.90
《萌淑女驾到之天鹅公主成人礼》	19.90
星愿大陆系列	
《星愿大陆①：天命巫女》	19.90
《星愿大陆②：白银蔷薇》	19.90
《星愿大陆③：幻月手杖》	19.90
浪漫星语系列	
《处女座：完美年华初相见》	20.90
《天蝎座：假面黑桃 Q》	20.90
《双子座：闯进你的孤单星球》	20.90
《巨蟹座：追梦的水晶鞋》	20.90
最佳少女文学读本	
《青春在歌唱（新版）》	16.80
《盛夏的幸福时光（新版）》	16.80
《遇见最美的年华》	18.80
《踮脚跳支圆舞曲》	18.80
淑女风尚馆·气质养成系列	
《我要我的淑女范儿》	18.80
《优雅女孩的秘密》	18.80
小 MM 迷你爱藏本	
《蝴蝶停在十六岁》	18.80
《焦糖玛奇朵天使咒》	18.80
《那一年，花开半夏》	18.80
《雨季微凉时》	18.80
《只穿一天公主裙》	18.80
《月色银蔷薇》	18.80
重磅作家系列	
《薄荷香女孩》	19.80
《不说再见好吗（上）》	17.90
《不说再见好吗（下）》	17.90
《风走过树林》	17.90
《忆棠的夏天》	17.90
唯美新漫画系列	
《钢琴小淑女（第一季）》	17.90
《钢琴小淑女（第二季）》	17.90
《钢琴小淑女（第三季）》	17.90
《七寻记·鎏金龙纹镯（漫画版）》	15.00
《天鹅座·鹅黄》	18.80
《天鹅座·柳青》	18.80
《小叶的幻想夜（第一季）》	15.00
《悠莉宠物店漫画版①》	15.00
《悠莉宠物店漫画版②》	15.00
《紫阳花之夏（第一季）》	15.00
《紫阳花之夏（第二季）》	15.00
绘色缤纷系列	
《淑女绘·花的学校》	22.00
《淑女绘·童话诗人》	22.00

纯美小说系列

《少女果味杂志书①：甜心草莓号》 14.80

《少女果味杂志书②：蜜桃慕斯号》 14.80

《少女果味杂志书③：焦糖布丁号》 16.80

《少女果味杂志书④：香草海绵号》 16.80

《少女果味杂志书⑤：可可森林号》 18.80

《少女果味杂志书⑥：果果米苏号》 18.80

《少女果味杂志书⑦：香橙泡芙号》 18.80

《少女果味杂志书⑧：樱桃芝士号》 18.80

蝴蝶蓝系列

《蝴蝶蓝·千面桃花姬》 19.90

班花朵朵系列

《班花朵朵①·我是艺术生》 20.90

《班花朵朵②·电影初体验》 20.90

小 MM 四周年主题书

《现在是女生时代》 28.00

欢乐联萌系列

《养只萌呆镇镇宅①》 19.90

《养只萌呆镇镇宅②》 19.90

天使在身边系列

《路过心上的哈士奇》 20.90

《当心！浣熊出没》 20.90

《意林·轻小说》·轻文库品牌书系　引领校园小说阅读新潮流

绘梦古风系列

《公主驾到》 23.80

《花颜错》 23.80

《山寨世家》 23.80

《倾世迷迭书》 23.80

《凤九卿 1》 23.80

《凤九卿 2》 23.80

《美人丁丁泪西楼》 23.80

恋之水晶系列

《致淡玫瑰色的你》 22.80

《宁负流年不负君》 22.80

《世界第一的假面殿下》 25.00

《脱线萌星易容记》 25.00

《指尖花凉忆成殇》 22.00

《欢歌犹在意微醺》 22.00

奇幻仙境系列

《天命玄鸟·蜃世歌》 23.80

《玫瑰帝国·荆棘鸟之冠》 25.80

《玫瑰帝国·黑羽蝶之翼》 25.00

《彼渡少年与妖怪契约》 23.80

《神典·末夜公主》 23.80

《御灵骑士团·诺茵与彩狸》 23.80

《逆世界之瞳》 23.80

暗影迷踪系列

《终极推理事件簿》 22.80

《超级学园探案密码》 22.00

新炫武侠系列

《邻家武圣》 23.80

星光璀璨系列

《轻星球·仙女星云号》 19.80

《意林·小文学》品牌书系　阳光阅读·快乐写作

成长物语系列

《艾丽鲨半成年》 19.90

《换双翅膀飞翔》 19.90

《琥珀青春》 19.80

魅力悦读系列

《校园七日谈：隐形的录像带》 19.90

《塔罗谜案：消失的魔术师》 19.90

幻之星球系列

《地球假日①：寻找洛神》 19.90

意林青少年国际大奖小说系列（少年励志正能量丛书）　总统的选书标准，世界级童书大奖

国际大奖小说系列

《鲸武士》 22.90

《囧男孩日记》 19.90

《阿萨的心事》 14.90

《冬天的小木屋》 12.90

《河豚少年》 12.90

《林克的流浪之旅》 13.90

《墓地低语》 16.90

《铅十字架的秘密》 19.90
《少女骑士变身记》 22.90
《雪橇犬之歌》 14.90
《沼泽女孩》 25.90

一生必读的经典名著系列

《80 天环游地球》《海蒂》 19.90
《吉卜林动物故事集》 16.90
《木偶奇遇记》 15.90
《青鸟》 15.90
《森林王子》 12.90
《所罗门王的宝藏》 16.90
《汤姆·索亚历险记》 15.90
《小飞侠彼得潘》 16.90

意林动物小说馆系列

《彩虹鸽》 12.90
《黑骏马》 16.90
《林间歌声》 13.90
《灵犬莱西》 19.90
《牧牛小马斯摩奇》 16.90

意林百年励志经典系列 只出版读与不读人生命运迥然有异的成功学精华

《意林百年励志经典——巴比伦富翁》 35.00
《意林百年励志经典——命运之门》 35.00
《意林百年励志经典——穷理查智慧书》 35.00
《意林百年励志经典——伟大的励志书》 38.00
《意林百年励志经典——我的人生思考》 35.00

意林全世界最美的课文系列 中高考“提分阅读”丛书

《世界名校大“淘课”（第 1 卷）》 25.90
《世界名校大“淘课”（第 2 卷）》 25.90
《世界名校大“淘课”（第 3 卷）》 25.90
《世界语文·英国语文（第 1 卷）》 25.90
《世界语文·英国语文（第 2 卷）》 25.90
《世界语文·德国语文（第 1 卷）》 25.90
《世界语文·德国语文（第 2 卷）》 25.90
《世界语文·美国语文（第 1 卷）》 25.90
《世界语文·美国语文（第 2 卷）》 25.90
《世界语文·美国语文（第 3 卷）》 25.90
《意林家教馆——孩子，你要学会担当》 24.80
《意林家教馆——孩子，我无法对你不残酷》 24.80
《意林家教馆系列——孩子，毅力就是坚持一小步》 25.90
《意林家教馆系列——孩子，在父母眼里你最棒》 25.90

《意林·轻小说》

“恋之水晶”系列 2014 最新力作

两段纯美浪漫的校园情感，一种执手泪眼的隽永情怀

锦年里最暖伤的舞曲《指尖花凉忆成殇》

最动听的青春半情歌，最深情的凄美友情篇

最适合诗意女孩阅读的《欢歌犹在意微醺》